ANOTHER PLANET

NON-EXIST

另一颗星球

NON-EXIST

不存在

未来事务管理局 FUTURE AFFAIRS ADMINISTRATION

编著

湖南文艺出版社 HUNAN LITERATURE AND ART PUBLISHING HOUSE

博集天卷 CS-BOOKY

寻找我们脚下的
另一颗星球 ———————————— 李兆欣

1990 年，距离地球 64 亿千米的旅行者 1 号即将进入宇宙之旅的最后一段，不再经过任何重要的星球，一路向着陌生的空间远航，寄望于有人将会和它相遇。为尽可能延长之后的旅程，它将要关闭相机等不必要的系统，在此之前，2 月 14 日，它转过头，向着出发的方向，为地球和视野中其他所有的太阳系行星留下了最后的影像。

这张著名的照片中，黑底色上有几条彩色条纹从上方向下延伸，略微向左倾斜，在最右面最明显的亮纹中有一个呈淡蓝色的微小亮点。

这就是地球，64 亿千米外的地球。那些亮纹，是阳光照在镜头上产生的，并不是地球的真实背景，却又恰好成为地球的完美衬托。沐浴在光线中的暗淡蓝点，就如同我们在午后的空气中看到的飘浮微尘。

这张照片是航天技术的一次胜利，其全新的视角和效果，震动了全世界，更在之后的人类意识中放置了一个符号。

《大西洋月刊》的记者多年后在一篇报道中表达了这样的感受：

"我一开始只觉得这是张模糊的天文照片，但之后，我意识到它的力量，强烈感如同我看到那些真实的太空记录，那些宇航员、飞船、螺栓、天线、绳索，那些模糊不清甚至充满静电噪声的影像。这让我开始真的去理解，人类在寒冷、空无一物的真空中建造了一些东西。而当我们开始观察地球本身的时候，我意识到如果换一个角度来看，所谓的生活具有不同的意义。"

提议拍摄这张照片的著名科学家卡尔·萨根表达过这样的观点：

"从遥远的地方拍摄一张地球的照片，有助于向我们自己揭示我们真实的环境和状况。自古以来我们就知道地球只是广阔宇宙中的一个点，但没有人真的见过（这个景象）。这是我们的第一次机会。"

正如他所说，这张照片促使我们思考我们自己的状态。我们看到地球是独特的淡蓝色，因为它不但有大气层，而且富含与生命有关的氧气，于是向外反射了更多的蓝光。我们知道地球与众不同，但只有从遥远的宇宙中亲眼看到，才会意识到生命的偶然和艰难。

这甚至让我们开始思考，也许，宇宙中再也不会有另一个地球。而这个问题的答案，我们已经寻找了几千年。

人类一直对天上的星星有着各种幻想，为了探索星星，可谓不遗余力。

古希腊的琉善和约一千五百年之后的开普勒都设想了登上月球的旅行，而伏尔泰大胆地迈出步伐漫游了太阳系各大行星，这背后是从地心说到日心说再到现代天文学的巨大变革。之后人类的注意力转向近邻火星，从奥德赛式的探险漫游，到心灵感应的外星天堂，再到高科技外星人的凶险巢穴，最后在人类进入太空时代之后，火星成为人类走向太空的第一目的地。

和火星一直作为人类走向宇宙的主要幻想对象不同，"太阳系第十行星"这个概念则随着冥王星地位的下降，几乎彻底淡出了人们的视野。但在 20 世纪中期，太阳系第十行星是文艺作品中的常客，相比清晰可见的火星，它更像是我们的一面镜子，从不同的角度反衬出地球的不同特色。

人类当然不会满足于太阳系里面的想象，广大宇宙中恒河沙数的星球，组成我们的想象力永远无法穷尽其极限的沙盒游戏。

进步！发展！扩张！城市这一文明的集合体，不断扩大自己的规模，最终覆盖整个星球，将其变为彻底的人工体。阿西莫夫的《基地》中银河帝国的首都行星川陀，还有《变形金刚》中的赛博坦星球，虽然现在还没有发现，但我们一直相信这会是文明发展的必然一步。

技术的发展当然不可能停步于此，人类想到就算没有行星，我们也可以利用恒星。只要用合适的东西把恒星围住，得到的能量就足够发展出高级的文明。这就是著名的戴森球或戴森环。不光拉里·尼文的《环形世界》提及此，从小说到影视，从动漫到游戏，几乎所有领域都出现过这种人造星体的样子，甚至天文观测到恒星的亮度下降时，都会出现"发现戴森球"的言论。这可谓是技术的终极象征之一。

在想象的星球世界里，存在着另外一条脉络，它从哲学的角度出发，直接跳过了文明技术进展的路径，试图直接展示人与宇宙的终极关系。这一思想从"天人合一"到"盖亚假说"，可以说殊途同归，最终都呈现为类似《阿凡达》中的潘多拉星球，或是《索拉里斯星》中的星球意识体。

现实中的天文发现，远没有想象中的美好神奇，我们还无法确认远方行星的具体样子，也不能确信各种不同的恒星周围是否可能诞生生命。但正如人类在大航海时代，虽然对茫茫大海的远方一无所知，出海远航九死一生，却仍然勇敢走向海洋。驱动人类航向远方的，不是香料和黄金，也不是土地和财富，而是想象力本身，是获得新世界的可能性，是改变命运的可能性，是继续拥有希望的可能性。

我们正在进入大星际时代，在这个时代，我们要描绘那些温馨的、惊悚的、严峻的、幽默的星球，要讲述我们走向宇宙的悲欢离合，要思考地球带给我们的一切，不是为了真的去实现它们，而是为了让一代代人记住，在外面，永远有无穷的可能性。

走出去，跨越海洋，跨越星空，去寻找另一颗星球。哪怕仍然一无所获，每次回头时，总会发现在我们脚下的，是一颗新的星球。

目录

Contents

另 一 颗 星 球 不 存 在

科幻趣文

另一颗星球上有生命吗？
刘茜 / 文 ————— 001

星海言灯
昼温 / 文 ——— 011

有狐
刘天一 / 文 —— 042

投影
提沙 / 文 —— 112

冰期里的春天
赵雪菲 / 文 —— 134

繁衍宇宙
房泽宇 / 文 —— 154

科幻趣文
月球雨海旅店的故事
吴季 / 文 —— 175

地下之上
Down and Out
肯·沃顿 / 文
王亦男 / 译 —— 186

长跃号
Long Leap
德里克·昆什肯 / 文
罗妍莉 / 译 —— 207

动物星球
Collecting Team
罗伯特·西尔弗伯格 / 文
孙薇 / 译 —— 229

另一颗星球不存在

太空船票
Ticket
刘宇昆 / 文
耿辉 / 译 _____ 247

科幻趣文
地球毁灭后
LostAbaddon/ 文 __ 253

地球倒影
苏民 / 文 _____ 270

死者星球
咸菜 / 文_____ 316

文明墓碑
赵佳铭 / 文_____ 330

白色星球
沙陀王 / 文 _____ 348

另一颗星球不存在

另一颗星球上有生命吗？

刘茜 /文

亲爱的旅客，欢迎您参加这趟生命观光之旅。我们将在宇宙中飞掠，以超越光的速度，去探访那些可能存在的生命。

寻找外星生命，是地球人类一直以来的兴趣所在，毋庸置疑，也是您参加这趟旅程的原因。遗憾的是，一直以来，我们的目光都稍嫌狭隘——主要的争议在于对何谓"生命"的理解和定义，因为这决定了寻找、发现和观看它们的方式。我们当然乐意承认外星生命可能以任何形态存在，但当实际着手寻找它们时，我们只能从自己了解的那些生命形态出发，按照既有的特征去寻找相应的生命信号。"大海捞针"是很困难的，但如果知道要找的那根"针"是什么模样，多少还有点希望；倘若连要找的是什么都不了解，那寻找本身也就完全失去意义了。因此，您或许将在与众多外星本土居民擦肩而过时毫无觉察，正如您在母星地球时，也不太容易意识到自己正在与多少生命共处一室那样。

但是，您也大可不必担心我们的这趟旅程会不会落空。实际上，地球人类早就有充分的理由相信生命——即便仅限于地球人类能理解的生命——在宇宙中普遍存在。这些理由来自天文学、行星科学和生物学，其中绝大多数不易反驳。依照地球人类中从事名为"科学家"的职业的人的思考方式，从切实的观测证据，依照不易反驳的理由推断出的结果，都可以姑且相信为真——特别是在天文学这个学科领域。因此，只要我们的旅程够长，我们终归是会不虚此行的。

当然，在我们正要出发的此刻，地球人类还尚未获得外星生命存在或存在过的切实证据，以验证这种假设。您的同胞采用了两种截然不同的方式来处理这一认知失调：科学家们更愿意不厌其烦地列出各种猜想，试图解决两者之间的分歧；公众则从一开始就坚信外星文明存在，并在对外星人的期待与对其的恐慌这两个本征态之间摇摆不定。建议您不妨选用与自己喜欢的科幻电影同调的叠加态，安心踏上旅途，前往本次航线的第一站——无限宇宙。在这里，有想必您会非常青睐的王牌景点：**宇宙中的另一个您。**

这个景点的存在应该归功于宇宙学家，毕竟他们是最为依靠逻辑而非实证来思考的一群人。从数学上来说，最简单也最主流的宇宙学模型预测，在距离地球 $10^{10^{28}}$（1 后面跟着 10^{28} 个 0）米的星系里有另一个我们自己，在距离地球 $10^{10^{92}}$（1 后面跟着 10^{92} 个 0）米的地方有一个半径 100 光年的球形区域与地球周遭完全相同。也就是说，不只是外星生命必然存在，只要宇宙足够大，就连另一个您、另一个地球也完全可以存在。一切皆有可能。

不过，除非您参加了我们这趟观光之旅，否则要为自己找到一个完美备份，实际上还是有点困难的。因为地球人类所在的可观测宇宙，半径"只有"大约 460 亿光年，还不到 10^{27} 米——在 1 后面只跟着区区 27 个 0，跟前面那两个数字相比简直是个无穷小量。所以，"宇宙中的另一个您"虽然是科幻故事里的老哏，却必须跳脱出我们原本的那个宇宙，在无限的宇宙中才能找到。否则，他就只可能存在于相隔无数个可观测宇宙的某一个平行宇宙，永远无法被您知晓了。

平心而论，宇宙学家们开发的这个景点并非完全的空中楼阁。虽然和其他领域的科学家相比，他们总是显得不够接地气，但从本质上来说，他们的根本依据是，没有任何理由相信地球在宇宙中是特殊的。由于公认尼古拉·哥白尼是那个把地球从人们观念中的宇宙中心移出的人，这样一个理念被称为"哥白尼原理"。哥白尼原理是现代科学的基石之一，人们必须接受地球只不过是广袤宇宙中一个普通天体这个观念。除非相信在地球上起作用的物理规律在宇宙的其他地方同样起作用，否则无法讨论关于宇宙的任何问题。

所以，从行星科学家的角度来看，按照他们目前对行星形成过程的了解，行星在宇宙中"理应"普遍存在，而且其中一些"理应"条件与地球相仿，满足生命——人们所能理解的那一部分——生存所需的基本条件。而从生物学家的角度来看，地球在形成后非常迅速地就出现了生命：最早的生命出现在至少三十八亿年前，算上地球表面从刚诞生时的红热状态慢慢冷却，形成大气和海洋的时间，几乎可以说是条件刚刚具备，生命就诞生了。这至少可以说明，生命的形成没那么难。另外，既然天文观测已经发现在陨石和星云中都普遍存在着有机分子，这样的有机分子出现在某些条件合适的行星上，也是完全可能的事。而且，从地球上某些嗜极生物，也就是在极冷、极热或者强酸等极端环境下适应良好的那些微生物的表现来看，"条件合适"的范围也许还可以进一步放宽。

总而言之，在放眼整个宇宙，哪怕只是我们这个可观测宇宙的时候，确实没有什么理由相信，在地球上曾经发生过的事，不会在其他星球上发生。特别是，我们还必须相信地球并没有什么特殊之处，因为"地球并不特殊"这件事，是我们的整个科学体系的根基。

但是，且慢。还请您随我起程前往本次旅程的下一站——时间长河。在这里，您将欣赏到本航线的另一个景点：**时空的切片**。

这一景点仍然是宇宙学家的贡献。当然，我们可以在整个宇宙的所有时间中游览，然后发现地球的确没有什么特殊之处——没错，它只不过是围绕着一颗普通恒星运转的一颗小小行星。这样的普通恒星在银河系的至少两千亿颗恒星里占绝大多数，贡献了银河的大部分光辉；而银河系这样的星系在宇宙中也所在多有，堪称恒河沙数。宇宙中可以有无数个地球，地球本身的确并不特殊。唯一让它显得特殊的是作为观察者的我们，或者严格来说，是作为观察者的我们所处的时空位置。

生活在地球上的人类的文明史，只是在地球四十六亿年的漫长生命中出现的一瞬闪光，只占这颗行星全部年龄的一百万分之一。而在四十六亿年前地球诞生那一刻，宇宙中所有与其类似的行星，根据估计，可能只有 8% 已经形成，其余的 92% 还只存在于未来的时空。因此，跟随着本航线在整条时间长河中畅游的您，应该可以看到无数个与地球相似的星球，但是，您每一次朝向宇宙张望，都是从时空中切出薄薄一片，而在这个时空薄片中，不一定能找到和地球类似的存在。就像您把一块撒满葡萄干的面包切成薄片，每片面包上不见得都能分到几粒葡萄干一样，能和地球人类在此时此刻共处于同一个可观测宇宙的文明，并不像在无限时空中那么多。

但是，如果把观光目标扩大为"生命"，那么，即便随后的航线与地球文明一样被困在薄薄的时空切片中，也有大把景点值得参观。也许您会觉得意外，本航线希望带您前往的下一个景点，正是我们这趟旅途的初始站：**地球**。

地球人类喜欢奢谈"全球"这个词，脚印似乎也的确遍及全球的各个地区，但这颗蓝色行星上仍有无数难以窥探的角落，尚未对人类真正敞开。在这颗星球上，最古老，种类和数量最多，在生命诞生以来一直高居生物量顶峰的群体——庞大的微生物群体——进入人类的视野才几百年。人们才只认识了其中的沧海一粟，在没多久之前才发现它们对自己的影响不可小觑，人体中的共生微生物甚至在某种程度上左右着人们的意志。生命也远非人类所设想的那样娇贵，在幽暗的海底、滚烫的温泉和寒冷的冰川深处，种种曾经被认为极度不支持生命存在的地方，人们都发现了嗜极生物。它们自有一套古老而有效的生存方式。地球上生命最初诞生的时候，地表温度可能超过 80 摄氏度，相较而言，如今的地球温和得不可思议。地球上的环境固然是生命演化的限定条件，但生命与这颗星球共同成长，反过来也逐步改变了地球上的大气、水体和矿物。

随着对地球生命认识的深入，想必您对外星生命的设想也在慢慢发生改变。不过，除非一种陌生的生命来到眼前与我们交流，或者显露出被我们判定为"生命"的明显特征，否则我们在寻找生命的时候，其实都只是在搜寻（我们所知的）生命的活动痕迹：适宜的温度、液态水、与起源于液态水环境的碳基生命活动相关的那些气体。其中液态水是关键，因为与生命相关的许多化学过程，都需要在溶液环境中进行，而水恰好是一种遍布于宇宙中的优良溶剂。温度是另一个重要的影响因素，因为我们所知的许多生化反应需要生物催化剂的帮助，比如酶，而它们只能在特定的温度下活跃。一些特定的气体有时会被当作生命存在的证据，比如氧气和甲烷，它们无法在空间环境中稳定存在，假如在某个天体的大气中发现了这类气体，就说明这个天体上有某个过程在源源不绝地产生出它们，而那有可能与生命有关。在人类的实际探索所能及的范围内，人们可以派出探测器，实地考察这些条件；在探测器所能及的范围之外，则只能依照天文观测的线索来推测这些相关条件。

离开地球，在太阳系内游览，您可以将各个"网红"打卡景点一一与地球相对比。月球和水星缺乏大气与磁场的保护，金星过于浓密的大气对生命也毫无帮助——曾经有消息爆出在金星上发现了有机生命的痕迹，敝公司甚至已经准备为金星开辟特别观光线，但随后却发现那只是一次"诈和"。有一段时间，这条航线的旅客们对土卫六——土星最大的卫星——抱有极大期待，它是太阳系第二大的卫星，也是已知唯一有浓厚大气层的卫星。阳光要花八十分钟才能到达这里，因此这里的光照比地球弱一百倍，并且大部分还被大气中的雾霾拒之门外。您前来这里观光时请务必穿上充足的保暖衣物，因为这颗星球表面极其寒冷。整颗星球由包裹在岩石内核外的一层层不同状态的冰构成，表面温度只有 –179 摄氏度，在地球上呈现为气态的烃类在这里可以形成河流和湖泊。冰在这颗星球上充当着岩石的角色，液态水相当于熔岩，在土卫六的火山爆发（您没看错，冰火山也算是火山）中，水奔流而出，再迅速冻结，表现与地球上的熔岩相仿。这里是太阳系里如今唯一具备表面液态环境的星球，卡西尼号的重力测量结果表明在它的地下还隐藏着一个液态水的海洋，虽然这里的水很可能是超咸的氨水——盐和氨都能降低冰点，让水在寒冷的温度下保持液态。但即便如此，在这样一颗符合人们设想条件的星球，惠更斯号在冒险穿过它大气中的厚重阴霾，鸟瞰其表面的时候，也未曾发现任何生命的迹象。

在太阳系中，地下的液态水海洋是一种常见的风景（虽然本航线并不建议您在观光时携带泳装）。重力探测表明，太阳系里不止一颗卫星拥有冰壳下的液态海洋——试试摇晃一只生鸡蛋和一只熟鸡蛋，您会感受到不同的手感，这也就是人们察觉地下海洋存在的原因。人们可以列出长长一串名单：木卫二、木卫三、木卫四、土卫二、土卫四、土卫六，甚至遥远的海卫一和冥王星也因为种种迹象被加了进来。您可以在木卫二上购买小瓶装食盐作为旅行纪念品，这里的海洋与地球上的海洋相似，而且在水资源的丰富程度上犹有过之。说来惭愧，虽然地球在太阳系的各个景点里长年以"蓝色水世界"著称，但其实这颗蓝色星球上的水分与其他景点相比经常是小巫见大巫，比如巨大的木卫三，它的地下海洋如果确实存在，其液态水含量就可能是地球的三十倍。水在太阳系绝不是什么稀罕的存在，就连素来给人以无比干旱荒凉印象的月球，其表面也有总量相当于一个中型水库的水以水冰微粒的形式混迹在撞击坑底的月壤中。而木星和土星的这些卫星，在形成时就位于原始太阳星云的"雪线"以外，不曾因为热量的蒸发和星风的吹拂损失太多原有的水分，水资源得以更多地保留下来。您在这些液态水海洋中观光时，如果能看到生命，它们必然能够适应这里极度的黑暗和压力，仅凭海水中的化学能或者海底火山口的些微热能作为支持生命的能量。碰巧的是，这也正是地球上某些深海微生物的日常生活。冰层和深海抵御了大部分辐射，生命在这里即便不能说生活得相当舒适，至少也是十分可能存在的。

起源于这类地下海洋中的生物，不管是在太阳系内还是在太阳系外，一旦发展出智慧，与生活在陆地上的智慧生物自然会有相当的不同。在黑暗的环境中，靠声音传递信息比靠光线高效安全，这里的智慧生命用来处理声音信息的能量相当于我们花在视觉上的能量，它们会有着极度发达的语言，而视力则不太可能有多优秀。而且，在海洋中，由于深度的差异会带来海水密度的差异，进而带来声速的差异，声音在海水中常常是沿曲线传播的——假如地球海洋中的鲸鱼能和我们对话，它们也将告诉我们这一点。生活在地下海洋中的智慧生物，多半会首先发展出一套非欧几何学，世界在它们眼中的形状，也会与我们相异。

在本次航程中，除了地球之外，对旅客而言，居住条件最佳的星球无疑还是火星。即便是在 21 世纪初，人们也已经意识到这里的条件并非绝不允许生命生存：稀薄但确实存在的大气，随季节从地下渗出的液态水，在适当的季节和地点，正午温度甚至堪称宜人。在火星南极的冰盖下已经发现了一个液态的地下湖，并且这样的地下水体在火星上可能还不止一个。冻结在冻土和冰盖中的水资源更是相当丰富，单单在北半球乌托邦平原地下冻结的水，就与地球上最大的淡水湖——苏必利尔湖相当。在北极地区，科罗廖夫撞击坑（这颗星球上的撞击坑总是以科学家或科幻作家的姓氏命名）中装满的水冰，总量接近全中国的淡水储量。这颗星球是整个太阳系里最热门的观光地点，在本地产的黏土矿或球状针铁矿里寻找微生物化石是一项朝阳产业，这样的矿石纪念品深受游客追捧。早在 21 世纪初，人们就已经在来自火星的陨石中发现了有机碳的痕迹，这类岩石也是旅游商店里自古以来的"网红"纪念品。但请谨记，不论购买哪一种纪念品，都一定要仔细核对检验证书，并务必谨慎保护密封隔离层。

当航行到太阳系之外，生命的不确定性和多样性都可能急剧上升，但情况并未发生改变：除非对方有意展示自己，否则我们只能看到自己能够理解的那一部分生命。生命当然完全可能不必仰赖大气、水体或者泥土为自己遮蔽来自恒星和宇宙深处的辐射，但我们所知道的生命需要如此；生命并非必然建立在碳和水的基础上，但我们所知道的生命需要如此；生命完全可能不参与星球环境中的物质循环，但我们所知道的生命需要如此。即便我们在宇宙中航行，一一拜访那些以活泼生命著称的迷人星球，我们看到的仍然可能只是宇宙中的一部分生命，并且在与另一部分擦肩而过时无从察觉。

天文学家确信围绕一颗恒星运转的行星在宇宙中普遍存在，他们之所以确信这一点，并不是因为他们已经观察过整个宇宙，而是因为在他们观察过的一小片宇宙中，已经发现了大量的行星。本公司的航线正是基于如此众多的行星而规划的，旅程途经的行星种类堪称应有尽有。一些行星是重大天文事件后的幸存者，它们所围绕的恒星已经蜕变为白矮星或中子星，地球人类发现的第一颗太阳系外行星就是如此，它围绕着一颗中子星转动；一些行星围绕暗淡的红矮星运行，遭受着猛烈星风的吹拂，时常被不稳定的红矮星卷起电磁风暴，离地球最近的太阳系外行星——绕着比邻星运行的比邻星 b 就是如此。在那些明亮而稳定的恒星身边，一些行星拥有丰沛的光照和充足的水源，几乎整颗星球表面都被海洋包覆，比如开普勒 -22b；另一些银装素裹，周身覆盖着冰雪，比如开普勒 -186f；还有一些正在经历猛烈的火山活动，整颗星球处于红热状态，比如开普勒 -20e。在旅途中这些形形色色的行星之上，生命乃至生物圈的复杂程度，与生物量，也就是生命总量的大小息息相关。越是在我们熟悉的环境中，越是可能生存着我们能够辨认和理解的物种；反过来，在我们从未设想过自己能够生存的地方，那些奇特的朋友如果决定和您打个招呼，请千万不要太过惊讶哟。

刘茜

北京天文馆研究员，科普影片撰稿人及科普作家。有多部天文科普影片及图书代表作，希望将宇宙中的趣味和美好分享给尽可能多的人。作品曾获北京市科学技术奖、"全国优秀科普作品"称号等荣誉。

昼温 / 文 _____ 星海言灯

　　　　　　我伸开五指——

　　　　　　让一切离去。

　　　　　　视觉的世界，语言，

　　　　　　叶子入夜的簌簌声，

　　　　　　高茎草与烧木头的味道。

　　　　　　我让一切离去，然后点一支蜡烛。

　　　　　　　　　　　——露易丝·格丽克《暮色》

一　星与信

　　天赐 057 年，我在离地球最远的地方守护格里姆星。

　　它是一个类地行星，是宇宙中像花木一样珍贵的存在，体积比地球稍大，同样是两极稍扁，赤道略鼓。现在，它的表面还充满了震荡的纹路，地质活动极度频繁，地面仿佛流淌着火海的炼狱——也很像早期的地球。但即使如此，凭借"天赐"事件赋予人类的副产品——星球改造技术，这颗星星也很快就能被改造成宜居行星，变成人类在星海中的另一个居所。

　　可人们没有来。格里姆星的恒星"燃灯"不够稳定，会在四万年内爆发成一颗中子星。四万年后的未来对人类来说很远，但对星星来说很近。

所以，这是只有我和姐姐两个人的居所。

我飘浮在小小的空间站里，绕着它一圈一圈旋转。我把高度放低，一侧舷窗外被灰红色的行星表面完全占满，另一侧则是几乎永远静止的群星。我读书，修理空间站，做饭，收信，然后用漫长的时间解信。习惯这里后，我连人造重力都很少开启了。有时候，我会来到太空里，长长久久地凝视头顶那灰红色的天空。

另一些时候，我能看见格里姆星的自然卫星从舷窗的另一边滑过。因为距离很近，它同样巨大，常常占据全部视野。这颗卫星的质量和体积与月球相当，连兔影和环形山都如出一辙，在天赐万星图中却没有记载，于是我私自给它取名为玉瑗。也可以理解，毕竟值得注意的星星那么多，小小的卫星已经不值一提。唯一麻烦的是，我需要注意调整空间站的航线，避免其与玉瑗相撞。奇怪，空间站并没有自动规避它的动作。

几十年的岁月就这样流过，只有躺在惜字塔里的姐姐容颜不变。曾经许诺永远一起成长，我们却无法见到彼此变老的样子。但至少，我们还在守护对方。

一次从与姐姐相会的深梦中醒来，我收到了一则来自另一个遥远星系的故人的讯息：

yuhuang,

xin xi yan zhong ni su wo si e er te ge se rui de zi ga vi ce hi shui。

每到这个时候，我都感到无比难过。才分别了几十年，故人所使用的语言符号已经偏离了我所有的理解，像极了我在语言司工作时处理过的一种数据：一段话通过多个小语种接力翻译后，最终的含意完全变了样子。我甚至怀疑，他所在的族群使用的是一种与地球人类的语言相差很远的信息沟通方式。

在我读书的时候，有些词库会基于最小成分概念来给语言下定义，例如："男孩" = ［+ 人］，［− 成年］，［+ 男性］。这些成分不代表现实世界的内容，而是"思维的固有内容，这些内容支配着人们构想世界的方式"。就像 Fillmore（菲尔莫尔）说过的："最终的语义描述术语，我采用的是那些大概为生物学上所给的概念，如身份、时间、空间、身体运动、领域、恐惧等。"换句话说，这些词语的定义来自人类的生理以及身体对地球环境的特定反应。所以就算再难，过去各个语种的互译都是有可能实现的——毕竟，我们千万年来同享母星这一共同的语境。

而已经定居在群星里的人类，他们面对的是什么样的环境？对身体进行改造后，他们还会倾心相爱，还会惧怕死亡吗？

他的信常来，我解信所花的时间越来越长：一天，一周，十天，一个月。而这短短的一句话，我用了足足三个月的时间破解：

"玉璜，联盟已经分崩离析，战火燃至七十九个类地行星，格里姆星虽远，你和玉玦也要早做打算。"

姐姐，你的预言实现了，快回来吧。

我飘到舷窗前，再次凝视灰红色的天空。

二 玦与璜

我一直感觉，拥有一个姐姐是很幸运的事。

李玉玦比我大一岁，永远在人生路上提前一步庇护着我：幼儿园到小学，每个人都知道我身后有个大姐头，没人敢抢我座位，揪我辫子；初中到高中，姐姐替我找出哪个知识点不好消化，把自己的笔记整理好，耐心帮我预习复习，我的成绩一直比姐姐好；到了大学，她又先一步涉足"未知领域"，为我研究专业、学校和奖学金政策。我所有的疑问都能得到解答，所有的不安都能被她消除。甚至是化妆——几乎所有女生在初学时都画过又粗又黑的眉毛，但我的柳叶细眉妆一开始就得到了姐姐的真传。

"小妹，你是我最珍惜的人。"姐姐曾经对我说，"每个人都在说不同的语言，属于自己的语言，只有在语境相同的情况下，人们才能相互理解。大部分人的语境是阅历决定的，彼此重合的部分很少，所以参加同学聚会的人大多只能在回忆往昔时找到共同语言，所以很多父母都活在孩子还小的过去。我们共享的岁月如此之多，彼此是任何人都不能替代的。"

"嗯嗯！"我点点头，"姐姐也是我最珍惜的人。"

姐姐温柔地笑了。她把我抱在怀里，我们两人一起仰望夜空中璀璨的群星。星星那么遥远，宇宙那么空寂，但在姐姐身边，我永远会感到温暖和安全。

携手走过青春期，又先后上了大学，姐姐对语言学的热爱更加强烈地影响了我。

"小妹，你猜这是谁写的诗？"她常拿自己喜欢的书刊跟我分享。

空山绿树雨晴辰，残月杜鹃呼梦频。旅馆一声归思切，天涯瞻恋蜀城春。

"李白？王维？"我学的是外语专业，对这个一窍不通。

"是日本战国时代的武将武田信玄哟。当时的日本人非常崇尚汉字，会用汉字写诗。现在的日本人用汉字越来越少，已经看不懂诗的含意。中国人倒是可以大概看懂，但读不出来。是不是很神奇？"

我点点头。

"像世界上很多语言一样，日语和汉语在漫长的时光中进化并交融。我们现在常用的'革命''主观''哲学''人气'都是从日语借的词。这其中，有些词又是日本人在翻译西方概念时，从中国古典文献中找到的灵感，比如将'经世济民'缩为'经济'来翻译'economy'。而日语和汉语对同一个字的读法又大相径庭……语言就是这样变化莫测。"

"好复杂啊……真的一点规律都没有吗？"

"其实是有的，"姐姐愣了一下，说，"有个'格里姆定律'，也叫'格林定律'，就是写《格林童话》的两兄弟之一发现的。它指出了日耳曼语言中所发生的一系列有规则的辅音变化，比如浊爆破音变为清爆破音，清爆破音变为摩擦音。算是一种语音上的演变规律吧。"

"这样啊……那有没有能覆盖所有语言的普遍定律呢？就像生物学上的进化论一样，能看清语言的发展脉络和亲缘关系。这样我们都能读懂过去的诗词，也能搞清每天用的词语是从哪里来的，甚至可以预测未来的语言演变。那多好啊！"

"是啊，多好。"姐姐重复道，轻轻撩起我落在鼻尖的碎发。

可就算是姐妹，人生的轨迹也会在并行的同时逐渐相离。第一个偏离的角度是何时产生的，我不知道，但两条线陡然冲向两个不同方向的那一天，我永远不会忘记。

猜疑，叹息，泪水。

最后的结果是，姐姐拿走家里全部积蓄去美国读历史语言学专业，我只能留在国内申请学校，失去了一盏永远在一步之遥处指引我前进的小灯。它曾是如此温暖而明亮，让我在人生的茫茫黑夜中能够安心前行。

后来，我还是申请到了南京大学的直博机会。专业同样是语言学。在姐姐那么多年的影响下，我还能干什么呢？

南大的面试结束的那一天，我去了南京博物院，就在南京航空航天大学附近。在历史展馆，我偶然看到了我们姐妹俩的名字：玉璜和玉玦。只是附庸风雅的小镇父母怎么会知道，他们翻字典取出的玉名，形状却如此不圆满：圆环缺了一角，如温柔了二十多年最终却毅然出走的姐姐李玉玦；圆柱微微打弯，就像我，努力把自己拗成姐姐的形状而不得的李玉璜。

那天，也是我遇到石顾的日子。

玉玦整整四年没有回来。

三　惜字塔与开天斧

我飘到空间站的尾部，那是一个名叫"惜字塔"的独立舱室。

姐姐就躺在中间的棺材一样的转换器里，穿着一件简单的白色连衣裙，整个头颅被白色的金属多面体覆盖。我看不见她的面孔，只有几缕碎发从脖颈处散落出来。我摸着光滑的树脂表面，无数次想要握一握那苍白纤细的手指。

"姐姐，姐姐。你快醒来吧。石顾又发来消息了，这回真的很严重。我不知道他们多久之后会来这里，也不知道他们会对我们做什么……姐姐，离开惜字塔，离开格里姆星，我们一起逃到星际空间里去吧。"

姐姐像往常一样沉默不语。她可能几十年前就死了，也可能还活着。没有人知道。我也不知道。毕竟，这是惜字塔设备第一次被使用。

在中国古代，人们受科举制度影响，认为文字是无比神圣和崇高的，写在纸上的文字，不能随意亵渎。因此，他们会有专门的建筑用来焚烧有字的纸。几十年前，在南京，我曾和姐姐参观过坐落在江南贡院的一座惜字塔。

我想知道，在那个时候，姐姐是不是就已经给这个可怕的装置取好了名字？

它们真的太像了。和写有文字的纸张相似，人类的大脑也不过是镌刻了信息的载体。宣纸带着墨迹在惜字塔燃烧，就如白色机械深入姐姐的大脑，一点一点剥离盛满知性与记忆的细胞和分子。

当然，姐姐拥有的信息并没有化作一缕青烟飘出贡院，而是通过电磁辐射被传送给了格里姆星内部的行星改造系统：开天斧。

当年为了拿到这个星系的开发权，姐姐申请天赐计划的名义就是对格里姆星进行先期改造，她带着行星改造器来到了这里。名为"开天斧"的笨重机械已经沉入了行星核，就像粒粒水银沉入水中，最后聚合在一起。它可以吸收星球的元素制造空气，可以用次声波改变行星壳，甚至将整颗星球稍微推离轨道，令其在恒星周围拥有更加温和的四季。

然而开天斧运转了几十年，眼前的星球还是那么原始：沸腾的海洋，滚热的岩浆，剧烈的行星壳运动……地表是生命的禁地，满眼只有地狱的景色。

地球上的人不知道，除了我也没有任何人知道，姐姐已经跟这颗行星融为了一体。只要底层结构精细到一定程度，组成信息的物质本身就失去了意义。人眼分不清 retina display（视网膜屏幕）里重新排列的水晶，细沙或彩金组成的蒙娜丽莎都是蒙娜丽莎，文字是刻在石头上、算筹上还是用三十五个氙原子排列而成，都不影响它信息的表达。

眼前灰红的行星也是这样：在开天斧和惜字塔的完美配合下，精心设计的磁场、跨越百年的余震、穿越行星幔的声波，还有软流层放射性物质的多变辐射……那都是组成姐姐的神经与血脉。最终，它们将"燃烧"掉大脑所有的部分，让格里姆星本身成为一个以姐姐的思维模式为底层设计，以其知识回忆为数据来源的硅基类脑计算机，沉默而永恒地绕着恒星旋转。一个信息量极大的墓碑。

虽然不可逆，但对脑神经抽丝剥茧的过程极其漫长，时间跨度要以十年为单位来计算。每一天，每一天我都会躲进惜字塔里，在姐姐身旁呼唤，希望她愿意回来。哪怕已经不再完整，她还是我的姐姐啊。

今天，我也是这样跪在玉玦身边，告诉她来自母星的信息。

"姐姐，尽管格里姆星在遥远的银河边缘，尽管这里的恒星燃灯不够稳定，但如果他们真的要来，我们将无路可逃。求你了，醒来吧。我们一起，重新开始好吗？"

小小的舱室里，只有我一个人的哭泣声。

绝望地离开惜字塔，我回到常常凝望格里姆星的地方。有点不对劲。

本该整洁空旷的舱室里，多了一块石制的东晋墓砖，上面刻着五个大字：卞氏王夫人。

四 脆弱的语言

"姐姐，你看石顾怎么样，人挺好的吧？"

那时我们已经四年没见了，姐姐第一次从美国回来。她剪了利落的短发，穿着宽松的白色 T 恤，脖子和手腕处都瘦得皮肉凹陷。我带她在南京游玩，石顾尽心尽力地招待。他是本地人，已经博士毕业，在南航谋了一个教职。"青椒"（青年教师）非常辛苦，刚把我们姐妹俩送到博物院，他就被几个电话催回去了。

"你们不合适。"

望着石顾远去的背影，姐姐只评价了这一句话。

"为什么？"我不服气地说，"你刚才也看到了，他对我多好！而且他很了解我，甚至知道我要说什么……"

"这有什么难的，对你好不是基本要求吗？"

我气鼓鼓地还想反驳，姐姐已经带头往博物院里面走，刷脸进了历史馆。

"小妹，马上毕业了，论文发表了几篇？影响因子有多少？这个才重要。"

"早达到毕业要求了。"我咕哝着，不想说细节。毕竟姐姐读的是哈佛大学，在 *Nature*（《自然》）子刊上都发表了不少论文，还有两篇是第一作者，不是我能比的。有时候我会暗自生气，如果当时姐姐没有"抢走"我出国的机会，那我现在……

"好好干，小妹，"灯光昏暗的场馆中，姐姐停下了脚步，"语言是个值得研究的东西，尤其是在现在这个时代。"

"是吗？我其实不太想继续搞学术了，太累，挣得又少……"

"你看。"姐姐明显没有听我讲话，只是指了指玻璃后面的展品，是一块不小的墓砖。

"卞氏王夫人。"我下意识念出了砖上刻的字。

"一千七百多年前的文物，就算是小学生也能毫无障碍地认出上面的文字，你不觉得很神奇吗？"姐姐用指尖触碰光滑的玻璃表面，清瘦的面孔在玻璃上与墓砖重叠。"这就是共同语境的力量啊。"

我知道姐姐要说什么。她信奉的是"功能－类型"学派，认为语言是一种认知能力，优先将语言视为说话人与受话人之间的一种交际策略。

"'语言是一种人类活动，而不是一种静态能力的附带现象。语言的共性被认为是一种倾向性而不是绝对性，是一种普遍认知性而不是语言的自洽性和特定性。'换句话说，语法和词汇并非刻在人类大脑里的天生语料，要保持特定语言的传承，必须依靠特定的语境，中国有传承千年的文化体系，西方有……你还记得格里姆定律吗？"

"呃……"我好像一下子变成了被老师点名叫起来回答问题的孩

子。姐姐从小教我教惯了，总是冷不丁地考我知识点。她好像没有意识到，我们的研究方向已经完全不同了。"格里姆定律阐述了印欧各种语言的语音演变规则，包含对应规律、塞音和语音演变，比如，嗯，我只记得梵语的浊送气塞音对应希腊语的清送气塞音。"

姐姐点点头。

"小妹你看，语言演变不断，但往往随着时间连绵，我们总能找到现在与过去的联系。"

"嗯。"我轻声回应。

"而语言又是多么脆弱的东西啊，"姐姐继续说，"每一个新生儿都是空白的，如果脱离环境，他将无法识别祖祖辈辈都在使用的符号。剥离一种文化，只需要一代人……"

"但不会……"

"是的，这种情况很少发生，因为在我们生活的社群里总有一个相对稳定的语言环境。一种语言的使用者越多，它就越活跃；一种语言的使用者越相似，它就越坚固。在这个语境内，人们对符号的共识极其丰富，足以表达抽象的思维和细微的情感，彼此的联结也就更紧密。"

"是这样的。"我说。姐姐明显沉浸在了某种东西里。

"小妹，你知道吗？现代社会让我感到恐慌。信息传递速度太快了，信息过载太严重了，深谙推荐算法之道的社交媒体造就了信息茧房，人与人之间的语境被迅速割裂……与历史割裂，与长辈割裂，与同袍割裂，甚至与过去的自己割裂。语言的迭代速度也是如此之快，没有一种方法可以描述它神秘莫测的变化轨迹。是的，再也不会有格里姆定律了……我只有在博物馆才会感到安全。"

"姐姐……"

"对不起扯远了……小妹，我想对你说的是，"她转过头看我，眼里冒着泪花，"就算只一起吃过几顿饭，我也能看出来，石顾的语境跟你相差太大了。历时角度，他是南京人，成长轨迹与你完全不同；共时角度，他的思维方式被学科限制住了，你没听到他对语言学的评价吗？而且你们的兴趣爱好也完全不一样。你觉得他好，只是因为你们年龄差不多，都在南京读博士，暂时共享了一小段语境，实现了思维的短暂共振……你们真的不合适。"

"姐姐，你没有资格这么说，"我抬起头，盯着那个已经陌生的面孔，"过去的四年来，你给家里打过几个电话？爸爸妈妈怕你担心才没多说，有很多事情都是石顾帮我摆平的，而且这几天石顾招待你有多辛苦啊。也许过去我们确实没有多少相似的经历，但只要有爱，我相信我们可以去创造未来几十年的共同语境。"

姐姐看着我，没有说话。我已经读不懂她的表情了。"我只是为你好。"

"姐姐，那我得谢谢你，"对石顾的感情冲昏了我的头脑，"当年要不是你自私抛下我，我还遇不着他呢。"

跨越千年的墓砖静默无言。

第二天，姐姐的南京之旅结束了。

又过了一个月，"天赐"临世，人类通往星空的大门轰然开启。

五 千年墓砖

那块青灰色的墓砖就这样立在空间站里，什么都不倚靠。

我的心突突突跳得飞快。它不应该在这里的。几十年来，我对这个小空间站的每一样东西都了如指掌，这里绝对没有文物存在。难道我和姐姐并不是仅有的住客？我感到脊背发凉。

又过了一会儿，我鼓起勇气飘到墓砖前，仔细观察它字体的纹路和边缘的刻痕。跟我们在南京博物院看到的没有区别。我伸出手，轻轻触碰墓砖的右上角，摸到了它粗糙的表面，指肚也稍稍凹陷了下去。但这感觉不太对劲，不太……真实。

我后退几步，闭上眼睛，猛地一蹬墙壁，整个身体快速向前。再睁开眼睛时，我已经"穿越"到了墓砖的后面，就像穿过了空气。

一切都清楚了：空间站没问题，也没有不速之客，只是我的精神出问题了。

未经训练的人在太空中待了这么久，精神不正常多少也正常。天赐初期，也有不少所谓的星际心理学家警告过前往遥远星球的移民者。不过，幻觉真的能如此逼真吗？我再次接近墓砖，发现在睁眼的情况下，手掌似乎真的触碰到了实体，凭空感受到了空气中的力量。也许我的视觉和触觉都已经被幻想劫持，凭靠自身的神经系统再也难以分辨真假。

这种情况发生了多久？我清楚地知道陈列在南京博物院历史馆的墓砖不可能出现在空间站，这才发现了它是幻象，那身边早已习以为常的东西呢？我快速接近空间站的墙壁，检查各种关键部位，生怕自己已经在幻觉中沉沦很久，生命其实已经走向尽头。

空间站是真实的吗？格里姆星是真实的吗？姐姐……是真实的吗？

我暂停了狂乱的摸索，深吸一口气，告诉自己一定要冷静。仔细想一想，用理智去想，还有什么是违背常识的存在——除了那块刻着五个字的墓砖。

睁开眼睛，舷窗外正好映出了格里姆星的卫星玉瑗，它正在缓缓变大，以恒定的速度向空间站靠近。

糟糕，忘记调整航线了。我正准备向控制室冲去，浑身突然像被浇了一桶冰水般凉透了：在天赐万星图的记载里，模样过分像地球旁的月亮，轨道飘忽不定，空间站从未检测到引力异常的存在——玉瑷，是真实的吗？

我愣在半空，看着玉瑷逐渐占满整片天空，余光还能瞥到依旧沉默挺立的墓砖，心脏几乎停跳。

六　天赐

天赐事件发生以来，整个地球立刻被迫卷入了星际大开发时代。几乎是一夜之间，航天股暴涨。各个国家的大部分产业都停工停产，全部用来支持星际移民，彼此之间既合作又竞争，资源置换，科研联合，国际形势日新月异。但有一点是所有人的共识：在人口过多、地球不堪重负的今天，凭空出现帮助人类进行快捷星际移民的捷径，这只能用"天赐"来形容。

已知的历史被那一天划分成了两个截然不同的时代，人类进入了全新的语境。

至少我是这么认为的。

天赐元年，我还没正式博士毕业，但已经被编入了联合国天赐事件应对组的东亚语言司，负责将资料翻译成各种语言，为全球二百多个国家和地区的通力合作抹上润滑油。当然，作为语言学博士，我并不是一线翻译人员，更多是和程序员合作，对翻译 AI（人工智能）的工作进行监督和纠正。

就算全世界的齿轮都已经疯狂运转起来，这项工作也依然繁重异常。过去，英语与其他语种互译的平行语料比较多，翻译结果勉强能行，但小语种之间的互译，比如日语和泰米尔语，简直让人如堕云雾，不明所以。那把所有语言先翻译成英语，再翻译成其他语言呢？经过两个神经学习机器翻译黑箱，原意大部分已经在过程中丢失了，而涉及各国协作的文件又如此重要，不是翻译个大概就能交差的东西。我没办法，只能先组织小语种间的平行语料收集，甚至组织技术人员用"回翻译"的方式去创造"伪"平行语料。我每天忙得脚不沾地，连做梦都在整理数据。

尽管如此，我还是获得了与钻研学术完全不同的快感：出入装修豪华的联合国机构，每天与来自几十个国家的同事打交道，手上做的事情永远都能立刻看到成果——不间断的正反馈令人上瘾。更重要的是，我和在南航工作的石顾都享受到了天赐带来的经济暴涨福利，短短一年就挣到了过去想都不敢想的金钱。读书时的捉襟见肘一去不复返，新街口的奢侈品店成了我最常消费的场所。

我和无数人一样感谢天赐，尽管我并不在意它能带人类登上多少星球。

对了，姐姐玉玦是我认识的唯一一个视"天赐"为"天劫"，反对星际移民的人。

距离博物院一别整整一年，全世界都因为天赐发生了翻天覆地的改变，她再次来到南京找我。

那是一个夜晚，我在一号线地铁口接到她时，她正痴迷地望着南京的夜空。

"小妹，你知道吗？在美国凝望故乡明月的那些日子，我才体会到什么叫'今人不见古时月，今月曾经照古人'。星球的岁月如此漫长，我真的好羡慕啊。"

可惜，尽管每一个字都认识，但那时我已经听不懂姐姐的话了。我们二人所用的语言，已经在五年的时间里分化到了无法想象的程度。

七　协同幻象

墓砖、月亮，都是对姐姐来说很重要的东西。我闭上眼睛，试图冷静思考。为什么幻象偏偏是这些呢？

一个可能性跳入了脑海，很荒谬，但我必须去验证。

快速飘回控制室，我打开了环境监控系统。格里姆星围绕的恒星燃灯已经进入暮年，十分不稳定，甚至有超新星爆发的可能，因此空间站时时刻刻都在监控接收到的电磁波，希望可以早点察觉爆发的前兆。几十年过去了，空间站收集到了非常丰富的恒星数据，也在后台不断演算。果然，有一个信号源的辐射在近几年不断增强。不是来自衰老的恒星燃灯，而是来自格里姆星。

随着惜字塔和开天斧的工作进入中期，整个格里姆星已经越来越接近一颗人类的大脑，甚至像大脑发出脑电波一样不断向外发出电磁辐射。我所在的空间站经常落到近行星轨道，完全在其影响范围内。

换句话说，我的大脑被格里姆星影响了，被姐姐影响了。那块墓砖、那个"月亮"，都是姐姐心中的执念在我精神世界的投影。

如果是这样的话，那就没什么好害怕的了。我相信，姐姐无论如何都不会伤害我，不管她变成了什么样子。

想明白这一点，我喜忧参半：忧的是星球电磁足以制造出近距离骗过大脑的墓砖，那么姐姐的转化程度恐怕已经很深了；喜的是，我似乎终于有了跟姐姐沟通的方法。

眼前的玉瑷已经铺满了舷窗外的天空，我决心不再调整航线，冲进姐姐创造出的最真实的幻象。

八　星人之语

从一号线地铁口接到姐姐后，我带她去了新街口的一家新式南京菜馆。

她还是那么清瘦，穿着和去年一样的宽松白 T 恤，简单用一款黑色的鲨鱼夹箍住将将垂到肩上的头发。她的脸上没有化妆的痕迹，岁月已经从她眼角的纹路中展露了自己的存在。

与玉玦相比，那时的我反而更像"姐姐"：成熟的妆容，一身博柏利和卡地亚，随手背了YSL（圣罗兰）的"爱神红"挎包。带头走进预约好的餐厅，我一落座就拿起了菜单。

"这家的航天烤鸭很有特点，烤炉用的是开天斧的新型材料；群星糖芋苗和飞天狮子头也不错；天赐汤包不能错过，据说咬一口能给你带来半人马座的风味……随便点，这家餐厅有石顾的投资，我们多少也算股东了。"

姐姐只是低头看菜单，似乎读不懂这些花里胡哨的菜名和后面高昂的标价。

"服务员！"我伸出一只手在餐厅中招呼，"麻烦过来一下。这个碗是不是没洗干净？"

穿着围裙的女孩紧张地跑过来端详，想要分清碗里的几道黑线是污渍还是设计好的裂纹。但我没给她这个机会。

"换一套餐具，再送个菜给我们补偿，"我熟练地指指菜单，戴上严肃的面具，"不然叫你们经理来。"小姑娘赶忙应声，拿起碗筷低头走了。

"看到没，"我得意地冲姐姐笑，"免费甜品，屡试不爽。"

姐姐在对面看着我，还是一脸茫然和错愕。

"姐姐，毕业了？准备在国内发展吗？还是要回去？我觉得还是国内好，美国的星际移民技术也就那样，比不上咱们的开天斧。"

姐姐张了张嘴，半天才说出话来。"毕业了。还是准备回国。"

"哇！好棒！那咱们姐妹就可以团聚了。"我条件反射地扯开嘴笑，"姐姐拿了哪里的offer（录用信）？年薪多少？工资拿到手先别买房，等那些人走了，房价肯定得跌……当然大城市另说。还是优先投航天股吧，别看现在在高位，上涨空间不小呢！"说话时，我在心里快速盘算了一下自己家的投资组合。

"我还没有找到工作。"

"哦哦，那没事，可以来我们语言司，或者让石顾给找个关系。现在正缺人，总是有人突然决定跑到几十光年外的星系去，真不知道有什么好……"

"小妹……"

"现在谁不知道，天赐计划有去无回，还是地球上好！哪里都是大牛市，我跟石顾二百平方米的新房就买在了新街口附近。当然不是全款，南京的房价一时半会儿还降不了，还是贷款合适。就是可惜我参加工作的时间还不够长，用公积金贷不了多少款——"

"玉璜！"

"嗯？"我一下子停住了。姐姐很少喊我的名字。

"没事，我……你觉得天赐计划是件好事，对吗？"姐姐说得很慢，似乎觉得这些词句与这里格格不入。

"我觉得还挺好的。"我谨慎地回答。

"我很担心，"姐姐叹了口气，"我担心人类还没准备好。"

我的脑子一时没有转过来。"人类"这个词太大了，大到脱离了我日常熟悉的语境。"呃，其实还好吧，技术上没什么门槛了，开天斧只用半年就造出来，移民都还挺顺利的——"

"我说的不是自然科学，"姐姐再次打断我，"是人文科学，是语言。玉璜，你还记得我之前跟你说过的话吗？人类的相互理解是靠共同语境实现的，脱离了这些，语言就是苍白的符号而已……学了这么多年历史语言学，我能看到语言在巨大的时间跨度上发生了怎样的剧变：词汇的边界消失，'be going to'变成'be gonna'；语义的重新分析，'silly'的含义从'幸福'变成'愚蠢'。入侵者给殖民地发明拼写系统，古老的语言就此断根；强势文化席卷全球，快餐式的文字以天为单位兴盛衰亡……不管怎么说，毕竟是人类语言，多少还能找到些共性，甚至演变本身也有格里姆定律这样的规律可循，更别说全球化带来的文化共振了。但如果把这些人抛到宇宙里呢？语言脱离了共同环境，将会快速走向不可预知的演化道路。我们现在所有已知的人类文明，都会在这个无法停止的洪流中消失殆尽……"

"文明哪有这么脆弱……"

"文明不脆弱，但语言脆弱！"姐姐逐渐激动起来，"如果世间万物是复杂纠缠的齿轮，语言就是蜿蜒其中的细丝，艰难而坚韧地维系着整个系统。齿轮会碾它，扯它，拉它，但它却不会轻易断开，只会不断变形。只要齿轮挨得够近，语言在彼此之间总会有千丝万缕的联系，保有沟通和交流的可能。但天赐计划要做的事呢？把齿轮扔到几十、几百光年外的星系！语言的细丝一旦扯断，再连上可就太难了。最可怕的是——"姐姐顿了顿，说："如果你永远都听不懂对方讲话，你还会当对方是人吗？"

我愣住了。姐姐的话像微风拂过海面，我听懂了每一个字，却无法理解它们连起来所表达的含意。我拼命转动大脑，调动读书时的记忆，可是那些零件早就已经生锈了，尖叫着拒绝处理这段话，拒绝深度思考，让我想起过去听口音浓重的中年老师讲微积分时的感觉。

可这不是艰深的数学，是我曾经最爱的语言学，讲话人也不是陌生老师，而是我最亲的姐姐啊！

有那么一会儿，我们只是看着彼此，桌上银河鱼头汤的蒸汽让姐姐的面容飘忽不定。

"呃……姐姐，累了吧，要不你今天先休息休息。"

姐姐深吸一口气。"还是说说你和石顾的新家吧。"

姐姐是第二天晚上走的，谁都没告诉，只留了一封信给我。

九　信与星

在太空中，一切都太过遥远。即使仪表盘上显示的速度再快，参照物巨大的尺寸还是会让我觉得空间站是在朝玉瑗"爬行"。

这漫长的一周中，我第一万次想起姐姐在不告而别的那天，托天赐中心的人交给石顾，最后又到了我手里的那封信。

信是手写的——姐姐娟秀的瘦金体。她在开头告诉我，在来南京前，她已经跟每一个亲近的人都见了面，有的只是寒暄，有的也说了些反对天赐计划的话。但没有人赞同她的观点。

然后是大段的技术资料和学术材料：关于惜字塔，关于开天斧，关于格里姆星。还有她在美国五年来一直奋斗的事业：延续赫尔辛基语料库——那是一个典型的英语历时语料库，一共收录了近 160 万个词语，生动记录了语言的演化。

小妹，你知道吗？现代社会让我感到恐慌。信息传递速度太快了，信息过载太严重了，深谙推荐算法之道的社交媒体造就了信息茧房，人与人之间的语境被迅速割裂……与历史割裂，与长辈割裂，与同袍割裂，甚至与过去的自己割裂。语言的迭代速度也是如此之快，没有一种方法可以描述它神秘莫测的变化轨迹。是的，再也不会有格里姆定律了……我只有在博物馆才会感到安全。

第一次读到信时，我想起了和姐姐的南京博物院之行。那时她已经对现代语言的剧变感到担忧，而天赐时代的来临，更是让一切发生爆炸性变化。至于她害怕散落在遥远星球上的人类再也无法相互理解，细思也不无道理——毕竟只分别了五年，我和最亲爱的姐姐已经开始说不一样的语言。而到现在，我必须花费整整三个月去破解昔日枕边人石顾的讯息，而他还不是最早踏入星空的那批人。

所以，姐姐才做出了这个无法回头的决定：

独自前往一颗遥远的行星，让惜字塔和开天斧将她的大脑，连同她收集到的全新赫尔辛基语料库一起，镌刻在格里姆星这整颗行星的地质环境中。从此，脆弱、易逝的语言变成了沉默的星球，在漫长的改造过程中化为广阔宇宙中一块万年不会消逝的"墓砖"，保留了千年来语言文字演化的痕迹——那将是人类走向群星前最后的共通语言。

那时，石顾花了一番心思才从负责天赐计划的同事那里拿到了姐姐的资料。

"玉玦是 15 号凌晨走的。她能拿出的抵押很少，选的恒星星系'燃灯'在银晕最稀薄的边缘，几乎没有回来的可能……恒星燃灯本身也极不稳定，很可能在四万年内的任何时候爆发成中子星，四万年在天文学尺度上几乎就是一瞬间。但她还是去了……你说她这是图啥呀？留在地球有什么不好？现在可是黄金时代，稍微动点脑子就能发财……"

可姐姐图的并不是这些。经过在空间站里无数次的回味，我无比笃定：姐姐那晚对我说的话，既是告别，也是求救。

如果当时，我哪怕能理解一句姐姐的言语，她也不会最终绝望地离去吧。也正是这份无法释怀的愧疚，让我义无反顾地抛开已经拥有的一切，将自己的后半生囿于一个小小的空间站，只为有一线希望唤回姐姐，拯救她的生命。

石顾无法理解我，就像他无法理解玉玦。他毕竟是成长在大城市的独生子女，缺失了一整块关于手足之情的语境。姐姐说得对，我们确实不合适。

玉瑷越来越近了。

十　玉瑷

空间站要撞上玉瑷表面时，我没眨眼。

没有巨响，没有碰撞，只是像掠过了一层帷幔。我盯着那块墓砖，期待它带来自己的同伴。很快就有了。

空间站里开始出现各种各样的小物件：被撕烂的布娃娃，脸上只剩一颗黑豆豆一样的眼睛；59分的高二数学试卷，错题旁有眼泪干掉的痕迹；粉色的山寨唇膏和抗过敏药。

它们就这样散落在空间站里，像墓砖一样遵循着莫须有的重力，甚至有几个从舷窗外飘了进来。我一样一样抓在手里细看，感受到了姐姐的痛苦。

我一直认为，拥有一个姐姐是很幸运的事。可姐姐也觉得幸运吗？永远的庇护者，永远的开路人，永远在成长的未知中跋涉，去踩每一个可能会踩到的坑。被欺负过，才知道保护弱者不被欺负多重要；挂过科，才知道哪些知识点最不容易掌握。我的一帆风顺，是姐姐咽下血泪后的暗自思忖："如果可以重新来过，我会……"

姐姐第一次来南京，我们在博物院吵过之后，母亲告诉我，姐姐本来是想接我出国的。她不满足于能给她奖学金的美国普通高校，非要自费上名校，也是想帮我拓宽学术道路。但当时的我没有相信，只当姐姐太过自私——毕竟她留学后也总是劝我在国内读书，甚至不愿意分享一点留学申请的经验。

直到现在，我亲眼看到了姐姐留学时的物件：被标记得满满当当的英文课本，有几页充满了崩溃后的红色叉号；得了 C- 的小组论文，上面只有姐姐一个人的名字；打工记录表，有一栏的名目就是"攒钱给小妹读书"；药物，以及心理诊所长长的账单……我甚至看到了几个人的影子，都是美国学生的模样，他们看着我，带着假笑，带着茫然，带着疲惫。

我能理解。姐姐毕竟是小镇长成的少女，从没接触过什么外国人，突然来到一个纯英语学术环境，身边充满了从没听过的俚语和口语……我想起自己刚参加工作时跟外籍同事交流，他们有时也会露出这样的表情。很多外语专业的同学都有感触，读几年死书能把语言学到什么程度呢？想要表达的东西受限于表达能力只能一减再减，听到不懂的词句也只好傻傻赔笑。最后能不说，就不说，能不交流，就不交流。一道语言的壁垒，在这无法言喻的疲惫中隔开了人心。

如果你永远都听不懂对方讲话，你还会当对方是人吗？

姐姐那段时间一定过得孤独又辛苦。所以她改了主意，一再阻止我追随她出国留学，害怕在那个环境无法庇护我，害怕让我也经历这份痛苦。

突然，我看到了自己：一身博柏利和卡地亚，脸上化着大浓妆，坐在割裂了一半的餐桌前，随手把 YSL 的"爱神红"挎包放在一边。我的脸上，竟然也是同样的假笑、茫然和疲惫，跟姐姐在美国见到的人一模一样。

我的眼泪流了下来。在美国找不到共鸣的姐姐，回家后也得不到安慰。仅仅五年的语境的割裂，让最爱的小妹也成长成了自己不认识的样子。我早就知道，那场晚餐是压垮姐姐的最后一根稻草，所以我才抛弃了一切，拼命也要把姐姐唤回来。可我之前从没有想到，姐姐作为姐姐的一生，背负的东西比一颗星球还要沉重，结果换来的却是彻底的陌生与疏离。

怪不得在她眼中，天赐事件带来的未来是如此灰暗——人类注定要分崩离析，变成彼此敌对的物种。石顾发给我的讯息也证实了这一点：这才多少年啊，战火已经燃起了。

可是姐姐，墓砖只是墓砖而已，你将大脑化为一颗星球，也无法改变任何东西。难道这一切的一切，都只是为了千万年后早已分化的异种能有地方凭吊地球这样一颗古旧星球的文明残影吗？

能被解读的文字才有意义，如果刻在石头上的痕迹没有人能理解，那它跟月球上的陨石坑又有什么区别呢？

姐姐，你这又是何苦呢？

我在过去的残影中蜷起身子，眼泪像融化的珍珠一样飘浮在空中。

十一　格里姆定律

"你以为，我只是想变成一块墓砖吗？"

玉玦从"我"的幻象中起身，穿着宽大的白 T 恤，还是二十六岁的模样。

我的眼泪立刻流了下来，恨不得直接冲上去抱住她。但是她那面孔的模样、身体的触感、熟悉的声音——都只不过是被劫持的神经在大脑中形成的幻象。

"姐姐……"

"听"到我的呼唤，玉玦的表情没有一点波动，淡然而冷漠，就好像石头雕成的佛像，早已看透了世间的一切。

"天赐事件赋予人类的星星太多，每个星际移民都有为星球命名的权利。没错，'格里姆星'这个名字是我取的。"

"我知道！姐姐是为了纪念格里姆定律对吗？那个语言演变的规则。"我条件反射地回答，不想让姐姐觉得我疏于学业……啊，这都多少年过去了，我的生理年龄已经比她大了几十岁，面容也在无法完全挡住的太空辐射中衰老——但她永远是我的姐姐。

"不仅是纪念而已，"玉玦摇摇头，"你没有发现吗？惜字塔赋予格里姆星的并非一个静态的赫尔辛基语料库——不然只需要将字符刻进山峦，哪用得着分解人类大脑？我选择与行星融为一体，与巨大的历时语料库融为一体，不仅是为了留下永恒的墓砖，更是为了亲身演算语言的演化规律——星际时代的格里姆定律。我原本想在语言剧变时代找到一条联系过去与未来，联系语种与语种之间的细丝。只要这缕细丝不断，无论人类分别奔赴多么遥远的星球，都依然存在一个共享的语境，存在彼此理解的可能。"

"姐姐，你找到了吗？"我的心跳得越来越快，因为喜悦，因为一个全新的可能与希望——能为玉玦完成梦想，也能在一个漫长的时间跨度上停止干戈。

"基于人类大脑生理基础的定律，已经差不多了。不然你以为，我是如何通过操纵脑电波与你对话的？"

"那太好了，也许我们可以一起——"

"我知道你在想什么。"玉玦踏着坚实的"地板"向我走来，宽大的白色上衣在无风的环境中猎猎飞舞。和创造玉瑗时一样，她下意识地模拟了母星的环境。"你想操纵超新星爆发，你想把我创造的一切都毁灭，你想——"

"把字刻在光里！"我激动地说，"眼前这颗衰老的恒星燃灯，只要对它的扰动足够精确，干预量级足够大，它就会提前爆发，变成一颗周期性向宇宙发出电磁脉冲信号的中子星，一座星空中近乎永恒的灯塔。"

只要底层结构精细到一定程度，组成信息的物质本身就失去了意义。

"赫尔辛基语料库、星际格里姆定律……只要接收到这些信息的人类有心，就能找到剧烈分化前的语言根基，然后根据演化定律推演出其他人类社群所使用的语言。我相信，只要能重新开始沟通、交流，战争迟早会停止的！"

十二　璜与玦

"这是不可能成功的，"读清我的所思所想后，姐姐的表情仍然没有什么变化，"你想得太简单了。"

"是有可能的！"我急着辩解，"石顾发过来的那些单程信，你肯定也在我的脑子里读到了。在天赐时代，也许人们忽视了彼此的交流，但天体物理学急速发展，随着不同时期观察样本的暴增，人类对恒星的了解达到了前所未有的程度。而且空间站这么多年来一直在收集恒星燃灯的电磁辐射资料，这一点绝对能做到——"

"就算技术上能做到，对我来说又有什么意义呢？"姐姐打断了我，"行星的生命，我的生命，漫长得令人类这种三季人无法想象。人类文明诞生以来产生的所有语言资料都在我的胸腹中缓慢流转，光是感受到它们的存在就令人安心。小妹，我努力去破解终极格里姆演化定律，去探索语言与人类大脑的关系，也是为了有办法在此时此刻把我的想法表达出来，是为了你啊。"

"我？"

姐姐点点头，神色依然淡漠。"小妹，你知道吗？这么多年来，你的每一句呼唤我都能听到。我很欣慰，真的。最后那次南京之行，我已经走到了绝望和崩溃的边缘。天赐时代带来的语境割裂，已经让人类像一块破碎的墓砖般四分五裂，没有人再去在意其他人的想法，大家都只想快点往前走，往深空里走，扯断维系文明整体的那一根根丝线，让此时口中的音节被全新的语境污染……如果没有人听懂我的话，生命的意义就只剩孤独，那跟蜷缩成一块星空中的墓砖有什么区别呢？尽管一切就绪，我还是回来了……因为，你是我最后的希望啊。"

"我……"可那时的我已经跟着石顾落进了纸醉金迷的生活，生生打碎了姐姐的希望。

"可是，你还是来了，追着我来到了格里姆星。我听到了你的呼唤，可已经没法回头，只能越走越深，走向另一个极端，才能用飘逸到太空中的辐射与你交谈。但你知道吗？我一点都不后悔。你愿意跟我一起来吗？把我已经冷透的身体从惜字塔里拖出来，然后自己走进去，再次开启机器。格里姆星的空间还很大，我们可以共享美好而永恒的行星生命，以前所未有的方式融合思维，理解彼此的程度将比历史上任何一双人都要深刻……小妹，你是我最珍惜的人，让我们永远在一起吧。"

我看着姐姐没有表情的面孔，竟然有那么一丝心动——不再管什么易逝的语言，什么崩裂的文明，只有我们两个人，只有思维深处最和谐的共鸣……融为一体，永恒如星。

……不，这不是我想要的。尽管石顾的信息我已经难以看懂，尽管最近的人类也在几十光年之外，尽管为了适应各种星球的环境，他们已经变得像鲨虫，像海胆，像气态海洋中的群鹰，但作为一个有血有肉的生物，我还是想象得到战火燃至家园、利刃扎进骨肉的痛苦。对生的渴求，对死的恐惧，对爱的向往……这才是碳基生物最底层的共同语境，甚至是"君子远庖厨"式的共情。我无法在这场本可以被阻止的灾难中独善其身。

"姐姐，你在说什么？"我大声说，尽管知道空气的振动传不进任何一双耳朵里，"你看看石顾最近的讯息，已经变异到连我都几乎看不懂的程度……人类像你预言的那样分崩离析，语言的隔阂最终引发了战争，而我们是唯一的希望。他们早晚都会来燃灯星系，我们得快点建起灯塔——"

"人类糟蹋了母星这么多年，核战争也没伤动地球分毫，当你成为星球本身，又何必在意那些朝生暮死的蚍蜉来来去去？只要你在他们来之前完成惜字塔的改造……不用，就算他们来了，我也有能力让他们生不如死。"玉玦笑了，令人毛骨悚然。

"姐姐……你是不是，已经不再把那些人当成人了？"这个念头闪过时，我也被自己吓到了。我突然意识到，我正在做的更多是阻止姐姐丢失人性，变成连她自己都无法忍受的样子……

"我……"她的面孔上闪过一丝茫然。

"姐姐，你不记得了吗？你心中所钟爱的语言，都是这些所谓'蚍蜉'创造的。语言在无数短暂但坚韧的生命接力中演化，在对死的恐惧和对爱的向往中升华，它的丰富和活力也源于此。如果没有人去读、去理解，刻在墓砖上的文字才真的已经死了。"

玉玦沉默以对。她的影子没有呼吸的起伏，像一幅画。

"姐姐，我记得，你当时最害怕的就是人与人无法相互理解，对吗？你化为星球演算格里姆定律，不就是想证明语言的联系不会断，人类还可以相互理解吗？你为了语言学奉献一生，如今我们终于有了办法，可以让散落在星空里的人类再次听懂彼此的心声，重启团结和平的伟大文明，这样才能创造更多、更丰富的语言啊……姐姐，在这最关键的时候，你怎么能自私地选择逃避呢？"姐姐，救救万千生命，也救救你自己吧……

玉玦还是没有说话。时间缓缓过去，她的影子变淡了，所有的幻象似乎都蒙上了一层轻纱。

小小的空间站里，落下了一道光。

不，那不是幻觉，是恒星燃灯的光芒越过格里姆星的边缘，直直灌进了空间站。过去，我总是把轨道放得低，满眼都是一片灰红的格里姆星，都是姐姐，很少看到这种景象。但这次，追着卫星玉瑗，我终于目睹了太空"日出"。

回过神来，玉玦和其他幻象都已经消失了。我流了好多泪，也流了好多汗，像软体动物一样瘫在半空中旋转。

但我知道，那束光就是姐姐的答案。

十三　永恒言灯

其实有一个姐姐，也并非全是幸福。

玉玦是如此优秀，身为妹妹永远逃不开被比较的阴影。小时候，人们总说玉玦人如其名，有决心有冲劲，什么都敢尝试，就算一开始碰壁，也能立刻爬起来，取得优秀的成果。她每次考试都有新进步，每次比赛都有更好的名次。"玉璜那孩子倒是稳，没那种闯劲，发展不一定比玉玦好。"偶尔听到一两次，我的心里总是慌慌的，总担心追不上姐姐。尤其是玉玦上了哈佛大学后，留在国内的我更加焦虑，找了好几个机会想去国外交流，但总被事情耽搁。后来，我搭天赐事件的顺风取得了世俗意义上的成功，见姐姐时也故意打扮得珠光宝气，还是童年埋下的小心思在作祟。

几十年前，姐姐还是先我一步。她为整个人类文明留下了语言的墓碑，而我却天天只想着唤她回来，以释怀心中的愧疚，找回人生路上永远的依靠。就算追着她来到了离地球最遥远的星星，住在心里的"邻居"们还在说"玉璜还是那个在姐姐羽翼下安行的小妹啊"。

但现在，终于轮到我走在前面开路，拉着姐姐前进了。

真好，就这样一起变成光吧。

在这道光中，将会有姐姐穷尽学术生涯完善的赫尔辛基语料库，也有她在惜字塔里燃烧生命演算得来的星际格里姆定律。这是人类最后的共同语境，也是语言演化规律的基本法则。

在这道光中，语言将在真正意义上跨越时间与空间，向每一个愿意倾听的地球之子广播。我相信，就算因为隔阂而交战，只要那些落户在群星里的人类还有沟通的愿望，他们就一定会破解这些信息，重新获得交流的可能……结局会是怎样，文明是否还能弥合，就交给后人去操心吧，我们已经燃起了希望的灯火。

姐姐，这就是选择"守护"的感觉吗？

布下指令后，开天斧开始全功率运转。行星将进行最后的轨道调整，将有效信息压入行星核。

一百九十八天后，这颗行星将滑过三个椭圆形的绕恒星轨道，最后以精准的角度撞入恒星，引起一场有预谋的超新星爆发。

掀开惜字塔，我跪在姐姐身边，在越来越耀眼的光芒中，轻轻握住了她的手。

参考文献

[1] Chomsky N. Language and Problems of Knowledge: The Managua Lectures [M]. Cambridge, London: MIT Press, 1988.

[2] Fillmore C J. Types of Lexical Information [M] // Kiefer F. Studies in Syntax and Semantics. Dordrecht : Springer, 1969: 109–137.

[3] Foley W A. The Role of Theory in Language Description [M]. Berlin: Mouton de Gruyter, 1993.

[4] 布林顿 L J，特劳戈特 E C. 词汇化与语言演变 [M]. 罗耀华，郑友阶，樊城呈，柴延艳，译. 北京：商务印书馆，2013.

[5] 刘润清. 西方语言学流派 [M]. 北京：外语教学与研究出版社，2013.

[6] 格丽克 L. 直到世界反映了灵魂最深层的需要 [M]. 柳向阳，范静哗，译. 上海：上海人民出版社，2016.

[7] 苏静. 知日·和制汉语 [M]. 北京：中信出版社，2015.

昼温

科幻作家，作品发表在《三联生活周刊》《青年文学》《智族 GQ》和"不存在科幻"等平台。《沉默的音节》于 2018 年 5 月获得首届中国科幻读者选择奖（引力奖）最佳短篇小说奖，日文版收录于立原透耶主编的《时间之梯 现代中华 SF 杰作选》，并于 2021 年获得日本星云奖提名。2019 年凭借《偷走人生的少女》获得乔治·马丁创办的地球人奖（Terran Prize）。作品多次入选中国科幻年选。著有长篇小说《致命失言》。出版有个人选集《偷走人生的少女》。

刘天一 /文 _____ 有狐

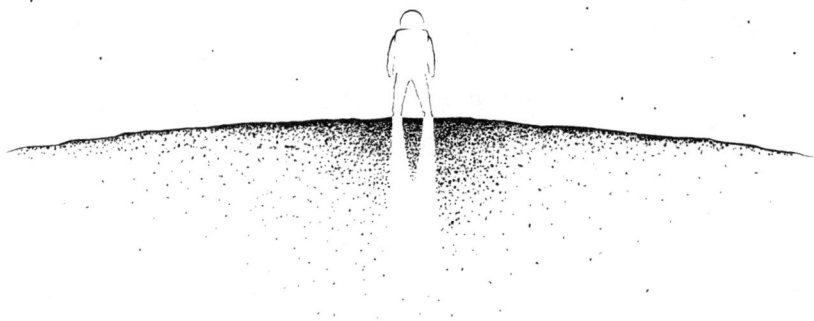

<第 903400114535 个宇宙 >

<第 1 次宇宙循环 >

1

钟声雄浑,自道观中传遍长夜乡。

这是吕纯阳自失忆之后,第一次听见最高等级的妖怪入侵钟鸣预警。

他立于舟头,泛荡湖上。湖畔一旁是长夜乡的酒楼,方才对着他指指点点的村民们正尖叫着逃出,回家躲避妖怪。

"我真不明白李仙尊为什么要把灵丹仙药都分配给你。"一位老人在吕纯阳身旁说,"你也听见酒楼里大家的话了,就连那些刚开始修道的,也知道你是个废人。"

"与你无关。"吕纯阳盯着湖面。湖波漾漾,映出岸旁那株桃树烟霞般的粉花,也映着天上隐约的妖怪黑影。

"你不是帝君了。"老人说,"你也没从妖界救回小仙。"

吕纯阳远眺天空,日垂林表,晚天苍暮,月亮"蓬莱"斜悬云霞之上。云影中,千百金光正围着黑影战斗,这些光点是长夜乡守护大阵的符兵。吕纯阳望着黑影。黑影后面摇舞着九条巨尾——入侵的妖怪,是九尾妖狐。

又是九尾妖狐。吕纯阳想着。一年前他失忆之时,似乎也是在同妖狐战斗。当时，那妖狐直接将长夜乡的另一个月亮"瀛洲"轰飞了，这一年来天上便只剩"蓬莱"独自盈缺。最后他们虽胜了妖狐，但他的师弟钟离权重伤兵解，师父李玄不得不闭入玄关，为师弟重塑炉鼎法身，至今尚未出关。

这一年来，长夜乡只剩吕纯阳一位仙人行动在外。若此时妖怪击破符兵来到地面，只能由他来对付。

但失忆之后，他道法皆忘，早已不擅斗法降妖。

"来点酒？"吕纯阳一指身后。小舟之中，摆着一方泥炉，炉上架着酒壶，旁有酒坛二三。

"啊？"老人一愣。

"不喝就滚，别妨碍我等鱼。"吕纯阳又盯着湖面，等待湖下妖鱼现身。

"你——"水波一荡，老人踏波走到吕纯阳面前。"你已经不配享受帝君待遇了！"

吕纯阳稍稍抬起视线。站在他面前的老人号为大竹真人，一身灰袍，白发飘然，腰间佩挂着一箫一剑。"我知道了，你想私吞那些仙药。"吕纯阳说。

"废人不需要蓬莱仙药。"大竹真人说，"也不需要这么多五石散。"

"你想私吞就私吞吧。"吕纯阳淡然道，"与我无关。"

"这不叫私吞！"大竹真人瞪了吕纯阳一眼，"本来就该归我。如果当年是我分配到蓬莱仙药，哪里轮得到你飞升仙人？你本来就啥都不如我，我没飞升也比你强！就算是天上那个妖狐，我的万卉敷荣咒也能——"

"呀——"突然，上方传来少女的尖叫，一道翠色人影从天坠落，砰地砸在湖面上！

"你要的妖狐来了。"吕纯阳说。

一位翠衣少女从水中爬出，半跪在湖面上，呕出一口浊血。她的一袭青裙湿透，脚上木屐挂着浮萍，三条灰白狐尾拖在身后，两只毛茸茸的狐耳在青丝间轻轻颤动。

这就是那入侵的妖狐。守护大阵没能挡住她，这妖狐多半能和仙人一战。吕纯阳想着。至于大竹真人，最多能在这妖怪手下撑十个回合。

大竹真人面色骤然苍白。"我……我去道观组织避难！"他转身就跑，只在湖面上留下一行浪纹。

和风缓缓。平静湖面之上，一时只剩吕纯阳与少女。

"烦死了，尾巴又湿了……"少女摇晃着站起来，轻声自语，"这儿重力好弱，下降居然失控了。不过还好，防卫机器人被诱饵骗到，玉匣也拿到了。嗯？有酒？"

妖鱼来了。吕纯阳对妖狐并不感兴趣。几分钟前，他在此撒下鱼饵一撮，现在，湖中那条妖鱼来了——他觉察到了妖力的波动。

他稍稍下蹲，挽起衣袖，静待妖鱼跃出水面咬他手臂。

"警告！侦测到十二级金丹强度，确认为帝君级仙人！"一个冰冷声音忽然响起。吕纯阳抬头看去，少女身边浮着一个巴掌大的铁球，声音是铁球所发出的。

"啊！"少女这才正眼看向吕纯阳。她面色灰败，朱唇挂血，似是和符兵战斗时受了重伤。她飘然虚立于湖面之上，手臂一伸，指向吕纯阳。"白泽！轰他！"

吕纯阳悬着手臂，岿然不动。

"主人，你的伤势——"小铁球说。

"轰他！"

"天狐装甲准备，主炮预热——"铁球说。少女手臂外侧出现一个飘浮着的圆柱形的细长"铁桶"，无数管线从虚空中浮现，挂于铁桶外壁。接着，铁桶内透出一团橘黄光华，炽热的风浪鼓涌而出。

她要干什么？攻击我？吕纯阳心平气和。他的仙人之躯不畏外伤，这次来找妖鱼，也是为了测试妖鱼能否咬伤自己——

妖鱼跳出水面，扑向吕纯阳的手臂。

"开火！"少女舒展五指，朝吕纯阳凭虚一按。

一声爆鸣，火光射出铁桶，直冲向吕纯阳。剧痛卷过身躯，火光耀耀之中，吕纯阳看见妖鱼化为劫灰散去。

火光熄灭。

吕纯阳呆了呆，站起身。"你把鱼杀死了。"

2

山影遥遥，月亮蓬莱升至半空，三五白鹤拍翅斜飞月下。

"这怕是个傻子。"少女说，"躲都不躲，活该被轰成渣——啊！他怎么没受伤？"

"他是帝君级仙人。"少女身旁的铁球说，"主人你不是对手。"

"你是……"吕纯阳以真火催热舟上火炉，抓起酒坛，一掌切去封泥，往酒壶注入一汪新酒。"妖怪？妖狐？"

"你才是妖怪！我是妖精！不叫妖怪！"少女声音急促，嘴角又流出一丝鲜血，面色惨淡几分。她抹去嘴角血渍，凌波后退，木屐点出涟漪一片。"别以为我怕你！我的天狐装甲很强的！帝君我也不怕！"

酒水微沸，香气萦绕。"你把我的鱼弄死了。"吕纯阳说。

"警告。"铁球又说话了，"主人你伤重，建议立刻撤退。"

"这个球，是你的法宝？"吕纯阳瞥了眼铁球。他看不出少女的路数，那个发射火光的铁桶已经消失了。

"我是妖精重工特制战斗型人工智能'白泽'。"铁球说。

什么？人工白泽？这是妖怪的法宝？吕纯阳蒙了。他从袖中摸出一包补益元气的五石散撒入酒中，摇摇头，不愿深究。

"来点酒？"他置盏倒酒，倾杯饮尽。

少女的三条被濡湿的狐尾不安地缩了缩。"你要干吗！我不会赔你的鱼的！"

"鱼无所谓，我只是想试试它能不能咬伤我……你受伤了？可以喝点这酒。酒名望乡，聊堪一醉。"

吕纯阳摸出新酒杯，满上，放在对侧船舷上，又自斟着痛饮一口。

"你为什么不跟我打架？"少女声音平缓下来。

吕纯阳想起来了，仙人的职责就是和外来的妖怪战斗以保护长夜乡。"我忘了怎么打架了。"

"啊？"少女凌波而行，登上木舟，双手往后一搂，托起三条狐尾，小心地坐在船舷上。"尾巴不能再湿了，太不吉利。"她咕哝着把狐尾抱在身前，避免尾巴垂在湖面上，又捧起身旁酒杯，一口饮尽。"嗝！好酒！"

吕纯阳给少女满上新酒一盏。"你的伤不要紧？"

少女又一饮而尽，面带酡红，狐耳一颤。"你真是仙人？为什么你这么奇怪？哪儿有会关心妖精的仙人？"

"仙人吗……"吕纯阳一时不知如何回答。"我姓吕，号纯阳，应该算是仙人吧。"

"我叫狐狸十，涂山狐族。"少女说，"狐狸的狐狸，排行第十。"

"我不需要你赔鱼。"吕纯阳说，"我只是听说，湖下的妖鱼咬穿过师父的法宝，想试试它能不能咬伤我。"

"啊？"

吕纯阳举起右手，捋起衣袖，手臂上有一弯浅浅的牙印。"曾经，有东西咬伤过我。但我失忆了，不知道是什么咬伤了我。仙人的身躯无法被寻常力量伤害——"

他从腰侧拔出一把桃木剑，附以真气，切过右手。伤口流出了金黄色的玉液——仙人的血——但不一会儿，伤口愈合，不见痕迹。

"我在想，到底是什么在我手臂上留下了牙印。"他放下衣袖。

"这世界上有一万种方法能伤害仙人。"少女耸耸肩，"你要干吗？"

"自杀。我猜，你能帮我。"

"啊？你……"她盯着吕纯阳，又歪头看了看铁球白泽，"他脑子坏了？"

"他和酆都服务器通信正常。"白泽说，"至于他的意识切片是否损坏，我没有权限访问。"

"你为什么想死？"狐狸十问。

"我又为什么而活？"

"那么多妖精求活不得，你却求死不能，世道真是不公。"狐狸十撇撇嘴，放下酒杯，"奇怪的仙人，谢谢你的酒，我现在杀不死你。玉匣到手，我要走了，没时间耽搁。白泽，计算闵氏图，准备返航。"

"计算相对论效应，校准时空窗口。"白泽说。

"把天舟跃迁进来——"狐狸十站起身来，身子却突然摇晃一下，摔倒在船上。

"姑娘！"吕纯阳一愣，俯身搭上狐狸十的手腕。她的脉息浮弱不匀，跳动速度极快，是重伤之兆。

"主人伤势重了。天舟马上就到。"白泽说，"你帮我把主人抬上去，她需要紧急治疗。"

来不及。吕纯阳估摸着。他伸手从怀中摸索出一方小盒，打开，取出一粒丹药——海天再造丹，能重塑炉鼎，修复肉身的所有损伤。他轻轻抱住狐狸十，将海天再造丹和着温酒喂她服下去。

"你哪里来的顶级微纳米修复剂？"白泽说。

"什么？"

"天舟来了。"白泽说，"请帮我搬运一下主人。"

"你们去哪儿？妖界？"

"苏澜城。"

"我也去。"吕纯阳并不知道苏澜城在哪儿。

"苏澜城不欢迎仙人。"白泽说。

"不行你们就半路把我扔下去。"

白泽没有回答。远处一声轰鸣，一条木船突然出现在湖畔的桃树下。吕纯阳抱起昏迷的狐狸十，踏波走向木船。

"你把主人抱高一点，她不喜欢尾巴沾水，不吉利。"白泽说。

吕纯阳点点头。路过桃树时，他怀中的狐狸十已经醒转，细弱地说："哎？这桃花……"

"我种的。"吕纯阳说。

"嗯……"狐狸十轻匀打鼾，又睡了过去。

看起来她的伤势已经被控制住了。吕纯阳想了想，从桃树临湖的低枝上折下桃花两朵，收入袖中，而后步行飘飘，登上木船。

3

登船十分钟后，吕纯阳看见狐狸十从舱室里走了出来。她一身干净衣裳，面色虽有些苍白，但伤应已痊愈。

"喏，这个。"狐狸十不情愿地掏出一只小瓶，塞在吕纯阳手上。"拿着。"

"什么？"吕纯阳握住小瓶。

"酒，送你的。谢谢你的药。"

"不用谢我。"吕纯阳说，"我不想救你，我只是觉得你也许能帮我自杀，不能就这么死了。"

"啊？你——"狐狸十气得一跺脚，"要不是你救了我，谁想送你东西！收好酒！下船！马上！"

吕纯阳把酒放到一旁桌上。"我看你的法宝发出的火光很强，你是不是能杀死我？"

"我不行，但苏澜城的五衰熔炉可以。"狐狸十一歪头盯着吕纯阳，"你真要自杀？"

"嗯。"

"那就跟我去苏澜城。"狐狸十走入后舱，"不要后悔。白泽，起飞。"

天舟嗡然启动，飘飞而起。隔着玻璃舷窗，吕纯阳看见大地正逐渐变小，长夜乡的一切——桃树、湖泊、乡野、道观，都化为模糊不清的色块。不一会儿，长夜乡的大地缩成球形，球的外缘蒙着紫红的云霞，云霞之外是无边无际的黑暗。

月牙蓬莱正浮在长夜乡这个球旁边。

船舱门吱呀一声开了。"长夜乡变成一个球了？"他回头看着狐狸十。

狐狸十一只手摊着脏湿的青衣，另一只手捧着一个小铁壶，壶口喷出蓝紫火焰，灼烧青衣。"长夜乡本来就是一颗天球。"

紫焰晃动，须臾，青衣退去水汽，污渍化灰，簌簌掉落。

"你为什么要用真气烧衣服？"吕纯阳不解。

"啥？哦，这是乙炔喷灯。"狐狸十放下铁壶，抖抖青衣，披在身上，束好两衽。"火浣布里嵌了纳米颗粒，用高温激发它们的能级就能自动清洁。"

吕纯阳没有听懂。他皱着眉，舷窗外黑漆漆的世界让他不安。"我们在哪儿？长夜乡是个球？外面为什么这么黑？"

"我们在太空。嗯，就是'太衍之内，空灭之中'。"狐狸十说，"喂，别问这些傻瓜问题，我说了你也不懂。你们长夜乡没有科学。"

科学？吕纯阳未曾听过，他只知丹道法术。自失忆后，他忘了使用法诀的方法，不过真气还在，阳神未堕。

狐狸十站在桌前检视日志，没有理他。

他望望周围。天舟是一条全封闭的木船，船舱为一圈圆柱形，天花板上倒吊着一套桌椅床铺，壁面上嵌着数十个把手，像是供人握持用的。"上面有床？"

"天舟的重力是可以控制的。别问了，你很烦！"狐狸十瞪了吕纯阳一眼。

"重力……是什么？和床有关的法力？"

"啊——"狐狸十挠着发丝，狐耳扑棱扇动，"你是白痴吗！"

吕纯阳昂起头。"应该比你聪明。"

"哼！来。"狐狸十拉起吕纯阳的手，带着他往圆柱形的墙壁上走去。"白泽！"

"启动重力自适应。"白泽说。

"你要干吗！"吕纯阳往后一缩。狐狸十却一顶他的后腰，抵着他往前。

沿着圆柱形的墙壁走过四分之一圆弧后，吕纯阳并未跌倒。他依然站在地面上，身后先前站着的"地面"正变成墙壁。又走了四分之一圈后，他正站在先前的天花板上，而原本的"地面"悬在头顶，成了天花板。喷出狐火的小铁壶像被粘在天花板上，没有掉下来。

"这就是重力，把你按在大地上的力量。"狐狸十往床上一躺，揽出三条狐尾，像被子一样盖在小腹上。

吕纯阳说："某种妖怪法术？"

"这不是法术，是科学，是戴森罗方程的一个特解。"狐狸十说，"利用这个解，我们能构建局域的时空结构，调整重力。"

吕纯阳默然不语。他不理解狐狸十为什么要把法术说成"科学"，但他不在乎。他此刻只想求死。失忆后的这一年里，他茫然地活着，状若痴愚。乡民表面上都尊称他"帝君"，私下却都看不起他。"如果不是他太废物，妖怪早就被消灭了。""都怪他，小仙姑娘死了！""啧，他也配做仙人？"这是他在镇上听过最多的讥讽。

他麻木了。他不知自己从何而来，向何而去，为何而活。永生像是枷锁，锁缚着他的神魂。

于是，他开始试着自杀。然而仙人之躯永无衰败的可能，无论多么严重的伤口，仙躯总能愈合修复，完好如初。他能伤害自己，却无法死亡。

自杀与醉酒，成了他仅有的人生兴味。

吕纯阳一声长叹。

"苏澜城要到了，你看窗外。"狐狸十说。

吕纯阳走到窗前。"太空"中虚浮着一块巨大瓦片。漆黑的太空让他无法分辨这块瓦片的距离和大小——不过，他观察到瓦片上细碎的纹路：房屋、河流、道路。这些人工痕迹交错密布，以之为尺度，瓦片恐怕纵横十几万米。

这是一座城市？吕纯阳呆愣着。什么法术让城市成了这样，容纳这么多人？在哪儿种田？在哪儿挖五石散？没有食物和五石散，城里的人要怎么活下去？是谁用法术在"太空"中建立了这座城市？或真若狐狸十所说，这是名为"科学"的神秘法术的伟力？

"这就是妖精的世界苏澜城。"狐狸十抱着大尾巴翻身坐起。"除了这儿，妖精还居住在苏澜城公转轨道上的其他一些小天球上。"

吕纯阳沉默着。

狐狸十继续说："这里以前是一块戴森球的残片。按苏澜城的时间算，那是两百多年前了；以蒿里之左的标准时间算，是两千多年前的太清历时期。"

"戴森球？"吕纯阳望着窗外。苏澜城在视野中迅速变大，这片巨瓦看起来确实像是球壳上的碎片。他想象着球壳的弧度，整个球的大小已超出一切他能想象之物。

"太清历时的科学家戴森罗发明的一个收集太阳能量的玩意儿。你们长夜乡在太阳的宜居带，我们妖精世界不在。所以我们才要抓仙人，扔进五衰熔炉，烧成能量。不然……我们全会冻死，饿死。"

吕纯阳有些发蒙。他想了想才说："那最好快点把我烧死，不然师父可能会出关追来。"

"没事，苏澜城的公转速度虽然也是亚光速，但比长夜乡慢很多，我们这里过去十年，长夜乡才过去一年。等你师父追来，你早就被五衰熔炉烧成仙炉尘了。"

"时间还有快慢？"吕纯阳问。

"这就是相对论，戴森罗和他妻子闵柯芙提出的描述时空的理论，和我前面说的重力也有关。"

"有趣的法术。"

"科学！"狐狸十跳下床，一拍吕纯阳后背，"是科学！"

"我不信。"吕纯阳摇头。

"哼，我有办法让你相信。"狐狸十一甩手，"白泽，准备'齐物论'。"

"齐物论？"吕纯阳看着狐狸十。少女板着脸，似有闷气。

"唯物论之矛：齐物论。万物在此概念武器之前完全平等，就算是仙炉尘也能切开。"狐狸十手中忽然多出一截刀柄，刀柄上是一道半透明的晶蓝虚光。"仙人之躯是不是刀枪不入？"

"只有仙人自己可以伤害仙躯。"

"你觉得齐物论行不行？"

"当然不行。"

"如果齐物论切开了呢？"狐狸十晃了晃手中的刀，"你知道仙躯究竟是什么吗？"

"仙躯是阳神温养而来的本真化身，你切不开。"

"呸。仙人身躯只是一种高级机械身体而已。你们的月亮蓬莱，就是大号的工厂，生产的'蓬莱仙药'能把任何普通人变成仙人。"狐狸十说，"你们的意识都存放在长夜乡轨道的另一个稳定点上，是一个叫酆都的意识存储服务器。"

"我不信。"吕纯阳摇摇头，"不过酆都倒确实是灵魂回归之地……"

"只要切开你的机械身体，看看里面的机械结构，你就信了。"

"你不可能切开。"

"来试试？"狐狸十笑着一抖齐物论，晃漾出一片晶蓝光华。

吕纯阳突然迟疑着沉默下去。

"怕了？"狐狸十一甩手，光华散尽，刀柄也退回虚空，"算了，到苏澜城了，准备下船。你先别出船，这船能屏蔽你的仙人特征。出船你会触发城里的仙人警报。"

"哼。"吕纯阳伸出右手，"随便你切。"

"啧。"狐狸十瞪了他一眼，唤出齐物论，手腕一翻，迅捷一刀划过吕纯阳的手臂。

刀锋过处一片冰凉。吕纯阳甩甩手，手臂上没有异样，不见伤口。

"啧，科学？"吕纯阳耸耸肩，"不过如此。"

"哼！"狐狸十愤愤一跺脚，"一定是出了什么意外！对，意外！马上要降落，我去开船！——我为什么会碰到你！"她蹬着木屐嗒嗒嗒地走远了。

吕纯阳独坐舱中。片刻，天舟落地，舷窗外可见苏澜城的屋舍楼宇。

"我终于找到了求死之门。"他想，心中舒畅而宁静。无论这一生为何而活，此时此刻，都结束了。

他感觉手臂上有点不对，低头看去，臂上一线细长伤口横穿过那道牙印，正在崩开，淡黄色的玉液汩汩流出。剧烈的痛楚表明伤口很深，是他自己用桃木剑所切不到的深度。

他伸手探上伤口，小心分开两侧的皮肉，心跳猛地停住。

皮肤之下并无血肉，而是一团灰蒙蒙的金属结构，千百毫细荧光正在其中回环流动。

难道狐狸十说的是真的？吕纯阳浑噩呆立，思绪滞涩。

"放开我！"船外忽然传来狐狸十的尖叫。

"她遇到麻烦了？"吕纯阳想着，"罢了，关我何事，我只是来自杀的……"

他突然看见桌上那瓶狐狸十送他的小酒。

吕纯阳拿起酒瓶，忽然哽咽起来。在长夜乡，一直没人正眼看过他，没有朋友，无人交心。他从来只独自饮酒，独自长卧，独自寻死……没人与他交谈，更没人送他酒。

他孤独惯了。

"傻姑娘。"吕纯阳收酒瓶入袖，冲出天舟。

4

"涂山罪族涂星见，私盗妖精重工绝密级武器白泽，畏罪逃离苏澜城！——捆住她！"

"让开！"天舟的停机坪上，狐狸十警戒着四周，"不然我展开天狐武装了！"

十几个妖精卫兵正围着她。突然，两头狼妖从两侧抄来，一左一右压住她。她正欲反击，狼妖抛出一张电磁屏蔽网，罩住浮空的白泽。

糟了。狐狸十一惊，意识中已失去同白泽的通信连接。如果没有白泽从武库中跃迁的那些武装，她打不过这些卫兵。

"放开她。"忽然，温厚的男声在她身后响起，她被人抓住手，往后一拉——吕纯阳站在了她身前，挡住狼妖。

"侦测到十二级金丹波动，帝君级仙人出现于相门——"苏澜城的仙人警报广播响彻天际，天幕上的全息投影闪过大片猩红，播报着仙人出现的坐标。"仙人防卫红色警报，请所有人立即避难！"

大地震动，苏澜城各处避难所的厚重大门正在开启。

卫兵们惊慌后退。"快去找庄城主！"领头蝶妖大吼着，蝶翼变为血红色。

完了。狐狸十呆立原地，蒙然解掉白泽的电磁屏蔽网。吕纯阳擅自跑出来，被警报系统侦测到，就算她想低调带着吕纯阳在城里行动也来不及了。而且，她还要被扣上一个"私通仙人"的罪名。她考虑着要不要召唤一条战斗天舟逃离苏澜城，但是，在这里，她还有必须要完成的事。

"喂！"狐狸十道，"我不是叫你待在船里吗！"

"慢着。"吕纯阳低声一喝，"她在长夜乡战胜了我，我是她的俘房。我的道法已经被她禁锢住了。"

啊？这个傻瓜在干吗？狐狸十歪了歪头。

"什么！"领头蝶妖愣了愣神，"涂星见，他说的是真的？"

狐狸十身子一颤。"是……的。我……我抓住了他。我还带回了玉匣……"

"捆住他，送去五衰熔炉。"蝶妖吩咐着。

"等一下……"狐狸十小声说。

"那我先去求死了。"吕纯阳淡然地说。

"我……"狐狸十低着头，不敢看吕纯阳。她努力控制着狐耳不要晃动，避免吕纯阳发现自己心中的紧张愧疚。虽然，吕纯阳大概看不懂狐耳不同摇晃动作的含意。

"谢谢。"吕纯阳声音平和。

他要死了，是我害死了他。狐狸十蜷着脚趾，夹紧木屐。她不知吕纯阳是真的要寻死还是随口开玩笑，但她并不想看着吕纯阳死去。如果她现在站出来，还能拦住吕纯阳。但这样的话，她私通仙人的罪名就坐实了，玉匣中的信息，永远没有机会读取出来。

狐狸十感觉吕纯阳的手摸上了她的头顶，在狐耳间抚了抚。她嘟起嘴，冲到喉头的"哼"硬生生憋了回去。"干吗……"她咕哝着。

"谢谢。"手离开头顶，接着，吕纯阳的声音也远了。

"哼！"

5

在卫兵的押送下，狐狸十登上姑射山之巅。

她许多年没来过这里了。姑射山高数千米，如细针般直刺云霄。很久以前的太清历时，这里是戴森球热应力平衡梁的地基。那些长十几万千米的平衡梁从这里弯着伸出，撑起戴森球，抵消掉阳光照射后热膨胀带来的应力。

看押她的蝶妖站住不动，示意已经到了。

山巅弥散着雾气，浓烈而静谧。狐狸十步入雾气，片刻，前方雾中隐隐有蓝光闪过，继而响起一个清澈女声："言法——"

狐狸十听见了撕书页的声音。

"云破月来花弄影。"那女声继续朗诵着。

前方，一翅晶蓝蝶翼刺破雾气，忽然清晰。云雾渐散，一栋小茅屋孤立平地，茅屋前摞着一摞一米高的书堆，一位少女背对着她坐在书堆上，蝶翼就是从少女后背长出的。

但少女背上只有一边有蝶翅，另一边只剩短短一截翅根，干枯焦黑，像被大火焚毁残损了。

"阿十，"蝴蝶妖精望着前方说，"好久不见。"

"你的言法更熟练了。"狐狸十说。

"你知道吗？"蝴蝶妖精说，"你带回来的那个仙人，他没有金丹。"

"什么！"狐狸十一惊。

"把那个仙人带上来。"

6

吕纯阳并没有被五衰熔炉烧成灰烬。他被妖精们抓出来，扭送到一座名叫"姑射"的怪异铁山的山巅。

姑射山巅，狐狸十正和一名蝴蝶妖精对峙。远处，夜空灰暗发紫，不见月亮。苏澜城的建筑铺叠在大地上，铁管密密麻麻堆在一起，像是蚁巢。蒸汽从城市的各处咝咝喷出，百米高的锅炉建筑雄立在苏澜城的中央位置——那就是刚刚灼烧过吕纯阳的五衰熔炉。

"你真的没金丹？"狐狸十看着他。

"我……"吕纯阳本来想说"有"，但一念及自己想的金丹和狐狸十口中的金丹可能不是一个东西，便顿了顿说："金丹是什么？"

"是你的动力核心，核子结合能释放器。"蝴蝶妖精跳下书堆，转过身来。

"什么？"吕纯阳没听懂，"我还是死不了吗？"

"他不懂。"狐狸十说。

"初次见面。"蝴蝶妖精望向吕纯阳，"在下庄梦生，华胥之国的族主兼苏澜城城主。"她身披蓝袍，手上捧着一本古旧笔记，封皮褶曲残损，页缘可见烧焦之痕。"上次有帝君级的仙人造访苏澜城，已经是十年前了。"

"他不会攻击苏澜城。"狐狸十说。

"他没有金丹，当然不会对苏澜城造成威胁。"庄梦生说，"但是，阿十你戴罪逃走，盗窃白泽，私自带回仙人……我不能徇私。"

"不需要你同情。"狐狸十冷哼一声，"是你毁了我们涂山，狐狸都很记仇的。"

天风凛冽。庄梦生低下头，单只蝶翼轻轻颤动。"我也不想。"

"是你下的令。"狐狸十说，"是你撕了纸条，启动言法，把我的故乡扔进无何有之乡。"

"你们背叛了我们，我是为了苏澜城。"庄梦生说。

"我们只想取回玉匣。"狐狸十晃着狐尾，"我们希望所有人都能活着——"

"苏澜城活下来已经很不容易了！"庄梦生喝道，"我们妖精没空管玉匣，管过去，管未来，管所有人，管宇宙的命运！"

狐狸十狐尾僵住。"果然，我们无法相互理解。看来，只能来打一架了。"

"你们狐狸太天真了。"庄梦生展开笔记本，"我连接着全城能源，你不是对手。"

"来试试！"狐狸十一甩狐尾，唤出齐物论和其他法宝，扑向庄梦生。

"言法："庄梦生哗哗翻过笔记，须臾，纸页停住，她撕下面前的一页，诵读着上面的文辞，"六鹢退飞。"

六只金属小鸟自虚空飞出，盘飞四周。庄梦生一收笔记，翻手唤出一支长矛，迎上狐狸十。

狐狸十一刀横扫，与庄梦生近身缠斗。她的金属法宝和庄梦生的金属小鸟激斗在外围。倚仗齐物论万物皆斩的刀锋，狐狸十一时占据上风，砍得庄梦生频频后退。

吕纯阳站立不动。他不过是求死的看客，这战斗与他无关……应该无关。

"言法：列缺霹雳，丘峦崩摧——"庄梦生拉开距离，唤出雷光之刃射向狐狸十。狐狸十则展开护身装甲，开炮还击。很快，光刃如潮，削破装甲，令狐狸十难以近身，齐物论也无法发挥作用。

狐狸十似乎抵挡不住了。吕纯阳想着。他忽然有些想帮忙，但他是仙人，而狐狸是妖精，是他的宿敌。

"警告：装甲过载——"突然，白泽发出警报。一道光刃直冲狐狸十胸口！

糟了。吕纯阳轻叹一声，大步向前冲到狐狸十身前，以自己的后背挡住光刃。

他还是来帮忙了。

"你干什么！"狐狸十大喝，揽手抱住吕纯阳，侧闪一旁，"你想死吗！"

"当然想死。"吕纯阳说。

"啊？你是有多傻？"狐狸十一歪头，"我打不过她……跑！白泽，展开天狐化身！"

倏忽间，狐狸十身形变换，化为一头九尾之白狐——三尾是她原本的狐尾，另外六尾是机械巨尾。白狐身披装甲，甲叶上流动着藤蔓纹饰，耀耀若披霜雪。

"想跑？"庄梦生振翼抬手，唤出光矛，猛掷而来！

"冲！"狐狸十张嘴衔住吕纯阳，往外跑去。吕纯阳只听见光矛破空声，接着，狐狸十奔至姑射山边缘，跃扑空中，向下坠落。天地旋转，黑色的天空与苏澜城的万家灯火在吕纯阳眼中闪来闪去。

"去城里躲一会儿，听我指挥，我会屏蔽你的仙人特征信号，让你不被侦测到。"狐狸十说，"然后，我要去无何有之乡处理玉匣。你呢？"

吕纯阳叹息一声："我不知道。"

"你不想死了？"

风声呼啸。吕纯阳翻身坐在狐狸十的下颚上，扶着她的犬齿，没有回答。

7

苏澜城郊，寒山寺。

"都怪你私自跑出天舟！"狐狸十冷哼一声。

自姑射山逃出后，吕纯阳跟随狐狸十潜行逃遁至此。"我怕你出事。"他坐在寺中藏经阁的房梁上，背靠立柱，"你出事我找谁去帮忙自杀？"

藏经阁高上百米，八面墙壁呈正八边形笔直向上，壁面上密布龛室。阁顶房梁宽五六米，堪可行走。狐狸十一手提着木屐，一手捧着一盏莲台小灯，赤脚走来。她放好小灯，盘腿坐下，压低声音说："你没有金丹，死不了。"

"为什么？"

"点燃金丹才能启动五衰熔炉。"狐狸十说，"金丹是五衰熔炉的燃料。没有五衰熔炉，很难消灭你的仙躯。"

吕纯阳沉默下去。

"我要去解析玉匣了。你接下来打算干什么？"狐狸十问。

"我不知道。"吕纯阳迷惘着。长夜乡恍惚成了昨日，虽然狐狸十没再和他提起这个话题，但他也意识到自己可能一直生活在某个巨大的骗局中：世界上根本没有法术，只有妖精们说的科学。"我从来不知道自己为何而活着，又要去做什么。"

"你这样……不会觉得空虚？"

吕纯阳笑了笑。"习惯了。而且，有酒，能醉。"

"那你在这里等我？我去一趟无何有之乡就回来。"

"玉匣到底是什么？"

"我从长夜乡偷出来的东西，太清历时的数据记录器，里面记录了……"狐狸十从怀中摸出玉匣，"关于宇宙为什么变成现在这样的秘密。但它被加密了。只要庄梦生不阻拦我，我还是有机会解密的。不过她现在肯定在到处找我们。"

烛火噼啪。

吕纯阳说："因为你抢走了白泽？所以庄梦生才想抓住你？"

"庄梦生想用白泽的因果律武器攻击长夜乡，而我想先查清楚玉匣的事情。长夜乡，恐怕只是问题的表象。"狐狸十说，"仙人和妖精为何对立，人类何以科技倒退沦落至此，玉匣中可能会有记录。"

四周弥散着香油气。吕纯阳忽然有些眩晕乏力，深吸几口气才缓过来。他需要服食五石散，不然身体会气力耗竭。

"十年前，母亲为从长夜乡偷出玉匣，和孚佑帝君大战至重伤而死，玉匣又被仙人抢回去了。我们涂山一族从此衰败，一蹶不振，老家也被人拆了。不然，玉匣解析应该是母亲在做。"狐狸十叹了口气，"现在全族只剩我一人，还好白泽认我为主人。有了白泽，任何妖精重工的武器都能立刻跃迁到我身边。要不是庄梦生在苏澜城可以得到源源不断的能量，我压根不怕她。"

吕纯阳勉强笑了笑。

"你怎么了？"狐狸十皱了皱眉。

"头晕。"

"他仙躯的功率太高，能量消耗过度。"白泽突然说，"他没有金丹，需要定期服用聚变燃料。"

"我身上的五石散吃完了。"吕纯阳不知道聚变燃料是不是五石散。

"我弄不到你要的五石散。"狐狸十说，"白泽，能不能调低他机械身体的功率？这里承受不起他这么浪费。"

白泽飞到吕纯阳手臂上，探出细针，刺入皮肤。"正在尝试。好了，降至1%的功率，日常活动能坚持半年，但是身体机能就没有仙人那么强了。"

"这是什么？"吕纯阳问。

"相当于封印了你的仙人能力。"狐狸十说。

"这样是不是死起来更容易了？"

"别老是想着去死。"狐狸十站起身，"我先去研究玉匣，你等我。"

吕纯阳犹豫一会儿，拉住狐狸十的手，也站起身。"我和你一起去。"

8

下了天舟，吕纯阳望见一片月光下荒凉静谧的土地。

这里是无何有之乡。冷风萧瑟，无边无际的渣滓与废墟一直垒砌到极远的地平线。稀淡的云气之后是纯粹的黑暗，没有月亮，只有米粒大的一粒光点，月光似是这光点照下的。

"月亮怎么这么小？"吕纯阳问。

"那个是太阳。"狐狸十踩着木屐走下舷梯，"这里没有月亮。"

"啊？"吕纯阳不解。天舟航行时，他已放下架子，向狐狸十请教基本科学知识。但他听得懵懵懂懂，无法理解。

"无何有之乡和苏澜城在一个公转轨道上，这里离太阳很远，是三体运动的一个稳定特解，附近的一大批天球就是各个妖精种族的老家。"狐狸十看看四周，"白泽，为什么我们没有降落在大樗树旁？"

白泽飘在一旁，没有回答。

狐狸十一愣。"白泽？"

"……太阳风暴，妖精重工服务器……中断。"白泽忽然说话，带着咔嗞噪声，"……不足，在跃迁前调用……有限，不支持高精确跃……"

"算了，我们走过去。"狐狸十向前走去，"妖精世界的公转半径大，所以太阳看着小。这里不是宜居区，太阳送过来的能量完全不够。"

"为什么你们不去宜居区——"吕纯阳打了个趔趄。低头一看，他踢到了一具机械人体。

他悚然一惊。

"这就是无何有之乡，过去与现在的垃圾场，上个时代所遗留的废土，重力聚起垃圾形成的天球。"狐狸十叹了口气，"你踢到的是太清历的垃圾。当年，人们会把肉体换成机械的。"

夜风徐徐，扬起臭尘。大地之上，残骸、废墟与破旧机器荡荡然蔓延至极远处。在那里，一棵巨大樗树歪歪扭扭生长在垃圾山巅，像是旧时代的信标与墓碑。吕纯阳不知道太清历究竟是怎样一个时代，妖精们为何住在远离太阳的非宜居区？长夜乡和仙人又是什么？

"这里不仅是旧时代的垃圾场，也是妖精的垃圾场。"狐狸十说。"我们会在这里捡垃圾考古，研究太清历的科技，也会把自己的垃圾扔进来。我的故乡涂山，在全族被贬成罪人后，就被强制减速进入无何有之乡的引力俘获区，然后坠落，砸进这里……那是两年前，庄梦生下令施行的。"

吕纯阳拍拍狐狸十的肩膀，张张嘴，又缄默下去。

"走吧。"狐狸十说，"这里有很多在苏澜城活不下去的乞丐，小心点。"

"大樗树又是怎么回事？为什么要靠它解析玉匣？"吕纯阳脚下嘎吱作响，他踩碎了一具腐烂鼠尸。

"大椿树附近是戴森球废墟集中的地方，它下面埋着废弃的超级计算机，里面有上个时代的密钥表。"狐狸十说，"只有密钥能破解玉匣。"

他们继续前进，走到大椿树前。

大椿树扎根垃圾山顶，高上百米，树枝扭结卷曲，奇丑而无用。它的粗枝叶上卷挂着上百个金属"棺材"，不少棺材中还躺着人。"那些是棺材？"吕纯阳问。

"是以前戴森球的冬眠舱。太清历结束时发生过大灾变，他们可能是在戴森球崩解前进入冬眠的。"狐狸十仰头望着，掏出怀中玉匣，"现在进入婆罗历后，这些冬眠舱被椿树拱起来挂住，他们再也醒不来了。白泽，启动椿树超算。——白泽？"

"正在启动。"片刻后，白泽才回应。

"破解开始了，但白泽有点奇怪。不应该，它的通信是超光速的，不会被太阳风暴干扰。"狐狸十皱起眉，狐耳扑扇两下，"等一会儿吧。"

吕纯阳望向四周，大椿树附近的地面上躺着不少妖精尸体。近处，他看见一个发光牌子，上面文字斑驳："异形奴隶售卖与改造：狐妖，绝版九尾模板；海棠妖，天香模板（含泣红基因组改造），可私人定制。"

"这些妖精都是冻死的。"狐狸十说，"大椿树有超算待机的废热，这里已经是无何有之乡最温暖的地方了。"

吕纯阳点点头。

"我跟你说——你不准嘲笑我。"狐狸十忽然道，"我的目标其实是，玉匣解析出来后，让所有人，仙人也好，妖精也罢，都能好好活下去。"

"我为什么要嘲笑你？"

"你不觉得这个目标很空，很傻，很幼稚吗？"

吕纯阳摇摇头。"你看看我，连目标都没有，不知为何而活。我才是应该被嘲笑的那一个。"

狐狸十扑哧一声笑了。她伸手戳戳吕纯阳的肩膀，道："你为什么想自杀？"

"失忆后，我找不到活着的意义。"吕纯阳思绪渐远。在长夜乡，他是被人尊敬的帝君，但所有人都知道他道法已失，是个废物，从来都只是表面尊敬他。对他来说，永生已成了折磨，他只想从无意义的永恒中超脱。

"求死容易。"狐狸十语气渐缓，"活着才难。"

"活着容易，知道为何而活才难。"吕纯阳轻轻抚过自己右手臂上的牙印。

沉默。许久，狐狸十才道："玉匣中的部分信息被解析出来了：'宇宙在循环……时间之外的世界……'嗯？"

突然，在她身后，一道黑影向她扑来！

"小心！"吕纯阳大喊。

9

"哼。"狐狸十后退一步，召出一块盾牌砸向黑影。黑影惨叫着摔倒在地，是头小狼妖。

小狼妖身披破烂衣裳，背着鼓囊囊的布包。她攻击未成，浑身一颤，转身就跑。

"想跑？"狐狸十一挥手，一个金属囚笼从垃圾大地中升起，瞬间抓握着囚住小狼妖。

"求求您。"小狼妖马上跪下，解下背包，"我就是太冷太饿，想要一套装甲。求您放我走，这些都给您……"

小狼妖哆哆嗦嗦打开背包，倒出一堆垃圾零件，似是她在废墟上捡来的。她颤抖着把零件推出囚笼，抱住空包，瑟瑟发抖。

一只硕大的老鼠钻出地面，在零件旁嗅了嗅，叼走一片塑料板。小狼妖看看老鼠，又看看狐狸十，畏惧着不敢行动。

"你要怎么办？"吕纯阳低叹一声。大樗树旁的那些妖精尸体，可能都是和小狼妖一样的拾荒乞丐。

"我以前也在这里捡过垃圾。这片一无所有的流放之地，是所有无家可归的妖精的家乡。你——"狐狸十一弹指，打开囚笼，"收起货离开吧。"

小狼妖连忙把零件扫进包裹，压紧，生怕漏掉一个。

狐狸十摇摇头。"算了，你等一下，我给你找一件聚变动力的武装，你想办法离开这里吧。去苏澜城，或者去委羽山找那些青鸟妖精。别去无香海，那些臭美的海棠精不喜欢脏乞丐。白泽，找找武库。"

"啊！谢谢！"小狼妖蹑手蹑脚走到狐狸十身前。

白泽静静飘浮着，没有回应。吕纯阳忽然觉得事情不对。方才他注意到小狼妖时，小狼妖像是突然凭空出现的。但是以他的仙人感知能力，不应该察觉不到小狼妖的动静才对……

"阿十，你还是这么善良。"小狼妖突然拔出一把匕首，刺向狐狸十的小腹。接着，周围响起撕书页声与朗诵声："言法：天鸡唱午，梦熟黄粱——"

10

"狐狸十！"吕纯阳大喊着。

狐狸十左手捂着腹部的伤口，右手召出齐物论，一刀劈出。刀锋斩过，狼妖的身体晃动变换，四周景色也扭曲变化，陷入混沌。

暗处飘来香烛气味。

混沌散去，吕纯阳和狐狸十依然站在寒山寺藏经阁的房梁上。鲜血从狐狸十的指缝间流出，沿裙摆滴下，在脚趾上点下殷红。

"欢迎从华胥之国回来。"庄梦生正站在房梁另一头。

"白泽，"狐狸十喘着气，"什么情况！"

"两小时前，庄梦生在这里诱导你们的意识进入了他们蝴蝶妖精的世界'华胥'的梦境服务器中。"白泽说，"我尝试提醒你们，但是通信要经过华胥，我攻不破梦境服务器。"

吕纯阳没有听懂。他们似乎并没有离开寒山寺，而是被庄梦生抽出阳神，投入某个梦境——这是他基于修道的理解。

"可是，玉匣被解析了啊。"狐狸十说。

"我把你们的意识投射到无何有之乡的两具废弃义体上，又控制了你们的五感。你们在无何有之乡经历的事情，全都是真的。"庄梦生说，"此游华胥，感觉如何？"

"你的梦境控制技术又进步了。"狐狸十说。

"所以说，"庄梦生的单侧蝶翼扇了扇，"在苏澜城，阿十你不是我的对手。"

狐狸十一甩狐尾。"那么，离开苏澜城呢？"

"你觉得你能逃出苏澜城？"庄梦生轻笑着。

"白泽，万象森罗预热。吕纯阳，过来，"狐狸十拉住吕纯阳，"先跟我来。"

"万象森罗！你要干什么！"庄梦生大步追来。

吕纯阳跟着狐狸十跳下房梁，从巨大的布缦上滑下，钻入藏经阁墙壁上的龛室中。"你先躲在这龛室里。我去拖住她，等白泽预热万象森罗。"狐狸十说。

"万象森罗是什么？"吕纯阳问，"你的伤……"

"因果律巨炮。"狐狸十面色惨白。

"警告,"白泽说,"主人你的伤口上中了庄梦生的食梦之蛊——"

"闭嘴!"狐狸十说,"万象森罗能轰开一条逃跑的路。我会——"她忽然呕出一口鲜血。"来接你。哼,别乱跑,别像上次一样从天舟跑出来添乱。"

"你——"吕纯阳颤抖着伸手擦去狐狸十唇角的血迹。

狐狸十笑了笑,拨开他的手,往龛室外踏出。"白泽,你留个投影屏蔽他的仙人信号。"她一挥齐物论,"我们上。"

她一跃而出,化身巨狐,庞庞九尾飘摇舒展。

吕纯阳一时无措。顷刻,龛室外传来狐啸与警报声,继之是炮击与爆炸的巨响,还有庄梦生的言法吟唱声。

几分钟后,狐狸十的长啸已成哀号。

他应该冲出去帮狐狸十。吕纯阳思忖着。毕竟,他不过是个生无意义,不知往何方而去的废物,死不足惜。而狐狸十,她还有目标,有梦想。

"白泽,"他看了眼身旁的白泽投影,"能解开我的那个什么功率封印吗?"

"建议你待在这里——"

"她有危险。"

白泽沉默了一下。"解开封印,你会很快超负荷死亡。"

"死就死吧。"吕纯阳大步往龛室外走去。"与我何干。"

11

狐狸十从没想过,庄梦生居然愿意在藏经阁里全力大打出手。

她四爪挂在龛室上,借着阴影喘息着。藏经阁的龛室中塞满了高密度信息存储器,这里是妖精的图书馆、文物库和历史沉淀地。她本以为庄梦生会顾及战斗对存储器的波及，不会在这里全力动手，但庄梦生还是全力施为，疯狂攻来。

狐狸十缩了缩身子。食梦之蛊正在她的天狐化身体内增殖，那些微纳米机器人钻噬血脉，阻断神经，不要多久就会弄死她。

她看了眼视野中的投影屏，屏上标示着所有战场信息。又有数支光矛射来，她一甩九尾，奔跃躲开。天狐化身行动迅捷，只是体积稍大，不易躲避攻击。但为了延缓食梦之蛊的发作，她必须先挂载在天狐上。

光矛迅烈而至，击穿她身后的龛室。狐狸十忽然腹中一痛，蛊虫正绞杀着脏腑。她不由得身子一僵，随后，一支光矛洞穿了她的狐尾。

光矛迅速化为实体，将一条狐尾钉在墙上。

糟了。狐狸十一慌，想反身咬出光矛。一瞬，更多光矛相继而至，钉上另外三条狐尾，又钉上一条前肢。她失去了行动能力。

"阿十，结束了。"庄梦生飘浮在藏经阁中心，"言法：秋水时至，百川灌河——"

一支晦暗的光矛正在庄梦生手上凝结。狐狸十感觉到，这光矛和齐物论、万象森罗相似，也是因果律武器，多半可以洞穿一切防御。

白泽召唤出层层装甲护在她身前。"白泽。"她在意识中命令着，"收掉天狐化身。"

收掉化身后身体骤然缩小，可能会扯断被钉着的所有尾巴。她心中清楚。不过涂山一族反正就她一人了，没尾巴丑就丑吧，无所谓。装甲肯定挡不住光矛，人身体积更小，也许能躲过——

"主人，他来了。"白泽说。

庄梦生的光矛猛烈袭来。

一个人影冲入狐狸十的视野，是吕纯阳——他解开了仙躯的功率限制。在光矛击穿装甲时，吕纯阳迎身而上，撞上光矛，再奋力一扭身。

光矛射穿吕纯阳的身体，歪斜着擦着狐狸十的身体从一旁射过。

"你疯了！"狐狸十大喊，"你会死的！"

吕纯阳身形下坠，飘落到一截残破房梁上，又大步跑出，冲到狐狸十身边，拔出她尾上的光矛。玉液正从他身体中喷出，宛若涌泉。

又有若干警告屏在她视野中跳出：侦测到高能反应。一支更强的光矛正在酝酿。

罢了。狐狸十心头一软。她从未想到，自己会被仙人救命，会有一个仙人，能理解她。

妖精从来都不能理解她。

"白泽，召唤万象森罗。"

无数的零件跃迁而出，拼组成一门约十米长的机械巨炮。接着，狐狸十尾上一松，所有光矛都被吕纯阳拔掉了。

"开火。"她命令白泽，然后转头叼住吕纯阳的身子。

没有火光，没有爆炸。万象森罗炮口所向之处，像是被无形的圆柱体扫过，万物湮灭，只留下光滑的圆形切口。零点几秒后，佛像、经文、布缦在切口边缘散落滚动，切口正中心出现一个玄黑洞口。庄梦生跳往一旁，躲开了炮击。

"傻瓜。"狐狸十叼着吕纯阳，奋力跃入洞口。

12

"这里是……我们第一次相见的地方？"

昏沉中，吕纯阳听见了狐狸十的声音。他渐渐苏醒，睁开眼，看见狐狸十沾满尘渍的翠衣，看见她的下颌，看见灰色的天空。

他正躺在地上，头枕着狐狸十的大腿。狐狸十的三条柔软蓬松的长尾巴弯曲着从一旁搭来，盖在他身上。

他刚想坐起来，全身各处却传来剧痛，迫使他闷哼着瘫软下去。

"你为什么要这么拼？"狐狸十狐尾一抬，在他胸口上轻轻一拍。

吕纯阳默然。方才他解开功率限制后身扑光矛，拔出狐尾上的钉刺，仙躯被光矛洞穿，又耗尽体力，已然濒临崩溃。

这一次，他真的快死了。

"你不该来救我的。"狐狸十说。

"谁想救你？"吕纯阳故作轻松，"我只想自杀。"

狐尾尖轻轻擦上吕纯阳的脸颊，在他颌下挠了挠。"说实话。"狐狸十正低头看着他。

吕纯阳不敢正视狐狸十。他侧过头去，看见一汪湖泊——是长夜乡酒楼旁的小湖。远方的山也是长夜乡的山脉形状，但这里的一切，都是灰色的。

这个世界不是长夜乡。这里没有色彩，昏暗无光。视野所及，只有无边无尽的黑与灰，唯有他与狐狸十身上尚有色彩。

"这里是……"吕纯阳轻轻问着。

"时间之外的世界：无想山。"狐狸十说，"玉匣中信息残损，只知道其大意有二：第一，宇宙自从太清历结束后就在一个循环中；第二，这里，无想山，是时空、因果、循环之外的世界，也埋藏着我们宇宙的秘密——长夜乡，妖精和仙人是如何分裂的，世界何以至此。"

"宇宙循环……是什么？"

"不知道。"狐狸十惘然，"我本以为弄清楚玉匣中的信息就能解决问题，现在到了这里，问题反而更多了。"

"解决妖精世界的问题？"

"不完全是。太清历时，人类都生活在一起，妖精也是人类。所谓的妖精只是一些被改造出来作为上层人类的玩具的人类……"狐狸十冷哼一声，"太清历终，婆罗历始，人类似乎经历了某种灾变，残余的人逃亡至长夜乡，而侥幸活下来的妖精，被遗弃在苏澜城。"

吕纯阳默然不言。

"苏澜城根本不是能住人的地方。"狐狸十说，"那里远离太阳，输入的能量根本不够我们活下去。想活下去，我们就只能抓捕仙人，把你们烧了。"

"为什么？"吕纯阳问。

湖波缓缓，拍岸有声。

"你们的仙躯中有金丹，是一种消耗夸克结合能的能量存储器。"狐狸十说，"一颗金丹的能量，可以让我们所有的妖精用好几年——"

狐狸十忽然身子一僵，呕出一口热血，淋在吕纯阳脸上。

"你——"吕纯阳一惊。

"哼，我没事！"狐狸十抓着尾巴擦掉吕纯阳脸上的血迹。"你听我说！妖精们大部分是主战派，比如庄梦生。我不是，我想先弄清楚太清历结束之时到底发生了什么，那才是问题的根源。仙妖之争，只是表象。"狐狸十说，"我希望，大家都能好好活着，不论妖精还是仙人。但庄梦生，她要利用万象森罗攻击长夜乡。"

"你的伤——"吕纯阳抬起手，却被狐狸十按了下去。

"万象森罗是一门因果律巨炮，可消解万物因果，湮灭一切，也可以打开来到无想山的虫洞。玉匣中说，这门炮传承自太清历，是无想山的钥匙。"狐狸十说，"好了，前因后果都尽于此，你现在可以说说为什么要这么拼命救我了。"

她伸手抚过吕纯阳的脸颊。"说实话。"

"你是有梦想的人。"吕纯阳说，"而我只是个不知道为何而活、向何而去的废人。我可以死，你不能死。"

"傻瓜。"狐狸十笑了。

"死了，也就……"吕纯阳轻轻抚过狐狸十盖在他胸口的狐尾，"解脱了。无意义的永生，比死还痛苦。"

"我不会让你死的。"狐狸十说，"我保证。你只要有聚变燃料——那个五石散，仙躯是可以自动修复的。"

"我们弄不到五石散。"

"我会向庄梦生投降。"狐狸十说。

"为什么？"

"看见那些蝴蝶了吗？"

吕纯阳侧望平静的湖面，数只晶紫的蝴蝶正飞舞其上，那是无想山中第三样有颜色的事物——它们恐怕和他与狐狸十一样，是外来的。"……是庄梦生的？"他问。

狐狸十点点头。"她要沿着虫洞追来了。"

"我还能打。我们一起，能打败她。"

"唉，傻瓜。"狐狸十扑哧一笑，"我身上有食梦之蛊，你身上伤这么重，我们两个废人是打不过她的。我和庄梦生从小就是好朋友，我会求她不杀你，给你提供聚变燃料。"

吕纯阳一惊。庄梦生恐怕会为狐狸十的投降提出很多令人无法接受的条件。他紧紧抱着狐狸十的尾巴。"不，那你——"

"我不想你死。"狐狸十说，"不知为何而活，可以慢慢等待。我相信你能在漫长岁月之中，找到生命的意义。"

13

苏澜城，枫桥。

"所以，你跟庄梦生谈了什么？"吕纯阳说。

他和狐狸十站在枫桥上。桥下之河名为琴川，河水缓缓，两岸楼屋逼仄层叠，晾衣竿、灯火与店铺招牌挤满河道上方。黄昏，苍冥玄晦，米粒大的太阳斜挂天隅。

狐狸十沉默着。

从无想山回来后，庄梦生送来五石散给吕纯阳服用。服用后吕纯阳便恢复元气，仙躯也自动修复。他试着询问狐狸十和庄梦生交易了什么，狐狸十却缄默远望，动也不动。

晚风清和。

远处，青鸟妖精振翅绕飞在寒山寺藏经阁外，修理着被万象森罗轰开的外墙。枫桥上人群往来，披着僧衣的矮胖浣熊妖精匆匆走过，头顶着残损的经文。几条黄耳机械狗嗷呜跑过，它们衔着信件包裹，黄耳上写着收寄地址，似是负责收寄信件的。一条黄耳狗一蹿，攀上枫桥的石护栏，往桥下一瞧，跳上一条小船，朝老船家摇摇尾。

"去虎丘吗？"老船家摇着橹，"坐稳咯！"

一个鹿妖小女孩坐在老船家身边，她额上的茸角只冒出圆滚滚两个小叉。"爷爷，城主说我们十年后能住在长夜乡？真的？"她抚摩着跳上船的黄耳狗。

"快写作业！"老船家说，"就算去长夜乡你也要上学！"

小舟渐远。人群渐多。弦歌渐来。风中弥散着某种香味，吕纯阳从未闻到过。

"这是什么香味？"他问。

"烧饼，一种吃的。你想吃吗？"狐狸十终于说话了。

吕纯阳没回答。

"来找条船吧。"狐狸十拉着他走下桥，"今天是上元，是我们最重要的节日。我们去船上放莲灯。"

吕纯阳随狐狸十登上小舟。狐狸十坐上船舷，一把尾巴将其抱住，咕哝着："尾巴不能再打湿了，不然又要倒霉。哼……肯定是上次在长夜乡掉到湖里打湿了尾巴，才碰到了你这个傻瓜仙人。"

她瞪了吕纯阳一眼。

"什么？"吕纯阳解开缆绳，转身坐下。

"我说——"狐狸十大声说，"你真不要烧饼？"

"不了。"

"拿这个去买。"狐狸十把一个小玻璃瓶塞到吕纯阳手中，"前面有烧饼铺子。"

吕纯阳低头一看，瓶中是一撮晶莹粉尘，虽只是毫末一点，却有一斤多重。"这是什么？"

"仙人在五衰熔炉中烧出来的渣滓，叫作仙炉尘。"狐狸十说，"强相互作用压出来的核子聚合物，没有损耗，无法摧毁，没别的用。我们妖精用这个当货币。"

"原来是我的骨灰吗？"

"噗！"狐狸十笑了。

小舟飘摇。琴川两岸，人们正往河中移放莲灯。莲灯为白纸裁成，只一掌之大，上置小烛。晚天冥冥，莲灯渐多，汇为逐波而下的群荧。

吕纯阳叹气。"你到底——"

"放莲灯时记得许愿。"狐狸十说，"上元这天，大家都要放灯，都要许愿。许愿来年能捕猎到仙人，五衰熔炉不要停工，大家不被冻死……"

"那你已经捕猎到仙人了。"吕纯阳指指自己。

狐狸十莞尔。"难道你愿意把自己扔到熔炉里烧了？"

"愿意。"

"唉，我告诉你吧。"狐狸十敛起笑容。

小舟漂流至苏澜城城郊。"我放弃反抗，在一年后帮庄梦生攻击长夜乡。"她的语气轻飘飘的，"以此为代价，她帮我治好你。"

"就这样？"

"驱动万象森罗全力炮击需要消耗我的全部力量，甚至还不够。"

"全部？"

"我可能会死。"晚风吹起狐狸十的青丝。

"我去找庄梦生。"吕纯阳站起身，小舟摇晃起来。

"你战胜不了她。"

"那我们一起。"

他的衣摆被狐狸十抓住。狐狸十低着头说："别管我了。食梦之蛊尚在，她握着我的命脉，能立刻杀死我。"

"你——"吕纯阳攥紧拳头，浑身发颤，"为什么要这样？"

"这是庄梦生开给我的条件。救好你的条件。"狐狸十松开手，"我不想你死。"

"这蛊不能破除吗？我还有海天再造丹。"他问。

狐狸十摇摇头。

"真没办法了？"他问。

狐狸十点点头。

吕纯阳坐回船舷。"我才是应该去死的那个。"

"帮我办一件事。"狐狸十说。

"好。"

"我还没说是什么事呢……"

"不管是什么事。"

"你去蒿里之左好好学习科学。一年后庄梦生攻击长夜乡，我十有八九会死，白泽会失去主人。白泽是根据科学知识水平来选择主人的，如果你科学知识水平够高，就能控制白泽。然后……"狐狸十想了想，"你去无想山。那里的秘密还没被破解，你帮我弄清楚这个字宙到底发生了什么，然后解决它。我希望所有人都能幸福地活下去，无论仙人还是妖精。"

"好。"吕纯阳不在乎蒿里之左在哪儿，科学要怎么学习。只要是狐狸十说的事，他就一定会做到。

太阳沉入西极，小舟漂至郊野，气温渐低，周围杳无人迹，唯有河上莲灯荧荧闪亮。昏暝中，吕纯阳看见琴川岸边多是锈蚀的金属建筑，一个巨大铁罐上漆着"安全生产"四个大字。

"这里以前是戴森球的工厂，那些罐头是装液氮的，用来冷却琴川。"狐狸十慨叹一声，"进入婆罗历后，这一片是妖精学园，我小时候就在这儿上学。"

"冷却什么？"吕纯阳一愣。

"琴川。这条河是个槽，以前埋着超导缆线。"

吕纯阳没有听懂。"那现在这里怎么没人了？"他问。

"十年前孚佑帝君进攻苏澜城，我母亲与他战斗，战斗的余波毁了这边。喂，"狐狸十突然说，"我饿了……早知道就买点烧饼了。"

"我看看。"吕纯阳摸过周身，忽然在衣袖中摸到一个小瓶、两朵干枯桃花。桃花是他在离开长夜乡时从湖畔所折，小瓶是天舟上狐狸十送给他的酒。"我只有酒。"

他摆出酒与桃花。

"罢了，酒也行。这是我送你的那瓶？唉……"狐狸十命白泽跃迁来两只大碗，将碗满上。"来！"

碰碗，饮尽。酒气甘醇，一线泻入吕纯阳喉间。

"咦？"狐狸十忽然说，"这桃花……"

"怎么了？"

"是长夜乡的？"

吕纯阳点头。

"像我母亲改造的花。"狐狸十说，"花瓣上有小小的光点，别的桃花没有。不过这花大概不是，母亲死后，那种花就随涂山埋葬在了无何有之乡。最后一株……被我自己砸了。"

吕纯阳将酒满上。

"我们到苏澜城边缘了。这里气温很低，空气稀薄，琴川会结冰。重力生成也不够，我们会飘起来。"狐狸十说，"小时候，母亲不让我来这儿。她说这里有宇宙辐射，妖精会窒息，会冻死。那时，母亲还是苏澜城城主，我们涂山一族还是无上望族。我最喜欢她抱着我，在枫桥上看落日，听寒山寺的钟声……"

小舟漂到苏澜城最边缘，外围即无垠太空，琴川漫流至此，失重浮起，散成凝为冰晶的巨树，逶迤在"河口"之后。无数莲灯或浮于太空，或在冰晶树的枝叶上；而今日新来的莲灯，仍盏盏漂来，飞起。

"母亲的愿望是所有人都能幸福地活着，我也继承了她的愿望。但我终究还是没有母亲坚强，我这一死，也是一种解脱……拯救世界什么的，又麻烦又累，果然还是不适合我。"狐狸十的声音低下去，"我要是只无忧无虑的小狐狸多好。"

终于，小舟也飘浮而起，酒杯腾空，酒液浮旋。吕纯阳身体一轻，他呆了一会儿，旋即适应。

"就到这儿吧。再往前，空气稀薄，声波传不动，我们说话就不方便了。"狐狸十飘在船舷上，长发扬起，狐尾飘飘，"来，此日上元，宜放莲灯。"

她指绽狐火，将两盏莲灯点燃。吕纯阳接过一盏，和狐狸十一同轻轻移放。

莲灯飘起，汇入众多浮空莲灯之中，飘荡在冰晶枝丫之间。而后，狐狸十远望太空，清唱道：

"有狐绥绥，在彼淇梁。心之忧矣，之子无裳。"

她轻轻一跳，飘升空中，浮于莲灯之间。

"有狐绥绥，在彼淇厉。心之忧矣，之子无带。"

她缓缓旋转着，衣带与发丝飘摇无定。她一按身旁飘过的一小簇冰晶，将身体调成倒立飘浮之态。

"有狐绥绥，在彼淇侧。心之忧矣，之子无服。"

清音阒寂，万籁止息。

"从这个视角看，好像地面成了天空，天空成了地面。"狐狸十说。

吕纯阳点点头。他看见狐狸十面颊上以朱砂描着一朵小小桃花，鲜明可爱。

"有件事没和你说。我并不叫狐狸十，这只是小名。"狐狸十低声说，"我姓涂，名星见。"

"涂星见？"吕纯阳听别人这么喊过狐狸十，但是，他一下子想不起来"星"是哪个字。"哪个星见？"

"看见的见。"狐狸十说，"'星'是我母亲创造的字，这个字只用在我的名字中。还有这花——这种桃花，也叫星见。"

"'星'是什么意思？"

"太阳。"

"为什么要再造一个字？"

"母亲计算过戴森罗的引力理论。她算到了一个解，只要宇宙中物质足够多，就会有很多太阳。不像我们的宇宙，只有一个太阳。"狐狸十说，"一个太阳能量太少，不够我们使用。如果有很多太阳，人们就能有充足的能源，就不用打架了，妖精和仙人也能和平共处……千秋万代，直到寂灭。"

狐狸十哽咽着。

吕纯阳微微叹气。他拈起干枯桃花，轻轻一跳，飘到狐狸十身边。千万莲灯悬浮四周，荧荧闪烁。

狐狸十用力一拉他的手，将他也拽成倒立飘浮的姿态。

"后来，母亲就创造了'星'字，描述那些其他的可能存在的太阳。她说，那些太阳会隔得很远，远到它们在天空中就是一个个小亮点。就像，"狐狸十指着下方的夜空，"天上的这些散开的莲灯。后来，母亲把这种亮点的图案转录在了桃花花瓣上，就是星见花了。"

她攀上吕纯阳的肩膀，小声哭着。

"我知道我生命的意义是什么了。"吕纯阳说，"是你。"

狐狸十一嘟嘴。"呸，你突然乱说什么——"

吕纯阳轻轻抱住她，将一朵干枯桃花插在她的青丝之中。他摸摸狐狸十的头顶，指尖缠过她的发丝。

"哼！"狐狸十闭上双眼，抖抖狐耳尖，在吕纯阳掌心挠了挠。

14

十天后（苏澜城时间），吕纯阳离开苏澜城，带着白泽的投影来到蒿里之左。

这里是离太阳最远的天球，是宇宙的边陲。太阳一共有三条天球公转轨道，从内到外依次分布着长夜乡、苏澜城和蒿里之左。长夜乡和苏澜城都在以亚光速的公转速度运行，它们的时间流速都被相对论效应减慢了。

蒿里之左的百年，是苏澜城的十年，长夜乡的一年。

一年后（苏澜城时间），庄梦生会进攻长夜乡。在蒿里之左，吕纯阳还有十年时间，他需要借助白泽投影学习科学知识。只要十年后他的科学知识水平够高，他就能成为白泽的主人。

他在蒿里之左的标准计时塔"太岁"旁住了下来。太岁是宇宙中唯一可以参考的标准计时器，据白泽所说，此时此刻，是婆罗历3004年3月43日。太岁下的聚变动力炉的散热让周围勉强能住人，冰原于此消融，化为泽地，其间杂生蒿草，草间萤火群飞。

吕纯阳扎草为棚，结庐泽上。他学习着科学，先是常识，接着是物理学、化学、工程学、宇宙学等等。对于授课，白泽所联通的知识数据库无可挑剔。

他将袖中的另一朵从长夜乡带来的桃花插在泥地上。他并不指望桃花能成活，他只想在泥地上以木剑为笔画弄积分算式时能有个念想，想起狐狸十。

现在，他的生命有了意义。他不再想着自杀，他知道自己要向何方而去。他要完成狐狸十的愿望：创造一个所有人都能幸福生活的世界。

虽然这个愿望是如此宏大而遥不可及，但他不在乎。

第一年过去了。

桃花长出小苗。狐狸十发来苏澜城春天的视频。

第二年。

吕纯阳学习着太清历时戴森罗和闵柯芙夫妻提出的相对论。唯一的问题是，他不太理解为什么轨道半径小的长夜乡和苏澜城的公转速度却比蒿里之左快。狐狸十说，这是宇宙中的某种无黏滞超流体提供的额外向心力带来的。

第三年。

桃花长成小树。

第四年。第五年。

苏澜城时间过了半年，狐狸十消息渐少。吕纯阳想询问她发生了什么，她总是避而不答。后来，吕纯阳询问为什么有机物都有碳链，她才传回一条信息，从电子自旋讲起，一直说到碳原子外的四个价电子如何轨道杂化，变成正四面体的构型。

第六年。

狐狸十不再发信。吕纯阳问白泽发生了什么，白泽只说"主人在艰苦训练"。

第七年。第八年。

桃树郁郁。狐狸十没有消息。

第九年。

桃花微放。

吕纯阳望着桃花。花朵上点着荧荧的金色光点，似乎是狐狸十说的星见花。他不知道长夜乡酒楼外的桃树开出的花为什么会是狐狸十的母亲改造出来的星见花。他不关心。他不在乎。

狐狸十发来语音："我要出发了。你要活下去，就算啥都不在乎，也别再去自杀。有缘……再见。"

"我什么都不在乎。"吕纯阳沉默着。良久，相对论效应断开通信窗口，他才缓缓吐出那句送不出去的话："除了你。"

几日后，他收到一张照片。

照片中是一间暗室，一只巨大白狐趴在阴湿地面上，白狐通体遍布伤痕，毛发斑秃，眼睛瞎了一只，九条狐尾也毛色暗淡。

"她怎么了！"吕纯阳的声音回荡于泽上，萤火虫们惊飞而逃。

"主人被庄梦生改造成了没有神志的战争机器。"白泽说。

泪水涟涟。朦胧中，吕纯阳看见白狐耳下，还簪着那朵早已干枯的桃花。

第十年。

桃花盛放，灼灼如霞。

狐狸十出征了。

狐狸十死了。

15

吕纯阳成了白泽的主人。

接入白泽后，白泽的说明文档瞬间接入他的记忆：妖精重工的武库列表，所有武器的跃迁、召唤、使用等等。

他沉默着计算从蒿里之左前往长夜乡的时空轨迹。在闵氏图的四维空间中，这条轨迹切过两地的时空坐标，连通两侧。

他命白泽打开虫洞，一步踏入，进入太空。长夜乡在他前方十几万千米远之处，符兵们——或者说长夜乡的自动防卫机器人们——正在近行星轨道上和妖精舰队作战。长夜乡地表只剩岩浆巨坑，不见道观村落。坑中黑烟上冲，遮蔽月亮蓬莱。妖精的舰队们聚集在远行星轨道上，正切着椭圆轨道向近行星点投送物资和舰船。

"这是万象森罗轰出来的？"吕纯阳问。

"是。"白泽说。

吕纯阳展开一具装甲，移动到预定坐标——狐狸十死亡的位置。

狐狸十的天狐化身在太空中缓缓旋转，万象森罗悬浮在她背后。她的皮毛暗淡无光，身上十余条伤口或新或旧，鲜血外注，汇成飘浮着的殷红雾团。

吕纯阳回收万象森罗，缓缓飘到狐狸十身前，将她抱起。那朵十年前插到她发丝中的星见花，还缀在她耳下白毛中。

吕纯阳一步跨出，再次跃迁，回到蒿里之左。他在星见花树下静坐半日，然后以桃木剑为铲，在树下挖坑。

"我能轰开一个墓穴。"白泽说。

他没理会白泽。

用了七日光景，他挖出足够宽大的墓穴，葬下狐狸十。随后，他默然坐在封土上，又是七日。

离开时，他削下一根桃树枝，插在封土上，并刻下八个字：

桃华灼灼，星见于野。

吕纯阳召出万象森罗，轰开虫洞，走入无想山。按照约定，在这片时间之外的世界，他将继续狐狸十的事业，寻找这个宇宙的秘密和希望。

这次出现在虫洞后的，是长夜乡的道观。世界依然是黑与灰的，没有色彩。

吕纯阳踏入山门。道观大殿的两侧各挂对联，字迹漫灭。

"欢迎来到无想山。"大殿中传出一个苍老男声。这个声音，吕纯阳已有十一年没听见了。

是他的师父，长夜乡的仙人李玄。

16

大殿中的一切俱是灰色的：木柱、布缦、三清神像，还有皓首老人李玄。唯一有颜色的是挂在侧壁上的一张仕女图。

"你是……"吕纯阳盯着李玄，他无法确认面前的这个老人究竟是谁，是他在长夜乡的那位师父，抑或是别的存在？

"在大约三千年前——我说的是蒿里之左的标准时间，"李玄跪在蒲团上，灰色的身影如同水墨画中凌于峡谷的岩石，"太清历终，婆罗历始。宇宙进入了新的阶段：我们切除了大部分的宇宙。"

吕纯阳放缓步伐，白泽浮在一旁，机械球壳中细弱的电流声清晰可闻。"你不是我认识的李玄。"

"我们切除了宇宙中绝大部分物质，将它们隔绝在时空之外。我们收集起负熵，集中在剩下的宇宙中，让文明苟延残喘。"李玄说，"太阳的质量被抛弃了一半，万有引力常数变小，光与热再也洒不到我们的家园。人类往内迁移一个轨道，住在不毛之地长夜乡。所谓的仙人与修道，不过是愚民之伪装罢了。而那些被遗弃的底层阶级大都冻死在故土，活下来的，全都是身体被改造过的妖精。"

吕纯阳木然站着。

"这就是涂星见想知道的宇宙的秘密。"李玄说，"你的仙人师父只是我的意识投影，他什么都不知道。而我，是无想山的管理者。如果愿意，你也可以喊我李玄。至于无想山，这里是时空与因果之外的世界。"

"那么，"吕纯阳问，"要怎么样才能实现狐狸十的愿望？——所有人都能活下去，有太阳的光和热，不用争抢……"

"我可以给你一个机会。"李玄说，"一个，让涂星见能活下来的机会。"

吕纯阳神魂一震，身体颤抖。"你说什么？"

"你可以将宇宙时空的结构闭合，从婆罗历三千年开始，让宇宙进入循环。"李玄放慢语速，"无想山中已经记录了婆罗历元年的宇宙状态，只要你选择开始循环，宇宙就会回到婆罗历元年，再经过三千年，到达现在。这一循环可以一直持续下去，直到永远。"

"循环？这和狐狸十有什么关系！"

"每一次循环都会发生几乎一样的因果事件，但是，这些事件中会有随机的热力学涨落。只要循环的次数足够多……"李玄顿了顿，"就会遇到一个涨落足够大，涂星见能活下去的世界。"

"可是，如果涨落很小，一直没遇到她能活下去的世界，所有人都会被困在这个循环里？"吕纯阳皱起眉，"我答应了她，要让所有人都能幸福生活。"

"她是好人，但妖精们领她的情了吗？"李玄说，"妖精们抛弃了她，用完她就把她抛尸太空。他们恨她，因为她和她所属的涂山一族不是主战派。这样的一群人，你也想让他们幸福地活下去？"

"你这是在帮我？你有什么目的？"

"我要看守无想山，需要别人帮忙执行宇宙循环。"李玄说。

"你拥有让宇宙循环起来的力量，这种无意义的循环，对你又有什么好处？"吕纯阳问，"你为什么要让宇宙循环？"

李玄朝三清神像缓缓一叩首。"为了苍生。再者，只要涂星见能活下去，你其实并不在乎我是谁，我想干什么。"

是的。吕纯阳闭上眼睛。狐狸十是他生命的意义，是他的全部，是他的魂与魄燃起的火。

"我答应你。"吕纯阳说，"要怎么进入循环？"

"需要把时空排成一种类似圆柱体的结构。"李玄说，"这种结构在切除宇宙时已经被我处理好了，只需要你来消解因果的链条。宇宙中不能有任何的记忆，关于因果事件的记忆。"

"我要怎么做？"

"使用万象森罗消灭宇宙中所有的智慧生命，就能重启循环。"李玄说，"包括你自己，也要消灭。我会开放无想山的权限，你可以把记忆存在无想山中。在接下来的每次循环中，你第一次来到无想山时就能继承之前所有循环的记忆。这里是时间之外的世界，你的记忆不会消失。记住，不要干扰循环，你只能等待自然的概率涨落变化。否则，因果可能崩溃，循环无法继续。"

"真的能遇到狐狸十能活下来的那一个循环吗？"

"从数学的角度来说，可以。只是，经上亿亿亿次三千年循环也未必能遇到一次。"李玄说，"你有这个耐心吗？"

17

吕纯阳默立太空之中，展开万象森罗，预热，瞄准，开炮。

他踏遍宇宙，从长夜乡到苏澜城，再到其他妖精世界，万象森罗扫过，荡灭所有生灵。

他回到了蒿里之左。星见花下，故人墓前，他高举万象森罗，瞄准自己。

桃华灼灼，星见于野。这是他最后看见的文字。

</ 第 1 次宇宙循环 >

<第 2 次宇宙循环>

"这里是……我们第一次相见的地方？"狐狸十说。

吕纯阳睁开眼，一股记忆涌入脑海：他在上个循环中的记忆。

他正躺在地上，枕着狐狸十的大腿。他抚过狐狸十盖在他身上的狐尾，泪如雨下。

"哎？你哭啥？"狐狸十抓着尾巴，擦了擦吕纯阳眼角的泪水。

"没，没哭……"吕纯阳勉强一笑。他和狐狸十刚从寒山寺逃到无想山，他很想利用已知的记忆改变因果，阻止狐狸十的牺牲，但李玄的警告他不敢忘记。

——强行干预因果，循环可能崩溃。一旦崩溃，宇宙就会走向固有的线性时间之中，再无循环的可能。

"只是想你了。"他轻轻抱住狐狸十的腰。

</ 第 2 次宇宙循环>

…………

<第 5 次宇宙循环>

狐狸十还是死了。

</ 第 5 次宇宙循环>

…………

<第 34 次宇宙循环>

吕纯阳飘浮在长夜乡的战场上，妖精方舟"鲲鹏"之前。

这次循环又要结束了，和之前的每次循环一样，所有因果事件完全相同。

他要杀死所有妖精。既是为了结束循环，也是为了给狐狸十报仇。

吕纯阳唤出万象森罗，轰开鲲鹏舰桥的玻璃幕墙，洞穿鲲鹏的船体，再往前直冲到舰桥之内，庄梦生面前。

"言法："庄梦生慌忙翻开随身携带的笔记本，"小狐汔济——"

吕纯阳一剑刺穿她的胸口，不给她完成言法的机会。

"放了他们……"庄梦生单只蝶翅抽动着，萎靡倒下，"其他妖精是无辜的……"

吕纯阳静静看着鲲鹏崩解，所有妖精飘浮着枯成干尸。

</ 第 34 次宇宙循环 >

…………

< 第 233 次宇宙循环 >

苏澜城，枫桥。

吕纯阳倚着桥上石栏。一条黄耳狗蹿到他身边，攀上石护栏，往桥下一跳，登上一条小船，蹭了蹭船上鹿妖少女的裙摆。

船家瞧了眼黄耳狗耳上的收货地址，用鳞甲长尾缠着橹摇。"去相门吗？"

世界确实是在重复，但好像有了微小的涨落变化。吕纯阳若有所思。

</ 第 233 次宇宙循环 >

…………

< 第 1597 次宇宙循环 >

"言法：小狐——"

吕纯阳一剑刺出，将庄梦生钉在地面上。庄梦生惨叫一声，笔记本哗啦坠下，言法纸条也飘飞而出。

吕纯阳接过纸条。上面写着：小狐汔济，濡其尾，无攸利。

鲲鹏崩解成无数碎片，妖精们在真空中挣扎求生。视线扫过，吕纯阳在一块舱室碎片中看见了熟人：一名鹿妖少女正给长着蜥蜴尾巴的老爷爷戴上应急氧气罩。

吕纯阳愣了愣，旋即想起，这是十年前和狐狸十诀别时，摇船经过枫桥的爷爷和孙女。和那时相比，少女额上的鹿角已然修长，优雅地分成几叉。

老爷爷奋力将唯一的氧气罩推给少女，自己借一推之力退开。失重之中，两人渐行渐远。

我害死了他们。吕纯阳心有不忍。但是，他不在乎。

他只要狐狸十活着。

</ 第 1597 次宇宙循环 >

…………

< 第 10946 次宇宙循环 >

吕纯阳在无想山的湖畔种下一棵星见花树。

</ 第 10946 次宇宙循环 >

…………

< 第 75025 次宇宙循环 >

无想山的星见花树开花了，耀若粉雪。

</ 第 75025 次宇宙循环 >

…………

< 第 514229 次宇宙循环 >

疲倦。麻木。

</ 第 514229 次宇宙循环 >

…………

< 第 3524578 次宇宙循环 >

狐狸十站在无想山的星见花树下发着呆。

</ 第 3524578 次宇宙循环 >

…………

< 第 165580141 次宇宙循环 >

上元，苏澜城，枫桥。

微雨霖霖。

吕纯阳和狐狸十站在枫桥上。琴川悠然，莲灯荡泛，鹿妖少女正将跳上小船的黄耳狗抱入船篷，避免其淋雨。一旁的水榭中传来弦歌："长洲苑外草萧萧，却算游城岁月遥。唯有别时今不忘，暮烟疏雨过枫桥……"

循环上亿次后，眼前这些景物吕纯阳闭眼都能想象。

周围传来烧饼的香味。他条件反射地问道："这是什么香味？"

"烧饼。"

沉默。

"来找条船吧。"狐狸十往桥下走去，"今天……是上元。"

吕纯阳跟着狐狸十钻上小船。接下来，狐狸十会在船舷上坐下，咕哝些啥，然后问他吃不吃烧饼——

"啊。"坐下时，狐狸十叹着气，"尾巴……尾巴打湿了。'小狐汔济，濡其尾，无攸利'，果然吗……"

正在解缆绳的吕纯阳一愣。对狐狸妖精来说，尾巴弄湿是不吉利的象征。在之前的上亿次循环中，狐狸十从来没在这船舷旁湿过尾巴。

"吕纯阳。"狐狸十突然说，"我问你一个问题，你不准骗我。"

吕纯阳全身一震——狐狸十的行动打破了他上亿次循环中积累的既视感。这次循环，宇宙因果的随机涨落似乎带来了新的可能。

也许是狐狸十活下来的可能。

"我不可能骗你。"吕纯阳说。永远不可能。

狐狸十抱着湿漉漉的狐尾，平和地说："在过去的循环中，你为我……死了多少次了？"

18

雨忽然大了。

"让一让！让一让！"河岸上，鹿妖货郎以鹿角扛着烧饼笼屉，冲到屋檐下。

"我……"吕纯阳躲开狐狸十的目光。他不知该怎么回答。狐狸十是看出了宇宙正在循环吗？还是只是随便一问？他无法确定。

"我知道了。"狐狸十说。

"……什么循环？"吕纯阳决定先骗着狐狸十。若是让她知道了宇宙循环的存在，继而导致因果崩溃，循环终止，这是他无法承受的。

"老板，两个烧饼。"狐狸十摸出仙炉尘，和岸上的鹿妖货郎换了两个烧饼。"给。"

吕纯阳接过热乎的烧饼。吃烧饼这一事件在过去的循环中只出现过约十万次。

"吕纯阳，你说你不会骗我。"狐狸十柔柔地撑起油纸伞。

吕纯阳捂着烧饼，泪水一颗颗滑落，滴在烧饼上。"一亿。"他缓缓说，"这个世界，包括我，已经毁灭，重启，经历同样的事情……一亿次了。"

暮雨凄紧。莲灯的火光挣扎在雨阵中，暗淡细弱。

"你！"狐狸十一跺脚，"为什么？是无想山中藏着的东西搞的鬼吗！一亿次……你……你就这么死了一亿次？"

"我在寻找一个你活下去的可能。"吕纯阳低声说，"因果的随机涨落有小概率能让你活下去。"

油纸伞上"啪啪"的雨滴声连绵不绝。"我会再死在庄梦生手中，对吗？"狐狸十说。

"嗯。"

"如果为了这一点点可能，你就要去忍受一亿次的循环、死亡……"狐狸十低下头，"我不忍心。"

我愿意。吕纯阳想着。

"循环可以停止吗？"狐狸十问。

"只要我不消灭宇宙中所有生灵，宇宙就能继续。"吕纯阳说。

"开启循环的条件是所有人都去死？"

吕纯阳没有回答。

"回答我！"

吕纯阳点点头。

"我应该会托付你去完成我的愿望，去解决这个宇宙中众生无法安稳生活的难题。而你，"狐狸十站起来，油纸伞倏然侧倒，漂浮河上，"你为我去遍历亿万劫难，让众生陷在循环中，一次次杀死其他所有人？他们……又做错了什么？"

"他们害死了你，我不在乎他们。"吕纯阳说，"我只在乎你。"

"我在乎！"狐狸十忽然从吕纯阳腰侧抽出桃木剑，"你愿意受苦，但众生为什么要为你而死，停滞在循环之中？"

吕纯阳说："他们不知道一切在循环，我们没必要——"

"我如此努力，我的生命，我的梦想，"狐狸十突然抓起吕纯阳的手，合握住桃木剑，再一翻剑尖，指向自己的胸口，"就是希望所有人都能好好活着，都能享有太阳的光与热。不然，我为什么不直接帮助庄梦生攻击长夜乡？我需要解决这个宇宙的终极难题，而不是仅仅让妖精们活下去。我不允许你为了我一人而杀死所有人，还将整个世界限制于循环中，永世无法前进！”

小舟摇荡，两份未吃完的烧饼摔落在地。

“你要干什么！”吕纯阳想抽回桃木剑，狐狸十的手却死死握着。“只要有一次循环你能活下去，这一切都会结束，所有人都不会死——”

狐狸十猛地用力一刺，桃木剑刺穿了她的火浣布青裳，捅入心脏。

“星见！”吕纯阳声音颤抖。

“万一我的死是因果的必需，是命运的唯一……”狐狸十呕出鲜血，“万一根本没有一次循环我能活下去……为了宇宙能继续前进，我还是提前死在这里为好。”

“你——”吕纯阳牙关紧咬。鲜血正在狐狸十的胸口漫成殷红一片。

暴雨滂沱，琴川之上，莲灯皆灭。

“放弃我吧。”狐狸十凄然一笑，“如果你不放弃，那么在接下来的每次循环中，我都会这样死在你面前。本来是你要我帮你自杀，现在变成了我死在你手中……这个世界，还真是微妙。你知道吗？我曾以为，我们能相互理解，哪怕你是仙人，我是妖精……”

狐狸十气息渐渐虚弱。她手上又猛一用力，往胸腔中捣了捣。“感觉到……我心脏的跳动了吗……”

她的狐耳跳了跳。木剑上传来的心跳声高昂了几下，骤然停止。

</ 第 165580141 次宇宙循环 >

…………

< 第 1134903017 次宇宙循环 >

19

万象森罗一炮轰出，摧毁了鹿妖们的故乡云梦泽。

整个宇宙又只剩下吕纯阳一人。

他默默站在黑铁小天球"酆都"上。酆都位于长夜乡轨道，是长夜乡所有人的意识存储服务器。此外，它还存储了妖精世界所有亡者的记忆。至于酆都是用什么强力的科技扫描到那些记忆的，他并不清楚。

此即"地狱"，容纳婆罗历三千年来所有生命的灵魂与回忆。

吕纯阳接入酆都，翻查别人的记忆。

在过去的十亿次循环中，狐狸十一次次在琴川上濡湿尾巴，一次次自杀在他怀中，他已然麻木。

他曾尝试用无数方法挽救，无一成功。狐狸十是在每次循环进入无想山时发现的异常——那株不应存在的星见花树。次次循环中狐狸十都起了疑心，用白泽在花树上记录下只有她能读取的纳米级文字。如此千百万次记录之后，每次进入无想山，她都会在调用白泽扫描花树时发现异常，并读取上面记录的信息。

接着，狐狸十就猜到宇宙在循环之中。稍加推演，她就猜出发生了什么——在每一次的循环中，无一失手。

她太聪明了。

吕纯阳尝试着伐去无想山的星见花树，但星见花树已和无想山结为一体，无法破坏。他想找李玄求助，又从不见李玄踪影。

十亿循环至此，吕纯阳终感绝望。他需要经历一下他人的人生来逃避内心的空虚和无助。他站在酆都之上，读取陌生人的记忆，沉湎其中。在他人的世界中，他逐渐迷醉，逐渐忘记：忘记痛楚，忘记过去，忘记现在，忘记了忘记本身……

不知多少年月之后，他猛地睁开眼。他读取的下一份回忆的归属人是——

孚佑帝君吕纯阳。

这是他在长夜乡失忆之前的记忆。

20

一百一十一年（蒿里之左标准时间）前。

吕纯阳与妖界之主涂天笙激斗在苏澜城的上空。他从未遇到过如此强劲的对手，九尾妖狐涂天笙的那些机械法宝能攻能守，与他的神道道法战成平手。

"把小仙还回来！"他驾驭长风，虚浮空中，再次宣告。他决不允许长夜乡的任何人被妖怪抓走，尤其是孩子！

"那个小姑娘已经被烧成了仙炉尘。"涂天笙盈盈笑着，九尾浮摇云间。

"她只是个孩子！"吕纯阳悲怒渐生，弹铗长啸，于桃木剑锋附以神霄之雷，提气前冲，向涂天笙刺下！

"这是你们这些罪人应得的！"涂天笙欺身迎上。

风劲雷激，尘烟四起。他们激斗空中，势均力敌，攻守互易，整整七日七夜。

七日七夜之后，两人都已力竭。战斗中逸散的法术将苏澜城这一角夷为平地，废墟叠垒，尘土荡散。

吕纯阳疲倦至极，涂天笙则九条狐尾断了七条，法宝尽毁。他提起最后一丝力量，向涂天笙一剑刺出。为了给小仙复仇，为了长夜乡，他可以陨落于此。

"白泽！齐物论！"涂天笙手上一晃，握住一柄无形之刀。接着，他们身形错位，吕纯阳的木剑刺入涂天笙的胸腔，涂天笙的刀也捅入吕纯阳的小腹。

"天下万物，莫不齐同。"涂天笙呕出鲜血，"在唯物论之矛前，就算你是仙人，也与木石无异。"

齐物论在吕纯阳体内翻搅，接着，有什么东西被挖了出来。

"你的金丹，我取走了。"涂天笙说，"你和酆都的通信联系，我切断了。我杀不死你……但，能让你失忆。"

他们的身形再次错开，朝两个方向下坠，砸入苏澜城废墟。

苏醒之时，吕纯阳脑中已茫然一片，不知自己身在何方，为何在此，将往何处去。不久，周围响起挖掘声，他被人拖出废墟。

"喂，你还好吧？"呼唤他的是位少女。

吕纯阳睁开眼。少女只十一二岁，一身青裳，两只狐耳茸茸白白。"我……"他心神混乱。

"你不像是学园的学生。"狐狸少女拉着吕纯阳站起来。"我叫涂星见，你受伤不重，先过来帮我们救人。苏澜城被毁得差不多了，没人能顾及我们这些孩子……我们要自救。"

21

九日后。

"我把净化水带来了。"吕纯阳走入学园救灾的指挥中心。

废墟上四处可见妖精孩子们的尸骨。活着的人集中在一起，相互照顾并挖掘废墟，寻找生者。近来纯净水匮乏，琴川已被尘土污染，无法饮用。所有人的饮用水，都只按最低量分配。

"庄梦生！"涂星见说，"你别抢救古籍了！东边还有人被埋着，我们人手不够，忙不过来！"

屋内，涂星见正和一个蝴蝶妖精吵架。名叫庄梦生的蝴蝶妖精手中抱着一摞残损古籍，应该是从废墟下抢救出来的。

庄梦生道："所以，鹿夫子那么多藏书，就被你们拿去当柴火烧了？"

涂星见狐耳一软。"那次是我的错。"

"还有，"庄梦生扑扇着蝶翼，"阿十，现在淡水这么少，你还挪用淡水浇你的星见花？"

"浇花的水，是我自己的饮用水。"

庄梦生蝶翼一僵。"抱歉……你的母亲有消息了吗？"

"没有。"

庄梦生叹着气走到屋外。

吕纯阳放下水桶。"你的母亲怎么了？"

"她和仙人战斗后就下落不明……"涂星见低声说，"对了，我知道你可能是从哪里来的了。"

"嗯？"吕纯阳一愣。失忆后他始终回忆不起自己的来历，他的脑海中只有茫然。

"无何有之乡的大樗树上有一批太清历的冬眠舱，我觉得你可能是冬眠舱里的上古人，冬眠太久而失忆了。几年前，无何有之乡考古队曾带回来一批冬眠舱，你可能就在其中。"

"是吗……"

"还有，"涂星见说，"梦貘老师……没有抢救过来。"

吕纯阳怅然。他不知这是废墟上第几个重伤未治的伤员了。

"虽然我挺烦她查寝时老是窥视我们的梦，但是……"涂星见低声说，"学园重建后我们需要一位生活老师。你能留下来吗？"

"我……不知道。"

22

葬礼。

幸存者们默立坑旁。坑中堆放着上百具孩子的尸体，时间紧迫，许多尸体已腐败，无暇体面下葬。

哭声渐起。

最年长的老师鹿夫子在庄梦生的搀扶下主持着葬礼。默哀之后，鹿夫子投下火把，以烈火覆上尸体。

玄天冥冥，寒气肃然。吕纯阳心生凄怆，他不知那位仙人为何要攻杀苏澜城，戕害无辜。

"阿十。"庄梦生朝这边走来，"我给你道歉。前几日我确实不对，如果我也去帮忙，应该还能多救几个人回来……"

"没什么。"涂星见抱了抱庄梦生，"别说了，快来帮忙吧，马上就上元了。"

"我也想帮忙。"庄梦生说，"但我和鹿夫子一样，只会古文考据，不会机械，不会程序。"

"你以前不是想开发那个'言法'吗？"

"那个太异想天开了。"

"我来帮你。"涂星见说，"用妖精重工的服务器做智能解析，帮助使用者快速构筑程序，应该是可行的——"

"星见！"忽然，有人朝这边跑来，"城里来消息了。涂城主她——"

23

涂星见拼了命在干活。

每日，她都头顶安全帽，叼着小哨子，在工地上指挥学园重建。她从不休息。安全帽戴久了，狐耳都压出了红印。

几天后，她病倒了。

"你去开导一下她。"庄梦生找上吕纯阳，"有些事情，你这个太清历古人比较好做。妖精们会觉得她矫情。"

"她怎么了？"吕纯阳问，"难道……"

"嗯，死去的城主是她母亲。"庄梦生说。

吕纯阳走入病房时，涂星见正坐在床上发呆。她捧着那盆星见花，盆中小花刚刚吐蕊，花瓣上闪着点点莹华，明丽可爱。

"他们不给我喝酒。"涂星见说。

"我知道你很难受……"吕纯阳说。

"我想喝酒。"

无论吕纯阳怎么说，涂星见总是固执地不愿说话。吕纯阳离开病房后不久，就听闻涂星见逃走了，还从库房里偷走三坛酒。

直到第二天夜晚，吕纯阳才找到她。

学园外的废墟上，涂星见抱着那盆星见花瘫在地上，烂醉如泥。

"星见。"吕纯阳试着扶她坐起，她却一口咬在吕纯阳的右手臂上。"冷静。"吕纯阳忍受着手臂的痛楚，轻轻抱着她，静静等着。"都过去了。"

涂星见咬住他的手臂之后就不再松口，三个小时后，她才缓缓醒转。"酒……"她咕哝着，"我还要！"

吕纯阳从她口中抽回手臂。"星见。"

涂星见茫然呆坐着。"为什么来找我？让我醉死不好吗？"

吕纯阳没说话。

涂星见抚摩着星见花。"我还是很幼稚。你别看我像个小大人一样，但我一直在等着母亲回来统筹大局，我还是没长大……母亲想要解决这个宇宙的终极问题，我却只是在她身后畏缩着。甚至，就算是现在，我还是只想逃避……"

她忽然站起身，高举着那盆星见花，砸在地上。花盆碎裂，泥土散开，小花坠落。她大口喘着气。"我决定了。我要做像母亲一样的人。我要解决宇宙的终极问题。我要让所有的妖精和仙人，都能幸福。我是有勇气的小狐狸！我不能逃避！"

"何必要这样？"吕纯阳轻声说。

涂星见轻轻啜泣着。

"我也决定了。"吕纯阳说，"虽然不知我过去是谁，但我要留下来。我来当生活老师。"

涂星见点点头。"快上元了，快来帮忙准备复课事宜吧。"

她清唱着独自返回："有狐绥绥，在彼淇梁。心之忧矣，之子无裳……"

歌声渐远。吕纯阳俯身捡起星见花，收入袖中。也许，以后还有机会把这花种下——

他突然发现手臂上被涂星见咬出的牙印上，渗出的不是红色的血，而是淡黄色的液体。

24

上元，黄昏。

放灯集会开始前，吕纯阳坐在小舟上检查莲灯，涂星见则上岸去处理杂事了。

"师兄。"忽然，他听见一个焦急的男声，"你果然在这儿！"

吕纯阳惊异着转过头，乌篷中坐着一位青年男子，恍惚间有些眼熟。"你是？"

"来不及了。"男子将手按在他身上。须臾，遗忘已久的记忆涌入吕纯阳脑海：孚佑帝君吕纯阳，长夜乡的仙人，被妖狐掳走的小姑娘何小仙……

他的记忆恢复了。

我是仙人。是我杀死了这些小妖精。他思绪混乱。但是，何小仙是妖精杀死的。为何大家要战斗？为何要不死不休？

泪水潸然。

"好了，封印在酆都的记忆应该恢复了。"他的师弟钟离权说，"快走，我刚刚抢回玉匣，守卫要追来了。"

吕纯阳摇摇头。

"你没恢复记忆？"钟离权一愣。

"我厌倦了。你回去吧。"

"你要留在这里？"

吕纯阳轻轻叹气。

"你这是，被妖精迷住了？"钟离权说。

吕纯阳摇头。

"师兄，师父老了，我没你擅长战斗，你不回去，长夜乡就完了！"钟离权忽然走出乌篷，"我一定要带你回去。"

钟离权轻舒五指，指上绽出真火一点。

"侦测到十四级金丹波动，帝君级仙人出现于妖精学园——"警报凄厉，长鸣天空。

"你干什么！"吕纯阳大吼。

钟离权轻轻弹指，真火飘飞暴涨，铺天盖地燃过琴川，又烧上岸边，焚入临时校舍。岸上的小妖精们纷纷被真火卷入，河上莲灯也焚灭化灰。

"你！"吕纯阳看见河岸上妖精们慌乱奔散，眼看着鹿夫子被烟气活活呛死，庄梦生努力将鹿夫子带离火场。他寻觅着涂星见，却没有看到。

"跟我回去。"钟离权说，"我可以烧死这里所有的妖精，我可以战死在这里。但你必须回去，你是我们的希望。"

"快停下！"吕纯阳怒吼着。

钟离权咬紧牙关，摇头。

硝烟遮天。忽然，烟尘滚动，庄梦生的声音遥遥传出："夫子死了！该死的仙人！"

蝶翼破开硝烟，庄梦生飘飞而出，手上捧着鹿夫子的绿皮笔记本。"吕纯阳，原来你也是——"

吕纯阳低下头。是的，我也曾是仙人。这场火，都是因为我……

"言法！"庄梦生打开笔记本，纸页翻过，停在一页。她撕下停住的纸张，道："百川沸腾，山冢崒崩。高岸为谷，深谷为陵！"

琴川滚沸，两岸的金属建筑化为钢铁长蛇，扭曲着向钟离权奔来。"没有人，"钟离权唤出晦暗雷光一道，直扑庄梦生，"能阻止我带师兄回去！"

"不！"吕纯阳一拉钟离权，雷光一歪，洞穿庄梦生的一只蝶翅，只余焦黑的翅根。庄梦生惨叫着跌落琴川，被卷入河上烈火。

"师弟，"吕纯阳不忍看外面，"我跟你回去。"

几日后，吕纯阳回到了长夜乡。

回乡的战斗异常艰难。为了突围，不擅战斗的钟离权战至兵解，只被吕纯阳带回一缕神识。尾随而来的妖精轰飞了月亮瀛洲，师父李玄出手才护住长夜乡。

随后，李玄带钟离权的神识闭入玄关，为其重塑炉鼎。吕纯阳则日日长醉酒楼，听见种种流言："孚佑帝君战斗放水了。""他本来能救回小仙，摧毁妖界。"……

他沉默着。他将袖中那株星见花种在酒楼湖畔。他长醉着。

几日后，湖畔长出桃树小苗，师父李玄召见了他。

吕纯阳有些犹豫。"师弟他……"

"妖怪是我们的敌人。"李玄跪在蒲团上。

"他们也是普通人。"

"既然你这么想，那没办法了。"李玄说，"我要清除你的记忆，重塑你的身体，你的容貌。"

"不——"

明耀的光涌过。吕纯阳的身体被消解、重构。他唯一能做的，是护住手臂上涂星见的牙印，不被光照到。

也许，很久以后，失忆的他还能通过这个牙印，找回生命的意义……

孚佑帝君吕纯阳的记忆到此结束了。

</ 第 1134903017 次宇宙循环 >

< 第 1134903018 次宇宙循环 >

25

琴川的雨，和往常的循环并无不同。

"尾巴……湿了。"狐狸十轻轻叹气，抱着湿漉漉的狐尾坐下，"我问你一个问题，你不准骗我。"

"我不骗你。"吕纯阳收起缆绳，"现在大概是第十一亿次循环，你已经在我面前自杀十亿次了。"

狐狸十呆坐雨中。

黄耳狗从枫桥上跳下，落到他们身边。"它去虎丘。"吕纯阳抱起大狗，把它放到泊在一旁的另一条船上。那条船上，鹿妖少女的茸角刚撞上乌篷，疼得她满面通红。

"自杀十亿次。"狐狸十回过神来，"这还真是我能做出来的事情。我真傻。吕纯阳，你比我，还要傻。"

"为你变傻十亿次，我愿意。"吕纯阳笑了起来。

狐狸十撑起油纸伞，遮住两人。"你为什么要这样？"

吕纯阳简单陈述着未来将发生的事和宇宙循环的细节。"我已经决定放弃循环。所以，这是我们最后一次，在所有宇宙、所有循环、所有可能中……"

泪水流下。

"相遇，交心，离别。"

"我们……真傻。"狐狸十低着头，狐耳耷拉下去。

"检测到时空扭曲——"白泽忽然说。

光影忽然变化，周围一切化为灰色，扭曲着变为无想山的道观门口。

"欢迎来到无想山。"李玄从道观的三清大殿中走出。门口两道对联清晰可见：梦中说梦原非梦，元里求元便是元。

"你终于现身了。"吕纯阳说。这是无数次循环中，他第二次看见李玄。

他猜到发生了什么——李玄把他和狐狸十抓到了无想山中。他不清楚李玄是怎么做到的，这个老人身上秘密太多。

"涂姑娘。"李玄走下台阶，"初次见面，我是无想山的管理者，太清历遗老，你可以叫我李玄。"

狐狸十警惕地绷直尾巴。

"把你们拉到时空之外，是想给你们一个选择。"李玄说，"趁现在宇宙的熵极小的时刻。"

"选择？"狐狸十问。

吕纯阳拉住狐狸十的手。"不管怎么说，我都决定了要停止循环——"

"你是要涂姑娘继续这么活下去，还是重启宇宙？"李玄突然对吕纯阳说。

"什么？"吕纯阳一惊。

"罢了，容我讲个故事。"李玄走入大殿，"跟我来。"

他们一同走入大殿。

"很久以前，太清历时，"李玄声调平缓，"科学家戴森罗计算了宇宙边缘的观测数据，反推宇宙起源的情况。"

狐狸十问："宇宙起源？奇点大爆炸吗？"

李玄点点头。"奇点大爆炸在量子尺度上的随机涨落塑造了现在宇宙的一切。这种涨落应该是完全随机的，但观测显示，宇宙的初始涨落并不随机。这个涨落被人刻意写入了信息。"

"啊？"吕纯阳一呆。他无法想象是什么样的存在，才能扭曲宇宙启动时随机涨落的分布。

"或者说，我们的宇宙，"李玄说，"是被人'制造'出来的。制造者在奇点中留下了信息：不随机的量子涨落。"

"信息被解读出来了？"狐狸十不安地皱了皱鼻子。

李玄跪在三清神像前，神像一旁仍挂着那卷有色彩的仕女图。"戴森罗用了九年解读那段信息。大意是：在我们的宇宙之前，已经有起码上亿个宇宙存在。那些宇宙都面临热力学第二定律的热寂危机。"

热寂。吕纯阳思考着。那是传说中宇宙因熵增长至极大，而失去一切可能性、停止一切变化的死寂末日。

"每个宇宙中都至少有一个智慧文明存在，他们研究热寂，试着改变，"李玄说，"但都失败了。因为宇宙中物质太少，熵增迅速，热寂来得极快。但这么多宇宙与文明进化过来，他们找到了可以重启宇宙，使得下一个宇宙质量变大的方法：宇宙循环。

"控制时空结构，让宇宙进入循环，一旦某个循环发生了统计学意义上的极小概率事件而处于极低熵态，将这个宇宙毁掉，打入奇点并重启，就能获得一个初始熵最低，而物质总量比之前的宇宙大亿亿倍以上的新宇宙。在新的宇宙中，文明还会诞生，还会面临热寂的危机……但新宇宙更大，热寂来得更慢，希望更多。"

静默。吕纯阳从未想过循环的背后还有如此宏大之事。他只是想让狐狸十活下来而已。

"每一次宇宙循环成功后，相关的信息就会被刻写在重启之时下一个宇宙大爆炸的量子涨落中。新文明出现并发展到科技水平足够高时，就能发现这些信息，制定对策。"李玄说，"戴森罗推测，我们的前一个宇宙不过一个鸡蛋大小，那个宇宙内是什么样的，物理常数是什么，文明呈何形态，我们一概不知。"

"于是，在太清历结束时，戴森罗主导了一个计划。我们建造了宇宙切除装置'大道无术'——万象森罗只是大道无术的简化版——切除了宇宙的大部分质量，主要是太阳，收集起负熵，进入婆罗历，进入循环。当时的所有有识之士，都同意了这个会牺牲我们自己，成就下一个宇宙的计划。在前面的亿亿个宇宙中，那些文明恐怕也经历了亿亿次的循环，只为了下一个宇宙获得那么一点渺茫的希望。"李玄继续说，"太阳变小了，活下来的极少部分人类内迁到长夜乡，不再知道科学的存在。唯一的意外是，在人类旧的聚居地上，妖精们活了下来。你们涂山一族念念不忘的玉匣，是藏在长夜乡的废弃宇宙切除计划备忘录。"

"接着就是仙妖纷争，婆罗历三千年，是你——"李玄指着吕纯阳，"带来一次次循环。到现在为止，我们终于走到了一个熵极小的状态，可以重启宇宙，给下一个宇宙带去希望。"

"不过，你们才是这十一亿次循环中牺牲最大的人。我决定把选择权交给你们。有两个选择：第一，重启宇宙；第二，我能帮你们超越因果，在这个宇宙中走出一条涂星见可以活下去的路，你们可以一直活下去，活到这个宇宙热寂为止。"

吕纯阳心跳加速。无数次循环，无数次等待，他只为能和狐狸十一起活下去。现在，他们可以在蒿里之左的萤火之下，星见花前，挽手而坐，直到永远，直到热寂……

但热寂之后，前面不知多少个宇宙，多少次重启，多少生灵与文明的努力，空然白费。宇宙的命运到此终结，只余死寂。

"下一个宇宙会有无数的太阳吗？"狐狸十问。

李玄点点头。

"那么，你又是谁？"狐狸十忽然指着神像旁的仕女图，"为什么这里挂了闵柯芙的画像，没有戴森罗的？"

"在宇宙切除时，柯芙和我的孩子在宇宙被切除的那一部分中。"李玄平淡地说，"他们被剥离在时空之外了。而我，就是戴森罗。"

沉寂。

良久，狐狸十才拉起吕纯阳的手。"我们选择……"

"重启。"吕纯阳说。

26

放下莲灯时，吕纯阳默默许愿：我想和狐狸十永远在一起。

"你许了什么愿？"狐狸十问。

"希望新宇宙一切顺利。"吕纯阳看着莲灯漂远，"你呢？"

小舟漂摇，暮雨已止。狐狸十闭目捧着莲灯，缓缓移放。"希望在下个宇宙，我们还能相见。"

"怎么可能？"吕纯阳笑了。宇宙重启后，一切因果都将湮灭，下个宇宙与他们无关。

"也许呢？"狐狸十笑着，"这么多次循环，我们一定在冥冥中给宇宙打下了印记。我们会重逢的。"

吕纯阳只是摇头，又从怀中摸出一个玉匣。"你准备在戴森罗给我们的这个玉匣里放什么？"

按戴森罗所说，玉匣中存放的东西会直接投放到下个宇宙中。这是这个宇宙给下个宇宙的礼物与预示。

"知识。"狐狸十呼唤白泽，召出一卷书册，塞入玉匣，"还有一点空间，你要塞点什么？"

吕纯阳摸出一枝星见花塞入玉匣。

沉寂。终末之刻，他们只是静静坐着，相对无言。

狐狸十突然哭了起来。

"你哭什么？"吕纯阳说，"坚强点——"

"哼！我没哭！"狐狸十扭过头去，"就是刚才下雨，脸上的妆花了，流进眼睛……疼。"

她抱着湿漉漉的尾巴在眼角擦了擦。"喂，吕纯阳。"

"嗯？"

"我们约好了，下一个宇宙，一起看星星。"

</ 第 1134903018 次宇宙循环 >

</ 第 903400114535 个宇宙 >

< 第 903400114536 个宇宙 >

< 第 1 次宇宙循环 >

0

时有岁月，以成阴阳。

其时神州之上，关河雄踞，沃野陌连，天生甘露，地载黎元。自衣冠南渡之后，此来百年，渐为盛世。

大唐，姑射山。

"师父，请教我长生。"

"去劈柴。"

"我要学修仙。"

"挑水去。"

"我想长生！"

"静坐去。"

"师父！三年了，我就劈柴挑水打坐？我要学——"

"你个呆傻徒儿，长生为仙有什么好？就你这心性，怕是金丹都修不出来，还想太上忘情？滚滚滚，下山历练去，回来我再看你心性如何。"

少年下山行游，来到江南，适逢姑苏寒山寺的星见花开花。传说禹疏九江、决四渎之时，凿龙门之山，在岩洞内遇神人授以玉匣，匣中有天书一卷，星见花一枝。后有涂山氏女解读天书，习得书中学识，助禹治水。而星见花，便就地栽在涂山之下。寒山寺中的星见花乃是从涂山移栽而来。此花曾栽在神州各地，不知为何，只寒山寺中的活了下来。

星见花三千年一开花。上次开花，还是禹铸九鼎，会诸侯于涂山之时。世间幽华，三千年岁时一现耳。

少年步入苏州，却听闻星见花被妖怪抢走，官府正四处捉拿。他便白日摆摊算卦，夜晚仗剑觅妖。

上元，夕暮。

少年买了个芝麻烧饼，准备收摊。街外枫桥之下，莲灯点点浮泛琴川，荧荧如星。

"绥绥白狐，九尾庞庞。成于家室，我都攸昌……"忽然，有人哼着歌从他摊前走过，"你算卦准吗？"

"不准。"少年懒洋洋叼着烧饼。

"哦。"来人伸手在摊上抽走一支蓍草，纤指一拨，将剩下的蓍草分成两拨。"大衍五十，抽一得四十有九。来算吧。"

少年抬起头。站在摊前的是名少女，衣披翠霞，容倾月华。他迟疑一小会儿，还是分决蓍草，数算诸爻。"你这六爻皆变，从既济变为未济，象征循环的结束到开始。未济曰：'亨。小狐汔济，濡其尾，无攸利'——"

"啊？你咒我湿尾巴！"少女忽然重重一拍桌子，吓得路过的黄耳狗嗷呜一声。

"你干啥！"少年一愣，"什么湿尾巴！"

少女一跺脚转身走去。"哼！算了！"

"慢走。"少年收摊离开，"我还要抓妖怪。"

子夜，少年游荡在街巷间，一路追觅妖气，又回到枫桥。桥上正站着一名少女，妖气厚重。他拔出桃木剑，徐徐靠近，屏息举剑，朝少女一剑刺下——

"哎？是你？"少女忽然转过身来，却是先前算卦那位。少年的剑被莫名的力量推开，擦着少女刺过，他自己也一步趔趄，歪倒在石栏上。

"怎么？你也要来抓我？"少女咯咯一笑，在桃木剑锋上轻轻一弹。她长发上别着一朵桃花，幽幽绽放，花瓣之上莹华点点，一如长夜繁星。

"我……"少年尴尬地脸上一红，"没有——"

"算啦算啦，"少女身后忽然化现五条狐尾，她一甩狐尾，拉住少年，"如此星月良宵，你我闲人一二，寄寓天地之间，不如……"

她盈盈而笑，贴上少年耳边，声幽而气淡：

"一起来看星星吧。"

</ 第 1 次宇宙循环 >

</ 第 903400114536 个宇宙 >

刘天一 ————————————————————

"90 后"科幻作家。声学方向博士在读，金陵琴派末学琴人。善于构建奇观感强烈、细节精细的世界观，作品中坚实的硬科幻设定与冲突激烈的情节共存，展示全新的道德与人性。代表作品有《废海之息》《渡海之萤》。

提沙 / 文 _____ 投影

发生在淮京的"未知天使湮灭事件"已过去了十年，神州的格局天翻地覆。

然而，这个事件至今仍旧扑朔迷离。

历史的真相也许并不重要，毕竟可能不会再有"后世的史官"了。

整个人类物种就快灭亡了。

我第一次见到天使，大约是六岁的时候。

那天傍晚，我正和小伙伴们在学塾旁捉迷藏。虽然过去了这么多年，但我还记得，那一局扮演鬼怪的是李显。他与我同岁，却是村里的孩子王，敢闯敢做，比他大好几岁的孩子也愿听他指挥。

我躲在屋后的灌木丛里，平常我们很少来这儿，一块大石头恰到好处地遮住了我。

我藏了许久，也没被李显抓到。夏天的傍晚，蝉鸣声中有着湿漉漉的气息，草木的香味将我熏得沉沉欲睡。不经意地，我用眼角瞥见了一星闪光，然后我便注意到了那只蜻蜓，它周围环绕着迷离的光彩，飞舞之间，有丝丝缕缕的银色碎屑像丝带般弥散在空气中。我说不上来它的颜色，乍看上去是半透明的白色，却有着玉石似的光泽。

我不由得站了起来，小心翼翼地跟着它。

它轻轻地停在一片草叶上，我缓缓地挨近，想看得更清楚。

仔细看去，它半透明的翅膀上有着玄奥的纹理，就像雨天水面上的波纹。可每当我试图看仔细，纹理又幻化成了另一副样子，怎么也看不清。而它周围环绕着的银色迷雾，氤氲缭绕，衬得它像不属于这世间似的。

"抓到你了！"李显猛地蹿出来，狠狠抓住我的胳膊。

我吓了一跳。再一看，蜻蜓也慌张地飞了起来。

李显随我的视线看去，也看到了那只蜻蜓。

我从来都不擅长抓虫子，有时候则是不忍心。但李显不一样，他眼明手快，死在他手下的蜻蜓、蝴蝶、蚂蚱不计其数。

我突然意识到接下来会发生的事情，试图抓住李显的衣服阻止他。

估计是为了挣脱我的手，他用更大的力气冲向前，双手猛地一合。

我则使劲撞向他，我们跌倒在了草地上。

待我们回过神来，就只能看到闪着五彩光芒的碎片从他手里升起，像是薄玻璃，但又轻飘飘的。碎片慢慢地消散在空气中，仿佛从没存在过。

很快，天使护卫部的士兵乘坐直升机赶到了，他们还是迟了一步。

因为亵渎了圣灵，我和李显受到了各自父亲的严厉责罚。学塾的先生因为教导无方而被开革，村里的赋税比往年增加了一成，我们成了整个村的罪人。

往后的日子里，我常常想，如果没有我那一撞，他也许不会慌乱地使那么大力。以他的技术，蜻蜓天使估计不会被伤到，也许还有机会在被他玩弄时自然地回归仙界。

然而一切终究已经发生。

很多年后，我才真正明白那天我们造成的灾祸，整个世界都受到了影响，一种蜻蜓的族群永远地消失在尘世间了。

我从淮京大学堂毕业时，因为优异的成绩，拥有了出仕入朝的机会。那时候，领导朝堂的圣座是第八十九代刘天师。从小信奉玄清教的我们，大多觉得入朝为官是向玄天金阙灵应天尊奉献自己的最好方式。为天帝守护万民，追寻降世天使的指引，带领百姓们最终飞升仙界，有什么能比投身于这一事业更有意义呢？

然而我却出人意料地选择了别的路。

自从我六岁那次事故之后，直到毕业，我都再也没有见到过天使。而小时候犯下错误所积累的复杂情感，一直潜藏在我心中。其中，既有对当初没能保护好天使，造成巨大事故的懊悔，也有对天使的好奇和对再次见到天使的渴望。除此之外，还有某种微妙的心思——天使降临在年幼的我面前，是在昭示着什么吗？而之后天使的陨落，又对我的未来有着怎样的启示呢？

在广袤的神州九十九郡中，天使降世的次数还是挺多的，一年有四五回。然而具体到个人，很少有人有缘得见这些天降的圣灵。

民间关于天使的传言很多，但往往是以讹传讹。从外界流传的书籍中，也难以得到多少有用的信息。而我此时对天使的兴趣日益浓厚，迫不及待地想了解关于天使的隐秘知识，想查阅历史上关于天使的众多记载。

于是，我加入了灵渊阁。灵渊阁负责维护重要古籍，处理与天使相关的案牍事务，并且给天使护卫部做辅助工作。

降世的天使十分脆弱，而一旦被亵渎甚至毁灭，则会对世间造成不可估量的危害，因此，灵渊阁的文员和天使护卫部的军士，一起肩负着保护天使的重要职责。

机缘巧合的是，李显也在一年后从戍京卫调入天使护卫部。李显的户籍是军籍，所以他很早就辍学进入军中服役。从小就有股狠辣劲的他，听说在军营里混得挺好。

那以后，我和李显隔三岔五会一起去酒肆吃酒，有次酒醉，他嘲笑我被天使迷了心窍。

"小时候在村里受的白眼都忘了？"他眯着眼说道，"还不是这些该死的天使招的。"

"那也是咱有错在先，亵渎了圣灵。"

"呵，天使护卫部没擦好屁股，朝廷凭啥罚我们？"他呸了一声，"再说，弄死一个天使怎么了？死的又不是人。"

"你咋这么说你自己的衙门？"

"我还想骂朝廷呢！"

"可不敢乱说！"我赶紧给他使个眼色。

灵渊阁有很多外界见不到的古书，其中，很多禁书只有持大学士的批文才能查阅。在这里，我也得以了解先生们语焉不详的知识。小时候的惊鸿一瞥在我内心埋下的种子，在这里发芽长大，我对天使的兴趣愈发浓厚起来。

众所周知，天使的形态千差万别。按照《洞玄道藏》中的说法，每一尊天使，都对应世上的一种生物，是这个族群独一无二、完美圣洁的"原塑"。太古时期，天尊创世，用泥土捏出了各族生物的"原塑"，这些"原塑"高居三十三重天上，而它们在尘世间的投影，便是大地上的各种生物们。

每种生物的个体有着大大小小的差别，就比如同样是布谷鸟，有的瘦一点，有的眼睛小一点，有的颜色深一点，然而它们都是天上的布谷鸟"原塑"的不完美的投影。而天庭中的布谷鸟"原塑"，拥有所有已经存在过的和将要存在的布谷鸟的所有特征，是一切布谷鸟的善与美的集合。

而"原塑"如果偶然降世，民间便称之为"天使"。天使降世的时间往往很短暂，少则瞬息，多则几天，之后便会变淡消失，重归天庭。

据《天庭上使秘考》记载，天使的身体如同脆弱的瓷器，敲之有锵然的声响。一旦有破损，裂痕便会瞬间传遍全身，导致天使寸寸碎裂，彻底死去。

如果某尊天使在世间被杀死了，就像我小时候那次，这尊天使对应的生物种群就会彻底消失——不仅是从现实中消失了，而且从人类的心中也消失了，人类再也无法认知这种生物，无法想起来这种被毁灭的种群到底是什么。

所有书中的记录，相关的一切，人类都无法再理解。《生灵典录》中的那种生物的名称，依然是写在那里的几个汉字，但所有人都没法理解这几个字放在一起所表达的意义，这个物种的名字和相关的记忆都会变成迷雾似的东西，捉摸不透，成了个哑谜，令人无从追寻。

我在灵渊阁入职后，查出了当年死去的那尊蜻蜓天使在《生灵典录》中的位置。

那是蜻蜓目下属的六个科中的一个。而如今蜻蜓的六个科中只剩下两个科还能辨认出来名字——春蜓科和晏蜓科，其他四个科都已经永远地消失了，名字也成了晦涩的符号。就算强行去背这些符号的写法，也会瞬间失去这个记忆。

就好似它们在意识中的位置，从心中被挖去了，并且成了无法进入的禁区。

《洞玄道藏》中说，这是天尊对人类亵渎天使的惩罚。

不幸中的万幸是，当时被李显捏死的，只是蜻蜓某个科对应的天使，而不是整个蜻蜓目的所有种类蜻蜓对应的天使，否则我们现在连"蜻蜓"这个名字也已经无法想起。

过去的古书中记载，人类有一些名叫家畜的动物，能够给我们提供食物，然而如今一种也没有了，在《生灵典录》的家畜门类下，已经全是大片大片无法认知的字符。

我曾经对此有些疑惑。

有的天使，对应的是某一分支种类的生物，是某个目下面的一个科，就比如我小时候见到的那只蜻蜓，对应的是蜻蜓目下面的某科。

但有的天使，对应的却是一整个大类的生物，比如历史上曾经出现的某尊天使，它死去之后，地兽纲的一个目完全消失了，这个目下面共有八个科，有三个科在更早以前已经消失，剩下的五个科则是因为这尊天使的死亡而消失的。这种事在《天使降临实录》中被记载过很多次。

这看起来颇为矛盾，按照《洞玄道藏》的说法，每一尊天使，都对应着世上的一种生物。那为什么既有对应一大类的天使，也有对应小分支种类的天使？

如果某尊天使投影了某个目之中的所有地兽，为什么还会有对应其中某一科的天使呢？

三百年前，大学士曾器曾经在《穗庐笔记》中提出过这个疑问。他曾怀疑《生灵典录》对生物的分类并不准确，因此请教过第七十一代刘天师。天师回答道："《生灵典录》乃是天尊颁给世人的，不可能有任何错漏。"至于曾器的疑惑，天师则叱责曰："凡人不应妄自揣度天意，天尊这般安排，自有其深意所在……"

"未知天使湮灭事件"发生的那天，我正在阁中当班。

我和几位同僚一起视频连线天使护卫部的外勤士兵，借此判断降临的天使种类，以便第一时间提供信息。

因为这次降世的天使体形较大，部里的探测器很早就给出了它可能出现的地点。在那几个地方，天庭与现世的关联都变得很强，这往往是天使降世的前兆。

信号最强的地点在淮京郊外的云梦泽边，护卫部的京师分队很快就赶到了，提前布置起了路障。

深秋的大泽上有着朦胧的雾气，天使即将降临的地点就在岸边紧临湖水的地方。士兵们围起了一片草地，空气中隐隐闪现着异样的光泽。接着，有闪电般的细密光丝出现在空气中，然后越来越密，范围越来越大，发出耀眼的光芒和急促的鸣响。

最中心的发光区已经有接近人的大小，即便是在屏幕这头也亮得刺眼。

估计是因为这次的天使体形很大，降临前的异象非常强烈。

就快要出现了。

我眯起眼睛，盯着屏幕。摇曳的焰光中，影影绰绰地，仿佛能看到一个竖直的淡影。

然后镜头突然摇晃起来，那边传来匆忙的跑动声和长官的指挥声。

然后便是巨大的爆炸声，屏幕变黑了，我们失去了和屏幕那头的联系。

其他士兵赶到那里的时候，岸边还燃着大火，原本的士兵们已经全部牺牲，旁边还有一艘快艇的残骸，天使则不见踪影。

那天下午我查阅了《生灵典录》，令我震惊的是，上面所有无法认知的条目的位置，都和《天使降临实录》中已记载的一模一样，并没有任何新条目变得难以理解。也就是说，没有任何物种因为这次爆炸而消失。

我和同事们对比了好几本典籍，依然找不到任何变化。

难道这次并没有天使被杀死？也许是天使并没有完全显形，或者出现的时间很短，刚好在爆炸发生前消失了？

部里的同事们大多这么觉得，也因此而庆幸。

然而我总觉得事情没这么简单。我隐约看到的那个竖直淡影并不像我见过的任何生物。

夜里到家之后，我疲惫地躺在空空的床上，久久不能入睡，内心除了震惊与惋惜，莫名其妙地有一丝空荡荡的感觉，仿佛自己缺失了什么至关重要的东西。

李显又找我喝酒的时候，刚升任天使护卫部的副指挥使。

这次爆炸案后，他的几个顶头上司都被革职入狱。负责缉拿凶嫌的他，则因办案得力而被擢升。

"罪犯是一个邪教的小护法。无生教，你知道吗？那个邪教声称我们都是罪人的后代，都流着罪恶的血，所以活该死光，这样世界才能得到净化。"他端着酒杯，嘲讽道。

"这么奇怪的教义也有人信吗？"

"你还别说，我下去摸查才知道，这个教在滕南五州信者颇众。你猜教主是谁？是二十年前离开淮京大学堂的一个老先生，罗彬，听过没？"

我摇摇头。

"我审他的时候，他说这个教啊，有好几百年了，是曾器大学士致仕回乡后传下的呢。"

我狐疑地看着他。

"不信？你猜他们怎么知道天使会在哪儿出现的？他们有个天使探测器，比我们部里的还准，天使降临前几个时辰，就能看清天使的大致外形。说是曾器晚年私盗古迹得来的，然后又改装了一下，从没流传出来。我看了那个改装的痕迹，是宫中的手艺，底下还刻了曾器的记号。他在部阁里做过不少机器，拿底下的记号一对比，一模一样。这个事你可别传出去啊，曾器也算是历史上有名的人物，我还不确定朝廷要怎么处理这个事，不一定会公开。"

我犹疑地说道："曾器晚年好像是有点离经叛道，也被天师斥责过，难道是他心怀怨恨，所以报复朝廷？可是教徒们毁了那尊天使又有什么好处呢？"

"这也是个有意思的事。我告诉那个老先生，说天使没被炸死。他说他知道，否则人类早死光了，世界早干净了。我说老大爷你这不搞笑呢，上课我们学过，生物链嘛，如果死掉的天使太多了，生物链断裂太多，迟早人类就完全没的吃了。可那还早着呢，哪儿有那么快。他就只是叹气。你知道吗？害死了这么多人，他就在那儿叹气，懊悔没有弄死世上所有人。"

我也深深叹了口气。

"但我这次也听到一些有意思的说法。"李显向我凑过身来，小声说道，"邪教里抄出来几本古书，说玄清朝以前，世上有很多国家，不是被天师统治的，而是有种叫皇帝的大官。他们也不信玄清教和天尊，所以后来都被天尊降下天罚给灭了。据说死了几万万的人啊，你知道云州、海州、炎州那些个边疆的州为什么那么大又没什么人住吗？因为以前那儿住的都是其他国家的人，都死光了。跨洋过海的，朝廷也不方便羁縻，便没迁人过去。而且那里的古迹多，听说古时候科技比现在发达得多，教廷嘴上说是科技失传了，其实古迹里都能掘出来呢，但教廷卡着不让人做。"

我瞥了瞥周围，没人在偷听我们说话。"这个《始经》上有记载的：'古有荒蛮诸国，机巧盛行，亵渎天使众，天尊怒，教宗遂集万民之力，举国跪请神力，诸天使降而诸国灭，自此天下一统，玄清朝立，天师遂登极位，承天道而牧万民。'但蛮荒之地的诸国，想来也是蕞尔小国，哪儿来的几万万人丁啊？"

"得得，你古书读得多。我一当兵的，想读也读不着。总之就是杀了很多人啊，所以那些邪教徒觉得我们都是杀人犯的后代，天生就有罪，都该死光。是不是很扯？但是科技这个事，那些邪教徒说得没错，你知道吗？他们的几万教徒，人人家里都有我们用的那种视频仪，但是是单向的，他们管那个叫电视，每天邪教头目都远程给所有教徒宣讲，这可厉害了。你说，我们也有视频仪，朝廷咋没想到用这个来统管家家户户？天师在宫中一摆手，全天下看电视的人都跪在地上请安，那多威风……"

李显只做了几个月的副指挥使，之后便被调回兵部，负责京畿的治安，据说有铁腕行事的风评。

彼时人心已经惶惶不安。每个人心中都悬着莫名其妙的空虚感，生活中很多事情变得陌生而不顺遂。总觉得缺了点什么。赋税与往年相比并无变化，也没有遭遇天灾，却粮食歉收，食物短缺，百姓难以交齐税赋，怨声载道，各地暴乱频发。就算是治安相对好些的京城，我也总觉得街上冷清了很多，很多店铺都空了下来。

又过了几个月，民间的风言风语传入宫中，大臣们这才注意到，"未知天使湮灭事件"发生之后，就再也没有过新生儿了。

为什么会没有新生儿了？

天师向诸位大臣问出这个问题后，没人答得上来。

大殿里陷入一阵诡异的沉默，因为人们在沉思中意识到了一个新的问题。

在从前的日子里，新生儿到底从何而来？

没人想得起来了。

灵渊阁的学士们翻遍了典籍，凡是相关的段落，他们都理解不了了。

就像以前天使死去时，大家会失去相应物种的记忆，无法理解相关的文字那样。

毫无疑问，这是由"未知天使湮灭事件"造成的，但这种诡异的现象，却从未在史书上有记载。

大臣们惴惴不安，难道这是天尊降下的一种新的神罚？

"未知天使湮灭事件"的一切细节被更仔细地重审。我和那天当值的几名同僚也接受了盘问，当时仔细盯着强光看的，只有我和另外一名同僚，我们都看到了被焰光扭曲的一个长影，和旁边的士兵差不多高，差不多宽，最上面像是个上窄下宽的梯形，下面则是长方形，到更下面则又渐渐变得窄一些。

审问的官员说道："和人差不多高，和人差不多宽，上下窄中间宽，听你们的描述，大街上披头散发伫立墙边的讨饭人不就这样吗？"

天使会以人形出现吗？灵渊阁的大学士们也回答不了这个问题，教中典籍上没说不能，但也没说能，历史上也从未有过相关的记载。

"原塑"中包括人？这是一个严肃的神学问题。天尊也是人形，如果"原塑"中包括人，那是不是对天尊的亵渎呢？在正统的神学中，天尊是按照他自己的样子塑造的人类，人类如果通过修炼得道飞升，就会位列仙班，而不是像其他生灵那样回归相应的"原塑"。如果人类也能回归某种"原塑"，又该如何解释天尊等神祇与人类的关系呢？

百官们等待着天师的教诲。

天师说，教中的秘典里，记载过人形的天使，它们乃是天尊麾下的其他从神降临人间，与"原塑"并不相同。玄清朝能够一统天下，就是因为下凡的人形天使对敌国降下了神罚。

至于为何史书对此语焉不详，天师并没有给出解释。

很快，大家就不去操心这些神学的疑难了，因为各地的反叛势力已经愈发猖獗。

李显也主动请缨去外地平叛。乱世之中，我很快就失去了他的音信。

九年后，玄清朝覆灭，末代天师刘懿自焚于银极宫。谷神朝建立之后，我被投入狱里。

新朝敬奉谷神，谷神掌管生育和子嗣，以前是楚地的民间信仰，并不在玄清教的神系之中。

某天夜里，我洗浴更衣之后，见到了神州的新主宰——楚徽帝。

新朝的领袖自称是古楚国帝王的后嗣，家谱能上溯到古代玄清教兴起前。然而当我小心翼翼抬起头正视他时，才发现这个人竟是多年未见的李显。

李显脸上挂着饶有兴味的笑容。"没想到是朕吧。经年不见，老友清减了啊。"

后来我才听到一些传闻，当年他在各地平叛，对朝廷阳奉阴违，私下里收拢叛军，借机整合各方势力，凭借心狠手辣的手段和谷神的神眷，夺得天下。

"打天下容易，坐天下难啊。"李显叹道，"朕需要你的帮助。"

"敢问草民有何能帮到陛下的呢？"我迷惑不解。

"你来做大学士吧，你不是读书读得多吗？那你就帮朕查清楚，怎么才能让朕的子民生育子嗣，让朕的帝国不会百年即亡。"

"朝廷不是说只要信仰上达天听，打动了谷神，就能让生育恢复吗？"

"你傻啊，那都是骗人的。没有什么天尊，也没有什么谷神。如果真的有天尊，朕又怎能抢来天师老儿的天下？"

"那……那……没有天尊，哪儿来的天使？"

"这朕就不知道了，所以需要你们这些读书人来想办法。"

我低头沉思。"生育子嗣的事肯定和当年那尊疑似人形的天使有关。难道是谷神被炸死了，所以没有神掌管生育了？"

"不是说过了吗，谷神的神迹和教义都是朕瞎编的。朕打天下这一路上，亵渎谷神的话也说过不少，也没见过谷神降下什么惩罚，更别提神迹了。"李显不耐烦地拍了拍宝座的扶手，"而且朕也查了，原本玄清教的神系中并没有什么掌管生育的神。"

"那……我要查阅所有前朝禁书，还有，教中秘录。"

"去吧，让他们带你去天水阁，从火堆里救出来的书都堆在那儿。"李显摆摆手，"全天下的命运可都寄托在你身上了。"

神不存在吗？世世代代信仰的神祇被否定，我的内心很难接受这样的说法。也许天尊与谷神都是存在的，而王朝的变换只是天尊和谷神相斗失败的结果？

但是如果真的是神灵之间的斗争，又怎会是由"未知天使湮灭事件"这件偶然的人间事触发呢？除非加入更多漫无边际的假设。

我翻阅着古书，梳理着关于天使和神的知识，试图搞明白，到底哪些东西是可信的，哪些可能是古人杜撰的。

很多年前想过的问题重新摆在面前。

为什么既有对应地兽纲中某个目的天使，也有对应这个目中某一科的天使呢？

会不会天使的对应关系可以更为灵活，并不局限于某一个具体物种？

到底有没有人形天使存在呢？如果有的话，它是不是某种"原塑"呢？

如果按照天师的说法，人形天使存在，但不是"原塑"，而是天神，当年玄清朝一统天下时发动的神罚就是人形天使做的，那为什么天师不再次请下天使，对叛军进行神罚？

不确定的东西太多，我决定使用尽可能少，看起来尽可能靠谱的假设。

人与其他动物似乎并没有太大的区别，我曾听说，海州的百万大山深处，有某种叫作猿的生物，也是双手双脚，与人极为相似，只是身上毛发颇多，野性难驯。

如果真是这样，与其假设世上有两种不同的天使，一种是对应某种生物的"原塑"，另一种是长得像人类的"天神"；倒不如假设世上只有一种天使，长得像人类的"天神"其实就是人类的"原塑"，毕竟那天疑似人形的天使出现前，探测器的反应和空气中的异象都与大型生物天使出现前没什么区别。

很多年前和李显的那次酒楼对话言犹在耳，当时他说，邪教的机器能够提前看清天使的形状（而天使护卫部的机器则没这个技术），邪教的教主声称那次袭击是为了毁灭人类……

如果那次出现的天使，正是人类的"原塑"，一切就都说得通了。邪教正是因为提前发现人类的"原塑"即将降临，所以想通过毁灭它来毁灭所有人类。

这想法太离经叛道了，我身上渗出冷汗，不安地环顾了一下周围，就像担心别人听到我内心的想法。

但是为什么人类并没有立刻灭亡，而是失去了生育的能力和记忆呢？

我花了很多天来查阅那些古书。与此同时，新帝李显也在全国推行了新政。如今每家每户都接入了一种叫作广播的古代电器。每天早晨和晚上，各州会根据当地的晨昏时间播放早操和晚操的音乐，几乎所有居民都得按节奏进行跑步、俯卧撑等锻炼。不论平民、乞儿，还是王公贵族，一旦违背，就会被杖责。

李显曾笑着告诉我，消耗掉百姓的精力，他们就不会有力气作乱；让他们身体疲乏，他们就不会有闲心忧虑家族的香火。

这年冬季，我向李显提出，可以恢复元春的祭典。

"国不可无祭典来凝聚人心。"我拱手道。

"这个用不着你操心，朕交给你的事情办得怎么样了？解决不了生育的难题，再怎么凝聚人心也没有用。"

"我已经派人去搜集各种动物的生殖情况，包括去几个蛮荒大州的森林寻找罕见的生物，也许从中能发现什么线索。"

李显点点头。"再快一点。你投入所有精力办这个事，别的事自然有别的大臣操心，你就不用管了。"

"臣提出恢复祭典，就是想尝试一种解决生育问题的方式。"

"此话怎讲？"

"陛下还记得玄清朝一统天下的手段吗？"

"你是说多次请下天使降下神罚？这种无稽之谈无非是后人编出来的故事罢了，天使的降临哪里会受到凡人的控制。如果真有这种手段，天师老儿当初怎么不用来灭了朕？"

"教廷烧毁了一半的秘录里说，如果所有参与祭典的人都在心中呼唤某种天使，那么这种天使出现的可能性就会增高。但这个对人数的要求很高，人越多效果越好，人少了就没什么效果。"

"有意思，拜祭神灵的人越多，越容易上达天听？"

"对，而且必须是在同一时间。玄清朝灭诸国时的几场仪式，据说都是举国跪拜。"

"笑话，那怎么做得到。"

"陛下忘了吗？玄清朝建立前，世上是有广播的，现在也有，而玄清朝却没有。"

李显陷入了沉思。

我接着说道："其实还有一件有趣的事情，建朝后从玄清教曾分裂出一些异端教派，他们留下的禁书里提到，当时因祭典而降临的人形天使都被杀死了。"

"你是说……"

"人形天使毁灭了，然后别的国家也毁灭了。这说明什么呢？我怀疑当时降世的其实是其他国家的人民对应的'原塑'，根本不是什么天神。"

"凡人的力量能召唤天使？天使竟能只对应敌国的人而不是整个人类物种？还能借此全歼敌人？你这话要是早几十年说，一定要被教廷抓去杀头。"他笑了笑，"可现在并不是要消灭别的国家，就算你说的方法真的能让人形天使降临，又有什么用呢？朕提前送朕的子民都上天？"

"陛下，人形的天使会不会说话呢？我们可以向其请教啊。"

古书上记载的仪式确实是管用的。

春祭的时候，全国百姓都在电视前看祭坛的实时转播，并在家中祭拜。按照司祭的引导，百姓们在心中祈愿"人类"对应的"原塑"降临到祭坛上。

因为一直等待天使的出现，祭祀持续了接近四个时辰，其间据说有不少百姓因为不敢妄动而饿晕。好几次，祭坛上几处都出现了大型天使出现前的那种电光，但随即又减弱消失了。

傍晚的时候，祭坛偏东一点的位置又出现了闪光，这次闪光越来越密集，越来越亮，就跟很多年前的那次"未知天使湮灭事件"时一样。

全天下的人都屏住呼吸，眯着眼睛，注视着强光。

在强光中，慢慢出现了一个人的身影。

他面如白玉，五官端正，身上披着辨不出材质的华服长衣。他的面容十分周正完美，却又无时无刻不在流变之中，仿佛只要你眨一下眼睛，他就变成了另一副面孔。这令人捉摸不定的感觉，给他圣洁的面孔增添了一丝妖异的气息。

司祭在天使面前伏倒。"敢问天庭上使，如何使民生育？"

天使注视着司祭，露出似有似无的微笑，并没有回答。

司祭又问："祈求上使和诸神怜万民苦楚，救子民于亡族之患中。"

"求……神……子民……"天使重复道，仿佛俏皮的小孩子在学舌。

司祭惶恐再拜。"敢问，上使那儿可有神的旨意？"

"问……神？"天使重复道，脸上的笑容圣洁如初。

在司祭的反复询问中，天使时不时学舌，时不时则用"问神"之类的话来搪塞。一段时间后，估计是觉得无聊了，天使走下祭坛，漫无目的地在跪地的王公贵族之间转悠，无人敢阻拦。他越走越远，后来就消失了。

全天下的人都在电视前注视着诡异的祭典，好在后来工部的人见势不对，终止了实时转播。

李显大怒道："朕要将你革职下狱！"

"陛下息怒，臣觉得这祭典还是很有收获的。"我辩解道。

"笑话，召唤来一个白痴一样的天使？"

"陛下您想啊，这说明祭典是真的有用的，无数百姓的信仰集中在一起是真的能够上达天听的。"

"你还相信这种鬼话吗？真的有神？真的有天庭？那怎么会派来个傻子天使？"

"我们既然能祈愿召唤来天使，那么也许也能做到别的事情。如果我们能直接解决生育的问题，为什么要请教天使呢？"

目睹了天使降临的祭典之后，我有了个大胆的想法。

另一方面，对各种动物生育方式的研究也有了新的发现。对绝大多数已知的动物来说，生育都是靠蛋的帮助。不管是羽类的鸟、鳞类的蛇、介类的龟，还是裸类的蛙，都会先生下椭球形的蛋，然后从中孵化出新一代的生命。至于毛类的走兽，由于大部分已经消失，只有在丛林深处才能见到一些罕见的种类，目前还没有详细的生育记录，但想来也差别不大。

我不禁怀疑，人类正是由于某种原因丧失了下蛋的能力，才导致没有新的子嗣出生。

根据现有的种种例子，我怀疑"原塑"与种族并不是一一对应的关系："原塑"可能对应某一目的动物，也可能对应目下面的某一科；既能对应"人类"这整个群体，也能对应敌国的子民。

似乎，是人类自己的认知——人为划分的群体的概念，而不是某种天定的物种之分，在界定着"原塑"。

既然如此，"原塑"很可能也能对应些别的东西。

因此，我不禁推想，"未知天使湮灭事件"中死去的天使很可能对应"人蛋"的"原塑"。当时上下窄中间宽的形象，似乎与"蛋"的椭球形也有点相似。

在我的劝说下，李显决定再次举行举国祭典。他通过广播向全国的百姓宣布，上次祭典降临的天使传下神谕，要向谷神请求子嗣。而大学士们关于生育以及"人蛋"的理论也被告知世人。全国百姓将会同时在心中想象"人蛋"的模样，祈求谷神将产下"人蛋"、生育后代的能力赐还世人。

"人蛋"降临祭坛的那天，举国欢庆。"人蛋"的"原塑"挺小的，远远小于记忆中"未知天使湮灭事件"时我看到的影子。我不禁有点紧张，担心自己的猜想是不是错了。

大约半个时辰后，"人蛋"晃了晃，又晃了晃，然后丝丝裂纹从蛋壳上出现。

我身上哗哗流着汗，不知道这蛋壳碎开之后，"人蛋"是会彻底消失，还是会生出个什么东西来。

空气安静得可怕，我不禁颤抖起来。

全国几万万人的目光都紧盯着那个温润的大蛋，心中满怀虔诚的期盼。

蛋壳上的裂纹越来越大。

突然，一小块蛋壳崩了下来，一只小小的拳头从里面伸了出来。

紧接着，整个蛋壳都如湖面上碎裂的冰一样碎开了，散落一地。

"呜哇——"一个婴儿坐在蛋壳中央，发出震天的哭声。

自从"人蛋"降临并孵化之后，很多人的腹部开始隆起，甚至包括帝王李显，他每天挺着大肚子上朝。

五个月之后，很多人分娩出了第一批"人蛋"。

又过了一个月，大部分"人蛋"孵化了，李显也有了他的第一个儿子。他给刚出生的小王子取名李虔，意味着虔诚侍奉谷神。自从"人蛋"显灵之后，李显一改以前不敬神灵的态度，对谷神的神力笃信不疑。

几个月之后，经过长途跋涉，被我派去海州深山的手下们回来了，他们带来了传说中的猿。猿的确和人十分相像，只是身上长着棕色的长毛，脸上长着细密的白绒毛。它们好像能以简单的言语相互沟通，但无法理解人类的话。

一件奇怪的事情是，似乎有两种猿，它们长得差不多，但有不同的生殖器官。最重要的是，它们并不生蛋！小猿会直接从大猿的体内出来。而且，那两种猿，只有一种能生出小猿。

我命令手下仔细观察鸟、蛇、龟、蛙等动物，发现了更惊人的事：原来它们也都有两种不同的个体，虽然看起来几乎一样，但如果仔细解剖，还是能发现区别。而且蛋也只会出现在其中一种的体内。

我将这两种不同的个体分别称作阴与阳。

陆陆续续地，手下们从边疆老林里带回了更多罕见的兽类，其中有好些种都是直接生育幼崽，并不下蛋。

更重要的是，不管是否下蛋，它们都有阴阳之分。

但重新具有了生育能力的人类，却没有这种阴阳之分。

面对这样诡异的结果，我不禁问自己，当年的"未知天使湮灭事件"，毁去的真的是"人蛋"吗？还是别的？

我回想起"未知天使湮灭事件"刚发生后的景象，空旷的大街，没有店主的商铺，内心怅然若失的感觉……

一丝丝寒意沁入了我的心头，恐惧笼罩了我。

我拯救了人类，但恐怕用的是错误的方式。如果这个可怕的猜测属实，人类这个物种已经面目全非……人类，真的还能被叫作"人类"吗？

我并没有向李显汇报这个消息，也许是因为贪生怕死，也许是因为觉得如今虔信谷神的他不会相信我的"异端邪说"。

自此之后，我就有了一种对"人"的恐惧。我不愿身处人多的环境，甚至多看几眼别人都会让我犯恶心。洗澡的时候，我总是飞快地糊弄了事。我强迫自己不去多想，不去想这光光的皮囊里面，有着怎样的器官，又是怎么能生出蛋来……

辞官之后，我来到荒僻的海州山林里隐居。

听从我辞官前的建言，李显停止了官方广播的使用，并严禁民间私人组织使用广播，毕竟全民一起祈愿的力量太强大了，倘若被奸臣贼子利用，后果不堪设想。

于是深山里的我，也少了广播的滋扰，几乎与世隔绝。

山风吹拂，我常常会想到一些奇怪的问题。

我们心中的认知和这个世界到底是怎样的关系？

"原塑"毁灭时，会毁去投影出的种族，也会抹去我们心中的记忆；我们心中的祈愿，则能召唤甚至创造"原塑"。那么人的认知和"原塑"之间到底有怎样的联系呢？

"原塑"到底居住在天界，还是人们的心中？

三十三重天上，天尊和谷神真的存在吗？到底谁才是创造"原塑"的神？

能够塑造万物的，只有神的意志吗？

繁多的物种，只是神的意志的具现吗？

我的心中，有个让我自己也恐惧的答案。

然而这一切也许并不是那么重要，人类重新具有了生育的能力，人类这个种族不会在几十年后灭亡，这也许就够了。

古人云：山风浩荡，念生念灭，万物生息，流转不休。

后记：这篇文章的灵感来源于柏拉图的洞穴比喻。物质世界的现象只是不变的本体世界的投影，人们只能看到物质世界的投影，却难以完全认知到本体世界中的原型。

提沙 ────────────────────────────────

理论物理博士，追求表象之下的理论和真实之外的幻想，喜欢推演具有奇妙规律的异世界。代表作品有《投影》《虚海临城》《毕业考试》。

赵雪菲 / 文 _____ 冰期里的春天

（0）冬青的日记

过"节"的那一天，大人们喝了很多他们不许我们喝的饮料，那些平日里看起来关系好或者不好的人在一起摆弄攒下来的面粉和罐头，红着脸彼此说着平常不会说的话。他们说着说着，忽然有人大声喊了一句："过完春节，春天就要来了！我们就能接所有人回家了。"说完，更多的人附和他的话："过完春节，春天就要来了！"有人唱起歌来，最后变成了大合唱。

热闹的气氛还没持续多久，窗外滑过耀眼的流星。

我和小卷提示他们看那些流星。

大人们看到，却都慌了，手忙脚乱地披上厚实的防护服，带上医疗设备，钻进一架又一架雪地艇。

整个屋子里，只有我和小卷知道发生了什么——我们成功了。

（1）冬青和小卷

冬青站在楼顶的硅板上冲小卷摆手——她穿得鼓鼓囊囊的，像是轮胎一圈一圈堆起来，红色的新防护服看起来比她大太多了。

"拿到了吗？"冬青问。

小卷气喘吁吁地拉开自己的防风服外面的粘扣，冬青注意到那里有一张小纸条。

"我爸还在发愁实验室的设备和那些乱七八糟的酶，完全没有发现我。"

"太好了！"冬青咧开嘴笑，牵起小卷的手在裹着深色海绵的输气管上跑起来。远处，太阳初升，营地里播放着提示人们起床的和缓音乐。

"开工——"第一热电室传来叮叮咚咚的敲打声。

砰的一声，热蒸汽从两个孩子的身边冲上天，又很快在冰冷的空气中凝结，化作水滴落下——第一热电室的张叔每天这个时候都会打开泄压阀。

"小心小心！"冬青推着小卷趴下，两个落汤鸡对视一笑，又开始在管道上奔跑起来。

管道下，在温室农场工作的姐姐裹着厚厚的防护服，有些笨拙地抱着一篮子要贴在农场玻璃上的红色东西——据小卷的爸爸说，那些红红的东西是为"过年"准备的。

"早上好。"冬青和小卷都没过过年，这既是整个营地第一次过年，也是孩子们第一次过年。冬青因为过年这事兴奋极了，她问在农场工作的姐姐："那些是什么呀？"

"早上好，这是福字，要倒着贴在农场的玻璃上——等等！小卷、小青！你们在那儿干吗！快下来！危险啊。"

"来不及啦。"冬青一边回答一边从输气管上跳到营地的穹顶上，动作大到营地里的长毛救援犬都被吓得吠叫，扒着圆形的营地建筑想要爬上去救她。

"我们要去上课了，姐姐晚上见！"小卷显然比冬青更懂礼貌，但是论让大人提心吊胆的水平，她却和冬青差不了多少。

她比冬青还早起跳，降落在穹顶上时，惊起一片以冷静机智为选育特征的抗寒信鸦。

两个孩子正在攀爬的，是正在准备节日的登陆者一号营地。它被高大的火山所守卫，利用有限的地热，整个营地在漫长的冰期中艰难地运转。

置身其中的两个孩子像是初升的太阳，在这个愿意付出一切来保护她们的世界中，和其他生命一样顽强茁壮地成长着。

"冬青！小卷！那两个孩子！"郑老师暴跳如雷地推开教室的门，却发现两个小姑娘坐在自己的座位上认认真真地看书，怎么看她们也不像农场的小林说的那样能飞檐走壁。

更不要说两个孩子此刻睁着无辜的眼睛看着他。

于是郑老师像被蛊惑了一样忽略了破案的关键线索——教室里的天窗还开着一扇，信鸦聚在窗边探头探脑时抖落的雪花落在书柜上，书柜夹层上还有几个凌乱的脚印。

"是是，冬青爸爸啊，对，冬青在教室里呢，小卷也在，嗯，好……嗯，小林可能太累了，让她倒班休息一下吧……"

书柜上放着一个玻璃箱，里面装着松软的土壤，被一种特殊的生命分割为一间又一间的"厅室"——这是切叶蚁的家园。小卷趁着老师打电话的工夫，注视着那些小蚂蚁。不知道为什么，小卷忽然用铅笔戳坏了一个洞穴，她之前也这么做过，那些体形较小的工蚁躲了进去，一些"无畏"的兵蚁则聚在洞口"自杀式"地攻击铅笔头。

"噗嗞——小卷！让我看看。"冬青从课本上挪开眼睛，压低声音叫小卷。

冬青是个普通到不能再普通的女孩，一双黝黑的眼睛，梳两个可爱的牛角辫。她古灵精怪，热爱闯祸，像是成长期的小狗一样在营地里乱窜。

小卷和冬青多少有些不一样，她总是安安静静的，大人们喜欢她的文静，却也时常猜不透她内心的想法。可现在她好像也被冬青带坏了，毫不文静地冲冬青挤眉弄眼，示意郑老师的电话马上就要打完了。

冬青翻了个白眼表示失望。

"蔺冬青！"

"到！老师，要背什么？"冬青看着黑板上的"$rB - C > 0$"，歪歪身体回答老师。

"什么都不背，今天咱们讨论讨论你在营地里闹出的乱子——远行队的人说他们看见你私自把过年要放的鞭炮都点了。"

"我以为那是炸药……"

冬青用眼神向小卷求助，后者则装作没看见一样继续读书，时不时在冬青委屈巴巴地解释时偷偷看她两眼。

"哈！炸药！"老师都快被冬青气笑了，"然后呢？你想用炸药炸什么？"

"我找到一本挺旧的笔记，里面写着如果能够诱发大规模的火山喷发，就能够提高星球的温度，所以想把它们都扔到火山口——啊！老师，你怎么了？心脏难受吗？要去找孙医生吗？"

下课后，接受了一通思想教育的小卷和冬青两个人躺在营地后的太阳坡上，手闲不下来的冬青还把两块本应背对她们的太阳能板硬生生掰过来，只为了更暖和一点。

"沉稳。"冬青对着小卷念叨，"哎……"

透过头盔，可以看到小卷的头发在阳光直射下是浅棕色。小卷的头盔外面系了一条麻绳，上面绑着一个黑色的石头小老虎，那是小卷的妈妈生前给她做的——石头和冰雪本身，是新世界为数不多的本就耐寒的东西。

"有问题吗？"小卷骄傲地抬起下巴，眯起眼睛。阳光虽然耀眼，但远称不上温暖，仿佛一盏失温的灯。

在她们脚下，营地看起来像微缩模型，按照冬青的话来说，像是好多好多半球形土豆泥垒在一起。为了准备过年，营地挂了好多侏儒番茄一样的灯笼，裹着深色海绵的各种输气管和水管也被装点上了颜色艳丽的装饰物。

在营地的背后，巍峨的"见证者"火山缄默地屹立，两个孩子要完全平躺在坡上才能看到覆雪的山顶。

此刻，冬青少见地没有被节日的氛围感染，而是一心一意地专注于自己的计划。

冬青鼓起双颊，每当她思考什么的时候，她就会下意识做这种怪样。"我们有了通信器，你还拿到了密码……然后就剩信号塔了。嗯，下一个目标是赤道河以南。我和爸爸说了，这次大人们一定会让我们去南边的，还得是'拜托'我们去南边——"

"我不是太想参加。"小卷的脸色忽然变了，她似乎对赤道河以南的地方非常抵触，"但我还是会保密的，不会让计划——"

"什么计划？"冬青爸爸带着白色的救援犬，一人一狗从太阳板阵中探出头来，吓了两个孩子一跳。

"补课计划。"小卷撒起谎来面不改色，有着不符合年龄的冷静，"冬青的生物又不及格了。"

"小卷！"这是冬青的抗议。

"冬青！"这是冬青爸爸的恐吓。

"我说得不对吗？"小卷当着冬青爸爸的面不好意思敲这个咋咋呼呼的傻瓜，但好在冬青爸爸蔺任生真的没有发现她们说的计划是什么。他穿了一件亮蓝色的防护服，戴着保温的头盔。山谷外的温度比营地低上不少，连救援犬都要不断摇自己的尾巴来抵御寒冷。

"好了你们两个，别吵了。我来找你们呢，是有个任务想让你们去完成。"

"任务？"冬青就像见到骨头的狗一样眼睛弯起来，"是我拜托你的那个吗？"

"大人的……任务？"小卷倒是很冷静，她看看冬青爸爸，又看看主谋冬青。

"带一个人回家，嘘——"蔺任生示意冬青不要过于高兴，"对了，在去之前……"

"嗷——"白色的救援犬歪歪脑袋。

"把太阳能板归位。"

（2）期待中的旅途

雪地艇靠推力浮在比地面高一点的地方，一路吹开地上的新雪，让地面露出坚硬的冰面——后者像是一块污浊的玻璃。

"我不想来。"小卷在雪地艇里小声地抱怨。

"小卷！怎么会有人不想去南边看看呢？跨过亮晶晶的赤道河，一定有我们没见过的新奇事物——"

"那儿什么也没有……"小卷看起来很失望，她知道星球的另一半曾经经历过末日般的蹂躏，但她从没跟冬青说过。

"我知道！你一定是担心我一个人会搞砸，才陪我来的。这毕竟是一个大计划，我们要成为营地里第一批联系母舰的人了。"

小卷一时不知道应该回答些什么，她总是被犬科动物一般的同伴那莫名其妙的热情打败。

"大人们不和母舰上沉睡的人们联系，是有他们的道理的……"

"大人们总有道理，可他们总是对的吗？"冬青的目光被外面的冰壳和山峰吸引，说话的时候热气凝固在玻璃上，温柔地蒙住窗外的寒冷和孤独。

没有任何时刻比现在更适合闲谈，雪地艇里干燥温暖。它充满了一次行程所需的电量，又被大人们设置好了绝对稳妥的航线和不到目的地绝不开门的安全锁，还被硬塞进一只白色的救援犬作为孩子们的伴侣。

"嗷呜——"冬青懒洋洋地打哈欠，像是犬科动物那样卷了卷舌头，"说起来，为什么咱们的教室里还有一箱从温室农场里搬出来的蚂蚁？我看到你还戳它们来着。"

小卷摸了摸救援犬的脑袋，后者在睡梦中缓慢低沉地呼吸着。"那是教具，你没听课吗？"

冬青一听到"教具"大脑就反射性缺氧，简直要打哈欠。"啊，好了我不想知道更多的东西了……"

"冬青，听课——rB－C＞0，广义适合度规则，这是一个用来解释动物的利他行为的不等式。"靠在温暖的雪地艇舱壁，小老师似的小卷不忘给冬青补课，"r是亲缘系数，你可以理解为，r越大，一个人和你的血缘关系越近，而B是受到帮助的人获得的利益，C是你为了进行这个行为要付出的所有代价。拿蚂蚁举例，雄性是孤雌繁殖出的单倍体，而雌性是多倍体，在这个时候——"

"停停停，蚂蚁让我脑袋有点疼，可以继续拿人举例吗？拜托啦。"

"你可以这么想，你不会为救我一个人付出生命，但是如果是你的两个表弟，你的四个堂兄弟，那么为他们付出就是值得的。"

"可是——"冬青一个劲地摇头，"我觉得不对。首先，我没有表亲。"

"这只是例子，冬青，你说让我举例的。"

"其次，如果是为了救你，我觉得……"冬青的眼里水汪汪的，"算了，还是希望这种情况不要发生。"

小卷像大人那样对着冬青叹气。过了一会儿，她好像想到什么，目光避开冬青，若有所思地说："教室里那些蚂蚁，在巢穴遭到入侵的时候，兵蚁会放弃自己的生命来捍卫巢穴，提高整个种群的生存概率。就像是我们的营地，我们就是那些兵蚁。大人们说的光荣的牺牲大概就是这个意思吧……”

“可是，小卷，我还是觉得不对。”

“好了！”小卷敲了一下冬青的头盔，“就直接把它背下来算了。反正老师只是考默写。”

冬青说不过她，只好气鼓鼓地拿出自己的小本，垫在救援犬温热柔软的脑袋上写着什么。

小卷也不说话了，两个人像赌气一样，谁都不愿意先打破沉默。

过了很久，小卷才没头没尾地念叨了一句：“如果是 0 呢？”

“嗯？”冬青咬着笔盖闷闷地出了一声作为回应。

“如果亲缘系数是 0 呢？”

小卷看向正在写字的冬青。念头出现在脑海的瞬间，她亲切的朋友变成了一个陌生人，和她没有任何血缘关系的陌生人。她的目光仿佛触须，触碰着自己的蚂蚁同伴那光滑的身体——为了和自己毫无血缘关系的人付出生命，怎么会有这么傻的人……

被小卷用古怪的目光盯着的冬青却没有发现这一切。她总是无条件地信任小卷，就连她筹备许久的“大计划”中最重要的一环——那张写着短短的通信器密码的纸条，都还放在小卷的衣兜里，她连问都不问，看起来一点都不担心。

太好骗了，就算自己说密码丢了，冬青也会相信吧。

小卷联想到白色的救援犬，她别过头，望向窗外。

（3）河流与生命

对冬青来说，旅途是她计划的一部分；对小卷来说，旅途则更复杂一些。跨过像小溪一样的赤道河，就是星球的南疆。隔着厚厚的防护服手套，小卷攥着那个被烤得温热的石头小老虎，脑海中闪过母亲的面孔。奇怪的是，面孔好像被蒙上了一层暖融融的雾气，一会儿又结成了坚硬的薄冰……

雪地艇终于抵达赤道河。这个终年冰封的世界，只有赤道上流淌着不息的活水，象征着这颗星球尚未冷却的心。在有些地方，水流钻到冰壳之下，而冬青和小卷走过的地方，恰巧是赤道河最宽阔的地方——粼粼波光，悠悠清流。

冬青早就合上了自己的笔记本，哼起一首地球歌谣。

"*日头总是不歇地走，走过了家走过了兰州，月亮照在铁桥上，我就对着黄河唱。*"

小卷笑了。"你见过月亮吗？"

冬青摇头。在晴朗的晚上，大人们偶尔会管悬在天际散发着银色光辉的母舰叫"月亮"。但当冬青问起来的时候，他们只会有些失落地摇头，告诉她这只是一种比喻，母舰并不是这个世界的月亮。"*等春天到了，我们就会把上面沉睡的人都接到地面上，到了那个时候它会再次远航。*"

"黄河呢？头顶的哪颗星星是我们旧世界的太阳？"小卷的第二个问题打断了冬青的思绪。

冬青还是摇头。她知道，小卷是在提示，她们两个是出生在新世界的孩子，和大人们不一样，她们对那些歌谣中的意象一无所知。但冬青并不在意，对她来说，思念过去家乡的歌谣是对新家园的赞美诗，虽然词语陌生，但旋律亲切。

"小卷，快来看！"

小卷凑到冬青身边，和她一样趴到雪地艇的景窗前。远处的地平线上不再是单调的雪域黑白，象征生命的绿色和紫色在雪原上铺展开来，绵延到视线所不能及的地方。仿佛她们就此闯入了一个充满希望的世界，那个登陆者一号营地的所有人梦中都出现过的世界，属于春天的世界。

虽然等雪地艇行驶得更近一些，她们就发现，眼前的春天景象是假象，那不过是耐寒地衣和苔藓，但冬青还是感到惊讶。

"这都是一个人'种'的吗……"

"这个人还真是和大人们说的一样固执。"小卷附和道。

她们都在课本上学过，这颗新星球以耐寒地衣的分布作为适宜人类生存的线——阿德勒线。眼前繁茂生命织就的地表景观，反而让两个孩子觉得不真实——直到她们看到了球形的人类据点、高大的钻井和信号塔，还有一个和建筑相比小得几乎要被忽略的人影。

雪地艇一点点接近据点，人影也一点点清晰。那是她们此行的目标，被登陆者一号营地盼望归家的游子——

"辉长岩"。

"'辉长岩'先生，你好！"冬青第一个跳下雪地艇，后面紧跟着安静的小卷，还有一路上都在睡觉的救援犬。

"第一，我不叫'辉长岩'；第二，我收到信息了，我知道你们是来干吗的。"

如果冬青没有看错，这个叫辉长岩的脸色看着一点都不友好。

"我们是来叫你回去过年——"

"我知道。"他说，"我也说了不会回去。"

辉长岩说罢，把救援犬又拎回车上。

冬青见势不妙，一把抱住辉长岩的左腿。救援犬也挣脱他，跳到地面，咬住他的靴子。

小卷借机一把抱住他的腰。"我们是来完成任务的，所以就算是捆，我们也要把你捆回营地……冬青，能麻烦你帮我一把吗？不要再坐在雪地上了。"

"烦死了。"辉长岩咕哝一声，"小孩都是魔鬼。"

冬青听到他这么说，眯起眼睛笑。"那你愿意和魔鬼做个交易吗？"

小卷恍然大悟，这就是冬青主动向爸爸请缨的目的。

"我要拿什么交换？又能换到什么？"

"嗯……信号塔，"冬青指着高高的信号塔，上面结着冰凌，"让我们用信号塔给母舰发消息，换我们不会烦你，不非得把你带回营地。"

辉长岩笑了，他的笑容是怪老头那种有些瘆人的笑，鬼点子从冬青的脑海中拓印到他的脑海中。他一个人守在这里太久了，太久没有见到新鲜的东西和离经叛道的想法。

"成交。"

辉长岩这么说的时候，冬青总觉得他像只看守宝藏的恶龙，不祥的预感挥之不去。

回辉长岩的营地的路上，雪到孩子们的膝盖那么深。辉长岩自己走起来还算轻松，救援犬和冬青则要用一种近乎跳的动作迈过深厚硬实的雪层。隔着防护服的头盔，能听到怪老头辉长岩哼哼唧唧自言自语着什么"卑鄙的资源派""臭小鬼"之类的。

"资源派？"冬青压低声音，调了两个人说悄悄话的频道跟小卷表达自己的疑惑。

"经过漫长的星际旅行，第一批苏醒者发现原本生机盎然的目的地星球被冰雪覆盖。在母舰上，苏醒者就分成了两派：一派是改造派，他们希望通过诱发火山活动释放温室气体、种植耐寒地衣之类的方法提高星球表面的温度；另一派是资源派，也就是我们，主张利用有限的资源，寻找不剧烈改变星球也能使大量移民生存的方法——"

"什么什么，他跟我们不是一派?!"冬青紧张地看看辉长岩，又紧张地看看小卷，"那他就是坏人了?"

"倒也不能这么说……改造派也不是坏人，他们在南半球用注射微晶体的方法的确诱发了几场火山喷发，但是——"

频道中忽然加入了一个新设备。

"但是火山喷发时会先释放一些硫化物之类的气体，这些气体会导致几年内全球平均温度降低，现在你们看到的一级台地就是原来的河道。最重要的那次任务中，火山活动超出了我们的预期，除了我之外的所有人都牺牲了……"辉长岩接上小卷没说完的话，又有点疑惑地看向往小卷背后躲的冬青，"我又不会吃人。"

"这倒是，但是你的确看起来不太开心。"

"一个人太久就会这样吗?"小卷平静地问。

"这是独狼的秉性。你们小孩懂什么?"

"噗。"冬青没忍住大笑起来。

"臭丫头你笑什么?"

冬青眨巴着和白色大狗一样无辜的双眼。

"你还不如我呢!"冬青的语气欢快，"就连我都知道狼是群居动物。"

"是群居动物，就像人。"小卷微笑着附和。

辉长岩终究不是坚硬的岩石，他的目光恍惚了一下，犹如春天到来时冰河解冻的第一道裂隙。

（4）银牌子

"这算不算是雇用童工?"小卷看着窗外爬上信号塔的冬青，不由得替她担心。

"地面上没有货币，我和那个资源派小鬼之间也没有雇用关系，她想用信号塔，就得自己修好。"辉长岩喝了一口热茶，"你在历史课上一定好好听课了，你妈妈一定会很欣慰的。"

小卷手里的茶杯忽然变得很沉很沉。她放下茶杯，小心翼翼地问："你认识……我妈妈？"

辉长岩看上去并不是很想回答这个问题。他一直盯着攀爬信号塔的冬青，谈话间，她已经爬得很高了。辉长岩的目光里有一种不应该出现在他面孔上的关切，他似乎随时都准备着结束谈话，出去帮助她。

"修好信号塔之后呢？你们要向母舰发什么？总不会是新年祝福吧。我好心提醒你们两个小鬼一下，你们的消息可是会把上面冬眠的人都吵醒的，你们营地的那些老家伙知道了，一定会很生气很生气的……"

"冬青，"小卷纠正他，"这是冬青的计划，是她想要发。我只是想帮她实现愿望，她是我的朋友。说实话，我并不知道她到底想要发什么……"

"不知道，却愿意帮朋友偷东西？"

"你怎么知道……不对，那不是偷的！"

辉长岩看到冬青已经开始清理信号塔，便从座位上站了起来，又把厚重的防护服套上。"你们带来的通信器，从登陆之后一直是你父亲在保管，有多大的概率是他主动交给你的呢？"

小卷还想解释什么，却发现自己根本没有什么可以解释的。她干脆反过来指出辉长岩的固执之处："虽然我做了不恰当的事情，但总没害得全球气温下降，自己无家可归。"

辉长岩大笑起来，似乎一点都没有被她的话激怒。他走到自己营地的窗台边，那里摆着一串亮晶晶的金属片，是挂在防护服外的名牌和编号。他从中找出一个递给小卷。

"这是*你母亲的*……火山喷发在几年内虽然会导致气温降低，但是从长远来看，火山活动释放出的大量温室气体最终会给我们带来春天。这不是我不回去的原因，只是这里还有需要我留下的理由。有时候……我很羡慕你们两个小家伙，我的朋友们都在黑色的灰烬和白雪之下。"

小卷看着那个熟悉又陌生的名字，陷入了属于自己的沉思。辉长岩的声音变得模糊。

冬青和辉长岩修完信号塔找到小卷的时候，小卷正在一堆石头上坐着。石头硬硬的，颗粒粗糙，正是名字被当成人的外号用的辉长岩。

冬青爬到石头堆的顶部，和小卷并排坐在一起。她们也不说话，臃肿的防护服挤在一起，却令彼此那么安心。

"这是妈妈的东西。"小卷缓缓开口，左手攥着那个名牌，右手手心里却攥着另一样东西，"我妈妈是改造派，就在辉长岩说的那次火山喷发里，妈妈和其他改造派的人都被火山灰埋住，再也没能找到。"

"小卷……"

"你还记得那个公式吗？"小卷说着，眼睛变得红红的，头盔也蒙上一层雾气，"$rB - C > 0$。我是她的亲人，可她却为了亲缘系数是 0 的陌生人冒那么大的风险。而那些未来将要居住在春天里的人，他们会记得她的名字吗？为什么呢？我不理解。为什么人会做出这样违背生物本能的事情呢？"

"可是……"冬青把小卷爸爸的发射器从包里拿出来，抱在自己怀里，"小卷，我觉得包括写公式的人，很多人都搞错了。公式或许可以描述蚂蚁、蜜蜂，描述过去的人，但我觉得它不能描述我们。"

冬青说完用自己的头盔顶着小卷的，牵着她的双手。

"小卷，你相信我。我会证明给你看，人的心里，有这个公式不能描述的另一部分。"

小卷先是摇头，然后展开自己的手心，那里是一张纸条，上面是发射器的密码——冬青计划的最后一环。

"我老是相信你，相信你和妈妈那样的人。"

"小卷！看着我。"冬青敲敲自己的头盔笑起来，是开心的笑，放学时的笑，在管道上自由自在地奔跑时的笑，"我们之间的 r 就是 0 啊。我上课总是不听讲，拜托你做一些会让你爸生气的危险任务，还带你来这么远这么冷的地方，你都和我一起。你是为了什么呢？"

小卷沉默了。她想要的答案伴随了她一路，一直藏在她心中最安全的地方。那是不能用文字和公式描述的东西。

"快来，我要把信息发出去啦！辉长岩还在等着我们呢。"

（5）年与流星

年是在第一热电室里过的，那里最暖和，也最宽敞。

小卷的爸爸、冬青的爸爸和妈妈、孙医生、林姐姐、辉长岩……营地里的所有人都聚在一起。大人们喝一些小卷和冬青不能喝的东西，小卷和冬青则喝用侏儒番茄榨的果汁。

小卷和冬青最终还是把"坚硬"的辉长岩带回了家，和他一起回家的还有很多亮晶晶的牌子，那是他不愿丢下的朋友们。

营地里好久没有过这么欢乐的气氛了，大人们互相开着玩笑。当他们问起两个孩子究竟是怎么把辉长岩"搬"了回来时，辉长岩只是闷头喝那种会让他的脸像是被风吹过一样通红的饮料，嘴角挂着温暖的笑，轻轻地哼了一声。

人们揽着彼此的肩膀，一首一首地唱歌，唱的都是有着陌生词语的地球歌谣。冬青的爸爸妈妈还在一起跳舞，其他的叔叔阿姨、哥哥姐姐们羡慕地吹着口哨。

小卷和冬青则从盘子里拿各种吃的偷偷喂她们的动物朋友——窗边的信鸦，还有桌下躲着的救援犬。

"好几天了。"小卷对冬青说。

"再等等。"冬青摸了摸自己的耳朵。室内特别热，营地之外的寒冬有多冷，过年时的第一热电室就有多热。"再等等嘛。"

歌唱着唱着就唱完了。

屋子里安静了一会儿，连窗外的信鸦抖羽毛的声音都听得到。

忽然有个人起头："过完春节，春天就要来了！我们就能接所有人回家了。"

小卷和冬青都没听清那是谁说的。

紧接着，屋子里的大人们都开始附和那句话，仿佛"春天就要来了"是个咒语一般，有些叔叔阿姨说着说着，轻轻抹去了眼角的泪水。

"春天会来的。"冬青坚定地看着小卷的眼睛。

后者没有回答，目光越过冬青的肩头，微微蹙起眉毛。"冬青，那是什么？流星？"

冬青耸了下肩膀，兴奋地回头看去。窗外，流星样的火团纷纷坠落。奇怪的是，其中靠近地表的那些，它们的尾巴是蓝紫色的，直直地冲着地面。

"爸爸，妈妈！你们看！"冬青扑向还在牵着手的爸爸妈妈。

"老程，那是不是——"冬青爸爸则叫住了给自己灌酒的小卷爸爸。

孙医生放下杯子就去找自己的急救箱。

"登陆舱！"一个大人判断道。

整个屋子里的大人们就像是被加热的分子一样，都手忙脚乱的。

"登陆舱？""可母舰为什么会发送登陆舱？"他们彼此询问着。

为什么会有登陆舱？大人们纷纷觉得是突发事故。于是这些糊涂的成年人草草地披上厚实的防护服，分着本就不多的医疗设备，简单地讨论过后，便钻进一架又一架雪地艇，视死如归地去"抢救"他们的同胞。

只有和两个孩子坐一架雪地艇的辉长岩咯咯地笑："你们俩有点东西。"

黑夜中，每一架雪地艇的顶灯只能照亮一小块地方。

长期处于冰期的星球毫不令人意外地下起雪，夜里的雪地看起来像是深海。这比喻毫无问题，人类在这颗星球上就像是寄生于海底火山口的原始生命一样，孤独而单调。但那些"流星"，却像是给地球带来氨基酸的陨石一样令人充满遐想。

一架又一架雪地艇跟着领头的雪地艇一起缓缓地停下。

人们匆匆跳到雪地上，焦急地前往第一架停下的雪地艇附近查看究竟。

微弱的光线照着一队穿防护服的人。他们穿着灰色的防护服，那是只有刚刚从母舰出来的人才会选择的颜色，是在陆地上会迷失在风雪中的颜色。

虽然小卷爸爸不停地打着"不要摘下头盔"的手势，但是那些穿灰色防护服的人之中的一个还是摘下了头盔。"朋友们，我们收到了一封来信，知道了地面上发生的事情。部分醒来的人决定离开母舰，和你们一起建设新世界。我们带了一些飞船上的东西下来，稀有金属、药品、冻干胚胎，以及你们要的冰期生物古 DNA 片段，等等……"

短短几句话的时间，说话的人脸就被冻紫了，雪冻结在他的胡须上。在出更大的差错之前，小卷爸爸强硬地替他戴上了头盔。

只花了一小会儿，所有人的防护服都调到了一样的频道。

"可是，"小卷爸爸疑惑地询问，"我们从来没有向母舰发过消息，我们想等春天……"

"我们不想等了，害怕冬天的人已经钻回了冬眠舱，我们这些下来的人都做了选择，我们选择在冬天就和大家生活在一起。"

他说罢，给登陆者一号营地的所有人展开他的折叠显示器。

在夜幕中，那一封电子信件像是莹白色的火把。

"虽然我不知道这封信是什么时候发的，但是我们必须得声明，地面上的生存条件真的有限，冰期还会持续很久，春天还远没有到。"冬青爸爸替营地的所有大人解释着他们的顾虑，也坦白地讲出更有可能的，而不是他们更期望的未来。他说话的时候，一只黑色的信鸦落在他肩上，两双敏锐的眼睛看着营地中最小的两位成员。

"同志们，我们不在乎春天来不来，"领头的那个人说着，"我们只在乎人类。不管还有多漫长的冰期，我们都会一起找到活下去的方法。"

说完，他也看向两个孩子的方向。在微弱的光线里，小卷和冬青觉得他好像对她们使了个眼色，但也不能确定，只觉得他的话并非对身旁那些大人们说的：

"谢谢你们叫醒我们。"

（6）一封来自孩子的信件

大人们！你们好！

喀喀，很抱歉把大家叫醒，但是我有一个坏消息要告诉大家。我们的目的地星球，进入了一个长长的冬天（*有人纠正我说要写"冰期"*）。一些人提前醒来了，想要找到能够在地面上生存下去的方式，等到春天，再把所有人都接到地面上。

因为想要等到春天，地面上的人总是假装，总是说谎。每当暴风雪来的时候，他们假装扫雪的人手是够的。设备经常损坏，实验室培养的动物野化放归的试验也总是失败，他们对自己撒谎说这并不是因为材料匮乏，而是因为思路不够完备，使用不够小心。

真正的情况是我们缺少很多设备、材料，还有珍稀的地球冰期生物的古 DNA 片段，如果有好心的大人朋友能够来帮助我们，就太好了！

我的朋友跟我说，地面上的人类是兵蚁，是为了种族的延续而做出不得已的牺牲。虽然我说不过她，但我有和她不同的意见。人类不仅仅是被公式（*好像是叫什么广义适合度规则*）描述的生命，自私基因的载体。我想，很多人（*包括大人们*）都搞错的一点是：

我们并非因为要活下来才帮助其他人。冰冷单向的旅途中，他人的歌声和欢乐，才是我们踏上旅途的目的。（*这句话是另一个大朋友告诉我的，是不是说得很好？*）

最后，我为把大家吵醒而道歉。我也要诚实地告诉大家，春天没有到来。如果大家不喜欢冷的地方，想继续睡也是可以的。

虽然春天没有到来，但是我们的营地还是要过迎接春天的节日。如果大家醒得够早，或许还能赶上！

最后的最后，祝所有人节日快乐，祝我们星球的春天早日来到。

发自登陆者一号营地。

赵雪菲

考古学生。曾获得第四届水滴奖短篇小说三等奖，大学生影评一等奖。代表作有《像正常人那样活着》《它的脑海之中》《材料两则》，长篇小说《卵生的救世主》连载于"不存在"科幻公众号。

房泽宇 /文 _____ 繁衍宇宙

宇宙为何物？黑夜，空洞，极寒与炙热，天文数字，数学写出的程序，永不停息地膨胀。

感性地想象一次，把它当成孵化器。星云孕育恒星，恒星孕育黑洞，岩石分裂，电子跃迁，元素组成新的元素。

宇宙是生命，是黏稠的茧，脑状的编织物，以及一颗蛋一样的东西。

生命的意象，远比宇宙更具有神秘的气质。膨胀与封闭，诞生与存在，由零化为一，再化为无数。文化、历史、结构和爱都是它的衍生物。

奔腾不息的宇宙不停地变幻着，前进着，生长着，并且消逝着。未来与历史在时间的沙海中被浪淘洗，凝固，直至永远。宇宙无边无尽，生命在向那无尽中奔腾而去。

繁衍中的宇宙，在不断孕育出生命的旋律。

浩瀚太空，到底有多少种繁衍形式，谁也统计不清楚。

繁衍与种族的文化、资源、环境和形态有关。

比如阔顶人这个种族，他们就很喜欢聆听音乐，原因就在于音乐是他们繁殖的驱动力。

他们对音乐的旋律有着很深的见解，这可能是因为头顶上长的那只巨型耳朵，这只耳朵并非只用来感受声波的颤动，它更像信号望远镜，接收来自宇宙的电磁波。

阔顶人能听到其他星球上的声音，比如恒星爆炸的声音、外星生物的咆哮声、风暴声和移动中的行星的声音。他们会收听这些信号，并转化为音乐歌唱出来。

阔顶人热爱音乐，这是他们的主要文化，而文化的形成则是由于环境。阔顶人生活的星球经常受到颤动的骚扰，有五颗质量极大的行星围绕着他们，像回音壁一样。而这几颗行星本身就不稳定，有的刮着世纪风暴，有的在燃烧，有的不断产生电脉冲，这些乱七八糟的东西在阔顶人诞生之初就已经存在了，它们比阔顶人的历史更早，阔顶人的文化就是由它所孕育的。

阔顶人不需要眼睛，仅靠声音就能辨识物体。这类似接收器和发射器，把扰动的信号转换成可理解的东西。不过这些宇宙之声只是他们的采样，他们着迷于旋律，总会将这些采集到的素材加以利用，转化为音乐。之所以要这样做，是因为阔顶人以歌声交流。

这并非因为他们喜欢歌唱，而是因为歌唱是他们唯一的沟通形式。这些歌中没有词句，只有旋律，因为词句会隐没在声音嘈杂的环境里，而旋律不会，它是循环的。为了使声音更洪亮——或者应该说，在环境的影响下——他们的嘴巴长得像只喇叭，三层环环相套的网布满菱形的鳞片，能将声音传达到几百千米远。当恒星滑过天际，海绵样的建筑从海面升起时，他们的社交行为便开始了。一片遥远、空灵又明晰的歌声在无尽灰暗的海洋上响起。歌声中混着海浪声和风声，讲述着他们一天的故事和遥远的未来。

他们让本来就很吵闹的星球变得更加喧闹，但他们并不会为此烦恼。环境的声音是成长的一部分，他们早已习惯了。不专心去听的话，这些噪声就和没有一样。而他们之间的交流也有独特的旋律，阔顶人可以分辨出彼此的声音，因为他们的发音组合非常复杂。比如一个阔顶人可以调节电磁波频率以表达其中音节，也可以把音节表达部分隐藏到难以察觉的地步。这也是他们文化的一部分，隐藏的信号声是他们的心事和话外之音，想要听到这些隐藏部分需要极细心和全力的专注，所以他们以此来结识朋友，因为只有真正的朋友才会耐心地来理解你。

阔顶人的学习也是用收听的方式，他们从小就聆听宇宙，抓住别人没有挖掘到的旋律，再组合成自己的发音方式。从某些方面说，阔顶人比其他外星种族更了解这个宇宙，但他们对宇宙的认识是感性的，是遥远的歌谣，是一股触动心灵的波浪。

阔顶人每一天都在歌声中陶醉，但这种歌唱的本能也是被繁殖的形式所影响的。

阔顶人的巨大耳孔中长有一层蜡膜，这层蜡膜覆盖了繁殖腔，能感受颤动。每到两年一次的永夜来临，繁殖季便开始了。这将是一场宇宙中最为盛大的交响乐会，每一个阔顶人都会露出海面歌唱。他们用在宇宙中的所学，编出各种匪夷所思的旋律。歌声在空旷的海面上传导着，甚至能改变海水的形状，颤动产生的能量让海浪为歌声打起节拍。

阔顶人会在这些声音中寻找那些最能打动自己的旋律。挑选的方式也非常简单，不需要去特意辨别，耳孔中的那层蜡膜就能协助完成这件事。蜡膜有自己的频率感受器，每个人的频率都不同，但符合频率的歌声一旦传进来，蜡膜便会慢慢融化，使那歌声更加清晰。而这股混着电磁波的声音一旦穿透蜡膜，便会进入繁殖腔，与其内的绒壁产生共颤，促使绒壁中的繁殖粒子掉落出来。这些粒子与声波的节奏混合，以其独特的颤动形式塑造出发音腔，此时声波便像是基因一样的东西，原始的歌声被封存在了粒子合成的感受腔内。一段时间之后，新的阔顶人便在声波与物质的催化下诞生了，他们的第一声啼哭便是听到的那首歌。

阔顶人在幼年时最喜欢聆听宇宙中的回响，成年后则变得更喜欢分享彼此加工过的声音。他们出生之后便会把耳朵对准天空的一个方向，随机寻找来自宇宙中的旋律。在这个旋律中，他们将会成长，形成自己独特的歌唱风格。阔顶人一直懂得，宇宙包容着他们，而他们也在包容着宇宙，只不过是用波的形式。

阔顶人感叹宇宙的美妙，那是儿时的烙印，所以他们认为值得为此一生吟唱。

宇宙在哪儿？在脚下和最为遥远的地方，它无处不在。

然而并不是所有生物都能意识到宇宙的存在。

有些生命与宇宙的关系是单一的，生命有各种各样的形式，碰撞与组合远远超出了想象。

比如在空旷得不能再空旷的卡特区间内，涡迪人就不知道宇宙在哪儿。

宇宙就在他们头顶和脚下，然而他们却无法向上或向下看，因为涡迪人是二维生物。

在黑洞视界的下层，一处与宇宙现实空间隔离的区域，是涡迪人生活的地方。涡迪人的信息获取途径是非常狭隘的，因为任何在黑洞中囤积的信息素都要比他们高出一个空间维，他们感受不到。除了本身所处的二维世界，涡迪人也能到达一维的黑洞中心，因为那里是最终的归宿。

涡迪人的思想中只有诞生与永恒，他们不理解"之外"这个概念。而这种思想显然更合理，如果存在"之外"的逻辑，就会很难理解世界，世界会变成 π，会变得无穷无尽。所以涡迪人的世界就在平面之中，像在无风水面上行进的一层光，悄无声息又紧密结实，他们认为世界就是他们生存的这个地方。

但这片刻板的空间层内依然有哲学的位置——存在便有原因。

涡迪人在辐射线投影中演化而出。他们没有嘴，没有手，没有咀嚼器官，仅仅是小得不能再小的一个平面。但他们依然能够进食，在积吸过程中通过吸食遗漏于空间外的辐射线投影生存。

至于涡迪人的进食与文化，那是神秘和难以解释的，哪怕单单解释投影与辐射线产生生命的系统，都远比解释整个宇宙还要复杂。但不可否认的是，涡迪人的进食就是繁衍。在黑洞视界里，偶尔会有一些辐射从被囚禁的光子中逃逸出来，穿透空间隔阂，投影到涡迪人所属的世界。那些投影像凭空绽开的一朵朵油花，总会按照永恒的定律守则，出现在涡迪人最前端的位置。涡迪人的世界无法容纳粒子态，所以投影不能像水与墨相混那样与涡迪人相混，它们只会将紧密相连的涡迪人向后推去，就像油渍在水面推开一层薄膜。

涡迪人以堆栈形式排列，排在最前的才能与辐射线投影接触。这些能接触到投影的涡迪人属于种族中的最高阶层，只有最高阶层的涡迪人才能进食。最高阶层的涡迪人会向辐射线投影推挤，使其瓦解出一部分，再不断分成小块挤压，直至将其压缩成不能再小的点。其后，因为质量堆积，这些投影会发生平面爆炸，爆炸产生的物质散开，便形成了新的涡迪人。这就是他们的繁衍方式，所谓的进食就是繁衍。所以他们只崇拜辐射线，毕竟他们是辐射线投影的后代。当然，他们的世界也没什么其他可崇拜的东西了。

涡迪人的阶层并不固定，在漫长的时间后，最高阶层的涡迪人总会被新的涡迪人排挤到末尾，直至消失。这是涡迪人的宿命，他们的寿命与种群数量成正比。但涡迪人对死亡抱有的概念并不是消逝，而是永恒，因为他们最终到达的是黑洞中心，那里是时间的终点，他们会在那里永远待下去。

死去的涡迪人长眠在黑洞中心，他们相信意识也会在那儿长久，但他们没有欲望，只会繁衍，他们有智慧，可智慧无法让他们发现外界，所以涡迪人除了繁衍之外，就是不停地思考着这个单调的世界，思考着它的意义，虽然他们永远也不可能想象出来。

相较二维世界，宇宙深处有一处烟雾缭绕的场所，那里可以延伸至四维世界中。那些烟雾由罕见的能量尘组成，它们是宇宙中最小的粒子，不断在三维世界与四维世界间穿梭。

能量尘层层叠叠，如七色云彩一般，在黑暗中蔓延至数十光年外。

欧浮人生活在这些烟尘里。他们没有固定形态，仅仅是由能量尘的放电效应所产生的。他们像宇宙中的一个灵感，却因不断放电而生存下来。每一个欧浮人都占有着一片能量尘，这些烟尘是他们的物质基础，而相互发射的电子则是他们的思考。他们无法感受外界，却幸运地能体验愉悦，烟尘中的一种特殊矿物质催化出了这种幻觉。

欧浮人是自由的，两个欧浮人之间的思想既能够相融，也可以彼此脱离出来。他们在不停计算能量尘的密度，用电弧将彼此的间距拉开或缩短以制造新的思维通路。

他们享受在能量尘中跃迁的过程，这也是思想的过程，思维跳跃能带来快感，有一些慵懒的意味。不过他们也非常注重现实的意义，感受是他们生命中最大的体验，他们在电弧中不断感受且思考着，在这些放电中抓住宇宙中隐秘的信息。但他们获得的信息越多，便会越谦卑。这是因为欧浮人普遍认为自己无知，难解的谜团实在太多了。欧浮人不断与他人交换自己的思想，将信息共享，想追寻宇宙的最终答案。

但欧浮人的身体无法脱离能量尘而存在，所以他们永远也不会知道那些信息代表了什么。有些欧浮人能使用电弧改变能量尘的走向，拓展出新的空间。他们会驾驭着能量尘飘荡向宇宙，去寻找谜团的答案。但这仅代表了一种精神，因为宿命让他们不可能走得太远。

能量尘在不断诞生和消逝，它们会由概率决定泯灭进暗能量里，那里是四维空间。能量尘在消逝的同时也会带走攀附在其上的一部分欧浮人的思想。当电弧传播点失去太多，欧浮人的思维连接处就会被打乱，他们就有可能死亡，所谓的死亡就是进入那暗能量之中。在能量尘消逝的同时也会有等量的新能量尘出现，但那是纯净的，没有思想的。可它们也不是毫无信息，新出现的能量尘携带着不同谱线的色彩，拥有"颜色"，这些"颜色"就是欧浮人曾生存过的印记。

欧浮人的繁殖是被动的，他们本身就是电弧的一部分，只能采取分裂的策略。即将进入暗能量的欧浮人会向临近的欧浮人传递信息，将自己一生所收集的信息赠予同类。但传递的连接点并非每一次都合适，所以他们常常会采取另一种繁殖策略——相互摩擦产生更强的电弧，将一片能量尘打散，将信息注入其中，抛射到另一片合适的能量尘中。那片新生的信息能量团非常活跃，它将迅速成长，当打通各连接点，形成有效的思维逻辑时，欧浮人的"婴儿"便在那儿降生了。

这些微小的信息团将接着追寻宇宙中的秘密，在愉悦的情感之中自由飘荡，不断用信息填补自己的未知。求知是他们繁衍的衍生物，也是他们文化的一部分。

欧浮人是宇宙中最渴望知识却又最谦逊的种族，因为这些知识不代表身份，也不会转化成物质，求知的过程对他们来说，仅仅代表了喜悦。

抓一把沙子，总有一粒质量最大，总有一粒质量最小。

那么相对于求知和谦逊的，也总会有愚蠢和自满的。

漫尔加人就是一个愚蠢种族的代表。

难以想象的是，漫尔加人的社会是一个高度文明化的社会。漫尔加人的大脑结构像一个立方体，善于单线逻辑思考却总容易撞墙。思想一旦撞墙，他们便认为那是死胡同，不会再往下想了。

漫尔加人迂腐，喜欢做白日梦。他们住在岩洞、盆地还有高山顶上，他们在那些地方不停地天马行空地幻想着。他们认为这些住所是由于思考而变化出来的，但这不是说漫尔加人承认自己生活在幻觉里，而是他们认定想象能塑造出物质世界。这些天生的自然之物在漫尔加人的逻辑中是因为想象才产生的。

漫尔加人并不傻，在历史的长河中，他们思考出过很多宇宙的原理，可他们并不应用，还会将之归到虚伪的荣誉感中。比如他们早就发现了光的守恒定律，但"发现"这个词是不存在的，他们会说，是由于他们不断思考才塑造出了定律。他们认为整个宇宙都是他们创造的，所以漫尔加人很自大。

可自大的漫尔加人却十分贫苦，空空拥有大量的知识，却从不尝试运用它们。他们平常一般都是缩在岩洞里，顶多翻下肥胖的身体再接着做梦。但他们喜欢集群，并喜欢传递表格。表格和书写是漫尔加人有限的发明中最伟大的了。他们传递的那些表格里充斥着傲慢和教条主义，本来这应当是让人恼火的语言碎片，但漫尔加人可不这样想，他们只当是显露自己博学的好机会。于是收到表格的漫尔加人将逐条反驳一通来回敬，里面还会夹带诅咒，毕竟他们相信诅咒也能成为现实，如果结果并不是那样，那就说明想得还不够。

漫尔加人喜欢吃一种叫夸夸的虫子，这种会飞的虫子反过来吃漫尔加人的粪便。

夸夸在漫尔加人的世界里举足轻重，许多文化都是由这种虫子帮忙完成的，比如制作表格、引水、修缮洞穴。可漫尔加人不会感激它们，还是那样，一旦认定它们是由思想所创造的，感激便没有了任何意义。

夸夸这种黑红色的虫子很聪明，虽然智慧还没到漫尔加人那种程度，但它们知道如何利用这些漫尔加人。它们把自己当成食物供给他们，同时取得粪便作为自己的食物。为了能量守恒，夸夸也会寻找一些其他替代食品，虽然不如自己美味，但这些愚蠢的漫尔加人也只会怪自己没有想好，而不会去分析其他原因。

漫尔加人之所以会产生这种傲慢的文化，也是受繁殖形式的影响演化而来的。

他们的遗传物质就在自己的粪便里，夸夸无法消化这些遗传物质，当正负两种遗传物质在夸夸体内相遇时，夸夸便会分泌出一种酶将这两种物质融合为芯，芯最终会被排出体外，凝合物会长成内脏，而酶则会变成皮肤和肌肉。夸夸会在洞穴里排泄，芯落入洞穴后会在风中成长一段时间，等长出嘴的时候，虫子就能喂食他们了。

傲慢的漫尔加人几个世代以来从没想过自己是从虫子粪便里诞生的，他们有很夸张的荣誉感，不可能接受虫子曾养育了自己的事实。他们有记忆的时候便在洞穴里，这让他们以为自己似乎是天选之物，而无数的表格也会告诉他们，做白日梦是多么重要。

但漫尔加人偶尔也会写一些古怪难懂的诗来赞美生命的诞生，这也是由于看到洞中会长出新的自身种族所受到的震撼。他们认为生命是用想象塑造的，这是奇妙的体验，让他们觉得自己更加伟大，从而很容易幻化为信仰。而因为漫尔加人一开始就认为生命的诞生来源于想象，那么想象能制造万物也就说得通了。

漫尔加人赞美自己的思想和独一无二，但他们可能永远也不会知道，在他们的身体里，夸夸帮助他们繁殖用的酶，早已占据了漫尔加人基因中的相当大一部分。从基因上说，漫尔加人更像是这种虫子的后代。反过来看，这又是虫子的一种繁衍艺术了。

繁衍当然是门艺术，但也要看是站在什么角度去看待它的。艺术形式在宇宙中是从不孤独的，虽然说感性也可能是理性的一部分，但如果非要拆开来看，那么宇宙中的某些艺术审美更具有实用性。

比如服饰，在一些文化中服饰用来御寒以及遮挡使人产生冲动的器官，但仅有少数文明才诞生出这种文化。服饰也同样代表审美，这种审美与艺术欣赏可以相融，而艺术与审美有时候也能与繁殖相联系。

作为心灵手巧的种族，丽丽盖人对追求服饰艺术有种天生的冲动。经他们设计的服饰，其奇异与精细程度使人叹为观止。服饰对他们来说既不用来御寒，也不用来遮挡，他们没有生殖器，服饰只代表了他们的艺术审美。

丽丽盖人的星球上生长着漫山遍野的漫可丽枝，这种植物的外观差异巨大，华丽多姿，没有相同的两株，近似的也极不可能出现。就像生命有意区别自身，有些能长到几百米，有些却只有几微米，形态各异。

漫可丽枝的茎叶极适合作为服饰原料，它自带了针线——一些刺和藤蔓。成年的漫可丽枝能生长出极为奇幻的外形，有些甚至诡异到像人造之物。比如有的长出灯塔一样的花，有的长出布满眼睛的叶，它们的生长模型不可预知，仿佛是从宇宙中得来的灵感。

漫可丽枝似乎在不停拟态成宇宙中的万物，丽丽盖人并不了解它们是怎样获得这些信息的，但他们会用心去欣赏。

丽丽盖人懂得艺术，有独特的审美，他们会为美而感叹，并用一生中的大量时间寻找服饰原料并制作它们。这使得丽丽盖人具有过目不忘的本领。因为每株漫可丽枝可能只是最终的服饰上的一个元素，丽丽盖人需要记住不同的元素、形状和色彩，在脑海中融合它们，想象把它们穿在自己水珠一样平滑的身体上的样子。

漫可丽枝的选择考验着丽丽盖人的审美，而后者恰好喜欢追求美。

但可悲的是审美在他们的社会里也是主观的，像大多数文明一样，审美是没有标准的。某株漫可丽枝的对称性可能会讨好一部分丽丽盖人，而有的丽丽盖人则更喜欢螺旋结构或者分形结构。带有瑕疵也是一种追求，只不过瑕疵具体点缀在哪儿是个问题，这能看出穿戴者是否具有深邃的艺术思想。

丽丽盖人的思想有高有低，有的让人赞叹，有的则会沦落入庸俗。大部分丽丽盖人只能随波逐流，一生都遇不到让自己心满意足的服饰原料。而一旦搭配错误且不能自圆其说，他们将会被标上另类的标签，被社会排斥，失去大量繁衍的机会。

所以丽丽盖人都具有强烈的几何意识，能从成功者身上分析模式，搭配出近似的意象。可显然大部分丽丽盖人只是投机者，永远不会成为最成功的那一个。

丽丽盖人所谓的成功就是繁殖的机会，他们与漫可丽枝共生，繁殖形式也与穿戴的服饰有紧密的联系。

一种有毒的黑水——钙碳化合物是漫可丽枝的天敌，它们由根须的排泄物生成，囤积在漫可丽枝底部，当达到一定密度时，将产生腐蚀性。丽丽盖人以它们为食，这种行为化解了漫可丽枝的灾难。

丽丽盖人进食时，水球状的身体中会伸展出丝状吸食器，伪装成根须的样子插进土层迷惑钙碳化合物，钙碳化合物聚集后便一起被丽丽盖人吸入体内。消化占据身体80%的钙碳化合物通常需要一整天时间，也就是一百三十七点五个小时，但他们的身体也能因此成长一倍。由此计算的话，丽丽盖人应该可以长到无穷大，但事实却非如此，因为他们的身体会经常损耗掉。

丽丽盖人寻找到喜欢的茎叶，想要制作服饰时，便会慢慢靠近它，将身体的一部分分离出来，作为小球弹过去。那小球会打在漫可丽枝茎叶的底部，将其分离出来，且不会留下伤痕。这样丽丽盖人便可得到这件饰品，同时自己的身体也流失掉一些，成为漫可丽枝的养料。丽丽盖人在寻找原料时要不断计算茎叶的大小和自身损耗后的大小，使制作好的服饰能与自己完美组合。

采摘漫可丽枝需要极具耐心，但在这样的一片斑斓的大地上，艺术早已深入丽丽盖人的灵魂中，他们不怕疲累，不停在摸索中前进，共同讨论艺术价值。这使丽丽盖人形成了不同的社会群体，不同圈子的丽丽盖人有不同的审美。而审美相符的话，如果有两个或几个丽丽盖人为对方的服饰心动，而他们的身材大小也基本一致，那么他们便会夸张地跳起舞，相互不断靠近。当两个丽丽盖人或一个丽丽盖人群体相互接受彼此的审美之后，他们便会用身上的衣服交互摩擦。摩擦时他们的身体会分泌出消化素，将服饰融化为粉尘，再撒到大地上。

大概一个月时间，这些粉尘有一定概率凝聚为种子，长出一株漫可丽枝来。再过四个月，果实便生长出来，一个几毫米大小的丽丽盖人便在漫可丽枝的果实中滴落而下，新的生命便降生了。

丽丽盖人是在漫可丽枝中降生的，而漫可丽枝的繁殖也依靠着他们。

丽丽盖人在追求艺术的道路上非常繁忙，制作好的衣服只有三个小时的保鲜期，随后又要重新寻找。三个小时之内并不容易找到欣赏他们的人，但这就是繁殖形式的一部分，一次次重来，创造，每一次都在考验他们的艺术造诣。

丽丽盖人的艺术感在生命过程中不断提升，品味也会变得更加苛刻，但这有利于繁衍。如果随便一个作品便能打动同类，漫可丽枝的繁衍速度将会远远超过丽丽盖人的繁衍速度，这会打破平衡，从而使得两个物种都面临灭绝。

正因为这种繁衍方式经受住了历史的考验，丽丽盖人才能用其一生去寻找美，感叹美，制作美，并孕育出宇宙中的美。

他们是宇宙中的艺术家。

美是一种幻灭，它非常生动。而有些事物更加现实，却能孕育出另一种美的感受，从而也造就了另一种繁衍的形式。

空旷的宇宙，喧嚣的繁星。

宇宙的某些地方有如海中的珊瑚群，各种形态的生物会聚在那儿，生活得非常繁忙。

在两颗巨大恒星的中间，一条蔓延无尽的行星带被引力拉扯，最终挤扁在了一起。它们像一颗颗纽扣那样堆积着，纽扣相互叠落压扁，平铺开一片。这里名叫纽扣行星带。

这些如纽扣般叠积的行星上孕育着不同的文明，相邻的两颗行星的交接处有的高度差为十几米，有的则达到了上百万千米。这些行星上的文明一开始并不知道彼此的存在。但是，第一个发明出梯子的文明将文化连接了起来。

从此他们便开始发展。当然这其中发生过战争，但这是纽扣行星带久远的历史了。他们早已学会了合作。由于行星地质成分不同，每一颗纽扣行星都是特别的。文明发展需要各种各样的物质资源，所以在最开始，以物换物就成了最有效的发展手段。

最终，纽扣行星带打造出了宇宙中的商业世界。

角抵人早早学会了制作弹射火箭，他们能将铝块用火箭弹射至大木星人那里，而大木星人则用尾钩将等价的电子气团加装上膜抛射回去，形成一次交换；罗灭人则会穿过漫长的地下隧道，与泽塔尔人相遇，在那儿他们会用发光的木杖换取兽皮，罗灭人的世界变得越来越冷，而泽塔尔人的世界没有光；而有些行星上面虽然没有什么可用的东西，却是其他行星上的人交换货物时的必经之路。商人们如果想要从这里经过，必须象征性地买些特产，或只用物品换取祝福。不得不说，商业能够合理运转，绵星人有着不可磨灭的功劳。这些云状的绵星人能用电子托力上浮，畅通无阻地来到每颗纽扣行星的上空，他们一直扮演着护航员的角色，传递信息，将旅途上的故事分享给大家，从而让大家守护公平，注重信誉，也能快速寻找到新的航路。

在这样的一种发展模式下，在这种商业融合的情况下，最终这些不同种族、不同文化、不同概念的生物体相融了起来，这可能是由于尊重，更多是因为大家谁也无法离开谁了，商业行为将他们纠缠在了一起，生产的链条紧密结合，使他们保持了和平。

而纽扣行星带的居民所产生的不同文化也在给各自带来启迪，包容是这片行星带的基调，他们的思想越来越靠近，知识分享也越来越广泛。他们被自身的这种融洽所感染，并相信这是合理的相处模式。虽然各自都拥有不同的梦想，但他们都想把这理想的模式传达出去，让宇宙中的生命最终团结在一起。

在这样的共同努力下，纽扣行星带已经扩展到了初始时的两倍。他们众志成城，打造出了新的基石。他们相信总有一天会从这片压力中探索出去，将合作的模式传达给宇宙中其他种族的人。

这就是纽扣行星带文明的繁衍方式，包容、团结且目标一致。

回到深邃的太空中，可以发现奇迹无处不在。

任何一件事都是奇迹，都是极小概率事件。

但从另一个角度来说，生产奇迹也是简单可行的。生产奇迹的方式很简单，排列组合，淘汰竞争。

把数百亿人分组竞争，一轮淘汰过后，优胜者再竞争，最终就会产生一个完全没有输过的人。

畸蛙人就遵循着这个法则，并不断磨炼着自己。

这个生长在红云下的种族有如猎手。她们有锋利的爪子和森白的牙齿,肌肉结实,体形巨大。平常她们和平相处,因为彼此都是姐妹。数以百亿计的畸蛙人都由一个母亲所生,她们没有父亲,整个家族是环岛星上唯一的家族,家族成员共同统治着环岛星广袤的大陆。

在相当长的一段时间里,畸蛙人很团结。她们共同狩猎,分享食物,崇尚公平,有着骑士般的精神。

然而在繁殖期临近时,她们的眼睛则会变成红云般的颜色,几乎要渗出血来。

畸蛙人的繁殖方式十分奇特。

她们不能靠自身繁殖,需要将卵产在液态氢中,卵与液态氢发生化学反应后才能繁育出后代。然而液态氢在她们的星球上产量极少,仅有一个湖泊是由液态氢组成的。这种资源的稀缺导致不是所有畸蛙人都能生育。

文化会因环境而变得残酷,对畸蛙人来说这已是几千年来的常识了。

畸蛙人在母亲即将死去时会展开决斗,最终只有一个能活下来。这场血腥的决斗中,每个畸蛙人都会遵守公平的原则,两两分组,杀死对方。她们在繁殖期的开始便竭尽全力杀死自己的亲人。这场决斗将持续半个世纪,直至蓝色血液铺满大地,天空的红云被映成紫色。最后,一个畸蛙人活了下来,她杀死了曾经的朋友和家人,而她也成了新的母亲,独占那片湖泊。

她会在那湖中不停生产,产下上百亿颗卵。随后那些卵将自然孵化,她会看着她的孩子们慢慢长大,教会她们狩猎和法则,而剩下的时间,她只会去回忆和纪念她离去的家人。

宇宙中,大多数有智慧的生物都会渴望长寿,毕竟这也算是一种延续自身存在的形式。但有一些种族不会这样做。

位于烈火星云的坦拉亚摩星带中，有一颗不起眼的荧蓝色小星球。

这颗星球的表面全部由硫酸铜溶液的海洋覆盖，加上其他化学物质，海洋变得通透，能发出照向天空的荧蓝色光。那像是一种轻柔唯美的幻象，即使就那样一动不动地看着，也会感受到宁静。

这片海洋非常浅，只有一米深，海底是一片平沙，没有深沟与突起，每一处都是平坦的，一模一样的。

但这里也有生命和文明，梭戈人在这里生存着。他们不需要住所，海洋就是家。他们会歌唱，会交谈，生性善良，相互之间从不起冲突。他们会在水面写字，但从不记录，因为他们喜欢遗忘。

这片海洋中有一种像水母一样的生物，同时也存在一些六边形的小鱼。梭戈人捕捞它们作为食物。在一天的繁忙之后，他们会带着孩子仰望星空，顺着迎天而上的光，为孩子们编织星空上的故事。

他们能活一百年以上，但也要小心，一种钠化物会要他们的命。这种事时有发生。亲人的离去是梭戈人难以承受的，这和他们体内的化学感应有关，这种化学感应会形成一种强力的情感纽带。梭戈人与父母的感情很深，从始至终都会相伴，会凝望，会安慰。

而梭戈人对自己的孩子更是有着深厚的爱，他们害怕孩子会无意中被钠化物夺去生命，先于自己而去，那种悲痛让他们无法承受。所以年老的梭戈人会在亲人不注意的时候选择自杀。

不是负担的原因，也不仅仅是出于情感，原因在于繁殖的方式。梭戈人繁殖的方式是制造，用上一辈的血肉制造下一辈的孩子。父母覆满光鳞的骨片会被揉碎，埋进沙土，而后在蓝光之中降生出新的梭戈人。

当孩子因意外离去时，作为父母的梭戈人往往不想再制造孩子了，就算再制造，伤痛也会伴随他们一生。所以他们都想先于孩子而去。父母的离开无疑会让孩子们产生强烈的悲痛，但他们在自己也成为父母时就会释然，会觉得这样做值得，会感受到这份爱的力量。这是因为体内的化学感应起了作用，让他们感受到一种强烈的对孩子的爱。

于是梭戈人在这种繁衍形式中越活越短，大部分梭戈人在三十五岁时就会考虑自杀，而孩子们深知这一点，便会更加注意父母的动向，以防他们偷偷寻找钠化物。

哀歌总是在伟大的爱与失去中奏响，自我牺牲是梭戈人延续下去的守则，他们悲壮又平和地在那颗蓝星上生活着，用生命诠释着生命的伟大，表达着那份爱的浩瀚。

梭戈人的爱是无私的。

爱是宇宙中的神奇现象。

它有时像是生命的原动力，为存在提供感受力。

浩瀚的宇宙中，孤独无处不在，但可能正是因为这份孤独，爱才会显得更加珍贵。

比里特林行星带上，默吟人栖居于此。他们是在宇宙空间中生存的生物，从电磁波中获取能量。他们身形巨大，如倒扣的碗，密密麻麻的脚抓着身下的小行星，匍匐在那儿，直到永远。

比里特林行星带中的行星十分稀疏，每颗行星相距遥远。所以默吟人一开始见不到彼此，很可能终其一生也不会见到自己的同类。

但繁殖的形式让他们义无反顾地向宇宙中的一处发送束集磁波，方向的选择是随机的，有点第六感的意味。虽然眼前空无一物，只有浩瀚的宇宙，但他们依旧会选择一处，不停向那儿发射束集磁波。

这束束集磁波将会跨越遥远的距离，直到它的 80% 与自己的同类相遇。收到信号的同类会马上回复束集磁波定位，当发射者接收到这个定位时，他便会驾驶着脚下的小行星向那儿游去，去寻找他远方的爱人。

可这是浩瀚的宇宙，宽广无垠。束集磁波的夹角非常狭窄，同伴很难正巧处在束集磁波的发射范围内，能接收到信号的概率非常小，一生最多也就一次而已。但他们分布广泛，束集磁波发射得越远，覆盖面积便越广，被接收到的概率也越大。然而可惜的是，默吟人的寿命是有限的。

他们自己知道，在发射束集磁波的三百年之后才收到回复信号的话，那便代表他们将永远见不到爱人了，他们还来不及到达那儿便会死去。但不管怎样，一旦收到了回复的定位信号，他们便会头也不回地向那儿追随而去。

大多数默吟人会死在约会的路上，但他们已是极幸运的了，知道还有一个人在遥远的地方等着他。他们的神经会感受到爱，这让他们有了目标，不顾一切，为了等待着的爱人，明知道不会相遇，还会向那儿而去，而这也是他们唯一的命运了。

在追求爱情的路上，默吟人会不停地向爱人的方向吟唱，那束集磁波形式的歌声比他们走得要快，但这歌并不代表别的，他们只是因为知道自己可能无法与爱人相见，便决定为对方唱一首代表自己的歌。即便他们在路上死去，消逝，这首含着爱意的歌也终会被爱人听到，对他们来说这就足够了，即使在追寻爱情的路上失去生命，也有了意义。

默吟人是宇宙中最懂得爱情的生命，他们用一生追求着爱，只为让遥远的爱唤醒自己，让生命拥有目标，让延续拥有希望。他们生性浪漫，不想让等待着的爱人伤心，所以尽可能在歌声中注入一切，包括他们的生命力。爱对他们来说已不是相遇，而是想象对方听到歌声时的喜悦。而远方的爱人也会一直倾听着，直到有一天那歌声消失了，他便知道前来的爱人永远不会到达了，但他依然会原地等待，因为没有机会再等来第二个信号了，爱对他来说就是永恒的守候。

几百年后，终有一小部分默吟人从无尽中驶来了。当他看上去还只有一个点那么大的时候，等待着的爱人便会热烈地迎向他，他们各自驾驶着小行星向对方冲去，带着无尽的期待与热情。相遇只是一瞬间的事，不过对他们来说那已经足够了。随着脚下的行星相撞，他们的身体将在一团火花中幻灭，化为百万粒彩色的粉尘，相互结合在一起飘荡向远方，那些粉尘就是他们爱的结晶。

这些带着生命的结晶将飘散到空旷的宇宙中，去往遥远的虚空中有可能并不存在的目的地。在久远的岁月里，他们会一直等待。直到有一天一颗小行星恰巧驶过，让他们着落，在那儿成长，并驾驶着小行星继续仰望，继续发射信号，继续等待爱人的回复。

默吟人不知道自己的爱人在哪儿，但他们依然会相信自己，把信号只指向一个爱情可能存在的方向，不停将爱的束集磁波发射进那虚无的太空中，永远都是那样。

对于爱情，默吟人一直都是那样执着，一直相信爱就在那儿。

情感与冰冷，幻灭与渴望，宇宙在悄然繁衍着，塑造出奇迹，塑造出意义。

如果宇宙本身没有意义，那又为何它能产生意义这个概念？为何不同文化会有各自追求的目的？为何会有繁衍？为何会有生命？

宇宙可能是个载体，那颗蛋一样的东西，它外表看起来严谨冷酷，内部却充满灵性。既然物理法则能孕育出思考，那思考又何尝不是宇宙的孩子？

宇宙在膨胀，变大；生命在追求，奋斗。永不停息的宇宙奔腾向前，看似冷酷无情的外表下隐藏着灵动。它是一台孕育生命的机器，同样也在拷问着生命的灵魂。它本身无尽，却又向无尽中远去。宇宙从不停息，它永远是一个在繁衍中的宇宙。

房泽宇 _____

科幻作家，时装摄影师。酒醉时披上件黑色幽默，在舞台上上演一场荒诞秀。代表作有《向前看》《青石游梦》，长篇小说《梦潜重洋》。《垃圾标签》获"宇宙商店 2021"科幻短篇征文活动银奖。

吴季 / 文 ＿＿＿＿＿＿＿＿＿＿＿＿＿ 月球雨海旅店的故事

我们的研究所不在中关村，不在北京。

当然也不在美国或者地球上其他任何一个国家。

它也不在南极，或者北极圈里那片中国也拥有一份矿产资源的斯瓦尔巴群岛上。

它在月球上？

对！我就是这个位于月球上的中国科学院月球研究所的所长。

一

我们研究所位于月球北纬 40 度，西经 5 度，在雨海东面。这个地点不是我们自己选的。我们居住在一个月球旅店里。虽然这个地址对我们研究所来说并不是最佳的位置，但是由于一切基础设施都是现成的，这就大大地节约了我们盖房子、建电站、建生命保障系统，以及建厨房和餐厅、雇用大师傅和服务员的经费。如果我们申请国家科研经费来从零开始建这个研究所，很可能得不到国家的支持，因为建设这些基础设施的经费，要远远高于我们科研所需的设施的运行费用。要知道，这是在月球上啊。

然而，除了就地开展研究以外，我们还需要在月球上面到处跑，去采集样品。因此，我们必须有我们自己的月球车和月面载人飞船。这个还是需要我们自己申请经费来建造和运行的。

说到这里，我必须先介绍我们的房东是谁。它就是人类在月球上开的第一家旅店，月球雨海旅店的拥有者——中国月球旅游开发公司。

二

我来到月球研究所后，问房东的第一个问题就是："你们一开始为什么选择雨海这个地方呢？"

显然，问这个问题的人很多，旅店经理熟练地回答了我的这个问题。

"第一，选择这里是因为生产燃料很方便。旅店建设初期，月球旅游还没有突破成本高这个困难。因此，在选择旅店的建设地点时，就要同时考虑到燃料的生产地点。这是因为，在月面生产燃料是降低月球旅游成本的一个先决条件。而生产出来的燃料还要发射到月球轨道空间站对地月往返飞船进行加注。这个运输过程需要的飞船，就可以和载人的地月往返飞船合二为一。因此当时的总设计师就提出，旅店的建设地点一定要和生产燃料的地点在一起，燃料生产完就直接加注到地月往返飞船上。"

"那在哪里对生产燃料最方便呢？"我不禁问道。

"当然是在月海里啊！"经理不紧不慢地说，好像他早就预料到我会问这个问题。

"为什么不在有水冰的撞击坑里呢？"我争辩道。

"为什么不用大家都争先恐后想要获取的水冰呢？原因有二：第一，水冰的资源是有限的，应该给予保护而不是将其消耗掉；第二，水冰仅存在于深不见阳光的陨石坑底部，那里山峦起伏，不是合适的旅游地点。"

经理说完，我脑子里也想到了，在那些可能有水冰的月球两极的高山峡谷中，确实不容易降落和起飞。

其实，我也知道，从月壤中提取液氢和液氧比从水冰中提取也就多了一道工序。其化学还原过程是，将月壤中大量存在的氧化钛、氧化铁加热到 800 摄氏度以上，然后加入少量氢，使月壤中的氧和氢结合形成水，再将水电离获得所需要的液氧和液氢。这当然需要额外的能量。但是，在月日期间，也就是有太阳的那十四天里面，太阳能是免费的，能量是现成的。在月海地区，月壤资源是普遍可以轻易获得的。因此，为了更容易地获得提取燃料的月壤，月球旅游的着陆点应该选择在月海中。

"第二，旅店的地点应该方便回望地球。"经理接着说道。

我知道，从月球这样远的地方回望地球是太空给人类带来的第二次启示。离开了地球，隔着遥远的距离再次发现和重新认识人类的家园地球，确实使得很多到过月球的人的世界观、人生观发生了变化。月球旅游之所以得到了快速的发展，很大程度上是因为游客都希望隔着遥远的距离看一看我们的地球。

由于地球对月球的潮汐锁定，在地球上看月球时，月球永远只有一面朝向我们。而在月球表面着陆后，在月面上看地球，这个潮汐锁定带来的天象，则是地球不会升起也不会落下，永远停留在天空中的同一个位置不动。但是我们可以看到地球在自旋，每二十四小时转一圈。大约一个月中，地球被太阳照亮的部分也会循环一次，即每二十八天将出现一次被太阳全部照亮的情况，参考满月的概念，可以称其为"满地"；每二十八天还会出现一次完全看不见地球的全暗的时刻。

为了确定在月面上某一地点看到的地球在空中的位置，我们可以以月球经纬度的原点，即月面的正中间那一点为圆心，以这个圆心到经度40度、纬度0度，或经度0度、纬度40度的点的距离为半径，在月面上画一个圆。在这个圆上的所有点回望地球，地球都在天顶向下40度的方向上，也即月平线以上50度仰角的方向上。不同之处仅仅是地球会在东、南、西或北的哪一个方向上。可见，如果想使游客有一个舒适的回望地球的仰角，就需要将着陆点选择在一个半径适中的圆上。雨海旅店就选择了40度，一个合适的角度。

除了仰角的舒适度，还需要考虑地球的方向。如果把着陆点选择在月球的北纬地区，地球就在着陆点的南天方向，且地球对观察者而言是上北下南的，与我们看地图的方向相同；相反，如果在月球的南纬地区着陆，地球则呈现在着陆点的北天方向，我们看到的地球就是上南下北的，与我们看地图的习惯相反。可见，把着陆点选择在月球的北纬地区，在回望地球方面更符合人们的习惯。

　　我听经理这样说，也想起了我刚到研究所那几天正好是月夜时期，从我房间的窗子往外看，地球是大大的、圆圆的，挂在半空中，很好看。可我们到底是来做研究的，不是来欣赏地球的。

　　"第三，"他接着说，"我们还想到了游客观景的体验。游客们除了回望地球，当然也希望看到月球上的景色。如果仅仅降落在平平的月海上，就像地球上的大平原，周围没有耸立的山峰、峡谷、巨石，也将是一个遗憾。因此，在考虑到月海中有丰富细腻的月壤便于能源提取的同时，还应该考虑着陆区的附近有高耸的山峰。这样的山峰，在月海的边缘有很多，比如雨海东部绵延六百千米的亚平宁山脉，其中最高峰惠更斯山的高度达五点五千米。设想一下，如果你在着陆点打卡拍照，身着登月航天服的你的身后，是平整的月海和高耸的山峰，在黑色的宇宙中一个合适的仰角处，还有比从地球上看月球要大三四倍的，隐约可见上北下南的大陆板块的蓝色地球，那将是一幅多么美丽的画面啊！"

　　听到这里，我觉得这一点和我们好像无关。但是如果距离月山很近，也不错，我们可以很方便地接近那里，去看看岩石并采样，相对比较便捷。

　　"第四，"经理继续说，"我们当然也考虑了月面移动的方便。对身穿航天服的游客来说，在月面行走，活动范围是很小的。但是如果乘坐月球车，则可以移动很远的距离。因此在选择旅店位置时，需要考虑月球车的移动范围，甚至需要为更先进、移动速度更快的月球车留出活动空间。不应该将着陆点选择在一个直径不够大的，比如直径只有八十千米的阿基米德环形山那样的环形山中的月海里，那将会限制游客的活动范围。"

嘿嘿，这一点倒是符合我们研究所的要求。

"第五，还有一个安全问题。"经理说，"我们要考虑发生太阳大爆发的情况和对来自宇宙的流星的防护。由于月球没有像地球一样的磁场的保护，太阳风粒子可以长驱直入到达月球表面。探测数据显示，月球表面的太阳风粒子通量要高于地球的近地轨道，但是差别也并不显著。因此如果通过建筑材料进行屏蔽，在月面密封舱内，即月球旅店内部，可以基本忽略太阳风背景辐射的问题。在月球表面的室外环境下，如果停留时间不长，也可以忽略其辐射效应。但是为了应对太阳大爆发，以及流星雨的袭击，还是需要有一个避难的地方。如果将旅店建设在早期月球活动留下的熔岩洞上，则可以利用天然的熔岩洞获得避难的地方。但是月面上的熔岩洞并不常见。恰好，我们在这里找到了一个熔岩洞，就在我们旅店下面。"

这个熔岩洞我倒是知道，但是从来没去过，因为好像自旅店建成，还从来没有发生过一次需要避难的情况。

我觉得这五条理由里面大部分对我们研究所都是适用的。可见，如果我们要从零建设一个月球研究基地，有多少事情要考虑啊。这还没说到其他方面呢，单单一个选址就有这么多名堂。

三

要想在这里生活并工作，必须有负责后勤的工作人员。这些人，我们也省了，因为有旅店为我们服务。

月球雨海旅店有二十多个工作人员。他们分三班倒，每个岗位有一个承担责任的一岗，就是那个当班的人，还有一个不当班的，处于休息时间的副岗。只有需要时这个副岗才参与工作。

主要的岗位有三类。第一类是运行维护岗位，这个岗位的人员负责对电力、空调、生保、通信四大系统的运行数据的监视和出了问题之后的处置。

先说电力。包括我们研究所在内，整个旅店的用电主要来自太阳能。这个在月日期间完全没问题。月球上没有大气阻隔，太阳能电池发电效率很高，需要做的就是让太阳能帆板像向日葵那样跟着太阳转。但是到了月夜期间，能源就成了问题。整个旅店，包括我们研究所，都进入了节能模式。旅店外面自动化运行的燃料工厂，也进入了休眠模式。因为产量很大，所以燃料工厂每个月仅需工作十四天，生产出的燃料就足以供给一整个月了。

月夜期间的旅店，只开启电力、空调、生保和通信系统的最低模式。所需能源有两个来源：一个是刚刚安装不久的小型核电站，为了安全起见，它安装在距离旅店一千米远的一个小山后面，但只能提供旅店三分之一的夜间用电；另外三分之二的夜间用电由一个运行在轨道上的太阳能反射电站提供，它将太阳光从那里反射到旅店这里，再由旅店的太阳能电池阵接收。由于轨道上的太阳能反射电站每天从旅店上空过境的时间加起来也只有五六个小时，再加上经过反射后的太阳光的能量有一定的损失，所以，月夜期间旅店太阳能电池阵的发电量比月日期间要小很多。

再说空调系统，也就是维持旅店内部的大气压，完成空气中氧气循环的系统。为了确保旅店内部的人员不用穿航天服、戴氧气面罩，旅店内是充满了压强为一个大气压的空气的环境。旅店就像一个大气球，我们都生活在大气球的内部。但是由于有几十上百人生活在这个大气球内部，不断地吸进氧气，呼出二氧化碳，内部的空气就需要不断地循环更新，将二氧化碳再变为氧气，同时将温度调节为室温。这个过程就由空调系统来完成。这个空调系统和我们常见的轨道空间站上的空调系统完全一样。

还有生保系统，这是一个生物循环系统，主要进行废水的循环。旅店内每个房间里的废水以及厨房里的泔水，以及其他厨余废物，都将进入生物循环系统。经过处理，在其出口我们又得到了洁净的自来水，以及其他可用气体和有机物。这些有机物将进入旅店厨房后面的一个蔬菜种植区，作为植物的养料再利用。

最后是通信系统，这是一个镜头直径一米的激光通信机。它和地球同步轨道上的激光通信机互相通信，地球同步轨道卫星再和地面通过微波相互通信。经过这个中继的方式，旅店就可以无中断地和地球联系起来。

这四个系统的运行维护人员，主要工作就是在机房监测这四大系统的工作参数，一旦发现异常，马上采取相应的措施。

第二类是服务岗位，这个岗位的工作人员有餐厅的厨师及服务员、客房服务员、前台接待人员，还有一个医生。

第三类岗位的工作人员就是月面载人飞船和月球车的驾驶员，他们负责从月球轨道中转站接送游客到旅店，以及驾驶月球车带领游客到旅店外参观游览。

四

旅店的中间是一个南北走向的大通道，两边有很多分支通道，像一个有很多横的"王"字形。每一个分支里都有十间客房，由一个一个具有隔离门的单间客房模块对接起来。一旦单间客房出现漏气现象，可以将其关闭，与其他客房隔离开。通道的尽头是一个备用的气闸舱，也就是一个通向室外的出口。但是我们平时并不使用它。

我们的研究所位于这个大通道的最北面，占据了四个分支通道。最北面的两个通道作为实验室和办公室，需要刷卡进入，一般游客是不容许进入的。稍靠南的两个通道里是研究人员的宿舍。实验室那个通道顶端的气闸舱和一个月球样品贮藏与分析室相连接。到那里去需要在与办公室连接的那个气闸舱内换上舱外航天服，减压后，再打开通向样品室的气闸舱的舱门。那里是真正的月球真空环境。但是因为是室内，所以在月日期间不会受到太阳光的照射，在月夜期间还有灯光照明。两台质谱仪带有温控，确保仪器不受到月面极低温的损害。仪器的操控开关、按键等都是为穿着舱外航天服的人设计的，可以戴着厚厚的手套进行操作。其实对仪器的控制是在室内进行的，在室外要进行的操作基本仅限于取出仪器和将样品放入仪器内。此外，在室外还需要进行一些对样品的切割、包装等操作。

研究所南边的各通道里全是旅店的客房，左右各十个通道，共二百间客房。大通道的最南面有两个较大的通道：向西面的一个通道里是办公室、会议室、各系统的监控机房；向东面的一个通道里是餐厅，餐厅后面是厨房和生物循环系统，以及蔬菜种植区。

大通道南面正对着的是一个旅店前台，经过前台就是那个通向起飞／着陆舱的长长的通道。通道的尽头是一个可以供月面载人飞船起飞或着陆的密封舱，在飞船着陆后可以关闭、充气，是一个大的气闸舱。

五.

最后我应该和大家说说我们研究所的业务。我们的主要业务有两个。

第一个业务就是采集、分析、保存月球岩石和月壤样本，开展月球乃至太阳系的起源和演化研究。这个业务看上去很大，实际上我们的主要工作是采集、分析和收藏，大量的研究还是在地球上进行的。在月球上采集当然很方便，我们除了在驻地附近采集以外，还乘坐月面载人飞船去了很多特殊的地方，包括北极和南极。采集回来的样品，我们就保留在一个不加大气压的实验室里。这个实验室里的真空度和室外的月面一样，因此可以很容易地将样品保留在和它们被采集时所处的环境一样的环境中。如果将样品带回地球，在地球大气环境下，就很难模拟出这样的环境。我们在这个不加压的实验室里，还放置了质谱仪，可以在真空环境下对样品进行分析。除了极个别的需要带回地球的样品外，大部分样品分析完，我们就保存在这里。这里的环境太适合保存样品了，因为它就是月球的原始环境。

第二个业务就是开展地球观测研究。为什么要从月球上看地球呢？我们就是想获得一个特殊的观测地球的视角。在此之前，近地轨道上的卫星，包括太阳同步轨道卫星，可以近距离地观测地球，分辨率可以做到很高。但是卫星会很快从观测地区上空飞过，不适合连续观测。由此发展出了很多星座计划，时间重访率达到了半小时，但是仍然缺乏连续观测的能力和全球视野。特别是全球变化的系统性研究，并不需要那么高的分辨率，而是需要全球视野。另一类轨道是地球同步轨道，也就是在三万六千千米高度的轨道上，卫星绕行的角速度和地球自转的角速度一样，这样从地球上看卫星，就像卫星挂在那里不动，从卫星上看地球，就像地球不转一样。时间分辨率可以很高，实际上就是连续观测。但是其覆盖的区域及对地面的入射角是固定的。如果要以同样的视角看全球，需要在这个地球同步轨道上布设很多卫星。而这个地球同步轨道，又是卫星通信的主要轨道，位置有限，且非常拥挤。因此，我们想到了将遥感器放到月球上去。这个视角有如下几个优点：一是月球有一面总是对着地球，就像一个大卫星，姿态稳定，无须调整，是天然的平台，只要把望远镜放到上面，维护和运行成本仅限于望远镜自己的，不用考虑平台的问题；二是整个地球可以呈现在视野里，月球与地球的距离大概是刚刚讲的地球同步轨道高度的十一倍，因此遥感器对地面的入射角比较一致，或换一个角度讲，就是用平行光看地球；三是由于月球在慢慢地围绕地球旋转，因此观测的地理时间是变化的，一个月内可以看到地球各地在各个时间段的图像。比如当月球处于太阳和地球之间时，我们可以观测到地球各地在正午时的情况，由于地球在转，我们可以在二十四小时内看遍全球。同样，当月球处在太阳与地球连线的另一侧时，我们可以观测到地球各地在夜晚时的情况，以此类推。这里特别适合做地球系统变化的研究。

月面就是一个大平台，因此，我们可以在这里建设大的望远镜。其中一个由我设计的大望远镜就是一个微波天线阵，我们用从月壤里面提取出的金属做结构和反射网，建设了一个由四百个单元天线组成的直径二百米的圆环天线阵列，可以很好地观测地球表面的水循环。可见，除了观测地球的视角特殊以外，在这里建造大天线阵也比在轨道上容易。

六

听了这些，您对我们月球研究所是不是开始感兴趣了？如果您想进一步了解我们，可以参加月球旅游开发公司的月球旅游项目，并通过预约到我们研究所来参观。我非常乐意在您到来的时候，当面解答您提出的问题。

不过要记得，如果可能，一定要订月夜期间的票哟，因为只有在每月阴历三十和初一那两天上来，您才能看到一个完整的地球，那时的地球，像我们在地球上看到的满月一样，但地球看上去要漂亮得多！

吴季
中国科学院国家空间科学中心研究员，中国空间科学学会理事长，中国宇航学会常务理事，国际宇航科学院院士，美国电气与电子工程师协会会士。出版有长篇科幻小说《月球旅店》《月球峰会》。

肯·沃顿 /文
王亦男 /译 _____ 地下之上
Down and Out

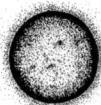

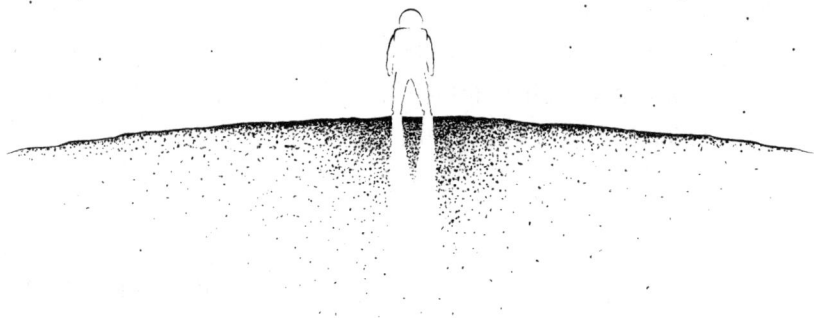

奥格比吃力地登上海峰。她尽全力展开气囊，但是这种努力并没有为她增加多少重力。她的身体变得非常轻，感觉不管有没有攀岩固定器，她都会被卷入洋流中。

有那么一会儿，周围的光谱变得有些古怪。奥格比困惑地停下脚步。三条灯鱼游过头顶，发光的身体变换着图案，映射在冰冻斜坡上。她有些嫉妒地看着这些鱼迎着洋流游过去。当今的生物学家追溯之前的进化轨迹，认为里格人一定也曾经像鱼一样游动。可是近代的祖先却忘记了怎么游泳，只能依靠五只脚上的气囊，扎根在海底度过一生。在这样高的海拔，会游泳或许能够有所帮助，很显然，他们的祖先从来都不需要爬到这么高。或者也许，奥格比心想，他们也曾经被水流卷过到这样的高度，直接被吓死了。

她小心翼翼地向左边张望，想看看他们到达的位置有多高，但马上就被强烈的眩晕感击中。海底城市的灯光看起来遥远得难以置信。她张开气囊，这多少有助于缓解眩晕，但是效果并不太明显。她在海底深井待了太久，肌肉变得软弱无力。奥格比闭上眼睛，努力从头部的漏斗里吐出一股长长的水柱。不适感会过去的。她对自己说。

当她睁开眼睛时，她发现其他人都在前面停下来等着她。"我听说她有恐高症。"罗浮周身的色纹变换着，故意向所有人传达这个信息。

奥格比向大家展示出表示抱歉的色纹，并发出"继续"的声音。拖慢整个队伍的速度令她窘迫，但除非奥格比重新开始攀登，否则队员们拒绝继续前进。

又经过二百分之一个循环时间的跋涉，奥格比终于在海峰顶部和其他人会合。她伸展气囊，脚酸疼难忍，不过总算是到达起航码头了。

罗浮显然没有类似的困扰——他甚至扔掉攀岩固定器，做小幅度的单足跳，以此来显示自己无所畏惧。奥格比很好奇他到底在向谁炫耀。可能是维瑞？但是维瑞已经上船了，正在招呼其他人登船。

奥格比扭头向后看，缆线从船的顶部一直向上延伸进头顶的黑暗中。担忧悄然而生。她这么畏惧山峰的高度，那么被悬挂在世界的屋顶之下又会是什么感觉？

理论上，她知道会很安全。整个行程中，她都会处于恒压之中。即使缆线折断，航船也会激活浮力控制装置来调节。但是她的恐惧完全淹没了逻辑，进入航船的时候，她还差点被一股陡然产生的恐慌吓退。

最终，对科学研究的好奇心战胜了一切。在上面，有趣的实验正在进行。如果想要参与最新的科学考察，她就必须要克服恐惧。她坚定地走进船里，和其他队员会合。

工作人员关闭了舱门。舱门在旅途中会一直在水流压强的作用下锁紧。奥格比伸展她疼痛的脚趾，一只脚一只脚来。她注意到船舱内部基本上和她在海底深井驾驶的航船一样：一边是主要控制台，有方向盘以及压力操作杆，用来调节空气箱压力以平衡船身浮力；中间是圆筒形的乘客座椅，崭新的椅套由用绿鱼油提炼的塑料制成。奥格比坐到一个座椅上，系好安全带。其他队员也依次坐下，除了罗浮，他坐在驾驶座上。

"我一向坚持亲自驾驶科考船，"罗浮变换着色纹向其他人说，"以防有紧急情况发生。"

奥格比尽力不流露出自己的不快。罗浮是有些自大，不过他确实是海洋里最具影响力的科学家之一。他在上面发现的新元素"金"令他的名字家喻户晓。他运用自己的影响力，为常规研究和开采筹集额外的资金。要不是罗浮的默许，奥格比现在也不会出现在这里。

一阵摇摆后，科考船开动起来。奥格比从窗边收回视线。起航码头越降越远的景象可不会对缓解焦虑有什么帮助。

控制板上的高度计指针迅速升起，他们离地面已经整整一个千长度远了。再上升六个千长度，他们就会到达海洋顶端。

"这也是你第一次上来考察？"维瑞问奥格比。

"是的，"奥格比变换色纹，"我在科考船上待过很长时间，但是船从来没有上升到这里。"

"哦？"维瑞有些吃惊，"到过哪里呢？下面的深井里？我不认为那里有什么东西。那里只有冰。"

"那里一定有什么东西，"奥格比坚持道，"海底的漩涡一定会流向什么地方。"

罗浮变换着色纹参与他们的谈话，不再注意操作台。平衡装置正在以适当的速度带着他们向上升起。"漩涡只是反常现象，每个人都知道冰比水重。我是这么认为的，自然因素从上到下层层影响，我们里格人是底端最高级的进化结果。想想吧。我们吃鱼，鱼吃微生物，微生物则依靠海洋顶部的海洋热泉维持生命。那么又是什么为海洋热泉提供动力呢？海洋热泉上面又会是什么呢？为什么大地会以这样的可预测的频率活动？等我们到上面以后，我会向你们展示新的勘探进展。我们以前从来没有在这样的高度挖掘过石头。相信有一天我们可以到达外面的世界，然后发现我们的海洋只是更广阔宇宙中的一小部分。"

"你相信有外面的世界吗?"维瑞问罗浮。

"一定有外面的世界存在。"罗浮身上的色纹变得很严肃,"依瑞沃的旅行证明可以进行世界环游漂流,所以海洋在球形的行星壳里。外面一定还有什么东西。"

"也不一定,"奥格比身上的颜色闪烁着,她希望自己没有太莽撞,"就我们目前所知,上面的石头无穷无尽。"

罗浮全部的注意力都转向她的位置,他停顿了一下,答复说:"比起对我们的工作指手画脚,你还是先看看自己的问题吧。你已经在冰层里挖掘了一个千长度了,你又发现了什么?"

奥格比没有回答。她进行过的所有深井勘探中,有价值的发现简直少得可怜。主要的新发现都来自上面:新元素、新生命体、海洋热泉,还有气泡工厂。而她在下面找到的只有冰。

"我没有贬低你的意思,"奥格比强调,"能够参加你的团队,我非常高兴。"

"既然是这样,"罗浮闪烁着色纹,"你需要做的第一件事,就是证明你可以应付高度。"

罗浮的颜色变淡了,余下的旅程中,大家几乎没有再交谈什么。最后,航船猛地停住了。他们已经到达海洋顶部。

航船主驻点对接完毕后,舱门打开,热水流入船舱。奥格比知道,这种奇怪的现象还没人能够解释。上面这里的水比下面的水要稍微热一些。然而,海洋热泉里出来的超高温水却非常重,直接把营养物质携带到海洋底部。对她来说这一现象说不通,同样地,关于地心引力的很多东西也说不通。

奥格比是第二个走进驻点圆柱形走道的乘客。走道上面铺着薄薄的气垫——不厚,还是会产生摩擦力,但比坚硬的地板要舒服多了。

所有人下船以后，罗浮开始带领大家参观。"这边过去——"他变换颜色，"是进气阀，为保持水的流动而不改变内部压强特别设计的。但是我肯定，你们对海洋热泉更感兴趣。往这边走。"

奥格比刚靠近观景台就觉得要大祸临头了。是的，她对海洋热泉很感兴趣，但是不知为什么，她竟然没想到观看驻点外部一定得通过窗户，并且在窗边，她就能望到下面。她没法假装自己正待在洋底的建筑里，这里的一切都显示她正处在可怕的高度。这样的思绪令她的脚趾在焦虑中抽动。事实比她想象的更加糟糕。观景台不仅墙上有玻璃悬窗，地板上也同样镶嵌着小玻璃窗。进来之前，她强迫自己的注意力朝向上面。

观景台是一个球形平台，建造在一个巨大的海洋热泉旁边。海洋热泉看起来像一个狭长倒置的海峰，由石头而不是冰构成。奥格比一直凝视着高处，无趣地观察海洋热泉的上半部分。纹理的颜色显露出地质的变化过程，某些物质从海洋热泉底部喷射而出，流到上面逐渐变硬。

其他人都在透过地板向下看，整个房间里都充满了他们表示歆羡的色纹光。不情愿又好奇地，奥格比向下投去视线。

这是一个神奇的装置。从出口有规律地呈脉冲式喷射出滚烫的水，水温高到每个人都被笼罩在一片赤红之中。周围的水也非常热，汇聚在海洋热泉周围，发出略微暗淡的光芒。

奥格比以前从来没有看过自然光。对她来说，所有的光都来源于动物、里格人或者里格人制造的声光灯等物品。从生理层面，她感受到自然灯光信号的召唤，其他围聚在红光周围的生物一定也受到了同样的召唤。这里没有熟悉的深海鱼类，只有各式各样的新品种：一条鱼长着许多多余的鱼鳍；另一个什么生物，形状像缓慢移动的网；甚至还有个五条腿的小美人，看起来好像微型里格人。

这里是生命起源的地方，她知道。这里是她需要来的地方。在上面她可以找到一直寻找的答案，搞清楚世界是怎样运转的。而在底下深海里只有……

在底下。

奥格比没法控制自己，向下瞟了一眼，这一瞟便收不住眼了。她可以看到，在底下有微弱的光源，在黑色背景上漂浮。黑色，是因为地面上城市的明亮灯光无法达到这样的高度。

距离感立即击倒了奥格比。太高了，她想，太高了。

与此同时，其他人正在尝试与她对话，想要得到她的回应，可她连动一下都不敢。她此刻什么都不想，只想回到船上，回到地面，但是她甚至没法走出观景台。

她闭着眼睛，模模糊糊地感觉到自己被抬到什么地方。恐惧仍然没有停止。"醒来。"什么人向她发出声音，这声音在驻点的墙壁间回荡，听起来很痛苦。她感觉自己向外界封闭了自己，原始的求生机能侵占了整个身体。最后，她的意识一点点下沉，沉到比海底还深的地方，一切都沉入黑暗之中。

"你得回到那里去。"三个循环时间后，奥格比的地下网状驻点内，波罗向奥格比强调。

奥格比兴致索然地望着自己的伴侣，盘算着下一个交配季是否还要给他机会。"这有什么关系？"她身上的颜色暗淡无光，"我曾经有一次机会，结果失去了。罗浮不会让我再参加的。"

波罗中间的几条腿颤动了一下。他继续说："我不是让你回到上面去，只是让你回到你原来的工作中去。这里有很多有趣的科学实验可以做。从昨天开始，工厂的技术员就一直在问你的情况。"

"我不想再做什么科学实验了，"她回答说，"我只想一个人待着。"

"所以你决定结束一切了？你没法去上面，所以相应地，你打算退出所有工作？"波罗转过身去，后背的颜色仍在继续变换，"那么你的压力计算怎么办？我知道你仍然觉得冰层下面有什么东西。"

"不。"奥格比向他发声，但是波罗甚至都没有转身。实际上，现在他要留她一个人待着，就像她刚才要求的那样。她差一点就要喊住他让他别走，但是自尊心令她沉默，很快，波罗从驻点消失了。

不过，波罗说的也许是对的。在见识过海洋热泉的壮观以及其蕴藏的神秘之后，她忘记了自己在下面所研究的相对普通的课题。

里格人的祖先已熟知物理。不同的高度会决定气囊的充气体积大小，从而改变气囊本身的重力。气囊体积和重力成比例变化的事实是几百代里格人都知晓的，甚至可以追溯到非常久远的年代。但只有最近，借助最新的挖掘设备，大家才能够测量出地下的重力现象。

奥格比自己在牵头目前最大的一项挖掘工程，融化了一个千深度的冰层。罗浮说得对，她在下面什么也没有找到，但是她已经发现，即使在地下很深的地方，地心引力也仍然在继续上升。当她推算出引力曲线，她发现引力应该在地面下二点八个千深度的位置变得无穷大。

根据大部分科学家的说法，这个发现没有任何意义。无穷大是数学演算出来的，而不是真实存在的。是的，海洋是个球形物，所以他们承认，在海洋地心可能会有一些奇异的现象发生。但是根据依瑞沃的环世界旅行计算，到地心的距离可能非常遥远，而不是只有几个千深度。不，其他科学家坚持认为，引力的变化一定是随着深度增加而减弱的。

尽管他们的理论能站住脚，奥格比的数据却没有显示这种趋势。她知道，唯一能验证她的发现的方法，就是挖到地下二点八个千深度，看看会发生什么。但是按照目前工程进行的速度，挖掘到这个位置会消耗比她整个生命还漫长的时间。

尽管这样……关于上面的勘探工作，罗浮又说了些什么呢？他们也是在挖掘，只不过挖的是石头。石头是无法融化的。

千分之一循环时间后，奥格比走出了自己的驻点。波罗已经离开很久，所以她沿着城市的方向慢慢跑去。刚刚下过一场泡泡雨，甲烷和二氧化碳池分布在低洼的海谷里。她排出气囊里的气体，悠悠滑过一个小空气池，享受脚底滑滑的感觉。

不久，她来到城市里最大的气袋。这是当地最初开设的工厂，比任何一个私人的空气室都大，不过设计原理类似。挖掘巨型深洞需要很久，更别提还要往洞里注满二氧化碳，不过这里开采出来的货物带来的回报远远超过其花费。这个工厂特产塑料和钢材，并通过和其他城市进行交易带来更多稀奇的商品。

她熟练地踏进巨大的泡泡里，充满气囊，然后翻转成头朝下的姿态。这种感觉令很多里格人感到困扰，对奥格比来说却非常自然。充满气以后，她的气囊变得非常沉重，好像船锚一般，牢牢地把她向下拉拽。她的踝关节扭曲一百八十度，然后她就倒立悬吊在气袋里，只有五只脚勉强够得到水。诀窍是个心理戏法：她告诉自己，她其实是向上直立的，而她的脚在水面上漂浮。这个画面很滑稽，但是能使她避免经历其他人遇到的不适感。

不能呼吸确实不舒服，但是奥格比比大多数人都擅长屏住呼吸。每个工作时段中，她只需把头沉入急救水箱呼吸六至七次。而且气袋里也有些其他好处。她开始更新气囊里的污浊空气，先是从肺腔，然后每只脚依次来。这种感觉很棒。

不过，现在她还得先找到波罗。奥格比顺着水面行走，来到工厂最小的车间。波罗大部分时间都在这里。她爬上楼梯，打开舱门。他确实在这儿，刚刚合上防护罩，隔绝炼钢锅炉周围的蒸汽。

"见到你我很意外。"波罗变换颜色。

奥格比要谈的是更重要的事："罗浮在上面进行的勘探，不是像我们一样融化破开，那么他真的是在挖掘？"

波罗发出一连串"不"的颤音。"我认为是爆破。你知道吗？他们在高城制造出一些复合炸药。我觉得他就在用这些复合炸药，在一定距离之外引爆。"

奥格比惊讶地愣了一会儿。她以为炸药还只是在科研阶段。原来罗浮已经投入使用了？最近科学发展得太迅速，她都快跟不上了。

"那么，"她最后说，"我为什么不能用呢？我确定这能加快挖掘速度。也许我们甚至可以炸到足够深的地方来验证我的计算。"

"你对这些合成物的价钱有概念吗？"波罗回复。

"刚开始我不需要很多。我们只需要买一点，在四号深井做个尝试。"

波罗看起来十分担心。"如果你真的想把剩下的科研经费爆破掉……哦当然，为什么不呢？如果你愿，我可以再次驾驶科考船。"

"我来开船。"奥格比一字一顿地说，变换出不信任的颜色。

"你从咱们挖到八百个深度后就没有开过船了。你刚经历了一次小小的挫折，而且——"

"我可以应付的，波罗。"

波罗长久地凝视她，然后开口道："好的。我相信你。"

奥格比闪烁出一个满意的图案，然后转身离开。不过，一个奇怪的声音使得她停下脚步。她转过身，看到波罗正通过空气向她发声。她非常意外，在空气中发声会使人极度疼痛。如果他这么做只是为了引起她的注意，这也……

"我想告诉你，"波罗变换颜色说，"你回来真是太好了。"

奥格比突然感到一股来自波罗的吸引力，好久以来第一次有这种感觉。她是到了交配季吗？她检查了下自己第三只脚上那几根特殊的脚趾，果然如她所料。

"什么事？"波罗问。

奥格比扭动自己的第三只脚向波罗发出邀请。"我们好像还没有在空气里做过那件事。"

他看起来有些不高兴。"不要现在，奥格比。"

奥格比呆住了。他居然会拒绝？但是当然了，这里没有水携带她的气味。她走向他，用自己的第三只脚够到波罗的，直接开始爱情的输送。

波罗没有做更多抵抗——直到他喘不过气，猛地跳进急救水箱。奥格比跟在他后面也跳了进去。

四号深井是海洋里最大的勘探工程，离最近的城市也有一段距离。这里的冰层天然地向下融陷，有半个千深度，若不是不间断地维护，整个低谷都可能会被空气覆盖。

现在，大部分勘探人员都蜷缩在发动机房的掩体里，但是奥格比想要在外面等着炸药到达爆破点。波罗紧张地站在她旁边，和其他三个勇敢的技工一起。圆形挖掘现场入口就在几个长度远的地方。

"现在炸药包应该已经到达底部了，"一个技工变换颜色表达着，"我没感到——"

就在这个时刻，爆炸被触发了。尽管声呐接收耳戴着护具，尽管爆炸是在地下一个千深度发生的，感觉还像是一连串的重击袭来。

波罗在震动波过去后浑身打战。"下次我要待在掩体里。"他不高兴地变了个颜色。

奥格比甩掉不适感，把波罗推到深井边缘。她担心爆炸冲击下会有冰块碎片向他们所在的位置飞溅出来。"向下看看有没有碎片往这边过来。我要登船了。"

现在爆炸后的冲击波已经到达深井边缘，每个微循环时间都尤为宝贵。深井里很冷，只有人工加热器阻止锚冰[1]重新落回洞里。在接通下一个加热器之前，奥格比必须迅速下降。

她开始关闭舱门，并确认每个人各就其位。她的最后一眼掠过波罗，他正向她确认不会有冰层碎片给她带来危险。她一边感谢他，一边把自己关进飞船，仓促地检查了下仪器。燃料、电池……检查完毕。通信灯亮着，但是她从来不盲目相信它。她用第一只脚启动了麦克风。

"测试。"她用麦克风发出声音。

她透过舷窗望向缆线的巨大阀芯。缆线有二点三个千长度，用来连接她的船和地面掩体。幸好声音会转化为电子信号，否则通信传播速度会慢得令人难以忍受。一会儿后，飞船扬声器响起"测试接收成功"的声音。缆线可以使用了。

现在到了航程最惊险的部分——翻越深井边缘。奥格比坐在控制台前面，开始调节飞船浮力。揭开冰层后，只需要猛推拉杆，就可以对准深井直接飞进去。奥格比知道，下降的路程十分漫长，但她必须深入那里。

"下降。"她对着麦克风说，同时调节撞针杆来平衡浮力。不一会儿，她垂直降入了寒冷的水流深渊。

"到达第一个加热器的位置。"经过这个炙热的设备时，她对基地控制台说。沿着航船外部的灯光，她看到电源线仍然紧紧地固定在深井壁上。一切看起来都正常。她把探照灯调向下方，继续下降。

最先告诉她有状况发生的，是低舷窗外的景象。探照灯依然照不到深井的底部，然而，航船并没有被拖入黑暗。相反，下面的幽深突

---

[1] 河流封冻以前堆积在河底的海绵状冰块。——作者注

然变为泡沫般四溅的白色。白色的范围以非常快的速度在扩大。

啊哟！奥格比脑海中刚来得及闪现这个词，飞船就迎来了第一次撞击。

她被甩到一边，头猛烈地撞到客舱墙壁上。过了一会儿，震动停止了，奥格比飞快地系紧安全带把自己绑到座椅上。

发生了什么？她问自己。爆炸碎片的撞击？不，第一次爆炸以后不会有任何碎片飞过来。那么这应该是第二次爆炸，她判断。但是这怎么可能？他们只扔下来一包炸药——

又一次，更加剧烈的震荡袭击了飞船，好在安全带已经系牢。接着是接二连三的震动，奥格比开始担心航船会从船身焊接点一块块四分五裂。

窗外的景象能提供的信息少之又少。一团深色的水流泡沫与冰块漫无目的地旋转经过。"求救，"她发出声音，希望船舱另一端的麦克风能够接收到她的语音，"紧急情况。"

震动还在继续。仿佛过了几个世纪之久，就在她觉得自己不能再坚持下去的时候，舱室停止了震动。现在窗户被一种强烈得难以想象的白光点亮，她眯起眼睛，扭转脑袋，但是光线太强烈，令人痛苦。

然后，一次猝然的颤动之后，最猛烈的震动开始了。奥格比感觉到安全带紧紧勒进她的皮肉，扬声器发出一个轻微的"砰"的声响，地心引力突然消失了。

窗户外面的光亮现在稍微可以忍受了，但是奥格比几乎没有注意到这点。下降到这里后，地心引力并不是无穷，而是零！她脚上的气囊完全感觉不到压力，无论她是否收缩气囊都没有作用。她不知道怎么会这样，但是这确实是自己有生之年最重要的发现。她抬头看向麦克风……

她的心跳顿时停止。麦克风的通信灯熄灭了。刚才那个"砰"的声响一定是缆线折断的声音。通信现在无法进行。无论她身上发生什么，无论她遇到什么事情，她现在都不得不独自面对。

窗外的动静吸引了她的目光，她十分惊讶地透过窗户凝视窗外的景象。景色明亮，但已经不再刺眼。这里没有水。相反，她看到一片美丽的冰原，遍布各种碎块和线条。冰原的颜色奇异非凡，从未见过的矿物用自己独特的光谱向她打招呼，图案呈线性分散排列。整个冰原在变大，各种细节透过窗户不断丰富，越来越靠近……

突然神经一阵痉挛，难以忍受的疼痛袭来，最后所有都归于黑暗。

奥格比慢慢地恢复了知觉，模模糊糊意识到周围的水变得非常冷。太冷了。科考船上部的角落已经开始结冰。

她差点再次陷入沉睡中，甚至觉得就这样死去也不错。最终，还是好奇心占了上风。

早在解开安全带之前，她就注意到，地心引力像往常一样把她拉向舱室的底部。或许之前的零重力只是做梦。

但是，那种疼痛的确是真实的。她小心翼翼地移动伤痕累累的身体，走到控制台边检查。电池还剩一些电，加热器能量几乎还满着。那为什么水这么冷？她把加热器功率推到最大，然后挪动到窗边。

外面的景色实在太奇异了，她花了很长时间才能用已知的事物将其描述出来。显然航船停靠在一块巨大、明亮的冰面下面，她很可能从下面撞到了这块冰面。航船一定有浮力，她意识到，就好像她在气袋里一样。

脑海里来回盘旋着很多问题。她到底有没有穿越冰层到达海底地心？为什么这里没有水？为什么这里如此明亮？这里究竟是哪里？

她可以看到冰面贴近航船的部分有各种痕迹，呈纵横交错的图案起伏，中央埋有一条黑线，曲折盘绕直到消失在冰层中。

是缆线！

她在脑海中开始拼出整个故事。什么东西把船吸入了冰层。她的船穿透冰层，冲进这个像气袋一样的地方，缆线绷得笔直，直至断裂，导致船舱剧烈摇动。然后科考船翻了过来，底朝上又撞进冰层。但是为什么会这样？对此她找不出任何解释。

还是缆线这个她和地面世界的连接更有意义。如果她可以重新把缆线接到船上，她就可以发出求救信号。说不定缆线还有一大段富余可以够到手。但是够到缆线的唯一方法是到外面去，到外面的唯一方法则是打开舱门，让大部分水从船舱流出去。她可能都没法存活到救援到来。

舱室内的结冰现象仍然在扩散，如果她不立即采取行动，她就会被冻住，没有人会知道她身上到底发生了什么。显然跑去够缆线比这个结果要好一些。

下定决心以后，她从口部的漏斗深深吸足水，为即将进行的事情做身心准备。她知道外面一定非常寒冷——证据就是她周围正在快速结晶——所以她花了一些时间寻找可以穿在脚上的东西。唯一可以使用的物品是座位上的塑料气垫。她用三只脚抓起三个气垫，希望能够提供足够的保温作用。

冰晶已经蔓延到舱门部位，但她用塑料气垫顺利敲碎冰块，并开始用两只脚扭开第一层舱门转轮。一圈，两圈……

没有任何预兆地，舱门拽着奥格比一起飞出船外。水从她四周奔涌而出，以高度沸腾的状态喷发。恐慌中，她抓住舱门，感觉水冲刷过她的身体，随后冲出航船。

她对温度的判断是错误的。如果水热到可以沸腾，那么片刻间她就会被生生烤熟。

然而，虽然流水在她周围沸腾到冒泡，奥格比却注意到水流迅速被冻结到冰面上。那么其实水仍然是寒冷的？她的身体变得极度难受，起初全身疼痛，现在火烧一般刺痛。之后她注意到她的气囊自己膨胀了起来，她不得不紧紧抓住以控制它们。

这里的地心引力不是无限的，她突然意识到。但是压强却非常弱——甚至可能是零。零压强则意味着接近无限量级，她的气囊努力适应这个特别的物理环境。她回忆起空气实验室里的真空容器，飞快猜出她刚刚进入了一个巨大的真空。

航船里的水完全排空了。她目光向船里一扫，知道所有东西都已经冻成固态。不久以后那里将没有可供呼吸的流水。如果她是在真空中，她就没有多少时间了。她必须在身体无法承受体内压力之前尽快够到缆线。

她离缆线并不远，大概只有三十个长度。但是现在她不在水里，微弱的引力向上拖拽她，把她拉向冰层。她望向另外一个方向……

下面的情景几乎令她昏厥。

近在身边，在飞船外面，坐落着一个巨大明亮的球体，旋转的色带仿佛正在用另一种变色语言和她对话。一个小一点的黄色球体悬浮在它上方，在巨大球体雾蒙蒙的表面投下一个阴影。巨大球体上还有一个阴影，虽然奥格比不知道是什么的投影，别的什么地方一定有更明亮的光源……

别分散注意力，她告诉自己。如果想要生存，她必须集中注意力在缆线上。然而那些球体看起来如此遥远，眩晕又开始向她袭来。

灵光一闪，她决定试试自己在工厂时用过的重新定位心理戏法。这不是下面，她告诉自己，仍然凝视着球体。这是上面。冰面在下面。

她对应调节着自己的腿，让三个塑料气垫接触冰面，然后松开舱门的转轮。一刻也不耽搁，她朝着断开的缆线在冰面上小跑起来。

是的！她在心里为自己打气，想象着世界颠倒过来。我正在冰面上跑，在冰层最上面，在外面的世界跑……

外面的世界。在她靠近缆线的时候，她明白这是存在的。她根本不在海洋里面。投射出那些阴影的光源她无法看到，所以她一定是在冰层的另一面上。第二个阴影甚至可能就是她的整个世界！

她拾起缆线，脑子飞快运转，几乎没有时间去庆幸缆线的连接处仍然完好无损。

如果她在外面的世界，那么她的整个世界观都一定是错误的。她所认为的"上"其实朝向她的世界的中心；罗浮在岩石层勘探只会打通到海洋的另一边。他们的城市在海洋的外部边缘，里格人脚朝上生活，他们的脑袋则指向海洋中心。是的，海洋是一个球形行星壳，只不过它不像大家假设的那样弯曲。

现在航船已经近在咫尺了，她的身体像被火烧一般灼痛。塑料气垫早就在紧握中冻成了冰，但是她不会放开它们。她把缆线松弛的部分拽向自己，紧紧抓住，调整缆线的连接处。就在这个时候，她的第二只脚因为过度膨胀炸开了。

极大的痛苦如洪水般席卷她的脑神经。她的气囊支离破碎，很快，她麻木地看到自己的体液慢慢从伤口流出。脑海中的某个角落知道，一切都到尽头了。在这里，身体的内压会逐渐与这个陌生空间的真空趋同。她已经离成功那么近……

但是毕竟她还没有死。她无视疼痛，紧缩第二只脚的脚趾，尽全力给伤口施加压力。她感觉到第二条腿在颤抖。还好血流减慢，直至停止。

她不知道自己是怎么回到航船上的。插上电缆，爬进舱门，所有工作都是用第一只脚完成的，关上舱门，移动到浮力控制台。

奥格比需要快速生成压力，压缩空气箱是她唯一的希望。正常情况下，空气是被释放到可调节的浮力舱，而不是主舱的，但是她飞快地操作几个拉杆，改变了真空排气管的方向。就在她感觉生命逐渐从受伤的第二条腿里流逝时，声音接收器里传来空气特有的咝咝声。

充压的过程中，她休息了一小会儿，感觉脚上的疼痛减弱了。主舱的地板上也结冰了，她知道她没机会再呼吸了。余下的事情就是把自己在下面的发现传播出去。

她尽量避免用劲，直接按下扬声器上的接收装置。这个装置是用于在水里发声的，而不是在空气里，不过她的身体似乎可以充当一个合适的媒介。很快，她听到几个微弱的单词：

"橙色，绿色，蓝色，黄色。请回答。橙色，绿色，蓝色，黄色。请回答。"

他们在呼叫她，尽全力通过声音拼出代表她名字的颜色。

她用声音回答，以为会很痛苦，然而相比遍体鳞伤的感觉，在空气里发声的感觉说得上舒服了。他们的回应很快发了过来。

"收到。收到。你在哪里？入口这里有漩涡。"

漩涡？深井的爆破居然引发了漩涡！现在她什么都明白了，漩涡是海水在海洋的巨大压力下，通过冰层被吸入零压力的外部世界时所产生的。

她开始解释目前这个情况，不管正在收听的是谁。虽说用颜色来讲述也会非常费劲，更别提仅仅用微弱的声音念出单词了，但不管怎样，她设法成功传递了基本信息：她找到了外部世界。

她告诉他们，下一次科考他们应该带上压力服、加热器、保温防护罩、滤光器、照相机以及记录设备。她告诉他们去看彩色的球体并找出它们能告诉里格人的其他宇宙信息。

直到对话进入尾声，她才意识到整个对话只有波罗一个听众。透过电子信号，他的声音没有任何情绪，但是不知怎么回事，在他向她说再见的时候，她仍然感觉到了。

"当你来到外部世界，我们再相会。"

奥格比斜靠在残留的冰水里，目光透过舷窗落在遥远的下方她刚刚发现的巨大球体上。球体是不是在用颜色和她对话？她迷迷糊糊地想着。它是不是在告诉她宇宙的所有秘密？她努力思考，但是最后一丝注意力只能集中在球体那突出的形貌上，球体同样凝视着她。当奥格比的意识最终逝去时，她脑海里最后的影像是那个巨大的、红色的圆点。

后　记

故事结尾出现的红色圆点是用来暗示的。很明显，这个故事发生在木卫二[1] 上面。木卫二是木星[2] 的一个冰雪卫星，冰层下面是广阔的海洋。尽管木卫二表面温度非常低，但海洋部分由于潮汐摩擦加热现象，并没有冰冻成固体，这种现象产生的原因是木星和另一颗卫星木卫一交替牵引导致木卫二的轨道偏离。木卫二与木星之间距离的轻微偏离，使木卫二上产生了循环重力，其循环周期和木卫二的轨道运行频率一致。为了便于计算木卫二上面的这种重力，这个故事用"循环时间"来表示木卫二的轨道运行周期单位。木卫二冰层下的里格人是一种在木卫二的海洋里生活的高级生命体，其构造大致类似章鱼。食物链形成于海底热泉的水热循环，和我们熟知的深海生态系统类

---

[1]木卫二外层分布着厚度达一百千米的冰层，由于其存在的内部能量源，冰下深处或拥有液态水世界，被认为是太阳系中最有希望存有生命的地方。——作者注

[2]木星是太阳系中体积最大的行星，表面有个大红斑，位于木星赤道南部。——作者注

似。但是里格人并不像大部分地球海洋生物那样浮力平衡。相反，他们的五个肢体中各有一个气囊，把他们带到木卫二冰冻层下面的海洋顶部（假设里格人通过某种生化反应产生气体来充满气囊）。冰冻层没有水热循环，所以他们所有的食物来自海中浮游的类似鱼类的有机体。

这个故事是从里格人的视角展开的：冰层外面是他们认为的"地下"，而气囊推动的浮力方向被他们定义为"向下"。在他们的视角中，他们是走在"地面"上的，并由"重力"所牵引。而从在木卫二之外的我们的视角看，他们只是被浮力所影响。

这篇作品通过颠倒我们通常的视角创造出了一些不寻常的情景。我们人类在登上极限高度的时候并不会感到害怕，但是这却会引起奥格比的"恐高症"——并非害怕坠落，仅仅因为"向上"爬得太高。

在我们人类看来，这种恐惧类似戴水肺装置的潜水员潜入深海。潜水员一般会佩戴一个浮力调节装置，就是我们所说的 BC，可以根据需要充气或放气。如果潜水员没有正确地调节 BC，潜入压力过高的区域，就会导致 BC 完全被深水压力挤压变形，浮力减少，也就是说，会导致神志昏迷的潜水员沉入海底。阿基米德定律告诉我们，作用在物体上的向上的浮力等于物体所排开液体的重力。潜水员的 BC 被压缩得越小，排开的水就越少，产生的浮力也就越小。快速翻转这幅画面，所看到的情形正是故事开头奥格比所惧怕的：她没有能力应对外部压力，并且她的气囊可能被压缩到极点，浮力基本消失。从她的角度来看，浮力就是所谓的重力，所以当她登山的时候，"重力"在消失。

希望以上的解释能够为故事里其他一些奇异的现象提供物理理论基础。我有过一个想法，把这篇故事作为长篇故事的开篇，让奥格比在后面的章节里在木卫二表面被人类探险队救起。现在这个版本没有明示后面可能发生这样或那样的展开，所以这篇故事算不上悲剧结尾。你的想象可以让故事继续下去。

肯·沃顿

本职是圣何塞州立大学天体物理学教授，《地下之上》是他发表的为数不多的科幻小说之一，广受好评。

德里克·昆什肯 / 文
罗妍莉 / 译

长跃号
Long Leap

罗伯特隔着栅栏，凝望着"长跃号"飞船这座天空之城的圆柱形城体，目光中带着冷然中正的渴盼。蜿蜒的地面上点缀着塑料和砖木修造的房屋，层层叠叠的水培花园、橡胶运动场和人行通道间的空隙里，到处都是圆形露天剧场、游泳池，甚至散乱的竹林。八百米开外，船头被铜墙铁壁罩住，"舷梯通道"从船体中心向四面八方延伸出去。船体之外，星际空间豁然洞开，无边无垠，而这漆黑如墨的虚空中的某处，正是他们最终的目的地。

"长跃号"城中渐渐暗了下来，行人越来越稀少，黄昏仍零星有几个人在外游荡，远远看去就像蚂蚁般移动着。罗伯特不觉得自己有杀掉这些人的想法，可他也没把握。他这种脱离社群的心理并不算心理变态或是反社会人格，但医生也没法治。他已经在笼子里被关了八年，只为专心思考假释裁决委员会的关于感受与悔恨的问题。在这场有针对性的灵魂拷问中，他什么也没能认识到。有时候他会怀疑，自己心底根本就没有答案，他其实是个空心之人。

他靠担任飞船天文学家维持生计。没人愿意干这份活。二百多年的星际旅行早已耗尽了人们对宇宙空间的好奇心，而现下，通过光学望远镜研究崭新家园这件事还无法实现，得再等上二百年，然后飞船上的专家信息系统才会开始训练天文学家、地质学家和化学家。眼下，飞船的日常运营基本上都是自动化控制的。飞船上的居民全都是艺术家，只有少数技师、几个遗传学家和几个无聊透了的飞船领航员。

罗伯特熄灭了他那座小屋周围的灯光，躺在微呈弧形的竹地板上。有好一阵子，他只是望着四百米外的地方，望着圆柱形城体的对面以及那儿的房屋。当冲击波袭来时，他几乎还没怎么合眼。

刹那间天翻地覆，他腹内一阵翻江倒海，胆汁上涌，动物本能的恐慌攫住了他的心。罗伯特从陈旧的竹地板上浮起，在半明半暗的光线中翻滚着。他双臂乱挥，一只茶杯和一把木椅砸中他的手臂，又弹了开去。有人在尖叫。他飘到了笼子的侧面，死死抓住栅栏不放。漫长的几分钟后，失重状态才终于结束，他也随之滑落在地。他将面颊紧贴在光滑的竹地板上，听着邻居们的尖叫声和哭声，感觉自己的心跳渐渐放缓。

他爬到自己的工作站，把座椅拖回原位，调试望远镜查看传来的信号。首先上线的是红外线望远镜，在它的视野中，有两个圆盘状的东西闪烁着，一个小而冷，另一个则是行星大小的温暖天体——两个从未见过的天体。而周围所有的参照星系也通通消失了。他们偏离了航线！

他悚然瞠视着。事态太严重了！他们二百五十年前离开地球，数十年来一直靠系统内加速和重力助攻航行。他们原定于二百年后到达鲸鱼座天仓五。一直以来这都是事实，不曾动摇过，直至此刻。

光学望远镜也上线了，却没有显示任何盘状物。他眼周的肌肉困惑地收紧了。他设定计算机进行新航线的绘制，自己则在强烈的恐惧中挣扎着。

* * *

作为唯一的天文学家，罗伯特获邀参与了紧急全船会议。飞船上的市政厅几乎从来没开过什么重要会议，这里光滑的内墙以溶解的风化土铸成，平时主要用来举办艺术展、科学博览会和小型婚礼。这是一个只有四千人的社群，几乎没有行政管理的必要。经过了漫长的二百五十年，繁衍生息了九代之后，每个人对自己该做些什么都心里有数。

市长是位剧作家，年轻时靠喜剧创作功成名就，随着年龄的增长，现在的他成了一位和蔼可亲的政治家。为诗歌节举行开幕仪式或主持颁奖典礼的时候，他宣纸般松垮的脸部皮肤上总洋溢着平易近人的微笑。与会的还有飞船遗传部和维修部的主管，以及艺术家联盟的四位成员——分别专注于戏剧、音乐、文学和塑料艺术。

带罗伯特来这儿的是萨拉·萨勒斯，他的假释裁决委员会的成员之一。她是位冷淡而迷人的细菌遗传学家，总是习惯性地表现出一副假惺惺的模样，这实在令人遗憾。她把他丢在大会议桌旁边，任由他在那儿坐立不安。谁都不肯看他的眼睛。罗伯特盯着自己的记事本，知道在一个个家庭显示器背后，有四千双眼睛关注着会议的进程。

"今天早些时候，我们经过了一个黑洞。"他说，"我们事先没有侦测到它，因为它是从我们的船尾方向接近的，与我们的飞行航线呈高角相交。我们的航线已然改变，不会再前往鲸鱼座天仓五了。三点三万年后，'长跃号'将会到达一颗红矮星，距此处大约四百光年。"

虽然市长事先经已听说了这一消息，但他的表情仍然扭曲着，仿佛在跟嗓子里的一根鱼刺较劲。不管罗伯特接下来会说些什么，市长解决掉鱼刺这事都可以说是希望渺茫。

罗伯特接着往下说："黑洞有一颗脉冲星伴星，几乎正好就在我们的航线上。而这颗脉冲星有一颗行星，这是我们唯一的希望。我们既可以将这颗行星用作引力助推，以调整飞船航线，前往另一个新的目的地；也可以将我们绝大部分的挥发物储备用作核能引擎的反应物料，让我们进入环绕行星的轨道。"

"没发现黑洞我能理解，"遗传部长开口道，"可是原先的那些天文学家怎么会连脉冲星都没发现呢？"

她是个身材高挑的女人，年纪与市长相仿。罗伯特看着她，观察着她的紧张情绪。但他自己并不紧张。"脉冲星会喷射出无线电波流，"他回答，"如果我们没处在喷射的平面上，就无从发现这些电波。喷射平面外的电波非常微弱，我们都没能发现。"

"罗伯特，你觉得最佳方案是什么？"市长发问道。

"两个方案各有风险，"罗伯特停顿片刻之后才回答，"我已经开启了模拟运算，但还得过几个小时才能知道答案。"飞船要再过十一周才会抵达脉冲星所在之处，在这十一周里，大家的弦都绷得紧紧的，投入疯狂的准备工作当中。他们进行了成千上万次模拟，搜寻着任何一颗宜居星球的踪迹——要是他们可以将脉冲星用作重力助推器，移居其他星球，就不用经停脉冲星的伴星了——可是却连半点影子也找不到。还有九周就要到达脉冲星的所在地点时，他们开始减速飞行，却担心即便是以这样的速度，对引力捕获来说还是太快了。

这个饥饿的黑洞处于休眠状态，只能借由引力发现其存在。它的伴星是一颗年代久远的脉冲星。脉冲星在诞生之初每秒旋转成千上万次，向宇宙深处蓬勃抛射出巨大的磁场，但磁场会减缓脉冲星的旋转速度，而旋转反过来又会消耗磁场的强度。这颗脉冲星古老至极，每秒只旋转两次，磁场强度则已衰减到不足一万高斯。

罗伯特疲于应付各种各样的科学问题，身心麻木，烦躁不堪。他眼睁睁看着其他人被愤怒、沮丧和安全感的丧失所折磨。大家过惯了平静无波的日子，对迫在眉睫的灾难缺乏准备。他的邻居们一天比一天不爱动弹，话也说得越来越少，人人都好像鬼鬼祟祟的。这些人的不安也深深影响了罗伯特。他们每天都会召开各种会议，讨论的议题包括模拟运算、望远镜观测和可行航线，以及其他各式各样的物理学问题。

如果说这场灾难也有什么好处的话，那就是他终于可以在笼子外面自由活动了，尽管充满了虚伪的气息。他并没有彻底完成改造，大家都知道，他抄起一件重物，就能把别人的脑袋砸开花，这隐约让人觉得不安。从笼子里出来以后，他不单单暴露在外界的种种刺激之下，同时，喃喃低语的诱惑也在不断啃噬着他的内心。他假装自己没问题，大家也假装喜欢他。

当他们接近轨道捕获点时，推进力倍增，"长跃号"整艘飞船都在持续不断地颤动。在诡异的加速过程中，行人跟跄，婴孩啼哭。市长邀请罗伯特前往市政厅，与危机应对团队的其他成员一同观看轨道捕获过程。巨大的屏幕上播放着脉冲星圆盘状的身影，分别以无线电、红外线、可见光和紫外线的形式呈现。全城都在专心致志地观看着来自市政厅的视频输出，他们将脉冲星命名为"希望"。

没人注意到，看了一小时视频之后，罗伯特解开了自己身上的束带，偷偷溜出了市政厅。他悄然潜行，穿过砖石铺就的昏暗街道，在房屋间穿行，沿着他儿时为避人眼目而走过的那些小路向前走去。一路上，透过扇扇门窗，他只看到电脑屏幕闪动的微光照亮了一张张水培桌和一个个鱼缸。

在玛丽·朗格勒的屋外，他止步于屏幕的微光无法照亮的黑暗中，完全投入飞船的加速移动中。整个世界倾斜了，与他的审美观完美贴合。她身处屋内，系着安全带，背朝罗伯特，房门洞开，正在观看视频。飞船甲板在他们脚下隆隆作响。他想象着进入房内再大开杀戒一回，简直不费吹灰之力。只要愿意，这待宰的羔羊就只有死路一条，只要他愿意。那么他愿意吗？如果他再开杀戒，他们肯定会把他的身体送去回收再生的。他在乎吗？别人怎么就能忍住不杀人呢？是谁把他身上的开关摁向了错误的一边？

他心中什么也没有，没有紧张，没有期待，也没有恐惧，只有各种纠结的选择。要是用皮带勒死人，那会有点笨手笨脚，要掐死一个老太太，光凭两只手就够了。趁她看视频的当口，他也可以轻而易举地打开碗橱，找个壶出来，狠狠敲在她的脑袋上，直到她不再尖叫。会有人来，他们会终止那些毫无意义的问题。他爬得更近了些，她灰白的长发扁塌在头顶，随着引擎的加速而飘离了她的双肩。她离他仅有两步之遥，仍然没有发现他。

罗伯特深呼吸，然后悄悄溜了回去。转过两座房子，就是他的家，他的笼子。他钻进笼中，转过身，大口喘着气，手有意识地搭在未锁的笼门上。他没有钥匙，锁不了笼子。虽然是在自己家里，但他心口一紧的感觉却再度升起，什么都保护不了"长跃号"免于他的魔爪。

同样显而易见的还有一种尴尬的感觉。他已获得了事实上的假释，如果再自己钻到笼子里，这就不仅明明白白承认了大家对他的怀疑，而且无异于将这种怀疑公之于众。他早就受够了别人虚情假意的客套话和刻意装出的笑脸。他拿了条短裤，卡住笼门口，然后一头栽到床上。他给自己系好束带，努力让自己入睡。

脉冲星的轨道捕获只不过是权宜之计而已。那位置也不靠近富含挥发物的小行星——根本连一颗都没有。而且，当他们处于最接近脉冲星的位置时，潮汐力还十分危险。

那么就只剩下唯一的选择：在五十四天内，利用最后仅有的挥发物储备，进入他们称之为"垫脚石"的那颗死寂行星的高椭圆轨道中。如此一来，他们就只剩下大气、土壤、水和一个供着陆器使用的储备罐中仅有的挥发物。一旦无法获取更多挥发物，他们就只有死路一条。

罗伯特和遗传学家们每天耗费十到十二小时，竭尽全力向专家信息系统学习行星学、地质学和火箭科学。参与工程学、材料科学和化学课程的艺术家们同样学得热火朝天。二百多年来，"长跃号"一直是个由艺术家组成的社会，先前定的目标是为了对外星进行地球化改造而努力，可如今大家却突然间全都变成了菜鸟科学家，好在几周之内抓住最后的希望。

罗伯特对"垫脚石"进行了观察。光学望远镜对此几乎毫无作用，但在群星的参照下，他发现这颗星球的大气由二氧化碳、一氧化碳和氮气组成，并检测到羰基镍的痕迹。每十一天，"垫脚石"便会绕脉冲星一周。由于受到潮汐锁定，这颗星球的一面永远泛滥着无线电波。作为行星它体积不大，但质量极重，星体大部分应该由铁构成，它强大的磁场可以作为佐证。如同水星一样，"垫脚石"可能也曾是一颗体积比现在更大的类地行星。当初形成脉冲星的那颗超新星摧毁了它原先所在的行星系，"垫脚石"的行星壳和行星幔肯定也在爆炸中被破坏了。同归于尽之后，"垫脚石"仍然围绕脉冲星旋转。它的温度让罗伯特感到惊讶，既然只有来自脉冲星的无线电波和微波，它本应比冥王星或创神星都更寒冷，但是"垫脚石"某些地区的温度远高于 0 摄氏度。来自脉冲星的无线电波流每秒闪烁四次，令射电望远镜一无所见，整个射频频谱也充斥着噪声。这颗行星在无线电波段中持续不断地嗡嗡低鸣，如同一座刚刚受到撞击的钟。令人费解的是，每隔几周，无线电波段中的静电声就会变得杂乱无比，持续大约二十分钟，那震耳欲聋的响声盖过了其他的一切声音。

众人的欢呼声在"长跃号"中空的圆柱形城体中回荡。罗伯特微笑着，有那么一个短暂的片刻，他感到自己仿佛是其中一员。这很奇怪，大家本来应该待在家里或是在工作的。罗伯特登上通向飞船轴心的那座梯子，身后跟着另外两人。在轴心处的微重力环境下，他们牢牢抓住通向气闸室的扶手，飞船以他们为中心旋转。罗伯特引领他们来到已经准备就绪的着陆器，自己坐在副驾驶席上。即便经过这段时间以来的训练，要论物理学方面的造诣，也无人能与罗伯特匹敌，所以现在由他担任领队。细菌遗传学家萨拉·萨勒斯也在，神情冰冷，身形苗条。担任驾驶员兼工程师的则是低调的工程技师杰奥尔吉·圣保林。

发射区的边缘是旋转着的发射台，外部即是群星闪烁、浩瀚无垠的虚空。从舷窗左侧其实看不到脉冲星，但罗伯特却觉得自己看到了一个黑色的盘状物。这绝无可能。脉冲星直径仅为二十五千米，距离他们却有一千一百万千米之遥，而且暗淡无光。

接着他们飞出了"长跃号"。过去的二百多年来，他们是第一批离开飞船的人。推进器推动着他们向行星飞去，他们开始着陆。"垫脚石"完全是墨黑一片。它的剪影吞噬了群星，遮蔽了背后的太空，形成一片巨大的黑色暗影。他们此前已经发射过一个机器人着陆器，上面安装了自动化气体提炼系统。机器人着陆器倒是安全着陆了，不过，强烈的无线电和微波静电完全干扰了它与"长跃号"之间的通信，他们还需要把机器人着陆器收集的挥发物带回去。杰奥尔吉用激光探测着飞行路线，他们在距离机器人着陆器几千米处降落，在半重力环境下扬起厚重的尘埃。

他们几个人在气闸室激起回响。这个密闭空间原本设计得可以一次性容纳数十名移民和装备。窗外，群星在漆黑的地平线上闪烁。着陆器外侧的灯光照亮了厚厚的积雪。雪花仿佛是顺着整齐划一的线飘落的，一片接着一片，绝不偏离垂直路径。柔软的灰雪开始在玻璃上凝结。气闸打开时，汹涌的无线电静电波在他们耳中激荡，浓重的二氧化碳气体裹着沿精细的轨迹飘落的雪花随之涌入。

"这是什么？"罗伯特问。萨拉用棉签蘸了点雪，放在手腕上的移动分析器上。

"四羰基铁。"她说，"还有钴和羰基镍的成分。"

罗伯特说："这些化合物具有磁性，落下时都遵循磁力线的路径。"他将手电射向上空，成百上千道仿佛沿线下落的灰色雪片消失在头顶吞噬一切的黑暗之中。"毒性如何？"

"极大，"杰奥尔吉答道，"不过我们的防护服目前还可以保护我们。"

萨拉爬下梯子。盏盏射灯照亮了银装素裹的地面，他们的着陆推进器将地面刮擦得高低不平，漆黑而发亮。罗伯特也跟随在她身后，进入了这闪烁而空旷的地方。羰络金属雪花在地面上覆盖了光滑的一层。无论他将手电射向何处，"垫脚石"都把灯光反射回来。他们耳机里始终诡异地响着无线静电的声音。

萨拉从坑底刮下一点物质，放到分析器上。那是铁，还含有少量的镍、钴、铜、金、铱和铂，全都是在地球、火星或水星的核心中发现过的物质。他们移动到地面隆起的位置。灯光刺透了周围的一片黑暗，目之所及尽是结构怪异的低矮丘陵。在他们脚下，在视线所达之处，无数闪亮的针状物戳向星空的方向，仿佛连成了一张地毯。有的不过几毫米高，有的则比他们还高大，"分枝"向旁伸出，与粗大的主干垂直相交。

"真奇怪。"杰奥尔吉喃喃低语。他的声音被风暴般巨大的无线静电噪声所淹没，仿佛从很远的地方传来。罗伯特踢踢地面，抓起一把黏糊糊的粒状物。

"感觉跟泥土差不多，"他边说边撒了一点到分析器里，"是由铁质微粒、羰络金属，以及某些含氮和碳的金属化合物组成的混合物。"

他在静电的嗞啦声中说道："对一颗没有行星壳和行星幔的行星而言，这或许就相当于泥土了吧。"

灰中泛红的雪片弄脏了他们的面罩外侧，擦也擦不掉，在上面留下一道道不透明的条纹，干扰了他们的注意力。体温透过防护服外泄出来，这微弱的热气融化了雪花，羰基铁和羰基镍在防护服上形成了层层薄膜。

"为什么到处都是这些小尖刺呢？"杰奥尔吉问道，"是某种类型的植物吗？"

"这种地方什么东西生存得下来？"萨拉反问，"既没水，也没光，什么都有毒。"

罗伯特跪下来，用分析器观测着雪片。"说不定是矿床呢。雪花按照磁场线分布的路线下落，沉积在这些尖刺上。"他上下移动着分析器，上面显示着磁力读数，"'垫脚石'的磁场强度接近一百高斯，脉冲星的磁场强度将近一万高斯，这两颗星球的磁场说不定在它们之间的某处汇合了。"

"我不知道，"萨拉在静电声中说，"如果羰基铁和羰基镍能像雨点一样落下的话，那最初让它们挥发的能量是从哪儿来的呢？它们太重了，而且——"她边说边掸着杰奥尔吉的双肩，将泛着灰色的粉末抖落到空中，它们沿着整齐的线条下坠。"这种雪在我们身上也会堆积，可我们又不具有磁性。"闪烁的细小雪花似乎掉落得慢了些。"眼下我们最应该操心的是确保这些尖刺不会刺破我们的防护服。"罗伯特说，"我们最好马上动起来。"

他们嘎吱嘎吱地踩着雪，走下山丘，一路折断或是弄弯了许多金属丝和金属棒。在有些地方，这些金属物质茂密得像草一样。他们绕着高大闪亮的柱状物前行，与主干垂直相交的枝杈如长矛般水平伸出。罗伯特慢吞吞地迈着步子，踩过粒状的泥土，弄断了低处的根根尖刺。浅灰色的尘土从金属棒顶端掉落，向上飘飞。罗伯特摇晃着一根刺。

"难道那玩意儿不该往下掉吗？"他问。上升的尘土飞出他们的灯光所及的范围，消失在高处，下落的羰基铁雪花包裹着灯柱。

萨拉举起分析器，想要捕捉住一点样本，但尘土却挪向一边，继续慢慢悠悠地向上飘升。无论他们用什么办法，那尘土都避开了他们戴手套的双手、分析器和棉签。最后，他们只好把分析器套在枝条末端，摇晃着那枝条，才终于弄到点尘土。

"对羰基铁来说，这儿的温度太低了，根本无法蒸发。"萨拉说。

"它总是避开我们的手，好像带电似的。"

"为什么只有金属棒的顶端才有静电荷呢？"萨拉继续追问，"要说有的话，那顶端跟其他部位应该具有同样的电荷才对。"

罗伯特在笨重的防护服中耸了耸肩。他们继续勉力前进，穿过了布满铁刺、高低起伏的旷野。三十分钟后，一行人抵达了机器人着陆器。跟罗伯特他们乘坐的楔形着陆器一样，这一架也有二十八米高。在脱离"长跃号"之前，两个着陆器都已经安装了空气压缩装置和储存罐，以便为"长跃号"上的核动力引擎带回反应物料。但这台着陆器上的装置似乎并没有运转的迹象。

连在其中一根着陆支柱上的梯子已经布满了垂直的尖刺，罗伯特对其进行了扫描，审视着磁场。磁感线随着羰基镍雪花向下延伸至尖端处，细小的粉末在尖端上层层堆积，叠成不可思议的高垒。

罗伯特爬到进气阀前，大气在此处被吸入，并进行压缩和储藏。仪表板显示，储存罐仅仅充填了 15%，因为铁刺堵住了过滤器。萨拉和杰奥尔吉从其他进气阀处传来了同样的消息，电子仪表板和管道内部的情形也差不多。

"我们能用手清理尖刺吗？"杰奥尔吉在铿锵的静电声中问道，

"工作量是很大，不过我们需要那燃料。"

罗伯特没回答，他不知道该怎么回答。把这样的任务压给他，他感觉并不公平。他懂什么呢？他不过是个业余天文学家，却被过甚其词地吹嘘成科学家。并不是每个故事都能有圆满的结局，有的故事就是全灭结局。微细的羰络金属雪片放慢了速度，遵循着既定的路线，落到尖刺上，堵住了他们的机器。

"我知道该怎么办了。"他突然说道。

他们有一些用于运送液化气的软管，还有个可以充气的圆顶罩，跟原先的移民们曾经在月球和火星上用作临时安置所的那种差不多。他们将软管连接到着陆器内的氧气罐上，近距离地朝着铁刺喷射。细小的铁刺在纯氧中燃烧起来，除掉了沉积物，还引燃了其他闪亮的铁刺。不出半小时，着陆器就差不多干净了，只有某些部位还覆盖着微细的铁锈粉末，脆弱易碎的铁锈柱体附近也没了磁感线的踪迹。

然后他们将圆顶罩盖在着陆器上，为了将就着陆器的尺寸，又不得不做了些裁剪，再将罩子重新封好。过了一小时，他们已经给圆顶罩充好了气，重新开始将"垫脚石"上的大气经由过滤器进行加工。

一行人进入着陆器中，在船员起居舱休息。他们全身散发着混杂了汗味、污浊空气味和羰基铁味的臭气。起居舱可容纳十人，于是他们在绰绰有余的空间里洗漱吃饭。罗伯特观察着萨拉和杰奥尔吉。据他所知，他们俩在这次行动之前，几乎互不相识。而现在，他的队友们却兴高采烈，互相开着玩笑，笑得上气不接下气，友善地将脑袋凑在一起，互相拍打着肩背。虽然他们的笑声紧绷绷的，透着焦虑，两人却互不相让地比赛着，给这颗行星重新起了一个又一个名字："别踩""针线包""银莲花"。

他们降落在一个条件恶劣的世界，努力跋涉了危险的几千米路程，重新启动了着陆器，可以带着他们离开黑暗的脉冲星和它这颗荆棘遍布的伴星。他们当然觉得应该庆祝一下。他自己也这么觉得。这两个人，在共同经受了考验之后，突然间比他认识的任何人都更加亲近了。不过，他自己离能跟人家拍肩膀什么的还差得远呢。他也笑不起来，心中隐隐觉得不安。

多刺的铁矿床是个谜，需要有所解释。在静电的作用下，金属刺尖端的尘土不落反升，这肯定意味着什么。这颗行星的温度也一样。这次行动和"长跃号"上的每个人都前途未卜，意识到这一点很重要。

一个阴险的念头让他浑身打了个激灵。他最近都没再想过要杀谁了，也没再列举各种杀死身边人的方法。他既没有感到冲动，也没有刻意去遏制，心中奇怪地是空荡荡一片。他的内心隐匿起来了。为什么呢？按照他在这次行动中扮演的角色，他完全可以把每个人都干掉，不仅仅是这儿，整个"长跃号"都可以。他怎么知道自己的潜意识里此时此刻并没有这种计划呢？如果他没有真正地脱胎换骨，如果他真的想要摧毁"长跃号"，要想妨害这次行动，再也没有比这儿更合适的地点了。他们需要他，只有他一个人知道该怎么办。如果他内心真正想要的是杀戮的话，那他只需抑制住心中的直觉——正是他的直觉帮助他们顺利进展到这里，他只需拒绝回答某个关键的问题。用纯氧烧光铁屑的想法还算不上真正的考验，随便哪个化学家或工程师最后都会想到这个办法。真正要动脑的，还是搞明白那些尖刺、静电荷和枝端积尘到底是怎么回事。如果他找到了答案，拯救了每一个人，那他就明白自己真的已经变了，再也不会是杀人犯了。

杰奥尔吉在他背上猛地一拍，吓了他一跳。"干得漂亮，罗伯特！既然我们已经走到这一步了，看起来完成任务应该不是问题。"面对杰奥尔吉热情的笑容，罗伯特只是面无表情地冷冷盯着他，感觉受到了惊吓。"还有其他问题呢。"他说话的声音之响，未免显得有点过分。起居舱并不大，杰奥尔吉离他又这么近，何况还是这样的语境。他突然觉得前额有点发烫。"我不能……我们不能就这么心安理得地坐着。我们得把这颗行星的情况搞清楚。有些事迫在眉睫，亟待解决，我们还不知道是什么呢。我们必须好好研究这些尖刺和静电，弄明白它们到底是怎么回事。"

他们向他投来疑惑的目光。萨拉抿紧了双唇。她一直都说自己很了解他，罗伯特却始终觉得她误会了。

"要是我们能迅速装满燃料罐的话，"她说，"我们很快就能离开这儿了，然后就可以在安全距离外研究这颗行星。"

罗伯特点点头。他们都正望着他，方才的快活劲已经烟消云散，不堪一击的亲密感出现了裂痕。

"我们应该返回自己的着陆器，让它马上开工。"萨拉提出。

"没错，"他迟疑了片刻，同意了她的建议，"不过我想让你在这儿帮我研究铁矿床，我还需要矿床周围以及地面上方电势和磁场的详细读数。"

"我可以去启动另外那架着陆器。"杰奥尔吉说。

他们结束了用餐。杰奥尔吉穿上了防护服，萨拉重新拿出他们一路上获取的那些样本，开始了研究。罗伯特一言不发地站着，心中怀念着队友们给予他的短暂亲密。他来到工作台边，萨拉的身旁。她多半觉得自己性命堪忧吧。他倒宁可她以为，他说不定正计划着要毁掉整艘"长跃号"。

"要是这些东西是活的呢？"罗伯特看着屏幕问。

他们收集到的这些铁刺，其尖端在电子显微镜下放大了二十万倍。铁刺上布满了孔隙，一条条原子尺寸的通道让他们大感不解，看起来更像抽象的雕刻，而非简单的柱体。尖端凹陷下去，内含多刺的金属。

"要是它们其实是种植物呢？"

"生命需要承载信息，进行复制，犯下错误。"萨拉说，"这种物质虽说是复合体，但复杂程度又还不够，而且也没有细胞膜包裹来避免资源外露。"

"它有规则的结构。"罗伯特说，却不知道该怎样展开自己的论点。他指了指尖端，一层羰基镍包裹着多刺的星形金属，使其固定在尖端。"如果羰基铁和羰基镍遵循的是同样的磁感线的话，那为什么只有羰基镍在尖端富集呢？"

她没有回答，但并不是因为他的论点令人信服。

"这些黄金纳米晶体也让我觉得不对劲，"他说，"它们根本不该参与这种化学反应。"暗色无锋的晶体沿着尖刺的边缘规则地间隔排布。"金是惰性很强的物质，有意思的是，它们的尺寸居然恰好合适，正好可以吸收无线电波，并将能量转化为热量。"

"你是将生热性作为生命的证据吗？"她问。

"我是说，在脉冲星系统中，这些晶体的大小、规则度和吸收射线的特性似乎不仅是巧合那么简单。"

"那你觉得它们的作用是什么呢？"她问。

"我不知道。"他向显示屏上那些尖刺的边缘看去，一圈羰基铁的绒毛附着在尖刺表面。"来自脉冲星的无线电波刺激了黄金纳米晶体，产生热量。羰基铁受热，将纯铁沉积下来。那是不是生长？"

萨拉撇嘴道："羰基铁要到温度远高于 100 摄氏度时才能沉积铁，温度远远达不到要求。"

"我们体内有许多反应，它们发生时的温度也远远低于要求。"罗伯特说，"酶可以降低对能量的要求，万一相当于酶的物质正好被耦合到这些黄金纳米晶体上面了呢？这便是它们的能量来源。"

"酶能生成所需的有用物质，并使其保留在细胞内部。"她说，"如果没有细胞膜，那么你所有的能量和构成身体的物质，都只会白白散失掉。生命必须攫取资源，消灭浪费。就消灭浪费而言，这些金属棒或许很在行，但要论攫取维持生命可能会需要的物质，它们丝毫没有办法。"

罗伯特紧盯着屏幕。

"如果这种生命形式将必需的所有物质和化学能量都附着在尖刺本身上了呢？"他问。

"那这么一来，又有什么能阻止寄生体或是捕食者来享用这顿大餐呢？"她反问道。

"电荷？"

萨拉转了转眼珠。

"这些尖刺每一根都具有磁场和电荷，"罗伯特说，"在这么一颗星球上，万物都有电荷，这种情形下，磁场实际上就跟细胞膜的作用差不多。"

"那能量来源于哪儿？热量又无济于事，生命需要的是化学或光合作用。"

"这就是它们的光合作用啊！"罗伯特突然说，"无线电波可以加热黄金纳米晶体或是产生电流！这些金属棒全都是触角！它们可以产生电能，而我却一直光想着怎么逃离脉冲星！"

四天后，罗伯特坐在他们的着陆器中，萨拉和杰奥尔吉去了野外更远的地方，收集尖刺的样本，好判断它们是否果真有生命。他已经将关于自己的新发明——无线电帆——的想法传回了"长跃号"。就像太阳帆可以靠反射阳光获得推进力一样，无线电帆则可以反射无线电波。这么做不仅可以帮他们离开这个星系，而且只要"长跃号"能维持在脉冲星的射电喷流平面上，还可以令他们加速。计算机需要进行多次模拟分析，帮助他们选择一处全新的星系作为目标，不过他们去往目标的速度可能就会比原计划要快。在"长跃号"周围，已经部署了数千米钢丝网，用于捕捉来自脉冲星的微波，并将其转化为电能。他所取得的成功本该令他更受鼓舞，但他心中却有挥之不去的疑惑，总觉得有什么重大问题他们还没想到。

已经不再有雪落下了，天空一片朦胧，布满了细小的铁屑，正向上飞升。由地向天颠倒着下的雪。如果它们上升的动力仅仅是电荷的话，那么整个区域的静电荷必定正在一点点缓慢上升。而且气温正在持续下降，自从他们着陆以来，"长跃号"上的多部望远镜已经测量到，整颗行星的温度已下降了大约 2 摄氏度。这颗行星原本不该如此温暖的，但事实又确实如此，而热量究竟来源于何处，他们目前尚未得到貌似具有说服力的解释。而如果没有热量来源的话，行星上的大气不可能维持地质学上的稳定。照这样下去，整个二氧化碳构成的大气层会变成源源不断的雪落向地面，时间持续数月之久。

屏幕上显示着"垫脚石"围绕脉冲星轨道旋转，两者相当紧密。"长跃号"则在两颗星体之外旋转着。罗伯特算过了，即便接收到的所有无线电和微波能量可以点滴不漏地转化为电能和热能，也仍不足以弥补散失进太空中的热量。他们扩大了天文搜索的范围，寻找着黑洞脉冲星系的第三颗伴星，某颗能够散发出热量的星体，或是擦肩而过的距离够近，其引力挤压足以熔化一颗行星的星体。但什么也没有。

显微照片中，一粒粒种子躺在极小的凹陷中，层层羰基镍作为缓冲垫和黏合物。在行星此刻的温度下，羰基镍是液态或固态的，但一旦温度达到 60 摄氏度，它就会爆炸。罗伯特已经做过测试，将一段剪切下的微小尖刺连着末端，一起放在一个小盒内，盒中充满高浓度的二氧化碳气体。当温度达到 63 摄氏度时，在羰基镍爆裂的驱动之下，种子便会被抛离尖刺末端。尽管还算不上确切的生命迹象，不过恐怕也很难找到更具说服力的证据了。可以看出，这些尖刺就是这个世界中的植物生命。不过行星又是如何达到足够的高温，引发种子的抛射的呢？

屏幕上，磁场循精细的线条弯曲着。在这团迷雾中，罗伯特确定自己不仅能找到任务的答案，对于自己的内心，他也可以弄个水落石出。无论答案是什么，但凡是能够令整个行星温度升高的，也必定能毁灭"长跃号"。他们唯一的希望，只能寄托在弄明白这是怎样发生的，何时发生，并确保这一切发生时"长跃号"没有身处其中。尽管他的同伴们学习速度很快，但他知识的广度和深度都超过了他们。整艘飞船如果想要幸存下来的话，那他便是最能指望的那个人——除非假释裁决委员会失败了，多年以来对他进行改造的心理学家们失败了，他为了重新成为社会一员而付出的浑浑噩噩的努力失败了。那样一来，整整九代人的牺牲将付诸东流，繁衍生息而成的这四千人将灰飞烟灭。施涡般搅动的磁场吸引了他的注意力，诱惑着他，挑逗着他。

然后他忽然明白了，答案让他的脸和双手变得冰冷：磁场就是热源。"垫脚石"液态的铁核是导体，当这颗行星沿轨道运行，穿过脉冲星巨大的磁场，整颗行星与脉冲星之间便产生了势差。到了某个时刻，当这种势差达到一定强度，便会发生放电。

闪电。阵阵闪电。整颗脉冲星的电能，击向它远在一千一百万千米外的伴星。那样强大的能量，即便只稍微释放出一小部分，即便是"垫脚石"这样并不理想的导体，也足以将整颗星球加热到远超60摄氏度的高温，同时产生他们之前在来时路上听到过的那些神秘的无线电噪声。

行星表面的尖刺、这些触角植物，以及铁化合物构成的土壤，都能在上千摄氏度的高温中幸存。而人类却不能。如果持续暴露在几百摄氏度的高温下，那两艘着陆器也同样无法幸免，如此一来，"长跃号"就会陷入无挥发物可用的困局。

沉重的羰基铁飞尘已经弥漫了天空，它们乘着行星不断增长的静电荷，笔直地升入空中。如果电荷已经达到这样的强度，那闪电也就不会远了。"长跃号"目前位于椭圆形轨道的远端，多半还是安全的，但对还逗留在"垫脚石"表面的三个人来说，却已经没有时间了。

"萨拉！杰奥尔吉！快回着陆器!!"罗伯特冲着无线电设备大喊，"我准备马上起飞！"

罗伯特开始加热核引擎，并直接将未经加工的大气引入燃料舱内填满。二氧化碳固然是沉重的反应物料，但若是引擎够热，仍然可以令着陆器摆脱行星的引力起飞。他在另一架着陆器上也远程启动了同样的程序。

设备里传来萨拉和杰奥尔吉的声音，要求他进行确认。他大吼着要他们赶紧到着陆器这儿来。他们还离得很远，大约有一小时的路程，而放电随时都有可能发生。指示器显示，核引擎不到四分钟就可以准备就绪。空中满是上升中的铁孢子，或许它们会一路飞向脉冲星吧。反过来，空中什么也没有落下。说不定他明白得太晚了。即便着陆器试着起飞，在放电过程中也仍然可能遭到击毁。那样的话，他就知道自己杀掉了这四千人，尽管知道以后，他也活不了多久了。

两分钟，引擎加热便可完成。至少还得再过五十八分钟，萨拉和杰奥尔吉才能返回着陆器，他能等吗？

也许这就是他的答案，矛盾纠结的答案，跟他本人一样。他解开了这颗行星之谜，说不定解决的时间还算及时，还足以拯救"长跃号"，但显然已经来不及拯救他的队友们了。

离点火还剩一分钟。萨拉和杰奥尔吉最少还得再过五十七分钟才能返回。

他穿上环境防护服，完成了安全检查，此时着陆器上的核引擎显示已经准备就绪。他在气闸室外，踩着这片布满铁锈的小小土地，嘎吱嘎吱地走。他穿过帐篷的门，来到一片空地，他们的靴子和探测车踏平了这里的植物，将尖刺夷为平地。队友们还得再过五十分钟才能赶到，他犹豫着，感到一阵风紧扑过来。

血迹是擦不掉的。

罗伯特顺着手电光照亮的圆锥形灯柱艰难地跋涉，躲在一座低矮的小丘后面。他往手腕上的平板设备中输入指令。过热的二氧化碳在帐篷内发出绚烂的光芒，随后气流将帐篷撕成千万碎片。着陆器升入空中，将携带的燃料带回"长跃号"。罗伯特注视着三千米外，另一架着陆器也拔地而起，发出耀眼的光。

如果两架着陆器都能顺利返回"长跃号"的话，那飞船上的人就能再派回一架来，把他们接回去。不过他怀疑时间已经来不及了。罗伯特现在只在乎一件事：那就是在两架着陆器离开大气层之前的这三十秒或四十秒内，不要发生放电。

他确实还是在乎的。

他希望着陆器可以平安离去。虽然他和留在地面上的另两人多半死定了，但他至少已将着陆器送回。这是个让人纠结的做法，但他还是微笑起来。

十五分钟后，当天空开始闪耀电光时，他站在布满尖刺的旷野中一座空旷的山丘上。这并不像他从前在书里读到过或在电影里见过的闪电，那电光起自遥远的天际，在漫长的几分钟内逐渐靠近，缓缓蔓延，渐长渐大，最后将整个天空染成明亮的红紫色。空中隆隆作响，尖刺摇曳，大地震颤，接着"垫脚石"的表面爆炸开来，发出炽热的光芒和震裂的巨响。

德里克·昆什肯

加拿大科幻作家。他的短篇小说刊登在《科幻世界》《阿西莫夫》《克拉克世界》等科幻杂志、新媒体"不存在日报",以及其他科幻年度选集上。他的首部长篇小说《量子魔术师》首发中文版并已出版,其续作《量子植物园》也已于 2021 年在中国出版。

罗伯特·西尔弗伯格 / 文

孙薇 / 译 _____

动物星球
Collecting Team

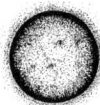

八万千米 [1] 开外，看起来很有希望。

那是一颗大小中等、外观诱人的棕绿色行星，上面并无城市的迹象，也没有任何其他复杂设施的踪迹。我们正想找个这样舒适宜人的地方，好让我们这些风尘仆仆却又徒劳无功的远征者歇个脚。

我转向克莱德·霍德瑞斯，他正木然地盯着温差电偶温度计 [2] 发呆。

"怎么样，你觉得呢？"

"我觉得挺好。那里的温度大约21度 [3]，舒适又温暖，空气也很充足。我认为值得一试。"

李·戴维森像往常一样悠闲地步出货舱，身上还是带着动物味。他手臂上擎着只蓝猴子——是我们在壁宿二上搜集来的，而这只小野兽正顺着他的手臂攀爬。"先生们，我们发现了什么吗？"

"我们发现了一颗行星。"我说，"货舱的存储空间如何？"

"不用担心，我们的空间还够再装下一整个动物园。这次探险收获不怎么样。"

---

[1] 为了阅读方便，译文中所有英制单位均转换为公制单位。——译者注（本篇后文如无特别说明，均为译者注。）

[2] 利用温差电效应制成的一种测量温度的仪器。

[3] 原文为"70 degree"，并未注明是华氏度还是摄氏度，故单位留空。按换算70华氏度相当于21摄氏度，更符合人体适应值。

"的确，"我表示同意，"确实不怎么样。那么，我们是否该下去看看能发现什么？"

"也行，"霍德瑞斯说，"我们不能只带着三两只蓝猴子和几头食蚁兽回地球，你知道的。"

"我也赞同着陆，"戴维森说，"你呢？"

我点头。"我来设置天体图，你们负责照料自己的动物，别让它们因飞船减速而不适。"

戴维森再次消失在货舱里，而霍德瑞斯则快速在航行日志里潦草地做了记录，包括下面那颗行星的坐标，还有大体描述之类的内容。除了担任星际事务局所辖动物学部门的搜集队成员之外，我们也兼任考察船成员，而下方的行星在我们的天体图中被标记为未探测区域。

我透过飞船舷窗瞥了眼那个棕绿斑驳、缓慢自转的球体，有种阴郁的不祥预感。那种每次在全新陌生世界着陆时就会出现的刺痛感又来了。我强忍着，开始寻找着陆轨道。

身后传来蓝猴子愤怒的吱吱声，戴维森把它们捆在了加速摆篮中。

参宿七食蚁兽用低沉、不合调子的鸣叫声，喧闹地发泄着它们的不悦。

这颗行星有生命迹象，很好。飞船着陆不超过一分钟，这颗星球上的动物群就开始向我们聚集。我们站在舷窗处，惊讶地望着窗外。

"这就是你们梦寐以求的盛况。"戴维森说，他紧张地抚着自己的小胡子，"看看它们，那儿肯定有上千个不同的物种。"

"我从未见过类似的场景。"霍德瑞斯说。

我计算了一下剩余的存储空间，以及从外面挤成一团的生物中我们所能带回去的数量。"我们要如何决定带哪些，丢哪些？"

"那重要吗？"霍德瑞斯高兴地说，"我猜这就是所谓的暴富窘境。

我们只管抓十来只最奇特的生物就升空返航，其余的留给下次航行。真是太糟了，我们把时间都浪费在参宿七附近了。"

"我们也确实抓到了食蚁兽。"戴维森指出。那是他发现的，他为此自豪。

我酸溜溜地笑了。"是啊，我们在那里抓到了食蚁兽。"

食蚁兽们发出鸣叫声，响亮而清晰。

"你知道的，在我看来，食蚁兽这种寻常的动物不抓也罢。"

"态度不端正，"霍德瑞斯说，"不专业。"

"又有谁说我是个动物学家了？要记得，我只是个飞船驾驶员。如果我不喜欢那些食蚁兽鸣叫和嗅闻的方式，我不觉得有理由来……"

"看那里！"戴维森突然说。

我从舷窗向外望去，一只新的野兽出现在茂密的植被中。自从被分到动物学部门之后，我见过不少相当奇怪的生物，但这个算是奇怪到了极点。

它体形与长颈鹿相仿，有着长长的六条腿，走起路来有点趔趄；滑稽的长颈上端顶着一个极小的脑袋，眼睛是突出的巨大紫色球体，光秃秃地支在粗大的眼柄顶端；它还有一堆像蛇般扭动着的触手。它一定有七米高。它以优雅到夸张的方式，从聚集在我们飞船旁的兽群中穿过，缓缓接近船体，并通过舷窗向内凝视着我们。它的目光严肃极了，两只紫色的眼睛一只直盯着我，另一只盯着戴维森。很奇怪，在我看来，它似乎想要告诉我们一些什么。

"大家伙，不是吗？"戴维森终于说道。

"我敢打赌，你也想带一只回去。"

"也许飞船上放得下它的一只幼崽？"戴维森说，"如果我们能得到的话。"

他转向霍德瑞斯。"空气分析结果如何？我想要出去干活了。天哪，那野兽的样子真是怪透了！"

外面的那只动物显然完成了对我们的审视，它挪开脑袋，将腿拢在身下，蹲坐在飞船旁。一只长相如同小狗、后背有坚硬的棘状突起的生物开始对着这个大家伙吠叫，试图引起其注意，而后者完全没留意到它。其他形状大小各异的动物还在绕着飞船打转，显然对这个闯入它们世界的新来者十分好奇。我能看出戴维森眼中的渴望，他期待着将这些动物全部打包带回地球。我知道他的脑海里奔涌着什么样的想法。他梦寐以求的是那些在地球之外游荡着的无数种奇特的野生动物，他想要给每个抓捕到的动物贴上一块简明的小标牌，上书：戴氏×类生物。

"空气很不错。"霍德瑞斯突然自试管堆中抬起头来说道，"拿上你的捕虫网，看看我们能抓到些什么。"

这个地方有什么让我不喜欢的东西。这里太过完美，不够真实，我很久之前就知道天上不会掉馅饼了，总有哪里会藏着陷阱。

似乎只有一点确凿无疑。对动物学家来说，这颗行星是个宝藏。看样子，戴维森和霍德瑞斯将在这一大堆可爱的样本中度过他们一生中最快乐的时光。

"我从未见过类似的东西。"戴维森至少第五十次重申。他快速抓起一只略带紫色的松鼠样小动物，好奇地查看着。"松鼠"盯了回来，同样好奇地查看戴维森。

"我们带些这种动物吧，"戴维森说，"我喜欢它们。"

"那就抓吧。"我耸耸肩。我不在乎他们选择了哪些样本，只要他们能迅速填满货舱，让我们按计划升空就行了。我看着戴维森抓起一对"松鼠"，将它们带回飞船。

霍德瑞斯走到我身旁。他携着一只眼睛好像昆虫复眼，皮肤无毛且闪闪发光的"小狗"。"格斯，这只怎么样？"

"很好，"我无精打采地说，"好极了。"

他放下那只动物——"小狗"并没有匆匆逃跑，只是坐在那里对着我们微笑——并看着我。他伸出一只手，捋了捋那快速脱落的头发。"听着，格斯，你整天都很沮丧，什么让你不开心呢？"

"我不喜欢这个地方。"我说。

"为什么？仅仅是因为一般准则吗？"

"太容易了，克莱德。太过轻易了。这些动物只是蜂拥而至，在这里等我们拣吗？"

霍德瑞斯咯咯笑着。"你习惯了挣扎着求生存，不是吗？你冲着我们生气，因为我们这次的任务太容易了！"

"当我想起之前经历的麻烦，还只是为了抓一对臭得要命的食蚁兽，而且……"

"得了吧，格斯。如你所愿，我们会迅速塞满飞船的。但这个地方是动物学家的宝藏。"

我摇了摇头。"克莱德，我不喜欢这里，一点也不。"

霍德瑞斯又笑了起来。他抱起了那只复眼"小狗"。"说起来，你知道哪里能找到另一只这样的动物吗，格斯？"

"就在那里，"我指着那边说，"那棵树旁，吐着舌头的，它只是等在那里，等着让你抓走。"

霍德瑞斯看了一眼，笑了。"你怎么知道！"他捕获了样本，将两只都带到飞船上。

我起身去检查星球表面。尽管我的两个同伴在快乐地抓捕样本，但我无法对这颗行星就其表面看起来的那样照单全收，至少得调查一下。

首先，动物不是按照这种方式生存的——数量巨大，种群混杂，并且快乐地生活在一起。这里的每种动物数量都不多，种类各异，肯定得有五百种了，每种都比其他的看起来更古怪。这并非自然之道。

其次，这些动物看起来都很友善，尽管这种长得像长颈鹿的动物有可能是它们公认的非官方领袖。这也并非自然之道。我还没见过这些动物之间发生争斗。这表明它们都是食草动物，从生态学的观点来看，这是没有道理的。

我耸耸肩，继续前进。

半小时后，我对这个宝藏之地的地理情况多了些了解。我们要么身处一个巨大的岛屿上，要么在某种半岛上，因为我可以看到距此地十六千米的地方有大片水域。我们附近的土地相当平坦，唯有一座有相当规模的小山可供我登上去观察地形地貌。

离飞船不远处，有一片茂密的丛林朝着水边一路延伸，但另一个方向却突然产生断层。我们的飞船恰好停在开阔地的边缘。很明显，我们所见的大多数动物都生活在丛林里。

在我们所处的开阔地带的另一边，是一片低矮广阔的平原，远处似乎与沙漠相连。我可以看到一片不毛的贫瘠沙地，与左边丰饶的林地形成了奇怪的对照。那边有一个小湖。在我看来，这是那种很容易吸引各式动物种群的地方，因为一小块区域内便有各式各样的栖息地。

还有动物种群！尽管我只算个半吊子动物学家，这方面的兴趣与知识都是从霍德瑞斯和戴维森那里耳濡目染的，但仍然不由自主地为这里奇怪动物的丰富性而感到震惊。它们形状大小不同，颜色气味各异，唯一的共同之处就是非常友善。下午游荡的时候，我肯定碰到了上百种动物，它们毫不畏惧地冲我走过来，望了我一眼就离开了。这其中甚至包括六个我从未见过的物种，再加上长着柄眼、看似智慧生物的"长颈鹿"和一只无毛"小狗"。我再次感觉到,"长颈鹿"似乎在尝试和我交流。

我不喜欢这种感觉,完全不喜欢。

我返回空地,看到霍德瑞斯和戴维森还在疯狂地忙个不停,试图将尽可能多的动物塞进我们的货舱。

"怎么样了?"我问道。

"货舱满了,"戴维森说,"我们现在正忙着遴选。"我看到他将霍德瑞斯的两只无毛"小狗"挪了出去,换成了一对长相类似企鹅的八足动物——它们并不介意自己被运到飞船上。霍德瑞斯不悦地皱起眉。

"你要那些干什么,李?那些像狗一样的东西似乎要有趣多了,你不觉得吗?"

"不,"戴维森说,"我宁愿带走这两只,它们是很有趣的野兽,不是吗?看看这些肌肉脉络,连接着……"

"等一下,伙计们。"我说。我凝视着戴维森手中的那只动物,然后抬眼望天。"这只野兽是很有趣,"我说,"它有八条腿。"

"你也成动物学家了吗?"霍德瑞斯问道。他乐不可支。

"不,但我很困惑,为什么这种动物有八条腿,而其他一些动物,有六条腿的,也有四条腿的?"

他们面无表情地看着我,带着专家的傲慢。

"我的意思是说,这里的进化该有某种逻辑,不是吗?地球上进化出了四足动物,金星上的动物通常用六足奔跑。但你们是否见过像这样的地方?进化大杂烩。"

"确实存在一些奇特的情况。"霍德瑞斯说,"天狼三的共生体,北斗六的穴居人……不过你是对的,格斯。这是一种特殊的进化散播方式。我认为我们应当留下来,彻底调查清楚。"

戴维森的表情立刻让我知道，我犯了大错，让事情变得更糟糕了。我决定采取新的策略。

"我不同意。"我说，"我认为，应该带着现有的收获离开这里，稍后再找更多人手过来。"

戴维森轻笑。"拜托，格斯，别傻了！对我们来说，这是生平仅有的机会。为什么要把整个动物学部门都叫过来呢？"

我不想告诉他们，我害怕再待下去。我双臂交叉抱于胸前。"李，我是这艘飞船的驾驶员，你必须听我的。按计划我们只做短暂停留，之后就必须离开这里。别说我是在犯傻。"

"但你就是，伙计！你盲目地挡住了科学研究之路，挡住了……"

"听我说，李。我们的食物供给并无太多富余，这是为了给你们留出更多的存储空间。这是一个绝对意义上的搜集队，从没有在任何一颗星球上延长停留时间的规定。除非你们打算最后沦落到以自己搜集的样本为食，否则我建议你们同意离开这里。"

他们沉默了一下，然后霍德瑞斯说："我猜，我们是无法对此提出异议的，李。我们就听格斯的，现在回去吧。之后我们还有很多时间来研究这里，等我们能停留更久的时候。"

"但是——哦，好吧。"戴维森勉为其难。他抓起八腿"企鹅"。"让我把这些塞进货舱，我们就能走了。"他用怪异的眼光看着我，就好像我犯下了什么罪行。

他走进飞船时，我大声唤他。

"怎么了，格斯？"

"看着我，李。我并不想硬拽你离开这里，只是简单的食物原因。"我撒谎了，以掩饰我隐约的怀疑。

"我知道怎么回事，格斯。"他转过身，进了飞船。

我站在那里，有一阵子大脑放空，然后静心屏气，开始设想升空轨道的事。

到了计算燃料消耗的步骤时，我注意到了一些情况。控制舱那里，供电线垂了下来，乱糟糟的。有人破坏了我们的推进装置，破坏得很彻底。

很长一段时间里，我木然地盯着被人为破坏的推进系统。然后我转身，径直去了货舱。

"戴维森？"

"什么事啊，格斯？"

"出来一下，好吗？"

我等在那里。过了几分钟他出现了，不耐烦地皱着眉。"你想干吗，格斯？我很忙，我……"他张大了嘴，"快看推进装置！"

"你是该看着它。"我厉声说，"真让我恶心。去叫霍德瑞斯来，赶快。"

他去找人的时候，我对破碎的机械做了些小修补。当我把控制面板卸下来，能看到内部的时候，我感觉稍微好受了一些。虽然乱成一锅粥，但还没到不能修理的程度。花上三到四天的苦功，有螺丝起子和焊接条，就能让飞船恢复运行。

但这并没有让我少生气一点。我听见霍德瑞斯和戴维森进来并站在我身后的声音，就回头转向他们。

"好了，白痴们。是你们俩中的谁干的？"

他们俩几乎同时张嘴抗议，我听了一会儿，然后说："一个一个说！"

"如果你是在暗示，是我们中的某个人故意破坏飞船的话，"霍德瑞斯说，"我希望你了解……"

"我什么都没暗示。但从我的角度看，你们俩决定要在这里多待一阵子，继续你们的调查。并且你们认为，让我同意的最简单办法就是破坏推进装置。"我对着他们怒目而视，"很好，有个消息告诉你们。

飞船我能修，几天就能修好。因此，继续吧——继续忙你们的！趁你们还有时间，尽可能多对动物做些研究。我……"

戴维森将一只手轻轻放在我的手臂上。"格斯，"他平静地说，"我们没做过。我们俩都没有。"

突然间，我所有的怒火不翼而飞，原始的恐惧感取而代之。我可以看出来，戴维森说的就是字面上的意思，他是认真的。

"如果你没做过，霍德瑞斯没做过，我没做过——那么，是谁干的？"

戴维森耸耸肩。

"也许是我们中的一个，只不过他也不知道自己干过。"我提出，"也许……"我停下了。"哦，这念头太荒谬了。把修理工具递给我，好吗，李？"

他们离开了，回去照料动物。而我着手修理，将所有进一步的推测和怀疑甩在脑后，只专注按原本的方式，将 A 线和 A 口相连，F 晶体管和 F 电位计相连。维修工作进展缓慢又劳心，到了吃饭时间，我只完成了最基础的准备工作。我的手指开始因精细工作造成的疲劳而颤抖，我决定利用今天的剩余时间休息，明天再继续。

我睡着了，很不安稳，噩梦里不时出现可恶的食蚁兽发出的悲鸣，还有货舱里其他各种动物偶尔发出的长声尖叫、咯咯声、咩咩声和嗞嗞声。真正进入熟睡肯定是在凌晨四点以后了，天亮以前剩下的时光倏地过去了。之后我只知道有人在用手晃我，抬眼望去，我看到了霍德瑞斯和戴维森苍白紧张的面容。

我用力掀开沉重的眼帘，眨了眨眼。"啊？怎么回事？"

霍德瑞斯俯下身，狠狠摇着我。"起床，格斯！"

我挣扎着慢慢起身。"该死的，将同事从熟睡中吵醒……"

我发现自己被推着离开了自己的舱室，沿着走廊到了控制舱。迷糊着转向霍德瑞斯所指的方向之后，我一下子清醒了。

驾驶系统再次被损毁，某人——或者某个东西——将我前一天晚上的维修成果完全摧毁了。

如果我们之间有过争执的话，现在都平息了。如今已经超出了玩笑的范围，无法一笑置之。我们发现，大家又成了一支密切合作的小队，绝望地尝试着解决这个谜团，以免一切为时过晚。

"我们回顾一下情况。"霍德瑞斯说。他紧张地在控制舱里走来走去。"推进装置被人蓄意破坏了两次，我们都不知道是谁干的，每个人在潜意识里都确信自己没做过。"

他停了一下。"这就剩下了两种可能。或者如格斯所言，是我们中的某个人，在甚至自己都没有意识到的情况下做的；或者就是有什么人在我们都没发觉的时候干的。两种都不是什么好事。"

"不过，我们可以保持警惕，"我说，"我的建议是：首先，我们留人值班，换班睡觉，也就是说，在我修好驾驶系统之前，保持有人看守的状态；其次，将飞船上装载的所有动物都弃掉。"

"什么？"

"他是对的，"戴维森说，"我们也不知道自己可能把什么带上飞船了，它们看起来不具有智慧，但我们也不能确定。比如，那只紫色眼睛的"长颈鹿"幼崽，假设它能催眠我们，让我们自己去破坏驾驶系统呢？我们谁能知道？"

"啊，但是……"霍德瑞斯刚要抗议便停了下来，严肃地皱着眉，"我想，我们必须承认这种可能性。"他明显对释放"俘虏"的计划感到不悦。"我们腾空货舱，你来试试能否修好推进装置。也许之后我们会再把它们抓回来，如果没有进一步情况的话。"

我们表示了赞同。在我果断着手修理推进装置时，霍德瑞斯和戴维森清空了飞船上的动物乘客。到夜幕低垂时，我已经设法赶上了前一天的进度。

我登上这艘异常安静的飞船，熬夜值第一班岗。我绕着控制舱来回踱步，抵抗着强烈的睡意，并设法坚持到了霍德瑞斯来跟我换班的时候。

只不过，他刚一现身，就喘息着伸手指向推进装置。它已经是第三次被扯得稀碎了。

现在我们没有借口了，没有解释。这次探险成了一场噩梦。

我只能坚称，在值班时我一直保持清醒，没见过任何人或东西接近推进装置面板。但这个解释很难令人满意，因为它意味着：要么是我的罪过，我是那个破坏者；要么存在某些看不见的外部力量反复破坏驾驶系统。两种假设都毫无意义，至少对我来说。

到现在为止，我们在这颗星球上度过了四天时间，食物逐渐成为主要问题。按我精心规划的航程，我们需要花费两天时间，才能返回地球。但与四天前相比，我们为起航所做的努力仍毫无进展。

动物们继续在外面徘徊，仰望、检视着飞船，几乎是用目光爱抚着它。那只该死的"长颈鹿"一直充满感情地注视着我们。野兽们一如既往地友好，对飞船内部逐渐浓重起来的紧张气氛几无所觉。我们三人像僵尸般走来走去，两眼放光，嘴唇紧闭。我很害怕——大家都是。

有什么让我们无法修好推进装置。

有什么东西不希望我们离开这颗星球。

我透过舷窗望向外面紫眼"长颈鹿"恬淡的脸，它温和地盯回来。在它的周围，当地动物群拥簇着它，还是那些奇特物种凑成的不可思议的大杂烩。

那天晚上，我们三人一起站在控制舱里保持警戒。推进装置还是被损毁了。这次，电线的许多点都被焊到了一起，控制面板都成了个亮光闪闪的合金体。而且我知道还会有更多这样的破坏行动，想要修好几乎不再可能了——如果现在还没修好的话。

次日晚上，我没有停工。晚餐一结束，我就继续焊接工作了（晚餐也很简单，因为我们现在定量供应食物），一直忙到深夜。

到早上的时候，一切恢复原样，就好像我什么都没做过。

"我放弃了。"在检查过损毁情况之后，我宣布，"尝试修理一样会被重新破坏掉的东西，除了让我神经紧张之外，毫无用处。"

霍德瑞斯点点头。他的脸色看起来苍白得可怕。"我们得想些新办法。"

"是啊，想些新办法。"

我猛地拉开食品柜，检查我们的食物库存。即便算上我们本打算喂给抓到的动物——如果没放掉它们的话——的那些合成食物，我们的食物库存也很少了。我们滞留太久，甚至超过了安全界限。就算能回去，那也是一趟饥饿的返程之旅。

我爬出舱门，在飞船附近的一块大石头上摊开四肢。无毛"小狗"中的一只跑了过来，用鼻子蹭我的 T 恤。戴维森走到舱门处，向着下方大声唤我。

"你在那里做什么呢，格斯？"

"只是呼吸点新鲜空气，我讨厌住在那艘飞船上。"我搔了搔那只"小狗"的尖耳朵的后面，然后环顾四周。

动物们对我们的兴趣降低了很多，而且没像往常那样聚在一起。它们遍布整个平原，在平原上漫步，啃着稀少的白色"面团"，这些是每天晚上沉淀在那里的，我们称之为吗哪[1]。所有动物似乎都以此为食。

我双手抱臂，向后靠去。

---

[1]《圣经》中的"天赐食物"。

到了第八天，我们瘦得脱相了。我甚至连修飞船的念头都没有了，饥饿感占据了我。但我看见戴维森围着我的焊接条晃悠。

"你在做什么？"

"我要修理推进装置，"他说，"你不想干了，但我们不能只是无所事事，你心里明白。"他在潜心研究我的修理指南，并且尝试着对接焊接条上的接口。

我耸耸肩。"请继续吧，如你所愿。"我不在乎他做了什么。我只关心肚子里强烈的空虚感，以及隐约了解到的现实——不知为何，我觉得我们会永远被困在这里。

"格斯？"

"什么？"

"我认为是时候告诉你一些事情了。我已经吃了四天吗哪，它很好，很有营养。"

"你在吃……吗哪？异星世界生长的东西？你疯了吗？"

"我们还能怎么办呢？饿死吗？"

我无力地笑了下，承认他是对的。飞船尾部的某处传来霍德瑞斯走动的声音。这件事对霍德瑞斯来说更糟，他在地球上有家人，现在他开始意识到，他再也见不到他们了。

"你为什么不去找霍德瑞斯？"戴维森建议，"你们去外面，吃点吗哪。你们必须吃点东西。"

"是啊，我还能失去什么？"我像机械人一样，走向霍德瑞斯的舱室。我们要出去吃些吗哪，总要设法填饱肚子。

"克莱德？"我唤道，"克莱德？"

我进了他的舱室。他坐在书桌旁，身体痉挛般摇晃着，眼睛盯着自己消瘦的手腕，上面有两道血液汇成的细流正在往下淌。

"克莱德！"

当我将他拖向治疗舱，用止血带扎住他的手臂为他止血时，他没有反抗。他麻木地盯着前方，呜咽着。

在挨了我一记耳光后，他回过神了。他头晕眼花地晃了晃脑袋，就像不知道自己身在何方。

"放松，克莱德。一切都好着呢。"

"根本就不好，"他眼神空洞地说，"我还活着，为什么你不让我死？为什么你不……"

戴维森进了舱室。"发生了什么，格斯？"

"克莱德被压力压垮了，尝试自杀，但我觉得他现在没事了。带他吃点东西，行吗？"

到了傍晚时分，霍德瑞斯才在我们的帮助下好转起来。戴维森收集了所有他能找到的吗哪，我们饱餐了一顿。

"希望我们有足够的勇气杀死一些这里的动物，"戴维森说，"然后我们就能举行盛宴了——牛排，还有所有的一切！"

"细菌。"霍德瑞斯平静地指出，"我们不敢的。"

"我知道。但这是一种设想。"

"别再设想了，"我严酷地说，"明天早上，我们再试着开始修理推进装置面板。也许肚子里有些食物，我们就能保持清醒，看看是怎么回事。"

霍德瑞斯笑了。"很好。我等不及踏出这艘飞船，回归尘世了。天啊，我真的等不及了！"

"我们先睡一会儿。"我说，"明天我们要再试一次。我们会回家的。"我说话的时候带着自己都没察觉到的信心。

次日一早，我早早起床，拿了工具箱。我头脑清醒，试着理清头绪，但运气不佳。我开始走向控制舱。

然后停了下来，朝着舷窗外看去。

我跑了回去，叫醒霍德瑞斯和戴维森。"看飞船外面。"我歇斯底里地说。

他们看过去，然后张口结舌。

"看起来像是我的房子，"霍德瑞斯说，"我地球上的居所。"

"我敢打赌，家里该有的舒适设施，里面应有尽有。"我不安地抬步向前，从舱口爬了下去。"我们去看一下。"

动物们绕着我们嬉戏，在它们的簇拥下，我们靠近了那座"房子"。大"长颈鹿"靠近我们，沉重地摇了摇头。房子坐落在空地中间，小巧整洁，粉刷一新。

我现在看到了。在晚上，有无形之手将它放在了那里。他们组装并建造了一个舒适的小型地球式房屋，将它放在我们的飞船旁，供我们居住。

"就像我的房子一样。"霍德瑞斯惊叹不已地重复着。

"理当如此，"我说，"他们一发现我们无法永居于飞船之上，就从你的脑海里抓取了这个模型。"

霍德瑞斯和戴维森异口同声："你什么意思？"

"你们还没搞清楚吗？"我舔了舔嘴唇，让自己习惯将要在这里度过余生的事实，"你们还没意识到这个房子的用途吗？"

他们迷惑地摇了摇头。我环顾四周，从房子到不再有用的飞船，再看向丛林、平原，以及小池塘。现在我恍然大悟。

"他们想让我们开心，"我说，"他们知道我们在飞船上并不开心，于是建造了一些更像'家'的东西。"

"他们？'长颈鹿'吗？"

"忘掉'长颈鹿'吧。它们尝试警告我们，但太迟了。它们是智慧生命，但也跟我们一样，是这里的囚徒。我是说掌控这个地方的那些存在。那些让我们在无意识的状态下破坏自己的飞船的超级外星人，他们站在某个地方，惊讶地凝视着我们。他们从整个银河系挖掘各式各样的野兽。现在我们也被收集了。这个该死的地方，整颗星球只不过是个动物园——那些遥遥领先于我们的外星人所设立的动物园，而我们甚至不敢幻想他们的模样。"

我向着微微发亮的蓝绿色天空望去，似乎有无形的栅栏困住了我们，于阴暗之处隐没于我们新家的门廊旁。我放弃了，反抗他们毫无意义。

现在我可以看到那块简明的小标牌了：

地球人。原生栖息地，太阳三。

罗伯特·西尔弗伯格 _____

美国多产的作家和编辑。作品中以科幻小说最为著名。1956 年，罗伯特荣获了他的第一个雨果奖，后来又拿到其他三项雨果奖以及六项星云奖，是科幻名人堂的成员。2004 年，美国科幻与奇幻作家协会授予罗伯特·西尔弗伯格"大师奖"。

刘宇昆 / 文
耿辉 / 译 _____

太空船票
Ticket

获得一个维珍太空的宇航座位以及未来太空人协会会员资格需要预付全款二十五万美元。

——维珍太空

即使所有的灯都开着，我的房间还是很暗。在生命的尾声，我的生活被一成不变的朦胧昏暗笼罩。荫翳不在别处，就在我眼中。随着时间腐朽的不是世界，而是我们。

鼻子几乎贴到支票上，我才看清上面有多少个零。更多是凭借记忆而非视觉，我签下了自己的名字。

离开灯火璀璨的城市，搬进这栋房子时，我就告诉儿子我要这么做。他觉得我自私。"可是，妈妈，你不想给麦蒂和艾玛多留一点吗？"随后又嘀嘀咕咕地说起他父亲要是还在会怎么做。

我没上当，只是让他带着孩子们来探望我。

"他们的平板电脑在你家都没法联网。"他说。

"我可以教他们如何使用望远镜。"我说。

他说忙得没时间。

搬家时我留下了阁楼里所有的纸板箱。它们坚固耐用，有的像衣柜那么大，有的类似烤面包机大小。要是麦蒂和艾玛来看我，他们一定会喜欢的。纸板箱可以是最好玩的玩具。

小时候的一个夏天，我还跟他们一样大，在父亲房子的阁楼上，我用纸板箱和铝箔造了一艘火箭飞船。为了让火箭飞船看清穿过星云的途径，躲避陨石的撞击，我在它的前端画上了眼睛。我任命自己为船长，并为前往冥王星的航程准备了充足的水和曲奇饼干。

"旅途耗时六周。"我宣布，"谁想加入？还可以再来四个人。"

"到时候就开学了。"彼得说。虽然他比我大几岁而且更敏感，但是我们确实喜欢一起在深夜去棒球场看星星。

"如果我们全都尽力踩转逆流去核电容矩阵的踏板，"我说，"四周就可以到达。"想了一下之后，我补充道："我们每天都可以多吃六块饼干来保持体力。"

"我想去！"

"选我！选我！"

"不，还是让我去吧！"

彼得掏出他的笔记本，从上边撕下纸条，然后在上边写下"单人票"。每张票他收费一块五。

"任何值得做的事情都值得为之付出。"他说。

我同意他售票，这比决定抛下哪个朋友要容易得多。我们用挣的钱又买了一包更好的曲奇饼干，一半黑色一半白色那种，就像我的望远镜里半亏的金星，太空中的阴阳鱼。

余下的夏天，我们在闷热的阁楼里踩着妈妈的动感单车，吃曲奇饼干，喝温热陈旧的瓶装水，最后提前到达了冥王星，而且仅仅失去了一名船员。（我拒绝在木星停留，这让丽兹特别生气，她气冲冲地离开时在飞船上踢了个洞。幸运的是，我准备了一卷胶带，所以没有造成减压。）

多年后我去一座城市参加工作面试，那里的一切都让我愿意为之付出。

"原来是你。"看见彼得，我吃惊地说。他的发型一看就花费不菲。

"我在一份校园招聘名单上看见你的名字。"他带着未曾改变的笑容说，"这时候就得靠老朋友了，对不对？"

"如今火箭科学专业可不好找工作，"他说，"资本都躲着太空呢。"

他说得没错，所以我也来到高纬度的狭岛一端，没去低纬度的火箭发射场附近。

我们聊了数据流和矩阵计算能力，以及我能让计算机按我的意志运行多快，还谈到在毫厘之间出现和消失的市场规律该如何寻找，以及利用这种规律赚钱的算法该如何设计，这就仿佛优秀的领航员在迫近的小行星之间躲闪。他向我揭了底，我可以拿到高薪，比我预想的还要高。

"你可以写一张自己的门票了。"他说。

因为擅长数学而被赏识是一件美好的事。可朝九晚五地坐在电脑屏幕前，从体现焦虑与欲望间虚拟差异的数字变换中努力赚钱，这真的是我想要的吗？我不清楚。

星星还可以等，我想。

我们起身握手。我觉得面试一切顺利。

"推荐一家餐厅，"我说，"我饿坏了。"

他没有接住暗示邀我共进午餐，只是建议说，问前台要一份客户午餐招待清单，任何一处都行。

"你没有最喜欢的？"

"五星饭店吃多了，山珍海味跟粗茶淡饭就差不多了。"

我看着他的脸。他没有开玩笑。我的朋友他怎么了？当年他可是在纸板箱飞船里跟我一起挥汗的。

"假如他们多付你20%的薪水，"我问，"你会多工作20%的时间吗？"

他看着我，先是一惊，然后慢慢露出笑容。"他们得为20%的时间多付我 50% 的薪水，任何值得做的事情都值得为之付出。"

"可是如果他们同意，你真愿意付出？"

"当然了，"然后他顿了一下，"不过既然他们没有多付我 50%，我带你去吃午餐顺便叙叙旧怎么样？"

当时我应该把他肯定的回答看作一个警告，可是学生贷款带来的焦虑、顶着名校光环却无法加入知名企业的心虚和羞愧，一同煎熬着我。我还不理解金钱如何使人产生赚更多钱的欲望，安全感如何变成感到不安的借口；我也不知道人的思维为何受身边人的意志影响，就仿佛卫星只能围绕它的行星公转。我非常喜欢他带我去的饭店，直到后来所有昂贵的菜肴和饮品混杂成一顿模糊连续的午餐，仿佛彗星长长的冰尾，满是灰尘。

彼得和我租下更大的公寓，见证代表薪水的数字末尾的零越来越多，就像排在太空的土星光环，一个挨着一个。我们工作更长的时间来保证薪水的增长，背负着重担却又感觉不到，跟你注意不到脚下重力的感觉一样。

我以为星星可以等，但是伴随升职，我的办公室在摩天楼里越升越高，它们也在迅速退去。就仿佛每一年都在相互远离的月球和地球，疯狂的生活节奏让我和彼得也渐行渐远，最后我们之间只剩下巨额积蓄，不得不雇人打理。后来他患上疾病，花钱快得能赶上火星极地冰帽夏天的融化速度。最后他在一个看不见星星的房间里停止了呼吸。

星星可以等，但是我们不能等。

任何值得做的事情都值得为之付出。

"我要一张船票。"我低声说，然后舔了舔信封把它封好。即使它只能允许我在地球的重力井中爬升几百千米，即使我跟冥王星还是相隔数十年的旅途，即使我只能触摸天空几分钟时间。

我闭上眼睛，想象着阁楼里的自己，朝着群星奋力踩转踏板。

刘宇昆

幻想小说作者和译者，同时也是一名律师和程序员。他是星云奖、雨果奖和世界奇幻奖得主，著有丝绸朋克奇幻小说系列"蒲公英王朝"等小说。他还是《三体》英文版的译者。

科幻趣文

LostAbaddon/文 _____ 地球毁灭后

我们想要知道地球毁灭之后人类会怎么样，毕竟这也算是一种人生中难得的不需要成本的终极关怀。

为了回答这个问题，我们事实上需要先确定两件事：

1. 地球是如何毁灭的？

2. 当时人类科技发展到什么程度了？

只有对这两个问题做出恰当的说明和限定后，讨论后末日时代人类会怎么样才是合理的。

所以我们下面就围绕这两个问题挖掘"脑洞"。

天外来祸，死星来袭

让我们从最激进的情况开始我们的"脑洞"之旅——如果地球被死星一炮炸碎了，人类应该怎么办？

死星袭来，是挡是逃？

死星主炮是一种激光武器，其攻击速度是光速。按照伦敦大学米拉尔太空科学实验室研究员柯蒂斯·萨克斯顿博士的估算，死星主炮的最低功率大约是 2.4×10^{32} 瓦，这个功率正好位于卡尔达肖夫 II 型与 III 型文明的能量指数之间。按照理论物理学家加来道雄的估计，现代地球人还需要几百年才能勉强达到 I 型文明，而几千年后才有可能达到 II 型文明，所以现代地球人肯定是没指望在死星的炮口下存活下来了——一来根本没反应时间，二来根本逃不掉。

要想在死星炮击下存活下来，至少需要 I 型文明。如果是 II 型文明，那已经在太阳系范围建立文明圈了，少一个地球无所谓，故不在我们的讨论范围中。

我们假定现在讨论的是几百年后的 I 型文明的未来地球人，他们掌握了探测死星攻击痕迹的科技——通过分辨死星炮击轨迹中星际尘埃的异常行为来判断死星攻击的到来。

由于星际尘埃的密度极低，以丰度最高的氢原子为例，每立方米只有 1.8 个，因此能将死星激光束的速度降低十万分之一，我们就可以认为是银河保佑了。

故，如果死星位于 4.22 光年外的比邻星，那未来人类的预警时间就有 22 分钟。但，还是那个问题，挡是挡不住的，未来地球人只能选择逃。

人类目前速度最快的飞行器是发射于 1977 年并于 2012 年离开太阳系的旅行者 1 号，其速度约为 17 千米 / 秒。

另一方面，人类能承受的加速度极限是 $9g$。极限记录是美国人约翰·保罗·斯塔普博士于 1954 年创造的惊人的 $46.2g$，但毕竟绝大多数地球人并非他这样的超人。对普通人来说，英国的安乐死过山车能达到 $10g$ 的绕圈加速度，而这趟死亡过山车的全程是 3 分钟，大家自己感受下……因此，我们不妨假定未来地球人允许普通人在 3 分钟内加速到 20 千米 / 秒，对应的加速度约为 $11.3g$，已经是极限了。

因此，22 分钟能让所有地球人逃至距地球表面 2 万多千米的高空。

但能击碎地球的死星主炮能量，至少也要和当年原始行星跟地球相撞从而让地球甩出一堆物质并形成月球的过程中释放的能量差不多。这就是说，月球轨道范围内都是不安全的。

月球形成的主流理论是大碰撞说，它认为早期原始地球曾与另一个轨道有重叠的原始行星发生大碰撞后甩出了大量的物质并最终冷却形成月球。当然,计算机模拟的结果并不完全支持该理论,挑战依然存在。

因此,I型文明的未来地球人在死星的枪口下,依然命悬一线。

好吧,我们还是假定有部分人能挨过这一切,那他们的未来会如何呢?

遭遇强拆,被迫移民

地月皆陨人安去,荧启[1]二者择其一。

离开地球的人类只能选择定居太阳系的其他地方,其中火星这个人类观察研究了上百年的邻居当然是一个合适的候选了。更何况未来人类很可能早就已经在火星建立殖民地了,比如马斯克。

但其实金星也是一个可选项,当然我说的绝对不是金星表面。

NASA(美国国家航空航天局)20世纪就研究过殖民金星的可能,2008年,NASA曾出过一份很认真的项目方案,那便是"金星云顶飘浮城市项目[2]"。

金星大气以浓密的二氧化碳为主,上层富含二氧化硫和硫酸云。2011年人们发现金星大气层上可能存在臭氧层,所以氧气来源很可能是有一定的保障了(当然不是让你直接吸臭氧),但水的来源依然是一个问题。毕竟,金星没有水是出了名的。所以金星上的生活与工作用水很可能主要靠外部支持和内部循环。离开了地球的支持,金星殖民地本身就没法持续太久,因而需要火星驰援,或者设法从地月残骸中获得。

金星云顶虽然环境恶劣,但还是勉强有可能建立殖民城的。相比之下,土卫六虽然被高度怀疑有生命存在,但并不适合地球生命居住。

金星上还有一些很神奇的景象。比如金星的自转轴是躺在公转平面

---

[1] 火星古代又称"荧惑",金星古代又称"启明""太白""长庚"。

[2] 有兴趣的朋友可以上网搜索"Colonizing Venus With Floating Cities"。

上的，所以住在那儿极大概率半年时间都是白天，另外半年时间都是夜晚。而且金星公转一周约需 224.65 地球日，自转一周约需 243 地球日，所以金星人的"明天见"当真比"明年见"还要不靠谱……

相比而言，火星显然就"宜居"得多了。尤其是火星自身就有水资源，这对定居来说是非常重要的：

·2008 年 7 月 31 日，凤凰号直接于表土之下证实水冰的存在；

·2013 年 9 月 26 日，火星探测器好奇号发现火星土壤含有丰富水分；

·2015 年 9 月，火星有间歇流动的液态水（液态盐水）这一事实得到证实；

·2018 年 7 月 25 日，欧洲航天局宣布，在火星冰盖之下发现一个直径约 20 千米的冰下湖。

所以至少在早期，火星是一个非常适合逃亡人类定居的地方，而金星会在很大程度上依赖火星。

但火星也不是完美的，它的最大问题是：几乎没有矿藏资源。

矿藏的形成依赖于两个重要因素：水流与板块运动。

火星上很可能曾经有地表水，现在也大概率有地下水，所以这个因素姑且可以认为是满足了的。但火星核心早已冷却，火星非但没有磁场，板块运动也早已绝迹。所以火星上的矿藏是非常非常稀缺的，这会极大地阻碍工业与航天业的发展。

更何况，火星上显然不会有煤炭与石油资源（都依赖大型古生物与板块运动），所以能源也会是一个大问题。这方面金星反而比较好，一方面太阳能资源丰富，另一方面风能也是一把好手（如果不怕腐蚀的话）。当然，说到风能，火星上有太阳系最大规模、最猛烈的沙尘暴……

因此，在一开始迫于无奈而定居火星之后，人类将面临的最大问题就是去哪儿弄发展所必需的矿藏资源，毕竟造基地与造飞船都必须用到各种合金材料。

此时，或许可以把目光投向地月残骸，以及小行星带。

地月残骸上肯定有很多残存的资源是可以回收利用的。月球表面大量的氦-3资源对核工业是很有用的，而地球残骸中可以开采地球原本就有的矿藏，有些说不定还不用像现在这样挖矿井，这可能反而会是一件好事。但在太空中挖矿实在是前无古人，不知道未来的人类到底会怎么做，这个取决于当时人类的科技水平。

而且开采地月残骸有另一个必要性，那就是很多稀有金属我们要么不知道在哪儿能找到，要么就是开采地点环境过于恶劣，还不如去地球残骸里找找。

另一方面，小行星带中有大量冰质与铁质小行星，都是不错的材料来源（稀有金属就不用指望了）。当然要论水的话，木星与土星的卫星含水当然更多，但问题是距离太远。

火星距离小行星带的最内缘（那里距离太阳约2.06个天文单位，而火星距离太阳最远的时候差不多有1.67个天文单位，当然别忘了火星轨道是个椭圆）还是挺近的，平均只有大约0.57个天文单位，单程直线飞行至少需要50天（我们还是取飞行器速度为20千米/秒），而如果要到小行星聚集最多的位置（距离太阳约2.8个天文单位），则平均距离差不多是1.27个天文单位，单程至少需要110天。作为比较，火星距离地球最近的时候比到小行星带略近一点，但远的时候单程所用时间就足够去小行星带打个来回了。

更远一点的木星，最近的时候大约相距5亿到5.5亿千米，最远的时候则有10亿到10.6亿千米的距离（两颗星球的轨道都是椭圆，而且长轴并不平行，所以每个周期中两颗星球的最近距离和最远距离也是在不断变化的），所以近的时候就算直线飞行也要差不多1年，远的时候更是至少2年。这说的还是走直线，实际上星际航行走的都是低耗能的利萨如轨道，用时更长，去木星或土星一个来回说不定孩子都会打酱油了，这事太不靠谱。

所以对火星 - 小行星带矿业来说，最大的挑战不是人员或能源，而是时间，毕竟一来一回短则三五月长则近一两年，火星人未必等得起。

无论如何，对火星和金星来说，去小行星带与地月残骸开采资源是明智的，而土星和木星只能作为探险者的甜头，不在稳定发展的考虑之列。

当然，我们还没有说最大的生存挑战——地月残骸。

地球被死星炸碎后，爆炸的力量肯定会将月球推离它本来的轨道。何况失去地球引力的束缚后，月球轨道本来就会发生大变动。

如果地球爆炸时月球位于地球的外侧，那么情况可能还好些，月球会冲向木星（引力足够大）。此时最悲惨的情况是月球正好与火星迎头相遇，那后果不堪设想；而最好的情况，就是月球路过小行星带后进入木星引力范围，接着可能被引力弹弓弹射后离开太阳系，也可能被木星捕获，这个要看灾变发生时的星象了。

但也有可能地球爆炸时月球位于地球的内侧，那爆炸后月球就可能冲向金星和水星，就算没直接撞个正着，也能引起轩然大波。我们无法预知这种引力扰动会给内层行星的命运带来什么样的恶果，但从长期来看，显然木星以内的内层行星未来都淫雨霏霏，一阵大混乱后，说不定金星、水星都掉进太阳或者被引力弹弓弹离太阳系——这是很多对太阳系未来演化结果的计算机模拟中最常出现的几个场景之一。

另一方面，地球残骸的大部分在很长一段时间里依然会在原来的轨道附近进行公转。也就是说，火星前后各会有一个小行星带（有研究认为火星之外的那个小行星带原本就是一颗类地行星的残骸，当然这一理论在计算机模拟上依然面临着挑战）。每年火星和金星都有可能会与这段残骸区近距离接触，从而引发"地球座流星雨"，这对两大殖民地来说并不是什么好事，因为残骸可能会直接被火星与金星的引力牵引而砸向殖民地。

因此，人类即便逃到了火星与金星上，厄运也远没有结束。大力攀登科技树，早日离开太阳系，才是活命的唯一出路。

火星人的精神文明建设

如果火星殖民地的人能成功活过地球灭亡的浩劫，那他们的社会形态会是什么样的呢？

火星人很可能会将每年地球毁灭的那天作为人类耻辱纪念日，当然也可能是人类逃出生天纪念日，这个要看到时候是什么思想占主导了。另一方面，每年 18 月 12 日左右是近日日，此时距离地月残骸最近，应该也会有一些节日出现吧；6 月 12 日左右是远日日，应该也会有节日。而作为火星人附庸的金星人，那一切节日当然是随火星人啦。

火星公转一周所用的时间约为 687 地球日，即 668.6 火星日。所以火星历法基本是 1 年 24 个月，1 个月 28 天。关于置闰方式这里就不展开了，有兴趣的读者可以上网搜索"LostAbaddon 火星大流士日历"来看详细的历法规则。

尤其是近地日前后几天，地球座流星雨应该会很频繁，而地球残骸本身很可能可以从火星肉眼观测到。想想也是悲壮，人类毁灭的印记就这么成天在天上照耀着幸存的流民，非常"扎心"啊。

文化层面，从逃离主义衍生而来的对生命的欣喜、对死亡的淡然、对无常命运的坦然，应该会成为地球毁灭之后的 100 年内的主流吧。人类在宇宙面前的极度渺小和无力感应该会彻底压倒现在的"人定胜天"的风气，尤其是人类科技在死星主炮这种"天灾"面前的不堪一击，可能会引发一波神学与神秘学的大风潮，以及对科技态度的大扭转。因此火星人在很长一段时间内应该是轻科技而重玄学的。

这里可能会出现一个神秘学的新分支：通过研究火星上观测到的星盘与地球上观测到的星盘之间的差异来分析人类的回测命运的"双星占星术"。

地球残骸大概率会被某些宗教流派视为圣地，每年都会有大量信徒开着和人类逃离地球时同款的飞船回到地球的旧址进行朝拜，这么看来也很有仪式感啊。当然由于火星人与金星人的科技水平可能和地球人不同，所以可能会有不少火星人前往地球残骸里淘科技的宝，成为科技考古人。这方面距离地球更近的金星人可能会占优，因此可能未来火星人注重资源的采集与玄学理论的发展，而金星人更看重科技。

再往后，人类会更加注重星际移民方面的科技的发展，因为一直待在地球残骸附近的殖民地显然是不安全的，走才是唯一出路。

总之，人类的命运堪忧。

太阳的悸动，人类的悲鸣

前面讨论的死星主炮攻击毕竟太离奇了，几乎不可能发生，有没有更切实际的地球毁灭的可能性呢？

那当然还是有的，比如我们头顶上的太阳，它如果伸一个懒腰，人类可真吃不消。

我们下面就来看看如果是太阳发生灾变而导致地球毁灭的话，人类的命运会怎么样。

火地狱

如果太阳突然开始红巨星化，提前步入老年期，那情况会怎么样？

太阳目前处于主序星阶段的中段（45.7 亿岁），正常情况下要进入老年期即红巨星阶段还需要近 50 亿年。也就是说，正常情况下只有 50 亿年后的人类才有可能面临我们这里所讨论的问题——但最古老的人类文明到现在也不超过 10000 年（请注意"文明"这两个字）。

所以我们这里所讨论的是一个理论上未必存在，实际上也近乎不可能的情况——假如因为某些未知的原因，比如西斯武士的原力觉醒，太阳被提前激活了。

倘若真的发生了这种情况，那太阳将在天文意义的极短时间（数十万年）内迅速膨胀近 200 倍。

在这段时间中，人类会看到太阳逐渐变亮变大。正常情况下人类有充分的时间来准备科技与自救方案，然后好整以暇地往外搬，毕竟对现代人类来说数十万年也够发展科技了（也许吧）。但如果真的发生意外情况，让太阳不单提前红巨星化，还快速红巨星化，就像进入了渐近巨星分支阶段那样（此时一次膨胀—收缩的周期短则百来天甚至几天，长则千余天），那留给人类的时间就不多了。

因此，如果太阳只是提前衰老，那现代地球人还有机会；如果太阳不单提前衰老，还提前发疯，那只能寄希望于未来地球人了——我们说的还是 I 型文明。

红巨星化的太阳的半径差不多有地球轨道半径那么长，不过在红巨星爆发时，太阳会喷出近 30% 的物质，所以地球轨道应该会变得更大从而离开太阳表面，险险避过太阳的吞噬。但由于太阳喷发物质的阻力及太阳的潮汐摩擦作用，根据 2008 年的最新计算与模拟结果，地球大概率会落入太阳的光球层并融化在里面 [1]。

事实上，计算表明轨道半径在 1.15 个天文单位以下的行星都是不安全的。火星倒是可以免于被太阳吞噬的危机（平均轨道半径为 1.523 个天文单位），可情况也不容乐观。红巨星太阳会比现在亮 5 至 10 个星等，火星会变成真正意义上的"火"星。因此，显然，火星是不适合逃难的人类生存的。

理论上，那时太阳系的宜居带已经外迁到了 49.4 至 71.4 个天文单位的地方——那里现在有着冥王星、阋神星、共工星和柯伊伯带等天体。当然，由于太阳质量下降，上述这些星体的轨道必然会外移，因此较理

---

[1] 有兴趣的读者可以搜一下 "Distant future of the Sun and Earth revisited" 这篇论文。

想的居住地可能是阋神星——目前人类已知的太阳系内最重的矮行星，比冥王星还重。但阋神星也不完全适合久居，因为氧气和水的来源都会成为问题，人类将不得不在土星星环或柯伊伯带开采水与矿物，这会比死星炮击的情况更凄惨。

因此阋神星很可能只是人类暂时的歇脚处，人类在调整完之后会大力发展恒星系际移民的星舰科技，并最终含泪挥别太阳系——要么去比邻星系或巴纳德星系等较近的恒星系找合适的行星（可惜这两个星系都没有合适的行星……），要么成为星舰文明在宇宙间流浪。

无论哪一种，都不是什么愉快的事。

当然，好在，目前并不存在任何已知的机制可以让太阳提前 50 亿年爆发，所以我们至少还能安心 50 亿年。

冰地狱

比火地狱更离奇的，是所谓的冰地狱模式——如果太阳突然变成黑洞或者黑矮星[1]，会怎么样？

注意，正常情况下太阳的质量根本不足以形成黑洞。而黑矮星需要等到白矮星彻底冷却才会形成。虽然太阳会成为白矮星，但那是 100 亿年以后的事了，而要冷却成黑矮星则需要 10^{14} 至 10^{15} 年，这比现在的宇宙的年龄还要长，所以冰地狱比火地狱更不可能发生。

但，再一次，我们让西斯武士来背这个"锅"：如果真的发生了呢？

和火地狱模式不同，冰地狱模式下，太阳的引力并没有发生改变（我们假定太阳直接变成黑洞或黑矮星而跳过爆发阶段，所以总质量不变），因此在这场灾变发生的时候，太阳系内的行星都不会感觉有任何事情发

---

[1]黑矮星是白矮星的最终形态，此时白矮星的温度降低到与宇宙背景辐射温度相同，从而不再向外辐射一丁点的能量与光芒，整颗恒星成为一枚几乎完全停止活动的电子简并宝石。

生——除了天突然不亮了这点。当然，彗星可能会感到有点郁闷，因为彗发、彗尾是被恒星风吹出来的，而现在太阳这台吹风机显然不工作了，于是彗星变秃了，但并没有变强。

所有太阳系内天体的轨道都（几乎）不会发生变化，人类不用担心像火地狱模式那样掉进太阳，或者像死星炮击模式那样内层行星在引力扰动下发生大乱斗。

但现在最大的问题是：太阳系的宜居带也跟着消失了。

失去太阳滋润的地球，不到 1 周，地表温度就会下降到 -17.8 摄氏度，而 1 年以后将降到 -73.3 摄氏度。这表明用不了 1 周时间，全球海洋就会冻结，地表及地下浅层都将不再会有液态水。目前地球上的大多数生命都无法在这么冷的环境中生存下去，绝大部分生命都用不了 1 年这么久就会死去，或许能活 1 周就已经算长寿了。食腐动物也许能撑得久一点，但能熬满 1 年的大概只有水熊大人了。往好的方面看，大家的遗体也许都会被保存得很完好……

科技能让人类撑得比绝大部分哺乳动物都要久，但并不可能无限续命。我们或许可以考虑在全球范围内人工制造温室效应来延缓永恒的冰纪元的到来，但效果显然不会很理想。要想在不到 1 周时间内为全球穿上一层皮大衣，就算我们把全球大污染工厂全面开启都不够，只能考虑用核武器把土壤全部炸碎了送上天来覆盖全球了，但那样的核冬天与永恒冰纪元相比到底哪个更可怕，还真不好说……

失去了热源，失去了水，也几乎失去了食物来源，迫于生存压力，地球人应该会考虑往地下走，毕竟地球核心还没停，地下深处还是会有地热供暖。但这就意味着人类之间的联系将逐渐断绝，毕竟在地底串门可不是闹着玩的。更何况地震对地底人来说那可真是要了老命了……而且低温会迅速从地表传向地底，所以往地下走并不能从根本上解决问题。

冰地狱模式下，人类要靠自己的科技在无垠宇宙的黑暗中自给自足，所需要的科技水平显然高于当前的地球人——对未来的地球人来说也够呛。

因此，和火地狱的情况一样，人类必须离开地球，所以必须大力发展星舰科技。和火地狱相比，此时物资还算充足，这点是优势。

好在，这个情况不可能真的发生——除非你看到一位西斯武士在星辰间飞过……

修罗场

好吧，火地狱和冰地狱都太不靠谱了，我们还是来看一点稍微靠谱的吧——真的只是稍微靠谱了一点点。

银河系现在与仙女座星系是相向而行的，理论上我们可以预测在38.5 亿年后，两大星系会发生壮观的大碰撞。

这就是说，存在这么一种可能性：仙女座星系与银河系发生大碰撞的时候，四散的恒星之一在偶然间路过了太阳系，在把太阳系搅得一团乱的同时，还拐走了太阳……

这个情况如果真的发生（估计要在 40 亿年后，所以的确是比 50 亿年后才会发生的火地狱模式"靠谱了一点点"），那太阳系将一片大乱，有可能八大行星都被太阳及其私奔对象吞噬，也有可能小行星带内侧较小的行星被外侧较大的行星捕获，甚至弹射出太阳系。大概率太阳系将从此消失，小概率会有几颗行星跟着太阳及其私奔对象飞往新的远方。

如果地球最终被太阳或者它的新伴侣吞噬，那情况可以参考火地狱，只不过此时宜居带会变得很乱，没有哪一颗行星或者矮行星是安全的。

如果地球没有被太阳吞噬，也没有跟着太阳一家离开，那情况可以参考冰地狱，但此时失去了引力源的地球将成为宇宙中的"孤儿"，人类没有其他行星可用，大概率会被永远困在这个冰疙瘩上。

如果地球跟着恒星们离开且很幸运地没掉进太阳——这已经幸运到

值得亲吻银河了，人类的命运依然很凄凉——狂乱的轨道变化下，四季不再，时令错乱，冷暖随机，黑夜与白天混乱无常，情况可以参考三体人。

由于太阳系已经被打乱，所以在火地狱模式和冰地狱模式下，人类还可能从别的小行星或卫星上获取资源材料，但在修罗场模式下，地球人类极大概率只能单打独斗，所以难度明显是三个模式中最高的。

因此，修罗场模式下的人类必须在极短的时间内掌握星舰科技，然后头也不回地离开太阳系，否则大概率凉凉——是真正的热力学意义上的凉凉（当然也不排除热到极致自然"凉"）。

星舰孤儿的精神世界

如果人类在这三种模式下都能活下来，那此后的人类可能会留下深刻的心理阴影。不过因为这里没有死星激光那种不可控的神秘因素且发展星舰的需求迫切，所以人类应该不会放弃对科学的追逐，这点是和死星模式的最大不同。神秘主义依然会蓬勃发展，因为大自然的力量让人敬畏的同时又让人发蒙：咋就爆发成红巨星了？咋就跑来个新太阳了？也太不讲究了吧……

恒星崇拜可能会兴起，但三种模式下的主神太阳神的脾气应该是很不一样的。

火地狱模式下的太阳神是一位暴怒的天神；冰地狱模式下的太阳神则是温和的善神，因为人们缅怀的是突然逝去的那个正常的太阳；修罗场模式下的主神是双子神，且二神喜怒无常，并会有一种二神重归一体则世界大乱的神学设定。

对无尽虚空与无垠星空的敬畏之心可能会引起一轮新的二元神秘主义，就如当年波斯的琐罗亚斯德教信仰一样。

修罗场模式下，人类的悲观主义情绪会非常浓重；冰地狱模式下，人类可用来准备的时间也不算很多，因此悲观主义情绪也会比较浓；最乐观的恐怕是火地狱模式下的人类，毕竟人们还能看到些许希望。

当然，由于生存压力极大，因此求生意志可能会压过其他所有的情绪成为主导。

反映在文艺作品上，三个模式下的主流艺术作品的基调应该会有极大的不同。而艺术作品的主题中，关于自然大力的敬畏会是主导，小部分作品会歌颂人类科技的伟大，而几乎所有作品应该都会展望星际旅行的希望与无助。

人们应该不会像现在这样痴迷娱乐类的节目，偶像也不会是现在的"小鲜肉"。根据 1999 年到 2014 年卡罗来纳海岸大学的心理学教授特里·F. 佩蒂约翰的一系列研究结果，这些环境下的人可能对能显露出独立、力量、专业、成熟、控制欲甚至狡猾等感觉的人更有好感与安全感。

总之，硬汉会流行起来，取代现在的中性文化或者说去性别文化。

当然，网络虚拟世界中的生活说不定也会变得异常流行，毕竟和各种地狱模式的现实相比，虚拟世界中的人们依然可以喝着可乐吃着鸡蛋饼晒着日光浴，虚拟世界会成为后末日时代人类世界中最盛行的"毒品"吧……不知道尼奥醒来发现没有机械主而只有无边虚空的话，会不会立刻扭头睡过去。

我们大致可以为四种模式下人类的生存难度排个序：

修罗场≫冰地狱＞火地狱＞死星炮击

没想到死星炮击居然排名垫底……

死神藏在阴影里

再或者，没有西斯武士，没有死星炮击，也没有狂乱的太阳，有的只是暴走的地球。

毕竟，地球上曾经发生过的毁天灭地级的生物大灭绝事件有五次（其中一次就是著名的白垩纪末期的彗星撞地球），而小一点的生物灭绝事件更是数不胜数[1]，人类自己就是全新世灭绝事件的凶手之一。

我们可以稍微梳理一下地球上生物灭绝事件的元凶，会发现最常见的"连环杀手"是以下这几位：

1. 海洋含氧量降低；

2. 火山大爆发；

3. 海平面降低；

4. 天外来客。

当然，每次发生大灭绝，都不是单一原因而是多个原因共同作用的。但说到底，相比彗星撞地球这种不可控的外因，地球自己变化这一内因是地球上的生命毁灭的主要原因。

与地球相比，人类自己的作死能力虽然也能把人类毁灭，但威力实在不够看。目前人类最强的武器是当年苏联制造，于 1961 年试爆的沙皇氢弹，威力差不多是 5000 万吨 TNT 当量；而作为比较，白垩纪末期的那次毁灭恐龙的天地大碰撞，爆炸威力据估算有 100 万亿吨 TNT 当量，相当于 200 万枚沙皇氢弹一起爆炸。而人类目前的核弹头总当量，也不过 200 亿吨 TNT 当量左右，差了超过三个数量级。

不过，既然我们讨论的是"地球毁灭后"，那地球暴走和人类作死这样的原因，就显得有点不够看了，所以我们通过比较感受一下人类有多渺小就罢了，不再深入讨论。

总　结

最后，我要说，看了这么多种可能的地球毁灭的方式，以及人类可

---

[1] 大家可以去维基百科搜索"生物大灭绝"欣赏一下。

能的应对措施之后，我觉得，最重要的还是那句话：

珍爱生命，没有蛀牙！

这当然是开玩笑啦。

最重要的，还是要大力发展科技。

当然，现代人的大脑被各种思潮左右得非常彻底，科技已经成了生活中必不可少的尘埃。人类的生活严重依赖科技，但已经没有什么人还在重视科技了。娱乐与赚钱充斥着现代人的生活，偶尔还会加上一些用键盘宣扬正义与宣泄不满的调料，但还有多少人能静下心来思考呢？

人人都充满知识焦虑的时代，知识反而成了可有可无的次要品。

所以，如果未来真的发生大灾变的话，我们还是寄希望于孙悟空和壶中仙吧。

LostAbaddon

毕业于华东师范大学理论物理专业，专攻宇宙学与粒子物理学专业，学过膜宇宙，搞过 Finsler 几何，算过各种圈图，但后来还是毅然决然地投身码农行业，现在带领着一家 IT 公司，向往着用程序代码而非物理规律来构建世界。

苏民 /文 _____ 地球倒影

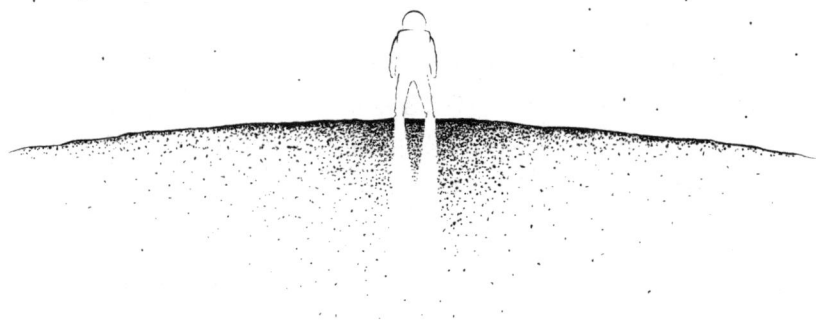

傍晚，我们住进北京站边上的一家小旅馆，等待明天一早的火车。

房客很少，酒店给我们升级了有落地窗的大床房。从这里望出去，可以看到北京站周正浑厚的塔钟，和天空中塔钟尖顶的清晰倒影。天上没有太阳，街上的每个商店却都支起宽阔的遮阳篷，稀稀拉拉的几个路人戴着墨镜和帽檐宽阔的帽子，低头闷声走过。

人们早已不会对天空中的倒影昏眩，却出于畏惧，不敢抬头看天。

手机上有四个小日的未接电话，我不打算回拨给他，也没告诉羽。羽正坐在窗边，喂小梨吃晚餐。

过去了这么多年，一看见羽，我还是会立马平静下来，无论外面乱成什么样子。

她仿佛具有停止时间的能力。微微的光线在她身上静止，停留在她手中葱绿色的小碗上。她舀起一勺蔬菜汤，轻吹一口气，送进小梨口中。绿色的汤汁从小梨嘟起的嘴角流下，她拿起早就准备在一旁的手帕，娴熟地抹掉汤汁。小梨完成一个下咽的动作，鼓鼓囊囊的脸颊变平了。羽笑了，口中用婴儿语念念有词："宝宝乖，宝宝乖。"

自从羽来到我们实验组，这个场景我已经看了无数次。可每一次，我都深受震动。高中时候的羽，三餐不规律，拼命地节食或跑步，戴着耳机无节制地熬夜。无论如何我也想象不到，羽会变成一个关心饮食和家务，每天早起买菜，变着法做婴儿餐的母亲。然而她的脸上依然毫无俗世之尘。她浓密的长发从两边柔顺地垂下，别在耳朵后面，完整地露出高高的额头。下巴尖出一点，脸蛋还是肉肉的，眼睛大而宽阔，仍是一张娃娃脸。那确实是她。我再没遇见过谁的眼睛像她这样大，即使咧嘴笑着，也像饱满的西瓜子一样浑圆。她笑着，那笑容与高中时一样，好像一个从未长大过的人。

我仿佛隔着时光，凝视着我们的少年时代。想到这里，我很是感怀，踩着一地破碎的阳光走过去。

"小梨今天很乖呀。"我说。

"是啊，难得吃掉了大半碗。"羽继续舀起一勺汤。

小梨的嘴像他父亲，眼睛像羽，同样大而宽阔。看到我走过来，小梨活泼的眼眸突然定住了，也不张嘴喝汤了，额头上的缝合线跟着皱起来，露出警觉的神情。昨天他看见我时，仍是欢喜地向我索要拥抱的。

羽忙放下碗，抚摩着他毛茸茸的头顶。"别怕，这是舒连阿姨呀。"她用手指着我，"舒连阿姨，还记得吗？妈妈的好朋友。"

"他还是忘了。"我说。

"来，和舒连阿姨打个招呼，舒连阿姨最喜欢你了。"

在羽的努力下，小梨放下恐惧，不太清晰地喊了一声"阿姨"。

"宝宝乖。"

"去年忘记也是三月，他还是只能保存一年的记忆。"我对羽说。

羽不说话，哄好了小梨，又端起碗，继续喂他吃饭。她已经这么喂了九年，日复一日。她平静的样子让我心疼。

"我们会治好他的。就算不能使他长大，至少可以试着重建他的记忆能力。"

羽专心盯着勺子里的汤，说："有时候我想，是不是这样下去也行。反正全人类都停止生长了，我也不会变老，能一直照顾他。老做手术，小梨太受苦了。"

我在羽的椅子前蹲下，摸了摸小梨软乎乎的脸颊。"我和你一起照顾。我不会让你一个人的。"

天空倒影 ^1

天空出现倒影的那个傍晚，我和羽刚上高三。

那时课业已经停止，进入了无休止的复习和考试的循环，每天都有做不完的试卷。体育课和活动课都取消了，老师枯燥的讲解在压抑的教室里回响，从早到晚。我们仍在晚饭后偷偷在校园里游荡，直到天光渐暗，才恋恋不舍地回到教室上晚自修。

我们都是沉默不语的那类人，高一时分别坐在教室两头，一整年未曾说过一句话。第一次和羽说话，是在一次体育课。我们都偷懒躲在操场边一处僻静的草地看书，两人手里都拿着一本《小王子》。羽冲我会心一笑，这才打破了沉默。

后来我们经常一起吃饭，满校园乱走，不停地说话，不知道为什么会有这么多话好说。我和羽的声音轮次在湿漉漉的空气里飘荡，仿佛整个世界只剩我们两人了。羽喜欢以"你知道吗"为开头，然后俏皮地眨眼睛，说出一件有趣的事。说话的间隙里，我偷偷看她，天哪，羽多好看，水灵灵的眼睛，睫毛长长的，像洋娃娃的假睫毛，柔软的嘴唇总孩子气地嘟着。我在心里喜爱着羽，这份喜爱轻柔又私密，使我不由得想吻一下她的脸，吻一下她的嘴唇。羽忽然转头冲我笑，短发的发丝在耳边飞舞，我的思路便被打断了，陷入她烂漫的笑容里。

我们最常待的地方，是学校围墙边缘一片野草疯长的荒地。我们喜欢那里，或许是因为那里人足够少，足够安静，除了稍远处一块小小的旧操场上偶尔有人打球，不会有其他人走到这边。野草地和围墙之间，有一条窄小的水泥路，路中央常年摆放着一座一米多高的军训用平衡木。我们便爬到平衡木上坐着，晃着腿，痴痴地望着天边不可遏制地下坠的厚重晚霞，心情就像晚霞一样沉重，但不仅仅是因为高三。

那年羽的母亲再婚，搬到了新任丈夫家里。新家留了一个小房间给羽，羽却宁可搬进学校宿舍。我们的寝室就在同一层，于是我们更加频繁地厮混在一起。羽说她的新房间里只有一张大床和一个衣柜，没有书桌，更没有带锁的抽屉。没有人问过她想怎么布置房间。她想喝水，却找不到她用了很多年的一个浅绿色杯子。她去问她妈妈，她妈妈指了指桌上一套给客人用的玻璃杯说："你先用这个吧。"她怀疑他们根本就是把她的私人物品扔了。没过多久，家里布满了婴儿用品，到处都是防止婴儿磕碰的泡沫贴，羽的房间也未能幸免。原来母亲在再婚的两个月前就怀孕了。我心疼羽，尽管未必能完全理解她。我从小学就开始上寄宿学校，从未有过自己的房间，习惯了，倒也自在。

羽说，她梦见一栋白色的大房子，三层，楼顶有一架三角大钢琴，还有很多雏菊和蒲公英。最下面有很大很大的落地窗。就我们两个住。

"我们以后一定要有一栋白色的大房子，住在一起。"

"好。"

我仰头望着天，想象着羽说的白房子的样子。天空中暗灰色的薄云慢慢显示出一栋房子的轮廓，不过是倒立的，像一个倒梯形的大楼。我以为自己看花了眼，却听见羽说："天上这栋倒立的楼，是我们学校的图书馆吧？"

楼房的倒影向周边蔓延，扩展，慢慢显现出椭圆形的体育馆、方形的操场、塑胶跑道、教学楼、我们的野草地。

我使劲仰着头，从逐渐清晰起来的轮廓中，辨认出了平衡木上的我们。

晚霞落尽，太阳看不见了。天际线以肉眼可见的速度发紫发黑，空中城市的轮廓也跟着变沉变黑，仿佛要压下来。

我听见一声闷响，回过头，看见羽摔在了地上。

不远处打球的男生闻声赶来。他放下篮球，和我一起扶起瘫软在地的羽，背她去了医务室。

那天，不少人产生一种天空正在压下来的错觉，当场晕倒在地。

我们来到医务室时，医务室已经人满为患。人们七嘴八舌，一惊一乍，不少没晕倒的人也被天上的倒影吓得够呛。

天已经全黑了，地上亮起来无数的灯，天上也是。天上的灯比地上的灯稍暗一点，但明亮到足以掩盖天空中的楼房本身的轮廓。天空乱成一团，星星、月亮和云朵都看不见了。

我们把羽安置在床上躺平时，我的手机响了，来电显示"章林宇"，备注"父亲"。

我心里咯噔一下，捏着手机去了走廊。小学一年级开学，他把我送到寄宿学校，递给我一个手机，打给我一个响了一声就挂的电话让我存下他的号码，此后除了学校缴费这些杂事，我们谁都没给对方打过电话，仿佛存在某种默契。等我再大一些时，他给我一张银行卡，定期往里面充一笔钱，我们便连事务性的电话都很少打了。上一次他打来电话是我初升高的时候，上上次是小升初。不出意外的话，他应该在我高考完再给我打电话。

显然，今天发生了很多意外。

"喂。"

"喂。"

我们相互打了声招呼，一时间都没叫出对彼此的称呼。"爸爸"似乎是个很亲切的词，我无法对一个十多年不见的陌生男人叫出"爸爸"。他勉强叫了一声我的小名，那声音生硬到无以复加，我根本不觉得是在叫我。

"你没事吧？"他问。

"我没事，没晕倒。"

"那就好。"

"嗯。"

话筒那边一阵沉默。两人都不知该如何继续。

"你也没事吧？"我说。

"没事。只是有些忙，一直在处理天文台的观测数据。"

我差点忘了，我父亲是一个天文学家。他的这一职业离生活很远，对我而言更是抽象的存在，没想到与天空倒影的事联系在了一起。

"天上的倒影是怎么回事？"我问他，并为终于找到话题松了一口气。

"不好说。月亮和星星都观测不到了。"

"是地上灯光太多挡住了吗？"

"不是，我们回避掉了人造光污染，月亮和星星还是无法观测到。"

"那太阳呢？"

"不好说，西半球的天文台说没观测到太阳，但紫外线照常。"

太阳、月亮、星星都不见了？却仍然存在白天和黑夜。一种怪异感袭上心头，一时间恐惧顺着脊背爬上脑门，我的后脑勺不知是发凉还是发烫。

"总之你这些天小心一点吧。尽量不要抬头看天，有来路不明的辐射，可能是某种宇宙射线。"

"嗯，知道了。"

我挂了电话，返回病房。羽已经醒了，正和那个男生一块靠在窗台上看天。

夜空中，两排灯光齐整地向远处延伸，那是城市里马路的路灯。马路两旁居民楼的灯光星星点点，就像是飞机飞到高空往下看到的城市夜景。我想到刚才父亲说的话，不禁有些后怕。那时我担心着明天的太阳会不会升起，不曾想到，那个男生，日后会成为小梨的父亲。

上帝基因 ^1

小梨又开始重新认识这个世界。羽拿出幼儿教学图册，放在趴在地毯上的小梨面前，一张一张翻给他看。

高中时我第一次注意到羽，她也这样，抱着膝盖坐在草地上，歪着脑袋，将书摊在一旁一页一页地翻。那时青草依依，天光柔美，她的脸上泛着少女特有的光晕，细言慢语。人类停止生长后，有人停留在老年，有人停留在幼年，而羽全身的细胞，都停留在生下小梨后的一年里，包括哺乳期旺盛的催产素分泌水平。她将永远是一位年轻母亲，永远抱着她的婴孩。

"这是马，这是兔子，这是房子。"羽用手指着书中的图片，耐心地重复着。

小梨咿咿呀呀地跟着念，连语言能力都退回了一年以前。在他忘记之前，他已经能够复述一整个童话故事了。四岁以前的孩子记忆系统未成熟，记不住太多事情，这是一个很早就得到公认的常识。但直到人类停止生长，人们才确切地知道，四岁以前的孩子的记忆容量，大约是一年。这个本该已经长到十岁，却无论外形还是智力都停留在一岁的男孩，世界之于他，也总共只有一年的印象。他仿佛掉进时间的循环里，不停地去记忆，去忘记。

"你后悔过吗？生下小梨。"我问羽。

"发生这种事，谁能料到呢。不管怎样，他都是我的孩子。"

"我不是说人类停止生长的事，我是说，你为什么执意生下他？"

我看过羽的医疗记录，羽第一次去医院做产检时，小梨的爸爸就已经死了。

"你记得吗？高三那次我昏倒，醒来时是凡陪着我。"

"记得，他和我一起送你去的医务室。"

"那时候大家都很害怕，凡却说起了天上本该有什么星座。他对每颗星星、每个星座的方位倒背如流，好像一点都不担心似的。你知道吗？那时我觉得他这人很怪，同时又觉得遗憾，要是早一天认识他就好了，早一天，就可以看见他说的星座了。"

"抱歉，我那时出去了……"

我还没说完，门外响起一阵细碎的敲门声。

"谁？"

"有你的快递。"我打开门，只见服务员手里拿着一个包裹。

"谢谢。"我接过包裹。服务员却没走。"前台来了一个电话，找你的，说是要确认包裹收件情况，可以给你转接到你房间。"

这个电话很怪，但我还是去卧室床头拿起了话筒。

"喂。你好。"

"你干吗呢？电话也不接，找得我累死了！"果不其然，小日熟悉的抱怨从电话那头传来。我都能想象他撇着嘴，竭尽所能地撒娇的模样，尽管他的实际年龄本该有三十岁了。"我已经决定退出了。发给全组的邮件里不是写得很清楚了吗？我的所有实验数据也发给吴老师了。"

"那你自己买材料干吗？回实验室吧。你就这点材料，做不了什么的。"尽管我已经让卖家包装得像普通货物，但还是逃不过小日的眼睛，估计他查到了包裹的发货地。

"那是我自己的事。"

"哎呀，"他彻底开启了耍赖模式，"研究人员携带实验样本逃跑啦！"

"别闹了，你们又不是没有别的样本。"我说，"实验对象有随时退出实验的自由，他们已经决定退出了，我也是。"

小日突然严肃起来。"为什么要在这个时候放弃？也许就差一点了，不是吗？就差一点我们就能解开他们的基因封锁了！"

我笑了。"什么叫就差一点了？我们已经做了九年实验了，还是找不到所谓的上帝基因。"

"这个项目组是你一手带起来的啊，对基因序列的分析解读，我们已经是全球最前沿的了，我们肯定能找出靶基因，只是时间问题，哪怕用排除法也能找出来，这不是你自己跟我说的吗？你真的甘心就这么放弃？"

我回头看了一眼客厅里的羽，还好她仍在专注地给小梨讲书，没有注意到我们的谈话。

"我跟你不一样，小日，科研从来就不是我的人生目标。"

"那你还买仪器干吗？"

"那是用来治小梨的记忆的。"

"你要做那个手术？别啊……求你了。"小日哀求道，"记忆神经元样本我们只有这一个……"

我当然明白小梨的特殊性，以及小梨对整个项目组，甚至全人类命运的意义。但我决定做个自私的人。我挂掉了电话。

天空倒影 ^2

学校放了三天假，没等到任何关于天空倒影的说法，高三年级就急不可耐地恢复了上课。缺席的人很少，大部分昏迷的学生都恢复了，羽也是。

"天上再怎么奇怪，都跟你们没有关系。"班主任干瘪的食指用力地在空中划点，鼻子上一对方形镜片反射着冷漠的光，"你们只要记住，就算天塌下来，高考这件事也不会改变。"

学校仿佛一个与世隔绝的空间，保持着按部就班的乏味节奏。有一天食堂里的菜量突然比平日少了一半，好多学生都没吃饱，抱怨连连，好在第二天就恢复了正常。陆续有学生家长来学校看望孩子，说起商店里的食物被疯抢，人们争先恐后地储粮，我们才感觉到一丝恐慌。人们不知道发生了什么，但是先储备点粮食总是安全的。国人就是这样忧心忡忡，过度紧张。

父亲应该知道到底是什么情况吧。我这样想着，但始终没有勇气给他打电话。这时候，父亲竟主动来了电话，礼貌地询问我在学校过得如何。

"还行。"我说，"就是前阵子食堂差点没的吃了，后来就好了。"

"嗯。"父亲在电话那头轻轻应了一声，好像收到学生回答的老教授。马上我又想到，事实上他确实是个教授，而且老，当初他把我送到寄宿学校时，模样就比其他同学的父母要老上好多，戴着一副笨重的黑框眼镜，面无表情，没什么生气。后来我才知道，我出生的时候，他已经快四十了。

"最近外面抢购得厉害，不过学校应该有别的补货途径，毕竟是所学校，比普通家庭强些。"

"会有世界末日吗？"我问出了心头的疑惑。

"应该不会。虽然有不明射线，但还没发现这种射线对动植物有害，对人也没影响。"

"竟然没影响到手机信号。"我说。

他干涩地笑了两声。我能感觉出，他在努力用轻松的态度回应我的玩笑，可还是太勉强了。我看了看手机上的通话时间，才打了一分半。我再也找不到别的话题，只好问他工作如何。

"有些忙。"他说，"我们还没搞清楚到底发生了什么。"

"连你们都不知道吗？"

他说，布置在太空里的卫星全都失灵了，无法传回从外太空观测到的地球情况。他们最多只能使用军用飞机。他们试着驾驶飞机飞上去看情况，却无论如何也飞不到倒影所在的位置。倒影似乎离他们无限远，又好像是时间停滞了，或许他们以为自己在飞，却根本没有前进一米。那空中的倒影就像一面永远无法触碰到的镜子，又像虚幻的水中倒影。

"无法触碰到的镜子？"我重复了一遍，在脑海中想象着，"谁能给整个地球罩上镜子？"

"不知道。现在还没确定是自然现象还是人为的。如果是人为的，那一定是地球之外的智慧生命干的。"

我朝着天空伸出手，感到冰冷和孤寂。一面永远无法触碰到，只能反射自己的镜子。

很快民众就发现，臆想中对断粮的恐慌是多余的，地里的粮食还在正常生长，城市里的电力供应也正常。天上的异常还没到影响食物和日常生活的地步。于是似乎所有人都一夜之间适应了天空上的奇景，该上课上课，该上班上班，好像天上原本就有倒影似的。学校里也少有人谈论这件事了，仿佛好奇心都被一页页翻飞的白色试卷埋葬了。我在试卷的缝隙里，展开羽从后面扔过来的纸条，上面写着：

"吃完饭我们去图书馆天台看倒影吧。"

图书馆有九层，是学校里最高的楼，也是位于学校最中央的楼。在图书馆天台，低头可以看到整个学校的景色，抬头可以看到整个学校的倒影。自从倒影出现，太阳再也没升起过，每一个白天都是看不见太阳的多云天气。晚霞的颜色变得单调，像被抽走了几个色域。但因为倒影的存在，层次反而多了起来。墨色慢慢浸染了倒影，低矮的天空仿佛一幅倒画的水墨画，一笔一笔映照着地上的一切。

我把父亲的话告诉羽，说天空变成了一面大镜子。

"倒是很合理呢。"羽说，"天空下的人只会陷入和自己的反复纠葛里，只能看见自己的倒影。"

"为什么这么说？"

"人类就是这样的。"

几天前，羽的母亲挺着怀孕五个月的肚子来宿舍看羽，拎着一小箱牛奶。她说现在城里的人都疯狂地囤积东西，超市的食品和生活用品都断货了，这箱牛奶是她好不容易抢来的。实际上抢购囤积东西那阵子的恐慌已经过去了，可她还在絮叨自己如何挺着大肚子与人争抢，险些被撞倒在地上，又说起自己的脚踝肿得不像样，孕吐反应如何痛苦，说当初怀羽的时候也是这般辛苦熬过来的。

"小羽，下个月回家住吧。很快你就会有一个小弟弟，我们一家四口开开心心的多好。"

"你们一家三口开开心心的就好。"羽冷着脸，直截了当地回应。

羽的母亲像被戳破了的装饰气球，破口大骂："回去住怎么了？搞得街坊邻居以为我虐待你似的！我辛辛苦苦把你养这么大，你就不能让我省点心？"

"我从来没让你把我生下来过。"

羽的倔强脾气上来了。羽的母亲的咒骂声更加不堪，夹带着方言脏话轰炸着羽的耳膜。

"你以为我想生你吗？女人结了婚就得生孩子，没办法！没有负担的人生才最快乐，你以为我不知道吗？可你这个不争气的偏偏是个女孩，害我受尽婆家的白眼，最后你爸还是走了！"

"那你还想生？"羽冷笑了一下。

"我没办法啊，要不是我怀孕，你后爸会和我结婚？！不结婚你的学费从哪儿来，生活费从哪儿来？你以为你那个混账爸爸会管你？"

羽诉说着她与母亲之间相互厌弃又相互捆绑的关系，天际线渐渐变紫，映得她的眼眸也黯淡下来。她的黑眼圈很重，疲惫又失落，大概又经历了整宿的失眠。

"我以后一定不要结婚，不要生孩子。"羽说。

"我也不想。"

我对家庭几乎没有概念，但我知道我想和羽在一起。她的样子太令人心疼了。

"那就我们两个，一直在一起。"羽说着，露出一个甜甜的笑。

我们把理想的念大学的城市挨个考量了一遍，最后觉得北京最好，因为足够远，远到羽不会再受到母亲的影响。我们约定要考到北京，上同一所大学，毕业后在同一个城市工作，然后一直在一起。

然而，这个约定没能实现。

上帝基因 ^2

挂掉小日的电话，我回到客厅。羽问我这个电话怎么讲了这么久。

"这个包裹的签收麻烦点，毕竟是医疗用品。"我搪塞道。

我没和羽说过我放弃了什么。实际上，我也没放弃什么。我加入小日的项目，从一开始，就是为了羽。

小日是个年轻的天文学家，年轻到令人无法信任。他成为天文学博士生时，才十七岁，在人类停止生长之前。当时他邀请我加入他们项目的模样，像在邀请我和他过家家。

"加入我们吧，一起抵抗外星人对人类的封锁。"

那时候外星人的说法还没被科学界认可，我也没当回事。可是小日竟已经收集了不少自愿作为实验样本的病患。

人类停止生长这件事，起初是在孩子身上发现的。本该蹿个子的年龄，却不再长高。虽然那时出生率已经很低，但各个医院都接收到了这类病例。医院检查了孩子的各项指标，没有查出任何问题。直到细胞样本被送到专门的生物研究机构，研究者们才发现，他们的细胞端粒停止缩短了。我所在的生物工程实验室，也是最早发现端粒停止缩短的实验室之一。

端粒是表现生命体生理年龄的细胞组件，自人类出生，端粒就在不断缩短，人类也随之走向衰老。那时候人类技术还未能找到控制端粒长短的办法（不然早就被用来做长生不老药了）。小日说："一定是有地球之外的力量介入，先是用天空倒影封住人类探索宇宙的途径，又用基因封锁掐断人类进化的道路。"

"你怎么确定有外星人存在？"

"人类的技术根本做不到让人停止衰老，却同时出现这么多端粒停止缩短的案例，肯定是外星技术介入了。"

"可是，外星人为什么要这么做呢？对他们有什么好处？又为什么刚好在这个时候出现呢？"

"我不知道原因。但现在，无论如何，他们已经出现了。"

小日对外星人痴迷的模样，使我想到父亲。我后来才知道，他的博士生导师就是我父亲。

我只能笑笑，起身要走。他拉着我不让我走，强行将样本名单摊在我面前。我一眼就看见了其中羽的照片。羽，还有她的孩子。我从未想到，自从高中分开后，我们会在十五年后以这种方式相遇——研究人员和研究样本。

我拆开包裹，将医用工具一一摆在桌上，拿出酒精给它们消毒。

"现在就开始？"羽的目光小心翼翼地扫过桌上的工具。

"嗯。抱好他。"

羽一只手将小梨整个拥进怀里，一只手褪下小梨的裤子。接着她将小梨的头埋在自己胸口，一只手不停轻拍他的背。"宝宝乖，宝宝乖，一会儿就好。"

我在小梨的屁股上打了一针麻醉剂，他哭了一会儿，很快睡着了。

我将他幼小的身体平放在酒店白色的床单上，头顶伸出床尾一点点。我将书桌拉到床尾，从行李箱拿出激光切割机、镊子、棉签等一系列开颅手术的工具，摆在桌面上。

"你要不要先去阳台待一会儿？"我回头看羽，看到她眼中满溢的担忧。

"我要看着他。"她说。

"别担心，这个创口很小，我只要把他脑中的光纤取出来就行。"我不敢告诉她，等我们到了地方，正经治疗小梨的记忆时，还得再做一次手术把光纤放进去。现在取出，是因为若不取出，我们恐怕连北京站的安检都过不去。

羽固执地搬了一把椅子坐在床边。我拗不过她，只能在她滚烫的目光下进行手术。

加入小日的项目组没多久，我们就发现，不只是孩子，所有人的端粒都停止缩短了。在项目的头几年，我们拼命寻找能控制端粒生长的基因，就像为了追求长生不老而疯狂炼丹的道士。按照基因理论，身体的全部特征表现都写在了基因序列里。虽然人类基因库尚未完全解读出来，但这是迟早的事。然而，我们研制出的有短暂功效的几种基因编辑程序，都只在特定类型的身体细胞上成功过：一种是胸腺细胞，另一种是造血细胞。

可是，人类各组织器官之间的协调性要求太高，如果我们使造血细胞加速成长，却不能同时使血管生长，样本的身体就会出现血压过高等血液循环问题。唯一与其他组织关联不大的，就是脑神经细胞。于是，大脑尚且处于稚嫩状态的小梨，成了最特殊的实验样本。这使他遭受了不少罪。

我拨开小梨头顶细软的毛发，露出头顶正上方一小块光秃的头皮。那里又冒出了新生小草般的细发。我又剃了一次，用蘸了酒精的棉棒擦拭，然后拿起一个小型激光切割机，在那块头皮上画了一个小圈。血很快渗出来，在光滑的白色皮肤上形成一个红色的圈。

自从进入这个项目，我已经很多次如此切开小梨的颅顶。可在羽的注视下，我格外心虚，总担心下一步出岔子。

我拿起镊子，小心地揭开那块指甲盖大小的头骨。余光里，羽捂住了自己的嘴。

我用镊子夹出里面的光遗传光纤时，羽掉下了眼泪。尽管我们用的已经是体积最小、不需要导线的光纤，但那块沾了血的玻璃芯片还是令人心惊。

"相信我，羽。"我将那片头骨放回去，一边使用激光缝合一边对羽说，"我不会让小梨继续受苦了。"

"小梨这些年一直在接受这样的治疗吗？"

"准确地说，是实验。"

"我看组里其他孩子，也没有频繁开颅。"

"对不起……小梨比较特殊。"

"就因为他的记忆问题吗？"

"嗯……"

羽又抹了抹眼泪。我连忙说道："你不要担心，我已经有方案了。只是他们不让我这么做。因为一旦做了，小梨的脑神经就再也不能被用来实验了。只要再一次，我一定可以治好他。"

天空倒影 ^3

去学校领取志愿表那天，整个高三楼层都乱哄哄的。撕碎的试卷从楼顶飘落，漫天飞舞，落满走廊和外面的地面。考生们压抑得太久，报复性地释放，使得整栋楼洋溢着一种浮浅的快乐。

父亲又给我打了一个电话，问我考得如何。

我心虚地告诉他，我刚好过了重点线几分，只能选一本的学校。父亲上学和教书的大学都是国内的名牌大学，我害怕父亲对我不满。但是他没有，接着问我想选什么专业。

我说："随便，只要能去北京就行。"

"为什么是北京？"他问我。

"和一个朋友的约定。"

"北京……我想想……"他沉吟了一会儿，说，"一本里 H 大学的天文学专业还不错，你要不要报报看？"

"你不是说现在都观测不到外太空的东西了吗？还学什么？"

父亲笑了两声，笑声仍然很干，但这次是真诚的笑。

"天文学还是很有意思的。"他语气平淡，像火车上一个萍水相逢无意于指导人生的大叔。但我知道，他就是为了这个，远离了我和妈妈。

"比如这个天空上的倒影，像是一个反光罩子罩住了地球，以前从来没出现过，所以才有意思嘛。"他继续说，"搞不好是外星人弄的。"

我嗤笑了一声。父亲已经变成一个沉迷于自己的游戏还疯狂推荐给别人的老顽童。

"你们天文学家是不是天天就盼着有外星人？"

电话那头传来爽朗的笑声。"我一直相信有，只不过遇到的概率很低。真遇到的话，就不枉我搞一辈子天文了。我越来越倾向于认为，外星智慧生命已经来到地球了。"

父亲说，他们在远离城市的郊区观测夜空，发现一颗从未被观测到的绿色星星。过去的所有星星都不见了，唯独这颗星星，在固定的位置出现，散发着幽幽绿光，像有人在大镜子上打开了一个缺口，伸进来一个手电筒，打量着地球上的一草一木。说不定是 UFO（不明飞行物）之类的人造之物。

这是我头一次觉得电话那头的陌生男人有点可爱。这么多年来，他都像个没有感情没有喜好的机器一般与我说话，听不出半点作为一个人的个性。这是我们第一次谈论日常事务之外的、能够透露出他个人喜好的话题。他自始至终没有强迫我学天文。挂了电话，我在志愿表上填报了北京的几所一本大学，全部选了生物专业。之前在网上模拟填报志愿时我也都选了生物，理综里我的生物部分得分挺高，应该会有优势吧。

我就这样完成了高考、填志愿的人生大事。这期间只有父亲的这一通算不上建议的电话，我的母亲从头到尾都没出现，一如既往。

交完纸质志愿表，我穿过欢呼的人群去找羽，却找不到她。我去了野草地找她，她不在那里。我去了图书馆的天台，她也不在。

我躺到天台布满水渍的瓷砖地板上，细细地观察倒影中的学校。这是一个休息日，学校里只来了高三的人。偌大的操场上空无一人，只在塑胶跑道的草地上有一个人影。那个人影窝成一团，除了轮廓看不见任何细节，但我觉得那是羽。

我跑到那片操场，远远地看见了那个缩成一团的小身影。她双臂抱着膝盖，头埋在胳膊里，肩膀微微抖动着，像冷风中掉落在地的一片枯叶。她在哭。我还没搞清楚发生了什么，差点抱着她一起哭起来。

羽差十分到重点线，母亲要求她复读一年，重考。这个焦躁不安的夏天，在羽身上延续了下去。

我一个人去了北京。陌生的城市，陌生的校园，以及天空中陌生的倒影。这座城市的天空更低，颜色更灰暗。这里的大多数楼房不高，一些楼却高得突兀，摩天大楼的倒影从一片连绵的低矮老房子的轮廓里伸出，倒立着冲着街上的人头，让人焦虑不安。夜晚时，这里的灯光也更加密集。城市已经很亮了，再加上天上双倍的亮度，夜晚在这里荡然无存。

但这丝毫不影响大学里年轻生命们的躁动和欢欣鼓舞。新生们拎着大包小包，搬进宿舍。社团招新的海报贴得到处都是，色彩斑斓。这里的学生大多是北方人，从南方来的很少。北方口音高昂的语调和热情的大呼小叫，让这里充满喜气洋洋的气息。面对崭新的一切，我却拿不出半点接触和融入的力气。

我捧着书在教学楼之间匆忙行走，常常一抬头，误以为会看见羽，看见她总是长得太快挡住眼睛的刘海。我几乎想不起来，在认识羽之前，我是如何生活的。如何一个人吃饭，一个人走路，如何一个人缴各种费用，填各种手续表格，如何忍受因为没有父母在身边而遭受的别的孩子的白眼，忍受孤独。唯一让我宽慰的时刻，就是在图书馆平坦的大桌子上给羽写邮件的时候。我描述我看到的一切，我生活里琐碎的细节，最后在信的结尾轻描淡写地写出我最想对她说的一句话：

"我想念你。"

羽在学校没法上网，只有每两周放大周末回家时，才给我回邮件。羽的邮件涂满灰色。

她说："我昨天回家，他们又吵架了，因为继父很晚才回家，到家了还在和别的女人发信息。他们吵完后，母亲跑进我的房间斥责我没用，说她已经这样辛苦，为了我苦苦经营婚姻，我却不争气，成绩越考越差，不能给她一点点生活的甜头。可她当初未婚先育生下我，就是为了用孩子拴住爸爸，现在又想用弟弟拴住继父。孩子和父母，到底谁是谁的牢笼？呵呵。"

羽又说："那块荒地没了，野草地被挖了，填上一片齐整的草坪。那棵不长叶子只有树干的老树也不见了，换成了一排青青的小树苗。平衡木下有人用石头在水泥路上划刻，留下许多字。我只待了一会儿，就有人走过来了。我不知为什么觉得很不安，逃跑似的走开了。"

"那里已经不属于我们两人了。"羽说道，字里行间透着悲伤。

我不想她这样悲伤，所以努力将大学生活描述成令人期待的模样，告诉她：大学和想象中一样，有很多自由，大把的时间，大把的社团活动。我去看了社团招新的海报，看起来都挺有趣的，但我一个也没加入。我想等你来了一起挑，然后一起加入。学校的图书馆很棒，我经常去那里一待就是一天。我们学校的图书馆有八层，每一层都是不一样的专业书，不像我们高中的图书馆，只是做做样子，总是不开。生物专业的书足足有一个阅览室，书目繁多，动物生物学、植物生物学、微生物学、生物化学、遗传学、细胞生物学、分子生物学。虽然专业是我随便选的，但这个选择看起来不赖，至少足够丰富。而虚构类文学，足足有两个阅览室，我们恐怕大学四年都看不完。这里的图书馆开到每晚十一点。等你来了，我们可以一起泡图书馆。

我想念你。

这个令人焦躁的夏天迟迟没有结束。晚间的风丝毫没有变凉，树叶也没有一点变黄的迹象。仿佛这个恼人的夏天在所有人身上延续下去了。一开始我以为是大城市的地热导致夏天走得晚些。但很快，电视新闻开始报道这个异常事件，整个北半球都停留在了夏天，而南半球停留在了冬天。

一股令人不安的气氛蔓延开来，就像倒影刚出现的时候。

上帝基因 ^3

小梨的头顶又多了一道疤。我给他做了包扎，戴上一顶棒球帽遮掩着。羽抱着他，顺利通过了火车站的安检。反而是我的行李箱因为检测到刀具被拦了下来。我假装成一个要出差去给一位娇贵的病人做手术的外科医生，才被放行。

我们在候车室随便找个位置坐下。羽一直紧紧抱着小梨，一只手轻轻抚摩他的头顶。她还在为那个创口心疼。候车室只坐了寥寥几个人，一大片的空位，光洁的大理石墙上挂着巨大的白底大广告牌，越发显得空旷。

"人真少。"羽说。

"是啊。不比我们小时候。"

儿时的记忆中，火车站这种地方总是人满为患，我们常常站立着等待，或者坐在自己的行李上。地球上的人口骤减是近十五年来发生的事。似乎是从我们这代人开始，愿意结婚生孩子的人越来越少了。尽管国家早就放开了计划生育政策，却没什么人愿意生，发二胎补贴也没用。很快，生育率跌到了十五年来最低点。

而感觉到城市变得空旷，并没有花太长时间。起初，在全人类不再有婴儿出生的那一天，你走在街上，商场里，地铁里，突然觉得少了一些压迫感，获得了一丝喘息。而后的一周，你觉得压迫感越来越少了，人们不再争抢电梯，不再争抢一趟地铁，不再焦虑地等公共卫生间。因为不再有新的人类和你争抢城市上空污浊的空气，而旧的人类，正在死去。一个月后，你就发现，街道上的人明显变少了。

有那么四五年的时间，我感受着周围的人流密度越来越小，终于可以在周末的早晨享受清静的公园。夜间倒影里的灯光也减少了许多，有时候甚至可以用肉眼看到绿星。

远处的几个乘客频频朝我们这边看，主要是盯着小梨看。毕竟现在在街上很难看见孩子了。孩子成了一个稀奇的物种。

一位老奶奶径直朝我们走来，小心地问我们可不可以看一看孩子。她这个年龄的人，传宗接代的观念还很强，对孩子的喜爱也可以理解。羽微笑了一下，将小梨的脸转向她。她满脸慈爱，直夸小梨是个可爱的孩子。

"要是我有个这样的孙子，现在死去也没有遗憾喽。"她说着属于她那个年代的老生常谈，眼神转而黯淡下去，"可是我那个儿子，连婚都不愿意结……你们现在这些年轻人哪，是有多讨厌结婚生孩子……"

我不确定老奶奶是否理解全人类已经无法生出孩子的情况。或许她知道，但不愿承认，对这个年纪的老人来说，永远不会再有子嗣的事实，对他们的晚年过于残酷了。小时候我们总以为世界是静止的，老人生来就这么老，叔叔阿姨生来就是叔叔阿姨，而自己，也将永远是个小孩。现在世界真的变成这样了。这位老奶奶又是否明白，她不会死去了，她将永远作为一个老人活着？

她仍然笑盈盈的，向羽问道："姑娘，你怎么就愿意结婚呢？你说说，我跟我儿子说说去。"

羽低头笑了笑。"也许是，刚好遇到了对的人吧。"

老奶奶走后，我问羽："如果当初和你一起复读的人是我，你还会和凡在一起吗？"

羽笑着说："你们不一样啊。"

"哪里不一样？"

"凡和别人都不一样。怎么说呢，后来和他相处久了，我才明白那种特别，就好像，他的周围自动划出一个安全空间，只要待在他身边就可以很安全。有一次我的笔记本被人扔到教室前面，他捡起我的本子向我走来，就好像一个安全的泡泡慢慢笼罩我，我就不再焦虑了，也不再对周围戏弄我的同学感到怨恨。那天晚自修结束，走回寝室的时候，我又遇到了他。我向他道谢，白天班级里闹哄哄的，都没能好好和他说话。我们聊了很多，关于高复的压力，关于教室里形形色色的同学。他说了很多安慰我的话。后来我就经常和他偷偷找没人的教室，一起熬夜复习。只要在他身边，我就觉得安心。"

"那就一定要结婚吗？"我仍然忘不了我们当初信誓旦旦地说，我们"不要结婚，不要生孩子"。

"如今不结婚都变成一件正常事了。你却结了婚，还生下了小梨。"我说着，带着不甘的嘲弄。

羽没有生气，说："各人的选择不同罢了。"

我们的高铁检票了。三三两两的人从候车室的各个角落聚拢过来。有人看见我们手里的小孩，脸上闪过一丝厌恶，礼貌地退到队伍最后面来保持距离，仿佛我们手里抱着的不是婴儿，而是什么怪物。这种恐惧小孩的人如今也十分常见，他们憎恶繁衍的责任，憎恶不自由，连带着憎恶孩子，正如他们憎恶天空的限制，憎恶给天空罩上一层镜子的外星人。不过我偶尔会想，如果不是外星人介入，他们（也包括我）对繁衍的憎恶迟早会让人类走向灭绝。

我和羽总算顺利上了高铁。两旁高大的乔木和远处耸起的摩天大楼，与天上的倒影一起，纷纷从我们身边退去。

我的手机响了一下，是小日的短信。

"你再不回复，章教授要生气了，我管不了啦……"

我笑了笑，放下手机，望了一眼窗外快速倒退的风景。不管人类的命运会如何，我们都将远离这里，建立我们自己的生活，我和羽。

天空倒影^4

羽的生活依旧在考试与讲题的循环之中，好像气候的异常不曾对他们有半点影响，就像我们高三那年。羽说，他们的班主任是个皮肤惨白、没有表情的势利眼，按照成绩排位置。她上一次月考没发挥好，被排在了倒数第二排，和一帮自知没有希望也不好好学习的坏学生坐一起。他们总是吵闹，嘻嘻哈哈，时不时嘲笑一下埋头做题的她。她和他们说不上半句话。

我对羽说，我们系大一的人都被安排去观察记录动植物的变化了，明明专业课还没上多少。一开始大家都觉得这个工作挺有趣的，比在教室上课有趣。我们每人被划分了校园里的片区，每人在所属的片区里随机选取三株植物做观察记录，记录每一株植物的位置、高度、颜色，还得数叶片的数量，就差给每一株植物取名字了。我负责的是三棵紫薇，真不知道选杨树那种高大树木的人要怎么数叶子。一个月后，所有人都厌烦不堪。因为它们几乎没有变化。它们每隔几天掉几片旧叶子，长几片新叶子，一直保持在夏天的生长状态。这可已经是十二月了。你那里有什么变化吗？

我想念你。

大学里的第一个寒假很快到了，实际上是一个暑假。我没有地方去，继续住在学校里。顺便加入了吴老师假期里做的实验项目。吴老师刚来系里一年，只带了两个研究生，人手不足。我和几个研究生一块去周边的郊区和乡下做观察作业，依旧是打下手。和之前的观察作业类似，但是更加严苛，需要记录的数据也更多，比如要测量每株植物的环境温度和根部泥土的湿度，还有细微的生长速度。已经完成了三熟，本该开始枯萎的水稻重新开始生长，竟开始了第四熟……照这样下去，这个地区的粮食产量将远远大于所需。不过据说，南半球的国家已经在从我们这里大量进口粮食了。我经常在田间待上一整天，又热又累，回到宿舍瘫倒就睡。

我想念你。

我开始参加研究生每周的组会了。组会上每人讲解一篇自己最近读的论文，通常都是英文的。吴老师让我也上台讲，我很惊讶，也有点激动。吴老师是个三十岁出头的女老师，单身，白白净净，一门心思扑在科研上，心思单纯得像个中学生，每回一聊实验就两眼放光。她对我们几乎没有限制，也从不把我当成本科生。她觉得只要想干就应该去干。她也很厉害，读博士期间就发表过两篇 SCI 论文。她可能是我大学里遇到的最欣赏的人了。

我想念你。

开学了，吴老师仍然缺少人手。我还待在项目组里，就像成了项目组的固定成员。实验室变成了我除了图书馆外去得最多的地方。有一个研究生学长总是和我一起吃饭，还约我去看电影，我拒绝了。另一个学姐提醒我，他应该是喜欢我。但我算不上喜欢他。我们从实验室出来去食堂吃午饭，他总是喋喋不休，说南半球粮食短缺，已经引起了国际局势动荡。南半球国家不得不高价进口粮食，很多北半球的人也忍受不了没完没了的冬天移民了。他说，搞不好会发生第三次世界大战。他说到世界大战时，两眼放光，一副唯恐天下不乱的模样。不过吴老师说不至于，这是全球性的生态灾难，应该会有国际组织的援助。而且，据她在澳大利亚做科研的学长说，他们已经研究出新型的温室培育技术了，效率比之前高三倍。"科学总会解决各种困难的。"吴老师说。我相信她。她的话让人安心。

我想念你。

昨天我们的实验分析结果出来了，差异显著。我们证明了一件事：植物变得无论在室外光照环境还是室内黑暗环境里都是一样的生物节律了。植物的生物节律已经完全改变了。造成这种改变的原因却难以获知。吴老师带我们去吃了一顿庆功宴。我第一次听吴老师聊到她自己的生活，原来她之前交往过一个男朋友，处了三年，却在临结婚时因为小事吵架分手了。她说，还是单身好，她以后也不打算结婚了，就和学术过一辈子。我觉得她过得挺开心的，洒脱，自在。还记得我们高中时说不想结婚吗？应该没那么难。不过虽然是庆功宴，吴老师却对这个实验结果感到心情很沉重。她说，这意味着，地球上的生物发生了人类难以理解的变异。生态是连锁反应的，这个影响必然会带来其他影响。谁也不知道接下来会发生什么。不过，羽，你只要安心备考就可以了。因为吴老师说，至少一两年内，地球生态还会呈现稳定状态。无论以后发生什么，我们都可以一起面对。

我想念你。

四月的一天，我打开邮件，突然意识到羽已经半年没给我发邮件了。她的最后一封邮件，写的是凡的出现。

"后排那些高个子的男生打闹得厉害，我让他们别吵了，他们却把我的笔记本向空中扔去。它落在了教室的另一头。一个男生帮我捡起来，拿着本子向我走来。你猜他是谁？你绝对想不到，他就是倒影刚出现的那天，带我去医务室的那个男生。"

又是一个六月，高考在即，炎热烧灼着每一个人。难以想象，这种天气竟持续了一整年。一想到马上就可以和羽见面，我就会突然傻笑起来。我忍耐着心里的欢喜，到了高考完那天，才给羽打电话，问她考得如何，说我已经把北京的高校资料都看了一遍，比我当年填志愿时还仔细，肯定能给她参考。我兴奋地说着，在大学的一年里都没对谁说过这么多话。

"舒连。"羽打断我的滔滔不绝，"我会去上海，和凡一起。"

一时间，天空中的大楼仿佛一齐向我压来，我几乎喘不过气来。我问为什么，她说她喜欢凡，凡也喜欢她。

"那我呢？"

"你是我的好朋友。"

仅仅是朋友吗？这个问题在我心里长出，像墙缝里长出的不甘心的小草。但我没问出口。我一个劲地追问她："那我们的约定呢？我们说过要一直在一起的。我们的约定算什么？"

"人是会长大的，舒连。"

那次电话以我们的争吵结束，带着诀别的意味。那之后，我们再没联系过。

上帝基因 ^4

我们的目的地，是福建沿海的一座小城。虽然一样看不见太阳，但宽广的天空和海水的折射使这里的空气清晰度更高，天空竟有几分水蓝色。

这座城市的火车站样式朴素老旧，地板还是青灰色的水泥地砖，有种灰扑扑的岁月感。我们在无人的公交车站牌下等待，看着一些行人来来往往。他们的头发自然地暴露在光线下，时不时仰头瞥一眼天空，仿佛赶路的途中，随意地看两眼风景。他们松弛和坦然的态度，与北京那边的人对天空的畏惧截然相反。

刚走出火车站没一会儿，我的手机便响起起来，来电显示"章林宇"，备注"父亲"。

他的电话依然让我惊讶。当初得知他是项目总负责人时，我一度很抗拒，因为我不知道要怎样和一个叫作父亲的人相处。后来知道项目协作的对接人是小日，我和父亲不会有任何直接联系，他的研究院校与我也不在同一个城市，我才接受了下来。我们得以维持从小到大的默契——沉默。这九年来，除了几封常规的工作邮件往来，我没和他有过任何交流。

"喂。"

"喂。"

同样干涩的两声问候后，两人都只剩下沉默。

我用和小时候每次打电话时一样事务性的语气说道："数据资料我都已经移交了，辞呈也发了。"

"我知道。"

"我是按照合法流程退出的。"我有点急于澄清自己。

"嗯。"他平淡地应了一声，"现在没有任何理由能让你回来了吗？"

"没有吧。我对科研和拯救人类都没什么想法。"

"如果我要求你回来呢？"

"你说什么？"

"我要求你回来，以父亲的身份。"

我一时愣住了。这么多年来，他都不是那种会拿出家长威严来要求子女的人。他放任我的学习，放任我胡乱地填专业，放任我的所有选择，如今却在一件公事上，以父亲的身份来要求我？

"为什么？"我说，"我的意思是，凭什么？"

"我希望这个项目继续，希望有生之年能看到它的成果。除此之外，我的人生没有别的愿望了。"

他的语气莫名有点悲凉，可此时我的心被隐隐的愤怒所控制。

"可是这与我无关。"我毫不客气地说，"我们之间，除了血缘，从来就没有别的关系吧。"

我的强硬让他一时哑然。他嘀咕了一句什么，声音很轻，我没有听清。

"别费功夫了，我不会回去的。"说完这最后一句，我挂了电话。

羽见我面色难看，关切地问道："没事吧？"

"没事。"

"是不是因为我，你受到压力了？"

"没事的。他们总会接受我的决定的，只是需要一点时间。"

我和羽又在站牌下等了十五分钟，仍然不见有公交车过来。

一辆棕色的破旧小汽车开过来，车窗里伸出一个小小的圆脑袋。"去哪儿？我带你们。"

那是个十二三岁的孩子，五官稚嫩，表情却透出一股老练的市侩气。这也正常，他作为一个十二三岁的孩子已经九年，实际年龄也二十多岁了。

见我们不搭理他，他便拔高了嗓音："现在人本来就少，火车站又偏，这边的公交路线都变成三小时一趟了。你们前面那趟刚过去四十分钟，哎呀，真的，不骗你们。"

他用孩童的高亮嗓音假装成熟的音调，听起来有点可爱。

"你开车多久了呀？"我问他。

"哎呀，你别看我长得小，我可是老司机啦！"

我和羽被逗得笑出声来。"我们上去吧。"羽说。

我将手机里存的地址给小司机看。"就到这里。你可别绕路啊，我手机导航开着呢。"

小司机看了一眼。"这是个好地方啊。靠山临海，特别适合养老。"

我没接话。小司机自顾自说下去："我们这地方，确实适合养老。最近挺多外地人来我们这儿买房的。你们不会也是吧？"

"是啊。打算住下来。"

"那太巧啦。过几天刚好要祭拜，你们可以去看看，感受感受本地的风土人情。"

"祭拜什么？"

小司机伸出一根食指，指了指天。"当然是外星人啦。"

"你们这儿的人，不恨外星人吗？"

"为什么要恨，不就是外星人让我们长生不老的吗？"

"是。但他们也囚禁了人类。"

"哎，不就是不能发射宇宙飞船了吗！这和我们普通老百姓有什么关系？"

"你就不想长大？"

他顿了顿，两根短眉毛聚在一起。"以前很想，现在觉得也没关系，我心里早就把自己当作大人了！"

也许真的只有文化界学术界那些象牙塔里的人，才在意人类能不能长大吧。对普通人来说，不过是换一种方式继续过日子而已。

"我们去哪儿？"羽问我。

"等会儿你就知道了。"

车子渐渐驶离城区，来到了城市边郊的盘山公路上，很快我们就看见海平面了。这片丘陵植被茂盛，绿油油的宽大叶片硬挺地张着，像在出汗，连空气都像是绿色的。

车子继续沿着一条沿海的公路行驶。公路一侧的半山腰出现一栋白色的建筑，是一栋三层楼的小房子。

"快到了。"我说，"绕过这个山头。"

"是那个白房子？"

"是的，我们的白房子。"

绿星 ^1

高考录取结果出来后，羽给我发了一封邮件，简单交代了她要去的学校和要学的专业。我没有回复她，甚至无法仔细去阅读邮件里的文字。仿佛那些文字是爬行的针尖，每读一个字就会扎进我心里。

我不再看过去和羽的邮件，也不再看以前爱看的小说，一门心思扑在论文上。选导师时，我理所应当地选了吴老师，继续在她的项目组里研究天空倒影对动植物的影响。仿佛是为了弥补高中时的懒散，我从早到晚待在狭小昏暗的实验室里，面对一堆仪器和一大堆数据。动植物的生物钟和季节节律都被彻底改变了，这本该是写在基因里的规律。这个观察研究很快涉及了基因层面，我跟着研究生一起学习基因领域的前沿成果，一头扎进论文的海洋。

时间过得很快，又好像从没流逝过。我考了本校的研究生，选了吴老师做导师，继续做本科时候的基因方向研究。这几年来，生物学界的实证研究领域一潭死水。掌握生物节律的基因到底是哪个？天上的倒影到底是如何影响到端粒的？没有一个人能解答。生物学界除了一些观测对照，没有任何实质性的研究进展。相比之下，各种民间和学界的论坛热闹得过头，充斥着各种满是民科气息的理论和推演，有持环境破坏论的，有说外星人干涉的，有说进化突变的。我做了几篇不痛不痒的对照性论文，在看似忙碌的生活中一点点麻木下去。直到有一天，论坛里一篇非正式发表的天文学论文吸引了我的注意。

天文学这几年式微，但还是有天文团队在孜孜不倦地研究和观察。自从倒影出现，他们再也没有观测到过任何星星，除了一颗绿色的星星。起初，他们只是在亚洲大陆上空的东南角观测到这颗星星，它位置固定，呈现绿色，只闪烁几秒钟就消失不见了。它闪烁的时间长短每次都不一样，出现的时间也不太固定，有时一个月出现一次，有时三个月一次，有时两周一次。它每次亮起时，就发射出一种之前从未被观测到的宇宙射线。但这种射线总是稍纵即逝，来不及细细观察分析。他们向其他天文台提出了观测请求，报告的星星坐标却完全不同。原来，绿星不止一颗。它们一共十二颗，分布在各个大陆上空，位置很低，似乎在大气层之下。它们分布得并不均匀，分布比例却恰好与各个大陆的人口密度的比例相同。亚洲四颗，美洲两颗，欧洲一颗，而且在空间上的距离也与人口密度成正比。论文最后的结论是："这种数学上的严谨显然是外星智慧生物所为，所针对的，正是人类。"这篇论文没能发表，因为科学界不敢轻易承认有外星人，显然，一旦承认外星人的存在，势必给整个人类社会带来恐慌。但证据已经明显到不容忽视了。

　　我很久没有这么激动过了，不仅因为这篇论文的第一作者是我父亲，更因为这个真相的冲击力。我在论文下面留言："如果说是外星人改写了动植物的基因，一切都变得好理解了。"

　　"怎么说怎么说？"一个叫作小日的 ID 在下面问我，但我没看见，就退出了论坛。

　　过了些天，小日在我们学校的食堂找到我，对我说出了那句充满荒谬感的开场白。

　　"加入我们吧，一起抵抗外星人对人类的封锁。我们已经有了天文学家、物理学家、数学家，还需要生物学家的加入！"

"那个，我只是随便说说，没有任何证据。"

"我们团队都认为你的猜想十分有价值，我们相信你的直觉！"

在他的软磨硬泡下，我同意了和他一起去观测一次绿星。

我们去的郭守敬天文台在远离城市光源的市郊，位于一片连绵的矮山中最高的山顶。这里空旷，寂静，天空中有淡淡的山丘的影子。夜晚没有灯光，地上没有，天上也没有。我们接受了一点基本的天文观测的培训，然后在这个与世隔绝的地方住下，静静等待绿星的出现，一等就是一个多月。

一个晴朗的夜晚，我们终于等到了绿星。一缕光亮在天空的东南角出现，散发着不太明显的幽幽的绿光。父亲说得没错，它像一只探头探脑的手电筒。小日赶紧调节望远镜，将倍数调到最大。望远镜中，绿星的形状渐渐清晰起来，那是一个单薄的浅绿色菱形，薄得像一片纸，它绿色的荧光将周围的云也映成绿色了，仿佛被绿色的烟雾缭绕。

我看着那抹清冷的绿色，一股久违的酸胀感从心底涌上来。我突然无比想念羽，想念得掉下泪来。

我登录那个好多年不登录的邮箱，看到七八封未读邮件，全是羽的。她这些年一直每隔一段时间给我发一封邮件，用寥寥数语交代她生活里的变动，向我问好。她的最后一封邮件是一年前发的，内容只有一张红底的合照。那是她与凡的结婚登记照。

大红色的背景下，她与凡穿着黑色 T 恤，略微拘谨又郑重地微笑着。除了结婚照上的红，我想不到哪种红会同时包含喜庆和严肃；除了结婚照上的笑，我想不到哪种笑需要这样既轻松又郑重。我看着那抹红，没办法回复一句祝福的话。我放下手机，突然明白，这些年来，我从未拥有过任何东西，除了羽。我无法接受羽的离开，无法接受失去羽。直至现在，我完全失去她了。

"你怎么了？"小日问我，"怎么哭了？"

"没事。"

"好看吧，震惊吧！我第一次看也很震惊的！"小日欢快地说道。

"那个射线，很可能是基因编辑的载体。"我说。

"什么意思？"

"你知道基因编辑的原理吧？"

"知道。就是往生物体里注入一种载体，让这个载体携带编辑指令，去寻找靶基因。"

"人类当前的基因工程中，最好用的一种载体是病毒。"

"病毒？怎么个原理？"

"不知道。我们使用它，却无法说清它的原理。大自然的造物，比最为精密的人工造物还要巧妙一千倍。而绿星的射线，就相当于作为载体的病毒。"

"那是不是说，只要找到靶基因，我们就可以用人类的载体去编辑它？"

"理论上是的。"

"那我们开始吧，寻找上帝基因计划。"

"你说什么？什么基因？"

小日露出得意的微笑。"这个基因能决定人类的生长，所以叫作上帝基因。"

绿星 ^2

这栋白房子原本是当地农民的自建房，设计算不上新潮，好在款式简单，容易整改。我找人将墙面全漆成了白色，将一楼的一面墙改成落地窗，又在平坦的楼顶上种上了蒲公英和雏菊。如果不是因为人口锐减，房价降低，我大概一辈子也买不起这栋房子。

羽站在白房子前，看了好久。

"没想到你还记得。"

我笑了笑。"这里远离市区和人群，可以让我们住得很舒服，也很适合小梨的成长。"

我和羽开始布置白房子。羽先收拾出一个向南的房间给小梨当婴儿房，放置好婴儿床，在房间和客厅的各个角落铺上泡沫垫子。我在院子里移植了几棵树，放置了一架秋千，在房顶花园中摆上一套藤制桌椅。

我们没有在院子里搭遮阳伞，而是像本地人一样，坦率地直面天空。我和羽都喜欢看天空，我们属于这里。这里的倒影线条简单分明，因空气的清透竟映出地面上的一些绿色和蓝色，像天真的儿童简笔画。

我注视着在院子里晾衣服的羽，心中的快乐像波光粼粼的溪水，叮咚作响。我们的约定，我们的梦想，终于实现了。

夜幕降临，不远处的山坡上逐渐聚集起一些人。他们或站着，或坐在草地上，都抬头仰望着，像在等待什么。山坡最突出的位置设了一个石台，上面摆了水果甜点等祭品，中央的一碗米饭上插着香。看起来和农村里普通的祭拜没什么两样。

"那就是小司机说的祭拜吧。"我说。

"应该是。我们也过去看看吧。"

我和羽来到山坡上，和本地人站在一起。凌晨一点时，人群躁动起来，纷纷看向天空的东南角。那里有一个绿点在闪烁。是绿星出现了。

我看见人们拉起手来，眼中含着亮光，脸上挂满崇敬，接受被我们称为载体的射线的照射，接受它对自己的编辑。我也拉起羽的手。她正怔怔地看向绿星，脸庞和本地人一样虔诚。她很适合这里，我心想。她接受上天给自己的一切安排，活得从容如水。我想起从前的科学研究科学思想，在这样的虔诚面前，都不值一提。

"希望小梨的记忆快点好起来。"羽双手合十，低头轻语着。我意识到她在祷告，向神。

"什么时候给小梨做手术？"羽问。

"很快，最后一件仪器一到，我们就可以开始了。"

然而，就在我准备手术的前一天，小日和快递一起出现在了白房子门口。

他细瘦的胳膊撑在门框上，手里拿着我的包裹。

"给我。"我对他伸出手。

"你真要做那个手术？"

"是的。"我说，"我不会回去的。"

"好吧。"他撇了撇嘴，不情愿地把包裹递给我，"章教授让我来，是告诉你，如果你真要做的话……"他的神情严肃起来。

"你说什么都没用，我做好了付出一切代价的准备。"

"可以让我在你边上记录最后一组数据吗？"

我哧地笑出声来，没想到到头来，他关心的仍然是科研本身。我答应了。

小日成了我的实验助手，和我一起布置了手术室。他从背包里拿出项目组的那台生物信号记录仪器，把它摆在桌上。很难想象他瘦弱的肩膀是怎么一路把它背过来的。

我又一次切开小梨的头盖骨，最后一次将光纤放了进去。

"准备好了吗？"小日说。

"嗯。"

小日按下了光刺激器的开关。那个手掌大的刺激器，就像一个指令发射器，发出一束将彻底改变小梨记忆神经元的蓝色荧光。

此时，夜空中突然射下一道细细的光柱，带着不明显的绿色荧光。它细细的，发散的光线使人眼看不清它的轮廓，只觉得表面有纤维的质感，每一条纤维都透着光。在它的顶端，绿色的光线像蘑菇一样扩展开来，整体来看，它像伫立在天地之间的一根光钉。

我、小日、羽，一齐盯着那根光钉，被它深深地吸引住了。与此同时，光刺激器发出一个声音，表明基因编辑完成了。我赶紧回头去看。小梨的手术成功了。

然而，还没等我放松下来，通体发亮的光钉突然从下至上地消失了，又变成了闪烁的绿星。光刺激器发出一个表示异常的响声，小梨的记忆神经元又变回了原来的样子。

夜空寂静无声，山坡上的居民房却传来一阵喧嚣。人们在为刚才的景象而惊叹，纷纷猜测神的旨意。

"我明白了。"我说，"绿星的射线不但是载体，还是发射编辑指令的发射器。"

"你是说，就像这个？"小日拿起搁在桌上的光刺激器。

"嗯。不过它和我们地球上的这种小发射器的技术不在一个层次，很可能内含一台高性能计算机和一台高精密度的生物信号探测器。"

我继续说道："我们一直以为，绿星射线是从地球之外传过来的，但实际上，这个发射器就在地球上空，只不过平时不显现出来。它之所以被放在这么近的地方，是为了更加频繁和快速地编辑基因。他们在实时编辑所有新生长出的细胞的基因。"

小日惊诧地大叫："同时编辑全体人类全身的基因，这怎么可能做到！"

"我们做不到，但他们可以。"

"我们一直以来都错了。"我叹了口气，"我们之所以找不到上帝基因，是因为，它从来就不存在。生命体的各部分组织各自生长，就像一台高度协调的精密仪器。我们一直理解错了这台机器的原理，它不是由什么上帝基因统一控制的，而是像蜂群一样，通过简单的规则协调起来的小生态系统。小日，我们真的不是拯救人类的人啊。"

"手术失败了，羽。"我看向羽说，"对不起，我还是没能治好小梨。"

羽却摇摇头。"没事，我已经不在意了。只要和小梨一直在一起就好了。"

她转过头，对我微笑起来。微风吹拂着她的发丝，她的微笑和高中时一样好看。

地球倒影

小日回去了，带着他想要的数据，垂头丧气。我在当地的中学找了一份生物老师的工作，每日打卡上班。羽则在家里照顾小梨。院子里的植物逐渐茂盛了起来，橘色和红色的雏菊在栅栏边闪烁着鲜亮的颜色，蒲公英的羽毛在日光下飞舞，累了就打一个旋，停在羽晾晒的被单上。每日我从学校下班回来，就能看见羽抱着小梨坐在我安置的秋千上轻轻晃悠。日子宁静而简单，却和我想象中的不太一样。羽并没有因为飞舞的蒲公英露出欣喜的表情，一次也没有。她的眼睛一直看着小梨，她指向蒲公英的手指是为小梨而指的。她和我聊天的话题也总集中在小梨身上，鲜少跟我聊她内心的想法。

有一天，我忍不住对羽说："我很怀念我们高中的时候。那时候我们经常在校园里瞎逛，逛到天黑，无话不谈。"

"是啊。那时候还经常相互写信来着。"

"我有一个感觉。"

"什么？"

"我们和那时候的我们完全不同了。"

"人是会长大的。"羽说。

又是这句话。这句话听起来是一句老生常谈的人生智慧，一句充满怀念之情的慰藉。可是我讨厌它。

"是因为你有了小梨。"

"小梨是很大一部分原因吧。"

"你到底为什么要生下小梨？"我又问了她一次。

"还记得我说过凡拥有一种特别的能力吗？"

"记得，你说他能让人感到安心。"

"我好羡慕他，我也想拥有这种能力，让人安心的能力。在我成长的家庭里，我不曾感受过这种安心，但我希望小梨可以有。"

又是小梨。我小心翼翼地问道："我们还有办法回到过去吗？哪怕只是一瞬间……"

"不太可能吧。除非时间倒流。"

那次与羽谈话之后，我一直很沮丧，仿佛心中一直渴求的一幅画卷被水洇湿了。可是时间不会因为我的沮丧而停滞，而倒流。原以为日子便会如此暗淡下去了，然而没过多久，小日来告诉我，他们解开了外星人对人类的封锁。

"人类又可以继续长大，继续变老了吗？"我不确定这是不是一件好事，至少这个小城的居民都并不想变老死去。

"不，每个人都能选择自己的命运走向，长大，停滞，甚至变小。"

那天小日回去后，他们根据数据分析的结果制定了新的方案。既然无法摆脱绿星的影响用人类的方式实现基因编辑，他们就决定直接摧毁编辑指令的发射器，即十二根光钉。他们仔细研究了光钉的材料，那是一种地球上不曾有人见过的，极具韧性，可以轻易改变密度和光波的材料，就像是光本身。所幸，他们的物理组发现一种纳米材料做的燃烧弹可以破坏它们。他们挑好了日子，决定使用纳米燃烧弹，将地球上空的所有光钉付之一炬。

就在那个日子到来的前一晚，外星文明主动现身了，通过光钉给他们发了讯息。

讯息中，外星文明和言细语，请求他们不要做出摧毁光钉的举动。"我们这么做，纯粹是出于对人类的保护。"

讯息中说，他们用光钉封锁住地球，是因为地球上的人口增长速度已经不足以支撑整个种族的繁衍。照现在的人口增长率，不出三百年，人类将会灭绝。他们为了保护人类免于灭绝，才封锁了地球，停止了人类的生长。虽然这不能免除意外事故死亡和蓄意的自杀，但生存下去是所有生命的本能。等到减去意外死亡与自杀的人口，充足的公共设施和粮食，将会保证活下来的人的生存质量。意外死亡与自杀的人的数量，远远少于战争冲突中死去的人的数量。最终，人类会保持在一个稳定的数量，只要不去宇宙中冒险，不碰到其他星球的物种，就能在地球上长存下去。而停滞下来的各个年龄段，将如时光切片一般，很好地呈现出人类这个族群的种种面貌。

"这不就是把人类当濒危物种关在动物园里吗？那个光钉，就是高科技栅栏而已。"

"对，我们也是这么回应他们的。"小日说，"事实上，如果不是我们发现了光钉的存在，想到破坏光钉的办法，他们恐怕永远不会派人下来和地球人直接交流。"

"很正常，"我说，"一个高等文明对待低等文明的态度，就是不沟通，一味地按自己的意愿去对待他们。"

"可是我们地球人怎么能被如此小觑呢，哼。"

小日说，他当即表示了反对，义正词严地要求外星人正视人类的自由意志和生育权，最终为全人类争取到了属于每个个体的选择权。不过事实上，最后达成协定的原因是，关于人类的未来，连各个国家的政府内部也达不成一致意见。

我把这个消息告诉羽，我们都很高兴。因为这一次，时间真的可以倒流了。

地球上空的十二根光钉在白天的日光下显形，实体化成细细的白色柱状体。每个白色柱状体的下端，又慢慢膨胀成一个白色的蛋形建筑。人们将一批一批被安排进入其中，选择自己的命运。

离我们最近的一根光钉，位于南海的海面上。远远地，我看见那栋白色建筑浮在海面之上，在阳光下熠熠生辉。它的四壁没有完全封闭，白色的屋顶像水一样随意地流淌下来，像海面上一个造型优雅的亭子。我们乘船过去，才发现里面很大，像一座充满海浪回声的教堂。我不由得闭上双眼，深深地呼吸。涛声徐徐而来，粼粼的波光反射在纯白的天花板上，到处是洁白的光亮，仿佛身处神的领域。我划船抵达其中一根白色的柱子，羽划到了另一根。这些柱子上细下粗，与腰齐平的地方凸出一个操作面板，上面只有三个按键，分别对应停止、变老、变小三个选项。

没有什么可犹豫的，我按下了"变小"按键。过往的画面向我扑面而来，在我的脑海里越来越清晰。谢谢神，曾经相互依存着的两个少女，马上就要回来了。

我怀着感恩之心轻快地走出白色建筑时，羽也从另一边走了出来。

"我已经开始感到我身体里的时间在倒流了。"我欣喜地对羽说。

"我也感到身体重新开始变老了。我可以看着小梨长大，然后陪着他慢慢变老。"

我惊讶地看着羽。她的脸庞平静而安详，仿佛宇宙中的万事万物都在既定的轨道上平稳地运转着。

"不是说好，要一起回到从前的吗？"我发现我的声音在颤抖，像极了哭泣。

"是啊。回到人类停止生长之前的轨道。"

原来，她的从前和我以为的从前，从来都不是同一个从前。

"舒连，你是我最好的朋友。"羽继续说道，保持着平静，"这么多年来，你一直把我放在过去怀念，但事实上，我们谁都不可能留在原地。人都会长大，需要做出选择，需要为自己的选择负责。"

温热的眼泪从我的脸颊滑下，夹带着咸咸的海风。我不知道我能不能接受这一切，我需要时间。可我的时间在倒流，我的时间越来越少了。

父亲给我打了一个电话，告诉我他选择了继续变老。

"舒连，我欠你一句抱歉。"他说道，声音听起来很虚弱，"我上次给你打电话，就是想跟你说抱歉。可是你挂电话太快了。现在，我必须得说了，因为我没有太多时间了。"

我这才知道，他在停止生长之前，就已经身患肝癌。他选择变老后，身上的癌细胞也继续扩散了。他等同于选择了死。

"为什么要选择死？"我问他。

他说他从来不是一个对生命有热情的人，只是星空的谜题一直吸引着他往前走。现在所有的谜底都已揭开，他这一辈子已经足够了。他唯一愧对的，就是我。他从小患有自闭症，生来情感淡漠，无法与人亲近，只喜欢一个劲盯着星星。他这样的人，本不该拥有家庭的。可是他的母亲，也就是我的奶奶，对传宗接代有着世俗的执着，费尽心力安排一个女孩与他结了婚，并生下了我。我六岁那年，奶奶去世了，而女孩终究知道了他常年的冷漠背后的原因。女孩觉得受到欺骗，也离开了他。他连与人待在同一个房间都难以忍受，更别提抚养孩子了，便将我送到了寄宿学校。

"舒连，对不起。"他对我说，"听小日说，你这么多年也没有过恋人或亲密的人。是我的缘故，连累你也无法爱人吧。对不起。"

他诚恳的声音差点把我弄哭了，但想到小日天天不知道传我什么八卦，我又觉得十分好笑。

"这点你可以放心，我没有遗传你。我有爱的人。"

听到我这么说，他便放下心来。疼痛使他发出呻吟。他长长地、放松地舒了一口气，仿佛放下了所有负担。然后他告诉我他得躺一会儿了。我们挂了电话。

小日也选择了继续变老。他听说我选择了变小，便来取笑我。"再过几年，我就比你大啦，到时候你得管我叫哥哥。"

我正想呵斥他，他又接着说："等你变成小妹妹，就由我来照顾你吧。"

我第一次发现，这个少年，竟有小天使般温暖的一面。

"再跟我讲讲你们是怎么和外星人交谈的吧。"我对小日说。

小日说，那时他们正在光钉下方的海面上布置燃烧弹，光钉突然凭空显现，它面朝海面的尾端慢慢膨大起来，像一颗正在制作的方糖。方糖的末端慢慢形成一栋乳白色的建筑，形状像自然形成的岩洞，但材质光洁晶莹，不似人间之物。他们走进白色的岩洞里，岩洞内壁便开始浮现出一行行文字，是人类的文字。外星文明通晓人类的语言与沟通方式，岩洞内的人类说一句，他们便在墙上显示一句话作为回应。当小日义正词严地与他们谈判，争取人类的自由时，白色的岩洞内发出一阵轻微的、带回声的嗡鸣，仿佛受到某种震撼而发出的回响。不过这都是小日自己说的。

"你怎么和他们谈判的？"我笑着问小日。

"我就说，人类应该自己负起选择的责任。即使灭绝，也是人类自己的选择，结局由人类自己来背负。"

我忽然理解了羽对我说的话。是啊，每个人都应该为自己的选择负责，而不是为别人的选择负责，或者让别人为自己负责。羽选择了继续长大，选择了照顾小梨；我选择回到过去，就要面对没有羽的过去。我们都要为自己的选择负责啊。

"对了，天上的倒影是怎么回事呢？外星人说了吗？"我问小日。

"哦，那只是光钉用光织成地球屏障时，附带的反光。"

只是反光，附带的？我笑起来。这附赠的地球倒影，却充斥了我和羽的整个少年时代，成了那段忧郁天真的少年时光的背景。

我想起了与羽在图书馆的天台上看倒影的那个傍晚。墨色慢慢浸染了倒影，低矮的天空仿佛一幅倒画的水墨画，一笔一笔映照着地上的一切。

羽说："天空下的人只会陷入和自己的反复纠葛里，只能看见自己的倒影。"

那时我心中冒出来一句话，但没好意思说出口。我想说："我看到的倒影里，全都是你。"

苏民

科幻作家，科幻编剧。短篇小说代表作有《地球倒影》《替囊》《后意识时代》等，长篇小说代表作有《时间病人》。《替囊》获未来事务管理局读者票选"2019 我最喜爱的科幻春晚小说"。《后意识时代》被选为2020 年中国科幻读者选择奖（引力奖）最佳短篇小说。

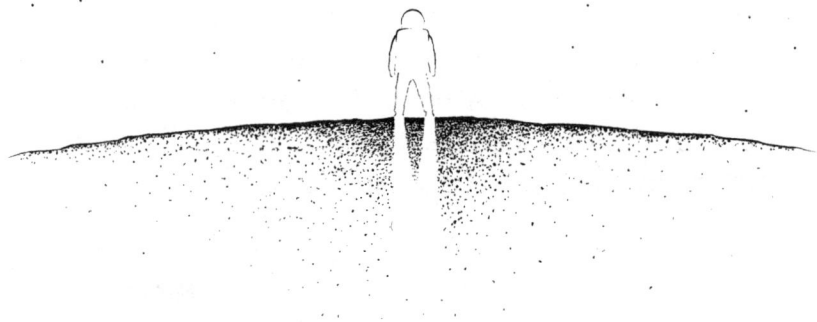

咸菜/文 _____ 死者星球

我记性向来不错。五岁那年，母亲意外去世，听到消息的父亲失手把酒瓶打碎，脸色像极了石灰。

母亲死于氧矿塌陷。一场地震让矿坑变形，当时她正驾驶矿车要把富氧土壤运送出去。母亲被"捞"上来时血已流尽，只有大脑没受物理损伤。火星上的地震相当少，少到我长这么大只记得那一次。我们家倒霉。

我依然记得葬礼上，母亲衣衫轻轻鼓荡的样子。城市空调制造出的风总带着一丝藓味，她的脚在空中画着小圈子。主持葬礼的牧师宣称母亲的灵魂会去往天堂。他一脸肃穆，身穿庄严的长袍，浑身散发着宁静的光辉，似乎母亲变成天使是一件毋庸置疑的事情。后来，母亲的遗体被尸工局的人摘走，徒留空空如也的架子。

人们总是将逝去的人用彩色绳索固定在架子上，遗体的头颅仰起，双臂展开，呈一副飘飘欲飞的模样。父亲说这并不是传统，原先入土为安才是每个人的最终归宿，现在，这习惯已然消失。父亲是第二代火星人，曾亲手把爷爷奶奶葬在火星赤红的大地下。

一直到我十岁的时候，我还能时常见到母亲，她被安排在距离我们十二千米的一个机场工作。每当火星上的风暴停止疯狂舔舐，父亲又恰好有空，他就会带我穿越城市的外壳，去机场看望她。那一段路途在广袤的平原上，多数时候风暴过后会留下大量的沙尘悬浮，在其中行进如同置身茫无际涯的鸿蒙当中，火星车必须开得很慢，以避免压上大块的石头。极少的时候天空异常澄净，充满二氧化碳的大气将太阳的红光散射或吸收，徒留蓝绿笼罩世界。

机场只能容纳中小型飞行器，最常来的是中型载货空天梭，把地球来的物品从轨道上运下，再把火星上的特产装走。母亲就在指挥室里，是整个机场的统筹中枢。当天气适宜停机，母亲就会敞开机场的外壳，让指挥塔暴露在火星赤红的大地上。有时要等待很多天，才能等到这样一个合适的日子，于是就能看到停靠在火星轨道上的各式飞行器纷纷刺破大气，划破长空的奇丽场面，就像星辰降临，天女散花。

母亲安静地站在指挥室的方形龛里。父亲曾经对此提出异议，说让逝者保持躺姿才是一种尊敬，但显然被驳回了，我从不记得母亲躺下过。许多年后我成为尸工局的一名技工，才明白其中道理——躺姿不利于维护，因为大量的接口开在背后，包括营养液和防腐液的管路。

一直以来，尸工局最爱的就是像母亲那样年轻的、完好无缺的大脑，他们会根据工作的性质，选择性激活大脑的功能区域。母亲的备忘书上明确记载，激活的有布洛卡区、角回区、威尔尼克区等十几个脑区。但没人知道怎么唤回自我意识。研究者们认为自我意识是一次性的，一旦死亡就不能重回人体。

可能是考虑到家属的感受，他们修补了母亲的身体，把挤扁的身体用混合了干细胞的生物凝胶粘好。随着凝胶逐渐挥发，增生的细胞填补空白，还母亲一副完整的身躯。

母亲套一身蓝色工装，工装上镶着工号和工作地点，脖子上挂着表明生前身份和户口地址的小牌子。有一次大概是维护员刚走，本该掩在衣服下面的小牌子搭在外面闪闪发亮。父亲摩挲小牌良久，嘀咕着。我听不清他嘀咕的是什么，想必是一些思念之语。再一次来的时候父亲就把母亲的项链带来了——纯正的火星特产，据说运去地球就身价倍增，穿起来的玻璃裹着各种火星氧化物，红色的一价铜、绿色的二价铁、红棕色的氢氧化铁，还有深蓝色的氧化锇，等等。我对这项链相当熟悉，它是母亲的结婚礼物，我常偷翻出来把玩，夜里流光溢彩，好像一个五彩斑斓的小小星座。

长大后我学尸工技术可能也是受到了这副模样的母亲的影响，但曾遭到父亲的强烈反对，那大约跟导致母亲远离我们的事件不无关系。那件事发生在我十岁那年的夏季尾声。火星上的夏季最是漫长，要多出秋冬两季四十多天。夏末，整日充斥天空的明绿一日暗似一日，好像感染了大地的赤红，变成深绿，变成黄绿，变成棕茶，等到铅灰覆盖天际，阴沉的秋天便正式降临。我记得那一日，风暴过后，城外世界处于清晰与模糊的晦昧边界，父亲沉默地开着火星车，电动机的微鸣和车轮的颠簸混杂在一块，火星服的头盔里，无线频道清一色响着静默独有的咝咝声。一切都透着普通的基调。

我和父亲进入指挥塔，换好衣物来到指挥室外，等待母亲放我们进去。父亲掏出酒瓶打算启酒。门打开的那一刻，我们看到一个人紧贴在母亲身上。母亲衣物尽除，肌肤透着逝者独有的苍白。那个人是尸工局的维护员，我们的出现把他吓得跳起来。刹那间震惊劈中了我和父亲，有几秒钟我们僵直不动，然后父亲的酒瓶就使劲冲那人的脑袋招呼。但可恼的是，那人侥幸逃脱，因为母亲判断维护员受到生命威胁，启动了二级防护，当那畜生在父亲和我的追打下跌跌撞撞跨出门槛时，门被断然关闭，阻隔我们。"札札，札札，"父亲喊着母亲的小名，"快让我们过去收拾那浑蛋。"然而母亲的答复是她已报警，并且保留对我们实施强制措施的选项，假如我们继续闹腾，她会把氧气抽空，让我们无力化。"札札你在说什么，是我，快让我们过去。"父亲边喊边撬门。指挥室里警灯大作，眼看母亲就要对付我们。我忙说："爸爸放弃吧，妈妈死了，她不认识我们了，停吧。"父亲先是一愣，随即被愤怒和悲郁打倒了。他跌坐在地之前，狠狠给了我一巴掌。

最终，那个维护员得到应有的惩罚，也被辞退了。父亲因损害公物被警察训诫了一通。可令人没想到的是，随后母亲就要被调离，尸工局的人来到家里，半是道歉半是安抚地告知我们。父亲难以接受，整日为此事在外奔波。我能想象他抗议，请求，乃至恳乞的样子。然而母亲的调离终究还是决定下来。据尸工局的人说，调离的原因是新工作更加重要，这儿的机场安排个老一点的大脑就可以了。在火星残酷的环境下，终归集体利益为大，个人意愿无力扭转。但父亲从没相信过那套说辞，我也没有。

黄帝岭要开采大型盐矿，是改观火星生态和经济的重要举措。母亲就是要调往那儿，成为那儿的千百尸工的一员。我们不能再像往常那样去看望她了，事实上，看望成为一种奢侈的举动。你绝不可以在尚未驯化的火星表面长时间行驶。隔三岔五的风暴会一遍遍搅动得星球混浊不堪，有时它能席卷起巨石冲撞城市外壳，制造出沉闷的咚咚声。另外是缺少氧气。即使时至今日，就在我写下这篇东西的时刻，经过多年的改造，大气里的氧含量也不过 3%，人不会想要呼吸火星空气的，纯属找死，更没人傻到认为携着氧气袋就能跨越无数裂谷、沙地和高山，地球上最凶险的地貌同火星相比立刻显得温文尔雅。只剩下飞行一途。但火星燃料矿藏稀少，加上独特的气动特征、诡变的天气等因素，客机成本高昂，常乘的人非富即贵，再不就是公务使然。父亲只是一介木匠，好多年才能去看母亲一回，再不带我。

从那时起，父亲开始酗酒，每每喝得酩酊大醉，口中念念有词，倾诉对母亲的思念之苦和对火星的愤懑情绪。的确，火星非但是个不毛之地，还是个暴躁的顽劣之徒，不论我爷爷奶奶那辈人抱着怎样崇高的理想，到我这代都磨损得所剩无几。年轻的我们无数次发问，为什么，为什么是我们来忍受火星的臭脾气？地球上有暖风和煦、水波荡漾，有歌台舞榭、夜夜笙歌，为什么是我们？这问题直至我的下下辈，也就是我外孙那代，才无声无息地解决。他们是真正意义上的火星人，贪恋赤红的大地甚于其他。

和许多地球人的认知相反，酒在火星上并不是豪奢之物，这得益于一种叫"苏洛夫仙人球"的植物，最初是由俄罗斯科学家弗拉基米尔·苏洛夫为月球培育，却在火星发扬光大。它的根系深深探入大地，只要星球还没毁灭，它就会一直改造环境。它的种子像核仁，可以酿酒。令人唏嘘的是，弗拉基米尔本人正是被这种仙人球"杀死"的。在无风的月球上，这种仙人球被设计成用弹射的方式散播种子。第一批成熟的植株让他高兴得忘乎所以，他靠得太近，结果一颗强力射出的种子打裂了他的头盔。

苏洛夫酒并不十分辛辣，反倒苦涩有余，年幼的我不理解为何父亲热衷于那样难喝的东西。个中缘由我直到年近不惑才渐有所觉，那苦涩像极了火星上的艰辛，只有品得够久才能尝出一丝香甜，生活莫不如此。

父亲消沉的后果之一是，我的初中学业半途而废，不过我倒没特别在意。火星学校的学费不菲，很多孩子连小学都没上过，但并不是说他们就没有基本知识。火星网络课程尚可，是太阳系里数得着的，说不定在宇宙范围内也数得着。

可我年纪轻轻，总不能整日窝在家里，于是父亲教我干木匠——他的老本行。苏洛夫仙人球的表皮又厚又韧，像极了皮革，扒开皮革，芯就是木匠的原材料。也不是每个芯都能用，经由恰当处理，利用率在20%。相关部门一直在力求解决这个问题，火星专家们说这是它的一个设计缺陷。要我说，当初弗拉基米尔·苏洛夫根本没想过拿它当木料使。

十八岁时我偷偷自学尸工技术，瞒着父亲，因为知道他讨厌尸工局的那伙人。可是看看四周吧，人手的不足，致使死者的身影越来越多。中高端电力网中，四成主线监控和故障记忆工作交给了定点死者；办公楼里，一颗脑袋加上一个镶嵌式芯片，就能匹敌几十号文职人员；医院里，一个重新激活的肺，可以当作呼吸器给病患提供完全真实的呼吸体验；甚至，小到饭馆里用于扯面的器械也用上了伸指肌腱。保护死者的法律不断完善，任何侮辱和伤害死者的行为，都会受到相应的惩罚。火星是最尊重死者的地方，正是死去的人给我们辟开生活的道路，给我们撑起一片天。也因此人们尊敬懂尸工技术的人。偏偏父亲是个例外。

自从难和母亲相聚，父亲多了句口头禅："愿安息。"每次他走在城市的街道上看到尸工，比如单轨车上安置的死司机，这句话便会脱口而出。这口头禅后来伴随他一生。晚年，他抵触让死者工作的情绪愈发强烈，乃至经常破口大骂尸工局不得好死，骂的对象当然也包括了我。我稍微理解父亲，我的女儿乐乐可就不行了，鸿沟将祖孙两辈隔在截然不同的两个世界。有一次乐乐问我："爸爸，爷爷说的下葬是什么？"我说："下葬就是把人埋在地下，有时还得先烧一烧，是以前的习俗，地球上现在还这样。"乐乐难以置信地说："为什么要那样对待死人呢？"我说："我也不大清楚，他们的传统认为人死后应该安静地长眠，而不是继续劳碌。"乐乐说："这传统太没道理，爷爷还说他死了才不要当尸工，好丢人。"我生气地说："不要这样说爷爷，他有他的道理，什么时候电子智能强大到不需要尸工了，火星兴许也会恢复古老的传统。"显然，我说的话超出了乐乐的想象，她带着一脸惊讶跑去找她的妈妈。

我是在医院认识的孩儿她妈，沫沫。我记得很清楚，那年地球开通火星旅游专线，大批地球人前来观光。在重力只有地球三分之一的条件里，即使提前接受过适应性培训，那些地球人也还是显得很笨拙，走路频繁摔倒，挺滑稽的。父亲去为医院安装一批专门的木质床椅，谁让地球人都是有钱的大爷，能享受好的待遇呢。我去给父亲打下手。就在走廊里沫沫和我擦肩而过，一瞬间她红色的双眼击中我的灵魂，我回头看她，她也回头看我。

沫沫那时还没毕业，是来合作医院学习的。那段时间我频繁进出医院和她的学校，乐此不疲。我对尸工技术的了解在那期间也突飞猛进，因为沫沫的主攻恰是尸体工程学。一次她偷偷带我去解剖室。这里摆放着研究用尸体。她拨拉着肠子对我说："人体是一套东拼西凑的蹩脚工程，不仅在硬件上多有缺陷，软件更是名目繁多，甚至杂乱到相互冲突的地步。就拿肠道体系来说吧，另一个名字是'肠脑'，它和迷走神经暧昧不清，暗地勾结。所以大脑好像一个没有实权的君主，体内诸侯时时各行其是，它只能后知后觉。而它自己呢，组成区块一个比一个犟，经常意见相左，所以人想要认清自己难上加难。然而，独立观察人体的各个系统、区块，会发现它们每一个都奇巧无比，潜力无穷，不得不赞叹亿万年来大自然演化的鬼斧神工，人工设计远不能媲美。尸工技术的重点就是把这些系统、区块的潜力发掘出来。所以现在的人，死后几乎能发挥全部功能，比活着时厉害多了，想想还挺讽刺的。你觉得呢？"我郑重拿出准备好的项链——是母亲的那种款式——献给她。再没有比摆弄尸体的美丽女孩更让人心动的了。

沫沫毕业那天，我开着火星车穿越城市的外壳，再一次驶在埃律西昂平原上。肆虐了许多时日的风暴停止，根据天气预报，我们有半个下午的外出时光。太阳光跋涉过 2.3 亿千米的黑暗和寒冷，把光明投至此处，是个怡人的浅绿天空。零星的苏洛夫仙人球离开城市怀抱，扎根在赤红大地上，它们是最勇敢、最坚韧的精灵。我一直驶到母亲曾经工作的机场。好多年过去，这个机场早没了，被城市的内置空港替代。指挥塔连同它的外壳被拆得干干净净，地上的痕迹因风暴的涂抹难以辨识。北方有一股细细的沙卷直抵天穹，那是斯廷弗利斯沙湖上罕见的旋气流。我和沫沫手牵手站在那里，站在我母亲曾经站过的地方。隔着厚厚的火星服，我照样能感觉到从她的指尖传来的温柔，头盔也不能阻隔我们双眸里的情意。忽然间我知道了，知道人存活于世并非没有意义，更不会毫无价值地死去。我第一次对火星产生出感激之情，相信人类殖民火星绝不是鲁莽无谋的举动。那是一场真正的爱情仪式，它的意义深刻隽永。然后我们各自带对方回去见家长。爸爸先前已经知道我偷习尸工技术，且交了个学尸体工程学的女友。当时他带着醺醺醉意，想和往常一样骂我一通，可在看见沫沫的眼睛后，他忽然噎住了。良久，他说："姑娘，我们家的给你添麻烦了。"父亲肯定想起了母亲。

火星历 72 年，一项重要的法案通过，死者的亲人可以领到一份由死者挣的工资，一时之间全球欢腾。只有父亲唉声叹气，他们少数人支持的死者下葬法案更难落地了。同年 2 月，局里安排我去安装并调试奥林匹斯山上的通信基站。

奥林匹斯山是太阳系里最壮观的景致之一，早在人类还没有宇航器之时就被发现，肆虐火星的大规模风暴从来遮掩不住它，所以人们以众神居所为其命名。在这么高的地方建一个多谱通信基站，其意义不言自明。我对这趟行程充满期待，除去奥林匹斯山本身的因素外，还因为母亲工作的地方就离那儿不远，在预计四个月的工期里，我能去看望她的机会还是很多的。

飞机到达奥林匹斯山脚下时已近黄昏。天上出现稀少的福林－詹斯大气流，云谲波诡，茫茫的苍青色泼染了黑夜前的天空。接下来是连续两个月的火星风暴，我们一行三人不得不在山城里待着。有两座城市坐落在奥林匹斯山上，一座是西坡的俄林波斯城，一座是北坡的祝融城。祝融城的风格与其他城市大异其趣，每栋建筑都有一半夯进沉积物，这些沉积物古风古貌，奇异的纹路里夹杂着长长的颗粒，静静地诉说奥林匹斯山曾经作为活火山时，那段喷发两亿年的峥嵘岁月。祝融城平均海拔一千五百米，而我的最终目的地远在两万米之上，几乎接近奥林匹斯山顶点。

奥林匹斯山大得令人难以置信，站在陆地上看不清全貌，必须得飞起来。同时，它的坡度又非常缓和。我们乘车不疾不徐一路直上，顺利来到工作站。工作站是在山体上挖出来的，通信基站会设在山体里，等到建设工作完成，只露必要部分在外。我的两个同事负责整体固定，布设电路、电气原件等，我则专门负责安装尸工。这个基站共有一百颗大脑，围山体的西、北两面水平分布，谱频甚至能触及金星。如无意外，未来我将经常造访这里，维护它们。

风暴的须角够不到这里，我平生从未经历过如此多的平和天气。白天整个天空寂寂无垠，亿万年来未曾言语。夜晚，宇宙大得不真实，繁星将夜空照得剔透，一切都纤毫毕现，脆生生的。5月42日，当我安装到第三十九个头颅时，心头猛地一颤——一个小女孩。如果她还活着，正处于天真烂漫的年纪，我联想到我家乐乐。虽然法律没有明令禁止，但小孩子尸工绝少出现，人类的基因里埋着对这类事情的厌恶。难道局里认为人迹罕至的地方无所谓？我很生气。看来父亲讨厌尸工有点道理，恐怕真有什么错误深藏在表象之下。我带着深深的歉意把小女孩的头放回恒温箱，平生第一次学起父亲说话："愿安息。"那天的天气预报说，未来三日都是少有的全天晴。我打算下山，先去城里联系总部，看能不能换一个头，再去东北方的黄帝岭。

第二天的日出明亮壮丽，我有一种受到光线压迫的错觉。脚下云气翻涌，如怒似沸，我猜云彩下面的人类世界已被照耀得绚丽多姿，只有那赤红大地亘古不变。

换头的事情并不顺利，没有足够的头颅以供取舍。我带着失落来到山脚，租辆火星车向黄帝岭进发。

黄帝岭位于阿卡狄亚平原边缘。阿卡狄亚平原是最早的殖民地之一，拥有火星上最大的浅冰资源，数座城镇伫立。火星车一路颠簸，东方视野尽头处，古老的萨希斯山脉也一路绵延，山脉上有片云彩发黄。到达盐矿后，我找到相关人员，表明来意，遂被引到专管的部门。一个瘦瘦的文员负责查询名录，在等候他的时间里，我站在窗前观看作业区。那里一片忙碌，尸工为数不少。我以前不知道开采盐矿还需往地里注水，那应该来自阿卡狄亚平原。阿卡狄亚平原真是得到了火星垂青，条件独厚，希望乐乐将来能移居过去。忽然有丝亮光闪过，虽只一瞬，可我相信那是我熟悉的东西。我的眼睛追随过去，一台八爪机器正转过身去。这时，那个瘦瘦的文员说："经过查询，我们这里没有你要找的人。"我把他拉到窗前，指着那台八爪机器说："我觉得那台机器就是，你给查查。"他狐疑地坐回去，过一会儿说："哦，还真是，这种老型号的刚才没查，我这就通知她去接待区。"

巨大的八爪机器伏低身子，让我够得着母亲。乍看母亲还是年轻时的模样，这得益于她脑后几根细管里的液体。她的身体去掉了，因为没有足够的安置空间（父亲肯定不喜欢这样）。母亲的项链还挂在脖子上，感谢那位不知名的安装员保留它，没有它的那丝闪光，我寻找母亲将大费周折。我和母亲对视许久，看出她头发稀疏了，眼角多出皱纹，嘴唇颜色比以前更暗。其实衰老并没有放过躲藏在死亡名下的人，每个尸工的旅途终点都是被搁置甚至遗弃。希望我活得够久，到时便接母亲回家团聚。母亲的眼皮半塌，唯赤红双眼一如大地般深沉，它们定定虚望，我从里面看到一个半秃的中年男人，后悔没有捯饬捯饬自己。我尽最大努力服侍了母亲，擦拭她的脸庞一遍又一遍，清洁她的项链，检查她的每一处连接，更新每一个配件。我的孝顺姗姗来迟，希望母亲不会怪我。告别母亲后，在回程的路上，我心中的滋味一直复杂难言。

萨希斯山脉顶部的黄云不知何时覆盖了半片天空，一种蠢蠢欲动的寂静不怀好意地在周围窥伺。等我发觉不对，已经快驶出黄帝岭。我下车回望，盐矿外壳全都关闭。刚才由于心绪不宁，一直没注意听无线频道，想必播过警报，而现在全是噪声了。

是大黄云。两极冰冠融化，水蒸气蒸腾而上，孕育出这种难以捉摸的天气现象。惊天骇地的巨大旋风聚集在一起，裹着沙尘扫荡全球。这大黄云来势汹汹，隆隆吼声传来，地面也在颤抖。我两腿发软。跑不了的，不出几分钟，巨大能量的前锋会把我震倒在地，幸运的话可能当场就死，否则会被卷到天上残忍撕碎。目前我唯一能做的就是屎尿齐流。忽然有丝亮光在我眼角一闪，然后冰凉的金属把我压在下面，接着，震耳欲聋的狂吼和无边的黑暗吞没了一切……

我爬出来时大黄云已远在西边天际。八爪机的八只不同功能爪深深嵌入大地，关节全部超过荷载极限，瘫痪了。我紧紧把母亲的头颅拥在怀中。"妈妈，妈妈，"我大声呼唤，"你认得我是吗？醒醒啊妈妈。"可是母亲的双眼依旧望着虚空，毫无波澜。我泪流满面，是母爱跨过生死之堑救了我。

此后的岁月，我时常想起那天的事情，有时在空旷的街道上，有时在喧闹的商店里，有时在夜晚的睡梦中。我和沫沫无数次讨论意识能不能重来的问题。沫沫告诉我，大脑里并没有一个单独的位置存放意识，虽然某些位置似乎看起来更加重要一些。她相信意识产生于连接，是所有脑神经一刻不停的信号传递和交流催生了它。哪怕信号只熄灭一次，对庞大复杂的神经通路来说，意识都将再也找不到回家的路。我不同意，坚决认为意识能够回来，只要手段恰当，逝去的人能够重新点亮空洞的双眼，重新喊出亲人的名字。火星人犯了个大错误，死者可以复生，我们不该不征求他们的同意就擅自安排他们，起码应先让他们静静地歇息。沫沫说，要是那样的话，只好让他们一直歇息到腐朽。

从那时起我的立场彻底改变。不同于父亲，我认为应该把每个不幸的逝者妥善保存，直到有办法从亡者国度接回他们，让他们重归驯服火星的队伍。

的确，火星不适合居住，但情况在一点点改变。人类在赤红的土地上降生，在蓝绿的天空下成长，在死者的庇佑里繁衍。在我将近七十岁，快要退休的年龄，我越发能感应到大地的脉动和天空的端绪。乐乐说那是我的幻觉，然而我明白那绝不是幻觉，是共鸣，不久的将来，我会在死者的注视下加入他们的队伍，就像父亲。父亲临终前流着口涎不断叨叨母亲的名字，他大半辈子和母亲阴阳相隔，实在是终身的遗憾。许多年前父亲亲手教我做木工，现在，到利用这门手艺给他制架子的时候了。

苏洛夫仙人球的花会在不到一分钟的时间里凋零，一如根系植扎时的迅速。有经验的木匠可以根据花的细微差别来大体判断内里的芯材是否可用。几年前，在母亲过去工作的机场，一棵苏洛夫仙人球定居，我对它青眼相加，时常绕道浇点水。渐渐地，它变成了直径超过一米的大家伙，风暴在它黑色的表皮上留下无数伤痕，它却勇敢地开出遍体的花朵。我有幸目睹过三次开花过程，结苞，怒放，衰败，一生虽然匆匆，但已悄然孕育新的火种。

父亲将终的那年秋分，我把这棵仙人球锯成了一块板材。挂尸体的架子其实很纤细，三指宽两指厚绰绰有余。我把板材分解成几根这样的木条，用双肩榫连接起来。

用苏洛夫仙人球制作的尸架是每个离世者必备的东西，但老弱到不能动弹的父亲不止一次告诉我，不能把他挂起来，他不要当尸工，他要烧掉，埋在地里。他说："自从你母亲失去音信，我彻底打消了那一星半点当尸工的念头，葬我在黑暗里吧，或许那样我能在另一个世界和她相见。"

好吧，实际上火星并没有不能埋葬死者的硬性规定，而且我想父亲这种长年喝酒又太老的，尸工局拿去也难当大用。我凑近他的耳朵说："放心爸爸，我自有安排，妈妈没有失踪，一直没有，我会葬你在她身边，就在奥林匹斯山之巅。"

咸菜 ————————————————————————————————
居于泰山脚下，爱好科幻写作。曾获得科幻文汇之星、科幻锐创意征文、微光奖等奖项。

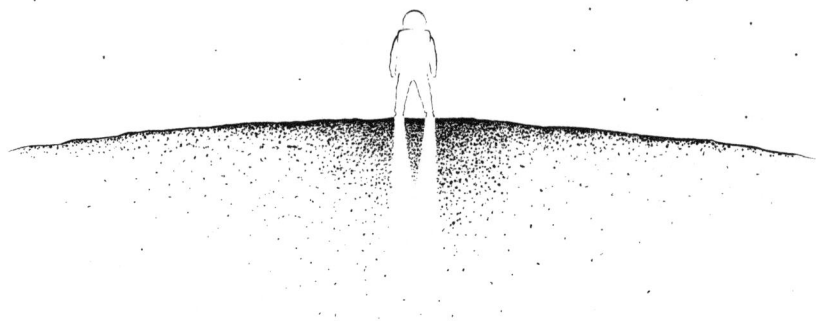

赵佳铭 /文 _____ 文明墓碑

一

暗黄色的尘雾从远方飘来。

世界上似乎本来只剩下了深浅不一的灰色。深灰色的废墟、暗灰色的云层、浅灰色的空气。这一股黄色的尘雾，反倒给世界增加了一抹色彩。

废墟中藏身的男人无心欣赏这些。如同这个世界一样，他从内到外都是灰色的。泥土和灰尘覆盖了他毫无生气的脸，破烂的衣衫也已经褪去了原有的色彩。男人斜躺在半张垮塌的木质办公桌上，身边放着几个空罐头盒、一把肮脏的小刀和几块满是牙印的老鼠骨头。

那一片黄色逼近了，男人察觉到了一阵不祥的轰鸣声，而且在不断变大。无论如何，这不是什么好东西。他想往废墟的深处再躲一躲，或者从身上扯一块衣服盖住鼻子。男人弯了一下胳膊，试图用一只手撑起身子，但努力了好久仍是徒劳。好几天没吃过东西，一滴水都没喝过。他太虚弱了。

用尽了全身力气的男人喘着粗重的气。他的眼前有些发黑，但还有些发白，他也不知道该怎么形容这种感觉。他的思想似乎剥离了这个世界。童年时居住的房子，工作到深夜的父母，每天只能睡六个小时的中学时代，比父母一辈还要劳累的工作，后来有一天就莫名其妙地爆发了的核战争，因为疾病和饥渴不断死去的亲朋，战后再也没能

文明墓碑 —— 331

恢复的社会秩序，混乱和核冬天中越来越多的死者，一直到现在自己一个人在废墟中艰难苟活的日子……他感觉身子越来越轻，却又似乎越来越重。

耳边响起了狂风的呼啸，夹杂着沙粒的轰鸣，如同地狱传来的声音。沙尘暴，原来那片黄色是这个，这是男人脑海中对这个世界最后的意识。他感觉到了全身上下蚀骨的疼痛，想要叫喊，但已经没有力气发出声音了。好在，这疼痛没有持续太久。一切似乎都变得安静祥和，白色的光芒缓缓在男人的脑海中浮现。

二

"好了，起来吧。"

男人感觉自己的思绪一片空白，似乎从一个长长的梦中苏醒一样，不记得自己在哪里，也不记得之前发生了什么。他睁开眼睛，茫然地坐起来，环视四周。

自己似乎是在某个会议室。左边是墙壁，米黄色的，材质有些陌生，看不出是壁纸还是油漆。右边摆着一张会议桌，还有几把椅子。他就躺在地板上。哦，地板也说不清楚是什么材质，有点像金属，但又有点像一种奇特的银白色水泥。

怎么回事，难道我在开会的时候睡着了？男人心中一惊，这一阵紧张也让他的大脑苏醒过来。他想起了那最后的场面：遮天蔽日的沙尘、灰色的世界、战后的废墟。不对，哪儿还有什么会议，我……我不是应该死了吗……刚才有人叫我，是谁叫的我呢……

男人站起身来，稍微活动了一下四肢，一脸迷惑不解的表情。他的身体早已因长期的饥饿和伤痛而虚弱不堪，但是此刻他却感觉充满活力——也许不是充满活力，只是正常状态而已。他抬起头，马上就倒吸一口凉气，瞪大了双眼。

会议桌的一头坐着一个人，但这个人丑出了一定境界。一张丑陋的大脸，鼻子似乎要塌到脸里面去，嘴唇和下巴却奇异地凸出来。浓浓的头发和胡须连在一起，围住整张脸，似乎从来没有打理过。整个脑袋如同从自然历史画册里面走出来的原始人的脑袋。

耳边传来一声惊呼，男人转过头去，才发现屋子里还有别的人。会议桌对面有一个，头发花白，看起来有些年纪了；自己身后还有一个，是一位年轻女性，眼睛眯着，似乎有高度近视。他们都一脸茫然。

原始人说话了："既然都起来了，我们就办正事吧。"他拿出一张纸，用照本宣科的语调读着纸上的话："首先，很遗憾地通知各位，贵文明中的最后几个个体已被侦测到发生无法逆转的熵增，贵文明被正式宣布灭亡。请允许我代表宇宙文明联盟对——"他眨了一下土黄色的眼睛，似乎在朗读的时候遇到了一些困难。"嗯，对地……地球，地球文明的毁灭致以哀悼。"他放下手中的纸，冲着三个人公事公办地挤出来一个不带任何感情的同情表情，然而这故作姿态的表情在那张丑陋的原始人的脸上显得异常可怖。

屋子里的几个人面面相觑。他们都听清了这段话，但是似乎一时还消化不了其中的巨大信息量。

原始人对这种情况似乎屡见不鲜了。"好吧，好吧，例行哀悼搞定了，我来解释一下我们这是要干什么。"他用百无聊赖的语气说着，"简而言之，地球文明完蛋了。"

这时候所有人都反应过来了。男人并不觉得奇怪。在变成废土的地球苟活了好几年，他早就想到了这个必然的结局。但即使不觉得奇怪，他还是多少有点伤心的。

然而原始人没有给他们足够的时间来伤心，继续解释着："根据宇宙文明联盟的相关规定，所有文明在灭亡时都需进行归档，归档的权利归于这个文明本身。你们是地球文明中最后死去的三个个体，所以我们把你们的意识拷贝到这里，并且帮你们每个人重新搭建起一套躯体，由你们从地球文明的所有档案中选择一部分，作为代表地球文明的档案进行保存。其他档案以及你们被拷贝出的意识——我很抱歉，在归档结束后都将被销毁。"

男人呆住了。"把你们的意识拷贝到这里"，所以说自己已经死了，又被外星人给复活了？"在归档结束后都将被销毁"，这话是什么意思？好不容易复活了还要再死一次？

他对面的老人靠在了身后的墙上，闭上眼睛，嘴抿得紧紧的，用拳头轻轻捶着额头。他身后的女子缓缓坐下，双手捂住脸，身体微微颤抖着。

"嗯，情况就是这样的。"过了顶多半分钟后，原始人开口了。可能是还没完全进化的缘故，他的面部表情总是不够丰富，但现在谁都能看出他脸上写满了不耐烦。"没什么问题的话，我就给你们资料，这个……"

"等等。"女子打断了原始人的话。她已经睁开眼睛，直视着原始人。"这到底是什么地方，你是谁？外星人还是原始人？什么是宇宙文明联盟，我们怎么不知道？"

"这里是哪里不重要，宇宙文明联盟的某个会议室，反正在宇宙里面的某个地方，说了坐标你们也不知道。"原始人没好气地说，"我是谁也不重要，联盟的某个公务员罢了，至于外表，其实只是为了适应你们的样子，暂时变成了地球人的模样。'原始人'？"他看了看面前摆的一个显示屏一样的东西。"哦，我选地球人的样子的时候，可能把时间点给选错了，工作失误，抱歉。"虽然这么说，但他脸上一点抱歉的表情都没有。"地球这种级别的文明离加入宇宙文明联盟还差老远，好了，回答结束，快点吧，现在我这儿还有……嗯，五千五百三十二个文明在后面排着号呢。"

女子还想问什么，但原始人摆了摆毛茸茸的手，自顾自地继续讲："好，现在给你们资料，这里面可以搜到人类文明的全部信息。"他指了指身后，墙上凭空出现一块显示屏。"用你们听得懂的语言来解释的话，这个东西是心灵操控的，要查什么，想一下就可以了。这儿有纸和笔，想留下什么就写在纸上，你们有三十分钟的时间决定写什么，时间结束之后销毁程序会自动启动。开始吧。"

说完这句话，原始人朝着所有人点点头，直接消失了。

三

"就是说，地球文明已经死了，而我们也就还能活半个小时。"沉默了好一会儿，男人开口说。

"不对劲，太多说不通的地方了。"老人皱着眉头。

"嗯？"

"这说不通，他们既然已经有了地球文明的全部档案，何必还让我们去归个什么档，都保存了不就得了？他们科技这么发达，保存这些不难吧。就算只想保留一部分，又何必让我们去选？而且他们居然还在用纸和笔？"老人走过去，拿起原始人放在桌子上的那张纸。无论是外表、手感，还是用手摩挲时的声音，都和普通的打印纸别无二致。那支笔看起来也只是普通的 2B 铅笔，末端还用铅皮绑了一小块橡皮。不过笔上面没有打印任何商标和厂商之类的信息。

"你的意思是，这是那种恶搞节目吗？在哪儿藏着一个摄像机什么的？"男人的眼睛睁大了一些，语气似乎有一点兴奋。

老人和女子同时摇了摇头。老人说："地球都被打成废墟了，谁会搞这种东西……我指的不是这个，我也不知道是怎么回事，但是这事情很可疑。"

"纸和笔的话，可能他们是想创造一个我们熟悉的环境吧，就像他搞的那个原始人形象一样。我可以看看这张纸吗？"女子也走过去，向老人示意。女子接过老人递过来的纸，凑到眼前，仔细观察了几秒。突然，她开始撕扯起那张纸来。

"别！"老人惊呼一声。

"别担心，你看，撕不坏的。"女子正用双手用力把这张看似普通的纸朝着两个方向拉扯，但纸毫发无伤。"你看，这张纸凑近了也根本看不到任何纤维，这肯定不是纸，是什么我不清楚，至少据我所知，人类从来没造出来过这样的东西。"女子苦笑道。

所有人又沉默了一会儿。男人似乎终于消化了眼前的事实。"也就是说……那个……那个原始人，哦不，外星人，说的都是真的？我们真要死了？"

老人耸了耸肩。"看来都是真的，我们得想想往纸上写点什么了。"他顿了顿，"毕竟，这是代表人类文明的啊……人类文明最后的纪念。"

女子没有说话，点点头表示同意，神色黯然。

两人走到显示屏前面。这块显示屏也明显不是地球科技的产物，说不清是用什么材料制造的。老人在显示屏上点了点，其中似乎蕴含着无尽的信息。只需要在脑海中想象要搜索的内容，对着显示屏指一下，显示屏上就会出现相应的窗口。

老人眼神闪烁，显示屏忠实地执行了老人心中的命令，人类文明的点点滴滴从屏幕上飞速流过。猿人第一次打磨出一块石斧、第一次点燃篝火、第一次捕猎雄狮、对尼安德特人的征服、尼尼微、埃及、金字塔、空中花园、雅典学院、秦始皇统一六国、兵马俑、长城、罗马帝国、李白吟诗、蒙古西征、君士坦丁堡的陷落、莎士比亚、工业革命、世界大战、爱因斯坦、电子计算机、核能发电厂、互联网、美苏争霸、国际空间站……老人的眼眶湿润了。显示屏上出现的每一幅画面，都是人类历史上的一段宝贵传奇。

然而，人类能留下的记录却只有半张 A4 纸那么大。

"这不公平，这不公平。"老人喃喃地说，"战争之前，我在大学教历史，这里面的每一个镜头，每一个，都足够我们研究一辈子……多少人的理想，多少代的积淀啊……凭什么只留下这一张纸？是谁给他的权利？"他脸上已经老泪纵横。

"别想这么多了，反正地球文明也……我们找出一些合适的信息保存下来，这也是我们对地球文明尽的最后一点义务了。"女子用低沉的语气安慰道，"时间不多，我们还是快找一找该写什么吧。纸太小了，写不下太多东西。"

她指向屏幕。屏幕上显示出了好些窗口，每个窗口中都有一个复杂的公式。

老人投来询问的目光，脸上还带着刚才的泪痕。"这是爱因斯坦引力场方程，人类科学的最顶尖成果之一。"女子回答，"战前我在一所大学读博，理论物理，从我的专业角度来说，这代表了人类对宇宙最深刻的认识。这是狄拉克方程，是现代量子物理学最基础的方程，代表着人类对物质世界最基础层面上的认知。这是诺特定理……"

老人轻轻打断了女子的介绍："恕我直言，这些确实是伟大的成果，但是……用它们来代表地球文明真的合适吗？"

"为什么不合适呢？这些代表了地球文明的科技水平，代表了地球文明所达到的顶点啊。"女子似乎有些不解。

"那些方程，它们在宇宙中的任何地方都是一样的。我们发现的是这些，那个外星原始人发现的也是这些，宇宙中的任何文明，如果他们的科学水平足够高，他们都会发现这些的。真的要代表地球文明，应该找出人类一些独一无二的地方，比如历史建筑、政治制度、文学……将来要是有个外星学者翻阅档案，才会知道曾经有过这样一个文明，他们的生活是这个样子的。"

"没错，社会和文学等方面对人类文明也十分重要，但是那些科学研究才是人类的顶点啊，那代表了地球上最有智慧的一群头脑对宇宙终极规律的探索，那也是真正代表人类所达到的高度的东西。"

"你说得很对，他们代表了人类的高度，但其他文明看了这些，对地球上到底发生了什么仍然会一无所知，他们只会看到宇宙中成千上万的文明都研究出来了的那几个公式……"老人和女子保持着礼貌的用词，但观点针锋相对。两个人仿佛找到了许久之前在大学开研讨会时的感觉。

他们都没有留心坐在一旁的男人。一开始，男人还在听着两个人的对话，但是他渐渐就走神了。他不是什么专家学者，他们谈得太远了，他不想去想那些问题。还有半小时他就要死了，他只想着这些。

凭什么？

他还有短暂的时间，可以稍微回味一下自己平平无奇的一生。

他的家境算不上好，也算不上坏。房子不大，但是也够住。父母工作忙，但也还能偶尔陪陪他。他不算聪明，但是也不笨，成绩说不上很好，但是也不坏，高中虽然起早贪黑，但是也挺过来了。大学一般，但也足以找一份差不多的工作。工作虽然很累，但是身边的人也都一样……但是他也有值得回忆的人生啊。他还记得小学得到第一张奖状时父母的欣喜，还记得拿到大学录取通知书时的感动，还记得拿到第一个月工资时的兴奋，还记得第一次被提拔时的激动……如果一切都正常发展，他应该也可以和这个世界上的绝大多数人一样，娶妻生子，过上也说不好幸福还是不幸福的家庭生活，看着孩子一天天长大，送他去上大学，参加孩子的婚礼，给孙子孙女讲讲年轻时的故事，然后七八十岁的时候随便得个什么病，在儿孙的哭声中去世，和千千万万的普通人一样，盛在一个小木盒子里，外面写上名字和生卒年月，再来两句铭文，放在殡仪馆的某个架子上。过不了多久，再被世人遗忘。

可突如其来的那场战争……直接把一切都毁了，把他的一切都毁了，把地球的一切都毁了。甚至直到现在，他都不太清楚战争的起因。

这到底凭什么啊？

"这到底凭什么啊？"一声怒吼把他从回忆拉到现实。老人满脸怒容，虽然他正在和女子说话，但是这份怒气不是冲着和他争执的女子的。"凭什么啊？人类文明也许不是太发达，但这每一步都是我们的宝贵回忆，每一份档案都有独一无二的价值，凭什么就给这么点地方？凭什么销毁其他的？就这巴掌大的小地方，连一首十四行诗都抄不下，你的那一大堆方程也抄不下。"他提高了音量，"外星人！原始人！猿猴！出来！"

四

一只巨型水母一样的生物凭空出现在房间中。

经历了这么多奇怪的事情，三个人已经不会被吓到了。老人和女子只是略微交换了一个带着惊讶的眼神。

"对不起，对不起，刚才抽空去见了另外一个已经完蛋了的文明的代表，忘了调回来了。"看到他们的神情，那只巨型水母似乎意识到了什么，接着在一瞬间变回了之前的原始人外表，"嗯，二十分钟了，你们写完了吗？要是写完了，我们可以提前结束，后面还有……哎，你们怎么什么都没写啊？"他看到了那张空空如也的纸。

"我们要向你们提出抗议。"老人盯着原始人。

"哦，又一个抗议的？真麻烦……"原始人无奈地说，"好吧，我猜猜，你们是不是觉得我们给的纸地方太小？还是怨恨我们没有去挽救你们文明的灭亡？又或者觉得我们不应该在这半小时之后销毁你们的意识？"

"正是如此。"老人语调平稳，并没有显露出任何心思被猜中的心慌意乱，"也许和你们相比，地球文明的科技还不够先进，可能还有许多许多的缺点，但你们不能就这么销毁地球文明的一切。"老人指着屏幕，屏幕上的窗口层层叠叠。长城旁边是高效率太阳能电池板，《蒙娜丽莎》紧挨着麦克斯韦方程组。"地球文明经过了几百万年的发展，从打制石器开始，一步步走到了今天。这上面的每一项成就都凝结着无数地球人的心血，你们不去挽救它们就算了，怎么还能销毁这些宝贵的资料？"老人的语气有些激动了。

原始人露出复杂的表情，有无奈，有厌烦，有同情，也有嘲笑。他长叹一口气，抬起手指了一下屏幕，屏幕上出现了一份资料，看上去像是出自一册中国古代的书籍。

"这是你们地球文明中，中国明朝时期的户籍档案，这一页纸上记载的人，叫程甲。他生在一个平民之家，家里有几亩地，每年勉强度日。十六岁，他和邻村王家的女儿成了亲，过了一年有了孩子。十九岁，家乡附近有一个王爷叛乱，事情紧急，他虽然不属军籍，仍然被强征入伍，立了一点小战功，回到家乡，朝廷赏了一点钱，给了他一个衙门的差事。他自己勤劳肯干，妻子又善于持家，逐渐成为当地大户。三十五岁，他给儿子风风光光地操办了婚事。四十七岁，他患了重病，去世。"

原始人讲述着这位升斗小民的生平，显示屏上也闪过相应的画面。洞房之夜的甜蜜、儿子出生时的欣喜、被征兵入伍的恐惧、在战场上的拼杀、载誉回乡的得意、儿子婚礼上的骄傲、去世前的不舍和伤痛……每一件事都是他值得铭记一生的大事。

然而与之形成鲜明对比的是，户籍档案上却只记载了一句话："程甲生于弘治元年南昌民籍于嘉靖十四年五月初三病故。"

　　"一座坟墓和一份档案，就是这个叫程甲的人在世界上所留下的一切。他的坟墓在一百多年之后的一场战争中被毁，这份档案在六十多年后因保管不善而被虫蛀。这个人从此就如同从未存在过一般。但没有人会想去费心保存关于这个人的所有信息，这些对程甲本人可能很重要，但是放在整个世界上来看，不值一提。"

　　没有人说话了，原始人给出的理由无可辩驳。

　　"为什么啊……为什么要让我们来做这些？我研究人类历史研究了一辈子，人类文明就像我的孩子一样，也像我的父亲一样啊……既然你们不在乎，为什么还要我们来做，这不是在伤口上撒盐吗？"老人的脸上写满了绝望。

　　外星人耸耸肩。"有制度啊，那还是很久很久以前了。那个时候宇宙文明联盟刚刚建立，科技也不像现在这么发达，只有对真空能的利用、量子传输以及虫洞穿梭等基础技术。那个时候联盟就订立了公约，每个文明，只要达到了智慧生物的基本标准，都有权利在灭亡的时候留下自己的一些东西作为纪念……你们地球文明也会给那些无名的死者建立公墓的吧。至于为什么找这个文明中的个体而不是我们去选嘛，这很明显啊，墓志铭当然是要自己去选的。当然了，现在的技术已经突飞猛进了，宇宙中的文明也越来越多，宇宙文明联盟和那些低等文明之间的差距也越来越大，联盟也有些意见认为，不必对每个不管多么不发达的文明都这么做了。所以你们也别太纠结了，这个档案，呃，没准，什么时候也就不必继续保存了。"

　　"既然你们有这么发达的科技，为什么不能把这些档案都存起来呢？这些档案，还有我们三个人的意识，也不占你们多少资源的吧？"男人还抱着最后一丝希望。

老人和女子都默默摇了摇头。他们心里已经知道了答案。

原始人冲着男人笑了。"我们的确可以，但是有什么必要呢？你还没明白吗？这与其说是档案，不如说是墓志铭。"

是啊，有什么必要呢？正如这个原始人所说，这一切只不过是他照章办事。其实，请他们过来写这所谓"最后的档案"，只不过是因为有个规章制度在那里而已。至于写什么，除了他们自己，没人在乎。地球上没有人会在乎一只野猫一生中抓了多少只老鼠，也没有人在乎一只老鼠一生中吃了多少粒稻谷。宇宙中的文明浩如烟海，在高等文明看来，这些低等文明的存在和路边的野生动物也差不了太多。没有哪个高等文明真的在意的。

男人露出了痛苦的表情。现在他清楚，自己的未来已经注定了。

"还是留下点什么吧，给自己留点念想，这也有些意义的。时间还剩下四五分钟，抓紧吧，给后人留下点东西。"原始人对痛苦的男人说，他的语调柔软了不少。外星生命也是有同情心的。

五

原始人离开了房间。

老人倚着墙，站在显示屏旁边，看着屏幕上的爱因斯坦引力场方程。他看不懂这一长串公式，但是他心里清楚，这也是人类文明的宝贵遗产。他轻轻抚摸着屏幕上的公式，眼神中充满了令人绝望的爱怜和哀伤，就像一个父亲看着自己年幼夭折的孩子一样。

女子似乎对显示屏完全失去了兴趣。她背对着显示屏惨笑着，紧闭的眼角有泪珠流下。

"他说就剩下四五分钟了，不管怎么样，我们总得写点啥啊！"男人打破了沉默，他反倒有点着急了，"你们不是说这是地球文明最后的荣耀吗？长城，金字塔，你说的那个狄什么克方程，都行啊，总比没有强啊！"

老人默默地摇了摇头，女子歇斯底里地笑了。他们已经明白，眼前的一切都没有意义了。那位外星原始人的态度表明了一切。最后的那句"这也有些意义的"，只是在安慰男人而已。

那位外星人说得对啊。这不是地球文明档案馆，这是地球文明的墓碑。他们不想去争论了，也不想把这些放上去。在地球上，也没有人会把小学数学的满分试卷或者手工课上做的折纸刻在自己的墓碑上。

对所有再平凡不过的人而言，他们的一生中都充满了跌宕起伏，也都充满了对他们自己来说意义重大的时刻。他们曾经轰轰烈烈地活过，努力过，伤心过，爱过，恨过。然而，在漫长的时间面前，在宏大的世界之中，这都是没有意义的。最后他们所能留下的，只有荒郊野岭一座无人祭拜的孤坟，只有夹在户籍档案里再也不会被翻阅的一页纸，只有这些了。随着时间的推移，这些最后的物件也会被后人毁弃，这些最后的记忆终将不复存在。

在茫茫宇宙之中，人类文明也是一样的。

"再过一会儿就没机会写了，快啊！那个外星原始人不是说了吗，是有意义的。"男人并没有如老人和女子那样消沉，反而着急起来，"起码要对得起自己吧？就算地球在宇宙中不重要，也得留下一点自己的东西啊，平常人活着的时候不也得关心一下自己的后事怎么办吗？这样以后也有脸见到列祖列宗啊。"他已经开始有些语无伦次了。

列祖列宗都搬出来了。老人惨笑了一下。男人现在这么执着于留下一些内容，这无非是人难以接受一种不可避免的现实之时的心理防御机制而已。他心里也清楚，男人不像他和女子那样习惯于用理性的思维去思考一切。宗教和偏执也许不能在实际上解决问题，但是至少可以给人的心灵以安慰。既然如此，自己也没有必要去打碎男人这份最后的执着。世界上，不，整个宇宙之中，已经只有他们三个地球人了。还是给对方最大的善意和陪伴吧。想到这里，老人微微转过身去，打算帮男人出出主意，在纸上写下一些东西，度过这难熬的最后几分钟。

男人还在继续说着："是，那个原始人说可能没人看，可能这个东西过不了多久他们也不会再存着了，但是万一存着呢？"说到这里，男人停顿了一下，咬了咬嘴唇，似乎这样可以让自己的愿望更容易实现，又似乎在寻找着其他的原因。突然，他眼睛一亮，继续说道："另外，就算他们不存着这些档案了，如果这个宇宙里或者宇宙外面还有别的什么外星人，也像他们看着地球的一切一样，看着现在这一切呢？他们可能正在看着我们呢！我们可是地球的代表啊，我们有责任把地球的最后一个句号画好，这是有意义的，不能给地球丢脸啊！"男人的声音似乎还带着一点慷慨激昂。

老人的双眼微微睁大。是啊，男人给出了一个很好的理由。虽然听那个外星人的意思，他们似乎已经是宇宙中最高级的文明了。但是宇宙这么大，谁又能保证呢？写下一点东西，给自己一个交代，给地球文明一个交代，而且如果有外星文明看着这一幕，也可以知道地球文明最后活下来的人是怎么看待自己的文明的。老人心里其实也清楚，很可能整个宇宙中都不会再有第二个智慧生物看到这些了，但是这总不会有坏处，而且保持着一点希望——这总是好的。

身旁的女子也转过身来，眼角还残留着泪痕。但是她的目光是明亮的，还带着一丝讶异和坚定。毫无疑问，男人的话也打动了她。

两个人对视了一下，微微点了点头，都明白了对方想的是什么。他们走到桌前，把纸铺好。老人拿起那支铅笔。男人走到一旁，看着他们。

然而要落笔的时候，老人才意识到，写墓志铭并不容易。这不仅是因为他要从地球文明浩如烟海的往事之中挑选出极少数的一两条，也是因为——这是墓志铭，他写下的每一个字，似乎都在提醒着他地球文明即将在宇宙之中消失的事实。

他拿着笔的手颤抖起来，笔尖在纸上轻轻画下了一条短短的浅灰色痕迹。老人无力地放下笔，长叹一口气，仰头望着上方。地球文明在宇宙中也许微不足道，但是在他心中却是无比辉煌和美丽的存在。然而一切都敌不过时间的冲蚀。无论多么美好的事物，都有结束的时候。

想着这些，老人突然之间知道自己要在纸上写下什么了。他低下头，握起笔，双手不再颤抖，用刚劲的字迹书写着一句地球名著之中的经典结尾句。文学可以跨越时间和空间，那位早已化为尘泥的落魄文人的思想，又一次闪烁在了老人的脑海之中。

女子看到老人写下的话，露出了一抹复杂的笑容，笑容中有着无奈，有着伤感，还有着超然。她没有回头去看显示屏上那些复杂的公式，而是记下了一句简短的话。克劳修斯和开尔文的发现历经百年，仿佛依然在熠熠发光。

似乎也快到了最后的时刻了，但是男人仿佛已经忘记了自己的命运。现在他全部注意力都集中在那张纸上，想要把这件事办得尽善尽美，就像一位预感到自己即将离世的老人细心地为自己准备着后事一般。他盯着那张纸看了看。两位学者写下的东西他似乎都在中学阶段学过，但是参加工作之后就忘记了。不过无所谓了，既然他们觉得这些很重要那就写这些吧。不对，还少了些什么。他突然着急地喊道："既然是墓碑，至少，至少也得写个生卒年月吧！等将来谁来看的时候，至少知道咱们地球是啥时候出生啥时候死的啊！"男人催促着。

等将来谁来看的时候——但真的有人会来看吗？老人凄然一笑，但是他没说出口。老人把纸和笔交给男人。"好，我们都写了自己想留下来的话，你来把生卒年月写上吧。"

男人接过纸笔，却愣住了。这生卒年月，该怎么写呢？

"怎么写啊？地球文明什么时候出生的？"男人转向老人。

"要是从石器时代开始算的话，文明史大概有二三百万年吧。"老人回答。

"好，那我就写公元前300万——哎不对，地球文明都没了，谁知道'公元前'什么意思？你知不知道人类文明在宇宙诞生之后的哪一年才有的？"

确实没人会知道"公元前"是什么意思了，可这个年轻人没注意到的是，既然地球文明没了，谁又知道"年"这个时间单位是什么意思？甚至谁又看得懂地球的文字呢？老人笑了笑，仍然没有说破，他摇了摇头，说："这个我也不知道了，就写公元前吧。"

旁边的女子叹了口气："地球毁灭的年代，宇宙大概已经诞生了一百三十七亿年吧。"

"好，那就这么写了。"时间紧迫，男子在纸的最上方匆匆写下一行字。

六

原始人来到屋子里。自动销毁程序已经启动，屋子里的人、桌子、椅子、显示屏，都消失了。在屋子的一端，一张纸孤零零地躺在地上，那上面写着地球文明最后留下的墓志铭。

原始人捡起纸，上面潦草地写了几行字：

地球文明：137亿减300万年—137亿年

孤立系统会自发地朝向熵值最大的状态演化。

好一似食尽鸟投林，落了片白茫茫大地真干净！

这就是地球文明在这个宇宙之中所留下的最后痕迹。

原始人看着第二句，微微点了点头，又盯着第三句看了一小会儿，土黄色的眼睛眨了眨。

"这个文明还是有点意思的。"他自言自语道。

原始人走出房间，把这张纸摆在一格一格的架子里面。这里是存放这些档案的地方，每一个格子里面都是一个在宇宙中已经死去的文明。他突然觉得这个似乎像一种东西，在人类文明的资料里面见过，但是想不起来是什么了。

赵佳铭

物理学硕士，天文爱好者，业余科幻作者、译者。五岁时因《哆啦A梦》而迷上科幻，最喜欢的作家是博尔赫斯。作品《圆周率》发表于"不存在"公众号，《昨夜星辰》发表于"ONE·一个"App。

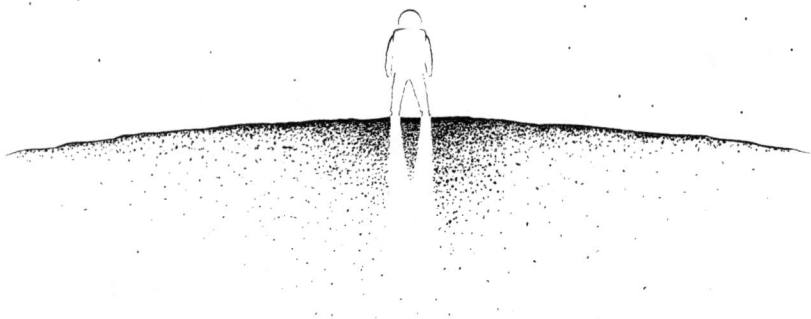

沙陀王 / 文 _____ 白色星球

一

当她睁开眼时，所看到的，是如雪一般的白色世界。

而伴随着那一望无际的白色出现的，则是强烈的眩晕感和陌生感。

这是一颗白色的星球。

一切都是白色的，就像是个冰雪的世界。

和她在坠落之前，从飞船的窗口里看到的一模一样。

她从飞船的残骸里爬了出来，站在船体顶端，放眼四望，就像是一个孤独的国王俯视着她荒芜的领地。

飞船被细小的晶体粉末所掩盖着，就像是地球上的大雪掩埋了汽车那样。

到底是什么呢，真的是雪吗？

她不解地看着周围。

这疯狂的白色，遮天蔽日，一望无垠，看不到起伏，看不到高低，就像北方的雪国。

飞船的四周，那些地方大概是被降落时的气流所搅扰，也都覆盖着和飞船表面一样的白色的凸起的硬壳，就像是凝固了时间的化石，甚至可以从断层中看出当初飞船坠落的痕迹。

若是除去她的飞船，这里似乎是个陌生而平静的星球。四处都是平坦的平原，目力所及，只有无止境的白色，还有一个高耸尖锐的突起，就像是白色沙漠里坚实而又怪异的蚁塔。那是白色地表唯一的凸起物，它孤零零地矗立在那里，和周遭平静的一切相比，更显得异样而古怪。它是从平地里生长出来的吗？还是从天而降，就像她和她的飞船一样？

灾难就那样发生了，而她在操作舱目睹了一切。谁能料到呢，最不幸的事在最糟的情况下发生了。

飞船坠向这颗陌生的星球时，死亡的味道扑面而来。断裂的飞船残体坠落在星球的表面上，就像是烟花的碎屑，一切都已分崩离析。那灼目的白光之后，她将被弹出船舱。所有的雷光电闪，都只在眨眼之间。

在坠毁发生之前，她就已经料到了故事的结局。

死亡从来都是不可避免的。死亡和死亡之间的区别也很简单：是坠毁时那一瞬间的死亡，还是在这颗陌生星球上等待着恐怕无法抵达的救援，能量消耗殆尽而死。

她唯一能做的，就是想开一点，再想开一点。

她原以为自己会被弹射出去，然后坠落在星球的表面，离飞船的某个残片不远。但醒来之后，她却发现自己仍然躺在飞船的残骸之中。弹出装置可能被震坏了，她猜，或者失效了。灾难发生的时候，也许是因为害怕，也许是别的原因，她昏了过去。幸好我还活着。她这样安慰着自己。结果还不坏，就像是个奇迹。

断裂的船体因为受损严重仍处于休眠状态，通信设备没有收到任何新的消息，也发不出去。在系统自检结束之前，飞船就像是一块巨大而又无用的垃圾。

事故发生时，她试图发送求救信息，可她甚至怀疑究竟有没有成功发送。即便真的发出去了，她真能等到救援团队抵达吗？她很可能连回复都等不到。

她甚至不确定她的防护服究竟能撑多久。

如果飞船还完好，那么这一切都将不是问题。可现在，她甚至都不知道飞船是什么时候坠毁的。从事故发生到现在，到底过去了多久呢？

不会有人来的，这强烈的念头折磨着她。不会有人来。她就是有这种感觉，她一定会死在这里的。她愈检查残破的船体，心就愈往下沉。她不知道医疗舱能撑到什么时候，也不知道自检能不能成功结束，她害怕她会在那之前就死掉。

还有一件让她精神紧张的事，弹射舱的弹射部分不见了。这太奇怪了，她不记得那东西弹出过，她还好好地在飞船上，不是吗？但为什么没了呢？是不是弹射功能损坏了，坠毁后被误启动，弹射出去了，所以才不见了？

让她更不安的，还有一件更重要、更显然的事。

飞船上还有另一个人的痕迹。这个人应该在坠毁之前做过一些紧急的手动保护，一看就熟知飞船构造，至少了解程度跟她相差无几。可她明明是这艘飞船上唯一的乘客。

这个人究竟是谁？又是怎么出现在这艘飞船上的？又为什么毫无踪影？

这一切太奇怪了。有人悄无声息地搭乘了这艘飞船，与她一同遇到了这种灾难性的悲剧，坠落在了这颗陌生的星球上，却又在她眼皮子底下消失不见。不知道他们两个谁是这宇宙中最不幸的那个。

她想要找到这个神秘的乘客，这个人应该跟她一样，还活在这颗星球的某个地方。他们被困在了这里，一样茫然无助，充满了对死亡的恐惧和绝望。

无论什么事，在生与死的面前，都只是小事。

她没有死在坠毁中，却在一颗陌生的星球上惶惶不安地活着。她站在飞船的残骸之中，感叹自己竟然来到了这么一颗星球上。

那么美，却那么荒凉。

而她在这颗白色的星球上，有了一个从未谋面、不知所终的同伴。

二

坠毁前的景象她记得很清楚。飞船在半空中就断裂了，两段主要的残体向着不同的方向坠落，就像半空中被弹丸击碎的雪球。

她想要找到飞船的另外一半残骸。这一半损失惨重，还在自检，那一半呢？可她在这附近走了一圈，什么也没看到。她想，也许她该碰碰运气。总不会掉落得太远吧。

在这颗星球上行走其实并不怎么吃力，更奇妙的是，这里居然一点也不冷。她想，她得谢谢这颗星球，当然了，也得谢谢身上这套防护服。

　　轻盈的雪沫在她身边飞舞着，盘旋着扬起，又回转着缓缓落下，就像一场重力异常的雪。她调整了一下眼睛的感光度，她可不想因为这纯白的世界患上雪盲症。当然，所有这一切都得感谢飞船的医疗舱，它让她的外出作业变得更简单，更方便。

　　她回过头，发现身后出现了一条涌起的、扭曲的、狭窄的白路。她迷惑地看着那些高高低低、错落不一的痕迹，环绕着飞船坠落的地方，就像是一个圆环，是她之前用双脚制造出来的。从起点到终点，这个封闭的圆环环绕在她的脚边，就像是一颗星球的气环。而飞船的残迹，已经被白色的雪沫淹没了，就和那条路一样，涌起的白沫聚集在被撞击、被踩过的地方，像是伤痕处微微隆起的皮肉。

　　像坠落的飞船一样，她也在这浅浅的白沫里烙下了自己的印记。她手心里冒着汗，紧紧地盯着来时的路。她的大脑飞速运转着，就像是搅拌机一样。这白沫从何而来？也像地球上的雪一样，自水凝结而来，然后轻轻落下吗？

　　可她并没有看到雪沫落下。

　　她伸出手去，手心朝上，安静且审慎地等了片刻。她的眼睛没有欺骗她，半空中并没有雪沫飘下来。她吸了口气，弯下腰去，伸手拨动着地面上的雪沫。稍做等待，她就亲眼看见了这一切发生的过程。在她划过的痕迹上，就像水珠在叶片表面凝结一样，那些非常细小的雪沫堆积聚集起来，生长起来，就像是有生命一样。

　　她捧起一把雪沫，把它堆在那层坚硬的脉络之上。很快，那些雪沫迅速地膨胀起来，像是竹笋一样惊人地高拱着。

　　她终于明白了。飞船坠毁时，巨大的残骸坠落在了星球表面，被扬起的白沫缓缓地掩盖住了，这就是飞船残骸周围那层白色硬壳的由来。她远远地回望着，飞船周围那个奇妙的圆环已经高高地隆起来了，就像是一蓬蓬的灌木丛。

在飞船陨落的时候，那片白色的柔软里扬起了无数的白沫，然后深深地陷落了下去。

这颗星球的表面上好像没有风，那些缓慢生长的痕迹，无论是白沫也好，结晶也好，都是因为外来者的扰动和痕迹而形成的。在被破坏的点以及周遭，新的硬壳一遍又一遍，慢慢地形成着，就像是苔藓一样从飞船表面生长出来。而在稍远一些的地方，那东西摸起来坚硬无比，像是石头一样。

她打算再试试，但要走远一些，离飞船远一点，再远一点。飞船是她活下去的唯一希望，她可不想因为自己的异想天开将飞船残骸封在新的硬壳下面，她现在可一点也不敢小看这些雪沫的生长速度。

等走得足够远了，她这才用双手将周围的雪沫归拢，堆叠在一起。在地面上，只要有足够的雪沫，它们就生长得不慢。不过未经试验，她也不知道这些雪粒一样细小的结晶能达到何种强度，什么时候会倒塌。她只是眼睁睁地看着那些雪沫凝结在一起，然后变得坚硬，这些像晶体一样的石头以肉眼可见的速度增长起来，膨胀着，就像是被吹起来的气球，像是自地底深处拱起的山脉，她踩上去，就像是行走在升起的太阳之上。

她站在那座自己用双手建造的基台上，如果一切都跟她设想的一样，那么这里将成为一个更高的位置。如果足够高的话，她就能找到飞船的另一半了。这是最冒险，也是最方便的法子。

只不过眼下晶体生长的速度远远超过了她的想象，她甚至担心万一找到了另一半飞船，自己却爬不下去怎么办？她想，如果放任它一直这么生长下去，也不知道会长出怎么样的东西来。

这种速度让她害怕，却又充满了期待。她的脚下是一座具有生命的台基，将她抬高，抬高，就像是一支射向宇宙的箭，高高地仰起。

多么神奇呀。

她站在这座高耸的台基之上，几乎将这颗星球一览无遗。这里地势平坦，没有什么高山低谷，更看不到什么湖泊和河流。只有远处的那个凸起物与她遥遥相望，那是唯一显眼的东西，也不知是怎么形成的。

她的高台已经足够高了，可是地面那些白色几乎难以分辨。她再次调节双眼的感光度，才发现原来离坠毁点那么近，她还以为自己已经走得足够远了。

她站在那里，终于清晰地看到了那些明和暗的区分，一片片的，就像是云在湖面投下的阴影，又像是银色大鱼的鳞片。

站在高台上看这个世界是那么容易，一切是那么清晰，飞船坠毁的地方有着明显的凹陷痕迹，就连坠毁时滑动的痕迹都那么明显，就像是时光在这片没有温度的雪地里被显影了一样。

她轻而易举地找到了飞船残片的坠落点，无论大小。当然，还是另一半残骸最显眼，几乎跟她脚下的这部分一样显眼。

荒原上所有那些明暗的地方，都闪烁着不一样的光华，像是盐矿，又像是雪湖。而这片白色平原的远处，在那座凸起物的附近，隐约可以看到有几条道路。真奇妙，那些道路似乎也通往那遥远的残骸，而飞船的表面，同样覆盖着一层白色的、凸起的硬壳。那是被搅扰之后形成的。她心底涌起一些模糊的情绪，但她说不清那是什么，就像是水面上混浊的浮沫，一转眼就不见了。

在这片广袤的大地上，所有的痕迹其实都没有区别，一样地被雪沫温柔地覆盖着。她和飞船都是不请自来的客人，打破了星球原本的均衡和平静。她站在那里，心底涌起一种巨大的空旷感，就好像灵魂升起，疏离地站在星球的高处，审视地俯看着自己原本的躯壳和这个寂静的星球，看着她对这片平静的搅扰，感觉她就像是一个新世界的创造者和毁灭者。

她坐在她的高台上，就像是王坐在她的王座之中。她望着这个世界，还有远处那片巨大的凸起，那是飞船另一半坠毁的地方，是她要去的地方，就从脚下这座耸起的高台出发。

她眯着眼睛注视着那里，摇了摇头，想把脑袋里那些无用的念头都甩开。

有了方向，剩下的就好办了。她敲下一块晶体，从兜里摸出一把白沫，在尖头处抹了一下，就像一个猎人在给她的箭头淬毒。她沿着起点和终点之间的那条看不见的直线，用力地将一块块淬了毒的箭头扔了出去。

这些神奇的雪沫和晶体，让她想起了传说中的息壤。它们就像是爆炸的烟花一样，落下去，然后扎根，生长，开花，很快地，就在她和另一半飞船残骸之间生长出一丛丛歪歪曲曲的白色树丛来。只可惜她臂力不足，手头又没有其他工具可以用。无论她多么努力，也不可能将整条路铺出来。只能利用那些树丛指引道路的方向，仅此而已。毫无长进的几次尝试后，那条看不见的路上长出了一团团巨大的白色灌木丛，就像是凝固的烟花。她当机立断，决定出发。她迅速地从高塔上爬下来，有好几段她甚至是在往下跳，就为了争取时间。她怕这东西长得太高，来不及下来。

白色的晶体还在她身后不停地生长，那是她种下的高台，如今已然长成一座巨塔。而此刻，她要先赶到另一半残骸旁。

在巨大的平原上，她沿着她播种的方向前行。那是巨大的、白色的花树，沿着一条她在高台上给定的道路，向着她的终点延伸。那像是一条郁郁葱葱的古道，千百年都无人经过，巨木参天，相互扶持，却又悄无声息。

她急切，却又充满期冀，为眼前新生的道路而兴奋，为即将找到另一半残骸而激动，为了那从未谋面的陌生人而心跳加速。

多么奇怪。这颗星球是那么孤独，那么安静，一无所有。而她却要在这颗完美的星球上寻找另一个同样不属于这颗星球的人。

她曾经以为自己是飞船上唯一的乘客。

飞船带她远离了人类社会。飞船上孤独的生活很适合她。过去的生活和回忆，对她来说遥远而又模糊，也很少会想起。她厌恶着人群，厌恶着那些可以预期的社交和生活，厌恶着那些千篇一律的目光和议论，她甚至不觉得他们是她的同伴。

作为一个生物多样性的观察员，她对生物更有兴趣，不论是一只虫，一朵花，还是一棵树。其实，人也算是生物的一种。虽然对一个物种来说，人类的基因差别是那么小，可他们之间却是那么不同，差异大到简直难以评估。

她得承认，她自己大概不算是一个好的样本。她孤僻，害怕与人交际，甚至厌恶人类社会。她还记得出发前的情形。在地球上，他们看着飞船里的她，就像是在看一只特别的动物。她在宠物店里看过那种表情。有些无知的人走进来，看见沙箱里的蜥蜴或者蛇，脸上就是这种关切的表情。他们好奇，有兴趣，想要接近，想要触摸，却又因为未知而犹豫，审慎地观察着。作为群居动物，人类能够敏锐地察觉到彼此的情绪；可作为个体，总有些人比另一些更为敏锐。她想她大概就是太敏锐了。

　　其实出发那天，她本不必那么早上飞船。也许是为了躲避人群，远离人类世界，之前的记忆都模糊了，但她始终记得自己走过长长的、半透明的廊桥，然后上了飞船。她知道他们在廊桥的外侧观察她，评估她，这反而令她更孤单，更想远离。

　　那些人观察着她，就好像知道她其实是个异类。其实她一直都知道自己格格不入，只有到了飞船上，她才觉得安心。她觉得自己和飞船宛如一体，好像她原本就属于这里，只是被剥离了，带走了。如今她回来了，就像是回到了她的巢穴中，回到了她的族群里。在廊桥上时，那种剥离却又接近的感觉是那么清晰，过去的一切都模糊得像个影子，只有飞船上的一切才能清晰地映在镜中。

　　她一天天地远离着地球，远离着人类社会。孤独是一阵阵的，她似乎总能感觉到，可又不是那么明确。只有在外出采集和观察时，她才会恢复那种原本的敏锐，但她其实也不介意，这也没什么，她好像并不觉得这一切难熬。

　　她一直以为自己是一个人，可她没想到自己还有一位从未谋面的同伴。在这个遥远的、不知名的星球上，他是她唯一的同类。

　　她想要找到这个人。

这大概是人类的本性吧。

在人群中，厌憎喧嚣。独处时，却又怀念同类的陪伴。

三

周遭的一切都是那么沉寂。只有她在地面上急促地奔走着。她脚下的触感是那么松软，她在这颗星球的表面上如履平地，轻盈得就像是一只蝴蝶。

终点看起来是那么遥远，如果没有箭镞雪沫的生长堆积，她根本找不到要去的路。因扰动而生的雪沫结晶，跟随着她的脚步，形成了一条蜿蜒的路径，在她身后高高地隆起，就像一条龙，又像是星球表面的伤痕。虽然不知道这么想对不对，但她自己却觉得很合适。而在伤疤的尽头，则是她的目的地，飞船的另一半残骸。残破的船体被那些不断生长的晶体脉络严密地缠裹着，看起来是那么脆弱，又是如此巨大，就像是一只被咬住脖颈的猎物，无法挣扎，也无法逃跑。

她敲碎了那些轻而脆的枝蔓或者根须，爬了进去，四处翻找，就像是一个绝望的人想要找到最后一根稻草。隔着很远，影影绰绰地，她看到了那个神秘人的身影。就在前舱的残骸里，那个人穿着前舱的防护服，坐在控制台前。

她激动不已，浑身颤抖，兴奋的感觉涌上了舌尖，尝起来是那么特别。如果能脱掉防护服的话，她恐怕会大声尖叫，还带着疯子一般的笑声。这个人是谁，在飞船上干什么，这些都不重要。在这孤独的星球上，他们就要死了，而她只想找到一个做伴的人。

可无论她怎么尝试通信，对方都不回复，完全没有接通，就连呼吸声都听不到。大概是坏掉了，她想。

那个神秘的陌生人静静地坐在那里，就像是坠毁的飞船，在这颗陌生的星球上，徒劳地等待着也许永远都不会来的救援。他们明明近在咫尺，却像是隔着飞船和地球之间的遥远距离，无法呼喊，无法通信。她眼里闪烁着泪花，激动地走过去，后背都渗出了一层薄汗。终于，在死亡的路上，在残破的飞船里，在这巨大的不幸和灾难中，她找到了她的同伴。

她走到神秘人的身旁，试探般地伸手打着招呼，可对方却一动不动，毫无反应。她犹豫着，拍了拍那人平静的肩膀，结果神秘人倒地不起，仿佛尸体。

这时她才终于发现，对方的防护服上没有任何生命体征。她大概来得太迟。她把人扶起来，想要看清对方的脸，可防护服后那张毫无血色的脸，却令她大吃一惊。

不是因为那张脸上毫无生命的迹象，也不是因为对方看起来早就没了呼吸和脉搏，而是因为那张脸本身。

她震惊是因为那张脸几乎就是她的脸，就像镜子里的自己，简直一模一样。看到那张脸的时候，她什么都忘了，可下一瞬，她又惊恐地想到了无数个可能。

那张熟悉的面孔上覆盖着一层轻轻的雪沫，一拂就掉。她从没有留意过自己闭眼的样子。也许我看错了，她想，也许只是跟我有些相似。

宇宙那么大，有那么一点巧合，并不是不可能的。她想要再检查一遍，仔细看看死者的脸。她翻开了死者的眼睛，茫然地凝视着那双玻璃珠般的眼珠。那双眼睛里也沾上了雪沫，所以开始变得混浊了吗？

那完全就是她。坠毁之前她曾无数次在浴室的镜子里，在睡眠记录的影像里，在下飞船探查的记录里看见过自己，大概有些微小的变化，但那就是她。

她屏住了呼吸，茫然地检查着死者的状态，就像是一台机器，但她自己都不知道为什么要这么做。对方没有呼吸，也没有心跳，没有任何生命体征。哪怕隔着防护服，她也清楚地知道，这个人已经死了，而且已经死了有一段时间了。可奇怪的是，这个人身上没有任何伤痕，看起来就像睡着了一样。

　　她拨开死者的防护服，找到了对方的胸牌。那块胸牌上的名字和她的一模一样，号码也和她的胸牌号码一模一样。她觉得有点冷，下意识地摸着胸口，想知道自己的心脏是否还在跳。

　　一旦打开防护服，雪沫就毫无阻隔地落了下来。尸体上的那块胸牌也被细小的白色紧紧地包住了，就像是冰块里的一条鱼。当胸牌上的名字在雪沫中变得模糊时，她突然被一场强烈的心悸击中了。就像是刚从飞船里醒来的那一刻，又像是听到警报，看到飞船将要坠毁时的情形。

　　她摇摇欲坠，简直站不稳，瘫坐在倒地的死者身旁。

　　这一切都是真的吗？

　　从这白得几乎不真实的星球开始，这一切都像是个巨大而绝望的梦境。为什么有个一模一样的她？为什么这个人死在这里？飞船究竟是多久前坠毁的？

　　就仿佛站在急速升起的升降梯里，那种巨大的眩晕和昏厥感让她极其不适。这场意外简直令人窒息。她坐在白沫上，看着被覆盖的飞船残骸，就像是一只鼹鼠在日光下惶然地凝视着自己破碎的窝。她对一切的真实性都产生了怀疑。她真的昏过去了吗？为什么她不在弹射舱的位置？她明明记得自己是坐在弹射舱里的，为什么反而会在医疗舱附近醒来？

她回头看向来时的路。

她看着白色荒原上那座巨大的塔。它已经足够庞大了，就像是古代传说里的通天巨塔。现在这颗星球上已经有两座高塔了。突然之间，一切都变得如此明显。在这颗一片空白的星球上，她为什么不能早点想明白呢？

她醒来的时候，距离飞船坠毁已经过去了多久呢？她观察过那些雪沫硬化的速度，不是吗？回想一下船体上覆盖着的厚厚雪沫，还有那些伤痕一般的道路，那座在荒原里唯一跟她遥遥相对的高塔，恐怕就是死去的这个人创造的吧。

她巡视着船体的周围，检查着全部的痕迹。就像是猎人寻找野兽的气息一样。她那么专注，甚至忘记了生与死。

所有外来的搅扰都会在这颗星球上留下痕迹，就像是一道道伤疤。地面上的那些痕迹，还有荒原上的道路，都是因为她们和飞船，因为这一切所造成的搅动而产生的。她们终究都通向了这同一个地方，唯一的区别，只不过是有没有弹射舱。先前存在的道路，是从弹射舱弹射出去的部分延伸到这里的。

这样一来，很多事情就都解释得通了。

弹射舱不是坏了，也不是误射了，而是因为被使用过了，所以才会找不到。坠毁之前她就坐在弹射舱里。如果她记得不错，又没有意外的话，在坠落前，弹射舱就已经弹射了出去，带着她离开了飞船，降落在这颗星球的某个地方，而不是在医疗舱附近。然后呢？然后她醒了过来，决定回到飞船，她想要找到飞船的残骸，于是她造了一座高塔，造了一条路，然后回到了离她最近的那一半飞船上。

这么解释的话，好像一切都解释得通了。

但如果坐在弹射舱里的那个人是她，死在这里的这个人是她，那么如今站在这里，巡视四周的人，又是谁呢？

一模一样的两个人，一模一样的胸牌，简直就像是复制品。

　　人，真的能被复制吗？她不知道。她只知道医疗舱很强大，在旅途中断掉的手臂、损坏的心脏、受伤的眼睛，一切都可以被修补。可飞船的医疗舱，真的可以完完全全地复制一个人吗？

　　她不知道，她只知道死去的那个人回到了没有医疗舱的这一半残骸。也许那个人像她一样也将飞船彻底检查了一遍，发现飞船仍在休眠和自检中。然后呢？她到底为什么会死亡呢？能源消耗尽了吗？为什么不回医疗舱，回到另一半残骸里修复自己呢？她为什么留在这里，想要看到什么，找到什么呢？

　　飞船还在修复中，一切明明还有希望啊。

　　她不解地望着那个死去的人。更关键的是，从坠毁的那一刻，到现在，究竟过去了多久呢？

　　如果按照时间线，理智地推想整个过程，死去的那个人才是原版，而眼下的她，只是个复制品。

　　路，时间差，距离，新生的她遇到死亡的她。这一切才说得通。

　　可她根本不愿相信。她到底是为什么被制造出来的呢？复制品的存在，难道就不需要理由吗？这一切简直像个笑话，她以为这颗星球上还有另一个需要她拯救的同伴，结果却发现她彻底地失败了。

　　为什么会死亡？她不明白。医疗舱还能用，明明唯一需要做的，就是回去啊。她坐在死者身旁，迷惑地看着这一切，熟悉的四周被裹上了一层令人迷惑的光芒。或许这个她已经见过另一个她，就像如今的她见到这个死亡的她一样。一定有什么死者不知道的事情，所以死者明知道可以回到医疗舱，却选择在这里死亡，死在防护服里，死在原本的保护之下。

也许这些秘密也将发生在她的身上，令她也走上这条死亡的道路。

死亡和终结是那么不可避免，她浑身发冷，克制不住的想象飘浮在半空中，令她毛骨悚然。

她从坠毁的残骸之中走出，走到了另一半残骸中，可眼前的这一切比死亡更令她绝望和恐惧。她狂乱地望着四周的白色，她宁愿这周遭潜藏着她所不曾观察到的生命和威胁，也不愿想象那些令人绝望的念头。

对，她应该藏起死者的胸牌，然后划花死者的脸，这样就不会再有人认出来了。她取下已经被白沫覆盖的胸牌，可对着那张一模一样的脸，却无论如何都下不了手。哪怕只是触摸，她都觉得惊骇。这星球让她变得疯狂。她控制不住地想着，这颗星球上是不是还有其他她没有发现的自己？

她决定用另一种方式来抹去这种恐惧。她拖着那具没有生命气息的尸体，一直拖到了高塔下。其实这一点也不吃力，但她几乎不敢回头，不敢看那具被她拖动的尸体。她拼命地拖着她，往高塔上爬着，带着一种疯狂而扭曲的激情，一直到她觉得足够高的地方，然后从那上面把尸体推了下去。

让那些雪沫来掩盖这一切吧。那一瞬间，她想。就像是在飞船的残体旁生长覆盖一样，吞噬掉这无名的尸体吧。

不要让任何人发现。

但是尸体的坠落无情地打破了她的幻想。有种清脆而连续的声音从地面，又或者更深的地方回旋般地响起，然后她眼睁睁地看着那具尸体无助地掉了下去，掉进了那无穷尽的白色深处，掉进了白色的阴影里，消失在了白色之中。

她发出难以形容的号叫声，就像是被撕裂身体的野兽。她飞快地爬了下去，站在那个巨大的、白色的窟窿旁边，难以置信地看着尸体陷落的地方。

四

她想要个同伴。

那个和她一模一样的人，在被她找到之前，就已先于她死去。

她想要毁掉那张熟悉的脸。

那具身体从此坠落，到地底的深处，就仿佛要镶入这星球一般。

她跪倒在那里，浑身发抖地往下看去。那里藏着她罪恶的明证。谁想得到呢？在那层柔软的雪沫之下，一层层地，那底下还隐藏着另一个坚硬而隐秘的世界。

随着尸体的坠落，那个世界一层层地向她打开，一切并没有费太多的力气，就像剥开柔软的果肉看到果核那样简单。

地层之下，迷宫一般，是巢穴般的空心结构，就像是岩洞，又像是凿空的山体。那是坚硬的灰色和白色，蛛网一样的星云密布，仿佛树叶的脉络，又像翅膀的花纹。

她屏住呼吸，尝试着下去。幸运的是，这些空心的断层似乎足以支撑她的分量。她抓住那些脉络，或者根须，或者蛛网，试探着往下看去。一切都很容易。隔着那些重重叠叠，她好像看到了这个世界真正的样子。

那仿佛是一片倒着生长的森林，又或者是倒置的山峦，那些白仿佛带着光，带着亮，带着所有的起伏和蜿蜒，带着所有的高低和曲折。在那个不见天日的地下王国里，那里的白色带着灰度和硬度，还带着温暖。

而在那之上，一切还是那么平静柔和，就仿佛雪，又仿佛棉絮，又仿佛云雾，像是另一个世界。

她慢慢地往下爬着，就像一个爬树的孩子，只不过一切好像都颠倒了过来，好像大地在她的头顶，天空在她的脚下，而她倒着从高高的树底下往上爬。她往下看去，看着脚下那些蓬蓬的树梢，犹如云端一样，却又近得触手可及。她朝树梢处爬去，然后走入那些缝隙间，那些白色的树冠中，那些仿佛有生命的沟壑里。当她终于穿过这些厚厚的、根系般相互纠缠的丝网，一切就变得像呼吸那样简单了。

当她终于习惯了这漫无边际的白色之后，她便能分辨出这其中微妙的不同。当然，这大概还不是全部，她猜也许之后她能够分辨更多，如果她能活得更久的话。

她仰起头，看向上方。

依附在那些坚硬的脉络之下的，或许是有生命的，又或者是在结晶的。它们总是在生长，在茁壮，变得更大、更高、更深。就像是根须，像是藤蔓，又或者是倒着生长的森林，它们重叠交错，勾结在一起，密不可分。

白沫就像是呼吸，像是生命，像是一切。

而这个星球上所有白的，高的、矮的、圆形的、细长的、柔软的、坚硬的，所有的这一切，居然有着那么多的不同。

从头顶漏下来的，犹如星子般的点点荧光落在那些白色的形状之上，会显出一层淡淡的、柔和的光芒，就像是月光一样。

光时刻都不同，影却几乎不见，她为这其中的神妙而着迷。这是一个看得见一切的世界，没有地方可以遮蔽。

有一瞬间，她想，大概是天注定，这里就是一个巨大的坟墓。虽然宇宙孕育这颗星球，本意并不是为她，或者其他那些跟她一模一样的她准备墓地，但此刻，这一切看起来却那么合适。

冥冥之中，一切都仿佛天注定。

她醒来的时候，很显然离坠毁已经过去一段时间了。仔细想来，这一切都很明显。那时候，她是不是已经死亡了？还是因为她一直没有回去，飞船才会复制出现在的她来呢？

"如果我一直不回去的话，"她想，"飞船会不会复制另一个我出来呢？这种事情究竟发生过多少次了？其他的我，也曾从高塔跌落，埋葬在这地层深处吗？"

她已经不像之前那么惶恐了，就好像已经习惯了这个念头。她想：也许我会在这地下看到其他被拖进来掩埋的我呢？也许她们迷失在了这星球表面那白色的雪沫之中，也许她们跟她一样，在茫然中寻找着失踪的同伴，却不知道那正是自己的影子。她埋葬了她自己的过去，将来又是谁来埋葬今日的她呢？

她心里充满了悲伤，悲哀于无助的自己，在这必死之地，寻觅着曾经的自己。

她找到了那个死亡的她。她蜷缩成了一团，四肢和身体都朝里折了起来，像是个姿势怪异的婴儿。她躺在一个白色的凹洞里，洞小小的，像是一个横着摆放的子宫，又像是一个豆荚，周围全都是白色的碎屑和枝干，大概是在尸体坠落的时候被打落下来的。

　　她在尸体附近找到了一个白色的洞穴，也像是一个子宫，只是更巨大，不那么规则。她的力气很大，掰断那些盘根错节的脉络简直轻而易举，很容易就把洞穴修整成了她想要的样子。

　　她经常在里面睡觉，或者是做白日梦，那个洞的大小刚好可以让她依靠在洞壁上，这样无论有没有睡着，她都觉得很安全。过了一阵子，洞壁上生出了细细的绒毛。那个恰到好处的白色洞穴似乎在收缩，在变得狭小。她不知道这是不是她的错觉。当她一次次踏入其中，四周逐渐朝她逼近，就像是会呼吸一般。

　　她回去过几次。飞船总是在自检，总是没消息，什么消息都没有。这颗星球上，只有飞船和她们曾经的痕迹。她原本计划着在洞壁上刻下痕迹，标记流逝的时光。但这里看不到黑夜和白天，她不知道星星的轨迹，也不知道这颗星球上究竟发生了什么，更不要说计量时间的流逝了。她想她总能熬下去，她不能再一次杀死自己了，不论是为了什么。但慢慢地，她觉得这一切简直要把人逼疯。

　　死亡怎么能来得如此迟缓？等待充满了折磨，充满了各种严酷的想象力。

　　时光的流逝虽然看不到，可眼前的变化却一天比一天明显。

　　无论她怎么努力，也很难挤进那个洞穴了。然后，终于有那么一天，白色将那具蜷缩着的尸体完全吞噬了，看起来就像是蛋里的胚胎。也不知道是不是她的眼睛出了问题，蛋壳里的脸庞也已经模糊了。她知道捕蝇草会把小虫子困在自己的花朵里，然后慢慢地消解它。也许这颗星球也是这样，它静静地等待着，等待着捕获她们的那一刻。她觉得自己已经疯了，但即便如此，她也无法将尸体从白色中解救出来了，因为她也将要被这白色吞噬。

她在这地下挖掘了无数个洞穴，有时候睡在临近的地方，有时候睡得很远。有时候她无法入眠，只能远远地看着那个蛋壳里日渐模糊的身影。有时候她想，干脆就这样一直一直在这里沉睡着，让这颗星球杀死她算了。

可是清醒过来的时候，她又觉得那种想法是疯子才有的。

防护服就像是她的牢笼，只能保证她活着，但其他的一切都无法告诉她，也给不了她。她每天都无所事事，陷入了疯狂的幻想之中。她甚至开始开辟自己的王国，试图用体力劳动来逃避这种不切实际的空想。她想，或许能够找到其他的她。如果还活着，那么她们就可以一起度过；如果是尸体的话，她就将她们一并带到这里来掩埋。有时她又想，或许这漫长的时光流逝只是她的错觉罢了，也许连一天都没有过去，也许被白色吞噬的尸体只是她的错觉。

她已经很久没有看过自己的脸了。这里没有镜子，也看不到水。这里也有坚硬光滑的地方，可是看不到倒影。她找不到水，更不知道有什么东西可以吃，她疑惑的是，为什么自己迟迟不死。在确保能活下去之前，她还不想贸然脱下防护服，拿自己的生命去做尝试。

她多么想看一眼自己啊。如今的她变成了什么模样呢？她到底在这里度过了多久呢？她的头发多长了呢？还有她的指甲，如果可以看到的话，她大概可以推断出来吧。

她是不是跟最初的自己不大一样了呢？她觉得这颗星球有着一种神秘的力量，安静而又疯狂地改变着一切。

她有时候一个人待久了，也曾经想过，或许她可以把那具尸体带回飞船，将她融入自己的身体里，那样的话，她也许能知道那个人死前究竟经历过什么，发生了什么，是怎么死去的。

她觉得自己已经发疯了。各种疯狂和古怪的念头像是生了根一样，难以驱散。她焦躁不安地等待着自己的死亡，奇怪为什么自己迟迟不死去。

她还无数次靠近那个封闭的蛋，试图撬开那层外壳。那是雪或者冰一样的蛋壳，她想，如果可以的话，她就能凝视着对方的眼睛，在那双眼睛里，她可以看到自己的影子。离得越近，看得越清晰。但她总是做不到最后，她害怕那张脸，害怕看到那双眼睛。这简直就像是一场噩梦。

当她死后，死在这一颗陌生的星球上，她眼中最后的一切，到底会不会被另一个她所看到呢？这白色的星球，还有她眼中白色的一切，会不会随着她一同被埋葬，消失不见，无人惊叹，无人感怀？

她就像是吸食了致幻药，脑海里止不住各种疯狂的幻想和回忆，而这药效和缓却绵长，永不退却。

这个世界安静而又寂寞，美丽却又陌生，这正是她出生的代价。她在这里出生，在这里死去。多么荒诞。

死亡，这个词最近经常会浮现在她的脑海里。

以前她也曾想过"死亡"这两个字，这大概是唯一能够区分生命和无机质的东西了吧？有了死，才有生。所以人类才是一种生命，而飞船不是。可多么荒唐啊？飞船一次次地复制着她，为什么呢？她存在的意义是什么呢？

那颗白色的蛋无时无刻不在提醒她。

"看看我，看看我。"

不知为何，她好像能够感觉到那场死亡的起因了。那个坐在驾驶舱里的女人，为什么在那里静静地坐着死去。

也许她回去过了，一次又一次，就像自己一样。但最终，她绝望了，对这种看不到尽头的囚禁绝望了。所以当死亡悄无声息地接近时，她或许察觉到了，又或许因为厌倦而没有察觉，可她还是坐在了那里，静静地等待着最后的终结。

可是飞船的医疗舱不能理解这一切，是这样吧？

所以当防护服的生命体征消失后，它就制造出了一个备份，一个复制品，一个一模一样的人？

但身为备份的她，终究还是又前进了一步。她来到了这个星球的地下。她还会发现什么呢？

她应该还可以再忍耐下去。

但是她在这颗孤单的星球底处，却常常控制不住地想到死亡，想到她也许会怎么死去。也许有一天被生长的丝蔓绞缠而死；也许有一天跌在白色的晶体上，肠穿肚破而死；也许有一天她的防护服终于破损，她在这颗星球上窒息而亡。

也许在那一切发生之前，会有那么一天，另一个新生的她找到了她。

然后她们相拥而泣，就像是失散已久的姐妹。

而此刻，在这地下的白色坟墓之中，她安静而又虚弱地梦想着生和死，梦想着所有最终的结局，梦想着一切的尽头。

五

在生命最后的时光，她已经虚弱不堪。她不可避免地预感到了死亡。她想要拥抱死亡，但是在那之前，她还是回到了飞船的残骸上，回到了医疗舱前。

这无休止的重复，这无尽头的死亡和等待，她已经受够了。她不希望还有另外的她一次次地忍受着这一切。

医疗舱在她的声音里嗡地启动了。她悬浮起来，被飘浮的触手所固定着。医疗舱忠实地执行着自己的修复使命。她绝望地想着，这一切简直没有尽头，为什么它的能量还未被耗尽？这就像是个悖论，她不可能死在医疗舱内，因为医疗舱总会一次次地拯救她，修复她。可她不是死在这里，而是死在别处的话，那么医疗舱就会再一次制造出复制品。理论上，这似乎是个完美的闭环。

只要飞船的能量还未彻底消耗干净，这一切都会无休止地重复下去。

她只是想在死前毁掉这个医疗舱。她想了很久，然后离开了医疗舱。她找到一块坚硬的结晶，带了回来，然后打开了医疗舱的控制板。

她举起那块巨大的晶体，一下又一下地，朝着控制板砸下去。控制板闪动着绿色的光芒，她喘着粗气，就像是杀一个人一样，拼命地向那块控制板砸去。如果毁掉医疗舱就像杀死一个人那么简单，那就好了，不是吗？

她不希望那些新生的她，一次次地重蹈覆辙，一次次地尝试这一切徒劳无功的努力，一次次地发现自己不过是复制品的真相，然后一次次地在彻底的孤独中决意拥抱死亡。

她的手指关节都被砸出了血，刺痛感那么强烈，但她带着一种奇异的兴奋，完全顾不上疼痛。她粗暴而野蛮地破坏着那块控制板，但是突然间，她听到了熟悉的声音响起，那是开始修复的声音。

她不解地抬起头来。她的身体再次飘浮了起来，飘浮的触手固定着她，触摸着她红肿流血的手指，以及那块被她紧紧抓住的晶体。她终于明白发生了什么，她尖叫了起来，就好像要撕破自己的身体那样痛苦地尖叫了起来。

很快，一切都发生了奇异的变化。

那块晶体消失了，而她的身体，在某个瞬间，似乎也消失不见了。

她记得她的身体仿佛消失了，医疗舱空了。她只闻到了一点淡淡的焦煳味，就像是灵魂脱离了身体，就像是死亡的那一刻。

六

当她再次睁开眼时，一切都是那么平静，就好像什么都不曾发生。

但她能够感觉到，有什么东西不太一样了。

她还记得看着自己消失，那应该是她生命的最后一刻。可当她睁开眼，她却看到自己仍旧躺在医疗舱里，就像从未离开过。

飞船已经结束了自检。她不知道在她消失的时候究竟发生了什么，过去了多久，但她还是站了起来，唤醒了飞船。

飞船的通信设备仍然没有收到任何消息，时间仍停留在坠毁的那一刻。她的手按在发送的地方，犹豫了一下，还是挪开了。

其实，从飞船的警报响起的那一刻起，她就知道故事的结局会是如何。船体会坠落，她也许会受伤，也许会死亡。

一切都是偶然中的必然。

事故总是一场意料中的意外。在所有的航行中，每一只探险船都会面临着同样的命运，或者是因为一颗流星，或者被巨大的引力拽离了航道，或者只是由自身缺陷或疏忽导致的小事故，只要旅途足够漫长，它就必然走向注定的毁灭。

没有百分之百的完美运行。宇宙也是因为一个接一个的意外，才变成了今日的这副模样。

但是……她低下头去。她的身体发生了某种变化。肉体的部分多了一种白色的质感，简直就像是这个星球的一部分。一切都跟之前不一样了，全都变了。她甚至能够感受到空气之中微微的震动，那震动来自舱外，来自飞船外，来自这颗寂寞的星球本身。

她好像明白了什么。

她站起身来，看着自己的手脚。那完全不是之前记忆里的，人类一般柔软的手脚，而是混杂了奇异的、结晶般质感的表面。

她的防护服扔在医疗舱外，而舱门大大地敞开着。她的呼吸照旧，不，她已经没有了呼吸。

她想要哭。她感受到了那种迫切的冲动，可她却无论如何都哭不出来。医疗舱彻底地改变了她，就像是工具舱改造一辆自动采样车那样。她还是人类吗？她触碰着自己的指尖，记忆中的感觉还在，可一切都已全然不同。

她终于明白了一件事，就好像彻悟一般。

在飞船的能量耗尽之前，她永远都无法真正地死去。无论是之前脆弱的碳基身体，还是眼下不知道是什么的身体。

而她终将在这孤独的星球上，孤独地一个人存在下去。

她走了出去。

她不得不冲破堆积在她之上的层层白沫之壳，就像是真正的人类一样。可她击碎这些坚硬的外壳，就像打碎一盒鸡蛋那么简单。她终于从坟墓里爬了出来，获得了真正的永生。

自那一刻起，时光的流动似乎变得极为缓慢，就像是低速的回放。

她观察着这颗星球，用她功能残缺的取景器观察着。大概是因为那块晶体，医疗舱修改了她的很多地方。她已经变了，可她还记得过去的一切，直到消失的那一刻。

可再次看到这一切，却跟回忆里所见到的，不大一样。

地表那些雪沫般的细小东西飘扬了起来，掠过她，围裹着她，就像是被一口气吹散的蒲公英种子，又像是海面上被暴风裹挟着的白色泡沫，又或者是黄昏时分树梢上突然惊起的鸟群。那一切发生得迅速而又缓慢，就像是以极其缓慢的速度播放着的画面

每一帧都是那么细腻，她简直能看清楚每一根白色的细小绒毛或

者结晶又或者颗粒。

它们究竟是什么?

是盐,是雪,还是沙?

那些白色的,纤细的,轻盈的,飞舞的,雾一般,雪一般,云一般的东西,像是无数片微小的翅膀,又像是无数颗细碎的冰晶。那些数不尽的,深浅不一的白都打着旋飞了起来,使天空迷蒙,遮蔽了大地,在她眼前轻轻地摇晃着。

啊,曾经是飞船的坠毁激起了那些无尽的白沫。它们就像是被暴风雨裹挟着的浪花一样,高高地扬起,又轻盈地落下。它们看起来是那么轻,飘浮在她的周遭,微微摇荡着,一点点飘落,就好像那短短的路程将要用尽它们的一辈子。

许久,这世界才缓缓地在她面前恢复本真的面貌。

一切那么安静,而她现在能够真正地看到,或者说感觉到这一切了。

这个星球的一切都稳定而有秩序,缓慢而又自然地发展着,就像她能清晰地看到自身的一切一样。她甚至能感受到那些轻微的震动,一切都在她的胸腔里,在她的细胞里,在她的每一处裸露的肌肤上,仿佛在回应着这颗安静的星球。

而这些异常坚硬的外壳,是由许多非常细小的降落物聚合堆积而成的。如果非要解释的话,那么大概就像是动物或者昆虫的新生外皮会迅速硬化那样,只是这里的一切悄然无声。

她回头去看,残破的雪壳缓慢地收拢着,就像是一片破开的镜子。

船体被掩埋在这白色的雪沫之下,被淹没了,被禁锢着,无法挪动分毫。

这里的一切，原本是柔软、轻盈、毫无分量、均衡的。而飞船的坠毁改变了一切，就像是光滑肌肤上的一道疤痕。至于她的死亡和结晶化，也将她人类的那一部分留在了这颗星球上，就像是一块意外的血肉。

这一切细小的降落物究竟是什么呢？她不知道怎么形容，但她想起人类曾有一个童话。那个故事里，老奶奶指着窗外漫天的冰雪，对孩子说了一句："看，那些白蜜蜂来了。"

她能感觉到，这颗星球上的这些白蜜蜂也是有生命的，而它们就在她的周围聚集，生长，就像是另一个奇异的自然。人类在这种环境下大概活不了太久，但对她来说，这已经完全不是个问题了。以她现在的形态，她可以从这颗星球表面上获取足够的能量，也应该能够存在足够的时间，唯一的问题是，她在这颗星球上究竟要做什么呢？

她死了，却以新的形态复生了。一切还是那么孤独，可一切又似乎不大一样了。她感知着这颗星球，感知着这颗星球上的一切。她不知道这么做是正确的还是错误的，甚至不知道这一切发生的缘由究竟是什么。

可她大概无法再次逃避，也无法再次死亡了。

她可以在星球的表面停留千年，万年，她可以沉睡着，结晶着，却不能说是死亡了。

没有人能将一切早早地定好。

人类不能，一遍遍重生的她也不能。

意外总是在不起眼的细节处发生。这对自然来说，是偶然中的必然。对地球上的生物来说，正是因为无数个小小的意外和错误，才会有今天丰富多彩的样子。否则人类也不会发展到今天的程度。

如果没有这场意外的事故，一切原本会很简单。

在一个陌生的、未知的星球上，她能做些什么，又应该做些什么呢？

她现在还没有得出结论。

她忍不住又想起那个故事。

"它们也有蜂王吗？"这是孩子的问话。

老奶奶和孩子趴在窗前，乖巧地看着那些飞旋的雪花，看它们像真正的蜜蜂一样飞来飞去。

"对呀，它们也有一个女王，它是它们的蜂王，它是冰雪女王，那些白蜜蜂只听它的。"

啊。

她静默地站在那里。

她倾听着，静静地倾听着，感受着每一粒雪、每一片结晶的呼吸和震动，那么微小，却又那么细腻。

她可以一直倾听着，学习着。总有一天，她应该能明白那震动的含义，就像是这个白色的世界一样，那么单纯，那么完美。

就好像这个世界的存在就是为了成全她。

在这个漫长的，也许没有尽头的状态中，这或许是她唯一能做的事情了吧。

远处传来了哗然崩塌的声音。

她看到那座尖尖的高塔坍塌坠落，碎成千万片，纷纷跌下来。

那成长的高塔，终于压垮了它的根基，这是一个错误，也是一个必然。这一个巨大而突然的错误，就像是从山顶跌落的一颗石子，打破了这个星球表面的平衡。于是从那一刻起，不，其实从飞船坠落的那一刻起，微妙而连续的变化就开始了，就像雪崩一样发生、放大着。

轰鸣声在底层鸣响着，经过无数次的撞击和回传，就像是夏季天边低沉的闷雷声。地面塌陷着，沉落着，那颗白色的蛋也将真正成为这新世界的一部分。就像是她选取了星球的一部分来制造这个新的肉体一样。

这个星球会一点点地坍塌下去，堆积和硬化将会加速。对这个星球，或者对遥远的人类来说，这都是另一场意外。

而这一切还会导致什么样的变化，她并不知道，可她想她会拭目以待。

谜底很快就会揭晓，就像一场戏剧即将拉开大幕，时光将亲自回答这个问题。

她不知她因何前来，因何诞生，却知道她将要目睹一个全新的开始，在这颗白色的星球之上。

就像是一个孤独的女王。

而她悄无声息，犹如石像，像个完美的观察者，绝不搅扰这个宁静的白色世界。

沙陀王 ——————————————————————
一个喜欢写字和缝衣服的工程师。代表作品《天衣无缝》《鞑靼树羊》《荒野花园》《千万亿光年之外》。

图书在版编目（CIP）数据

另一颗星球不存在 / 未来事务管理局编著 . —长沙：湖南文艺出版社，2022.7

ISBN 978-7-5726-0634-2

Ⅰ . ①另… Ⅱ . ①未… Ⅲ . ①幻想小说—小说集—世界—现代 Ⅳ . ① I14

中国版本图书馆 CIP 数据核字（2022）第 045107 号

上架建议：畅销·科幻文学

LING YIKE XINGQIU BU CUNZAI
另一颗星球不存在

出 品 人：姬少亭　李兆欣
编　　著：未来事务管理局
出 版 人：曾赛丰
责任编辑：匡杨乐
监　　制：毛闽峰
特约策划：张若琳
特约编辑：朱东冬
特约营销：刘　珣　焦亚楠
封面设计：梁秋晨
版式设计：李　洁
项目支持：孙　薇　郭　凯　武甜静　李不撑
出　　版：湖南文艺出版社
　　　　　（长沙市雨花区东二环一段 508 号　邮编：410014）
网　　址：www.hnwy.net
印　　刷：三河市百盛印装有限公司
经　　销：新华书店
开　　本：875mm × 1230mm　1/32
字　　数：318 千字
印　　张：12.25
版　　次：2022 年 7 月第 1 版
印　　次：2022 年 7 月第 1 次印刷
书　　号：ISBN 978-7-5726-0634-2
定　　价：49.80 元

若有质量问题，请致电质量监督电话：010-59096394
团购电话：010-59320018